基于明辨性思维的主体性释放

ISEC教学模式中的『中国现代文学（一）』学习案例

黎秀娥 主编

清华大学出版社

北京

图书在版编目（CIP）数据

基于明辨性思维的主体性释放：ISEC教学模式中的
"中国现代文学（一）"学习案例 / 黎秀娥主编.
北京：清华大学出版社，2025.9.
ISBN 978-7-302-70313-6

Ⅰ. I206.6
中国国家版本馆CIP数据核字第20252LC720号

责任编辑：吴　雷
封面设计：徐　超
责任校对：王荣静
责任印制：刘　菲

出版发行：清华大学出版社
　　　　　网　　　址：https://www.tup.com.cn，https://www.wqxuetang.com
　　　　　地　　　址：北京清华大学学研大厦A座　　　　　　邮　　编：100084
　　　　　社 总 机：010-83470000　　　　　　　　　　　　邮　　购：010-62786544
　　　　　投稿与读者服务：010-62776969，c-service@tup.tsinghua.edu.cn
　　　　　质 量 反 馈：010-62772015，zhiliang@tup.tsinghua.edu.cn
印 装 者：大厂回族自治县彩虹印刷有限公司
经　　销：全国新华书店
开　　本：170mm×240mm　　　印　　张：16.75　　　字　　数：302 千字
版　　次：2025年9月第1版　　　印　　次：2025 年 9 月第 1 次印刷
定　　价：89.00元

产品编号：109605-01

目　录

引言　一次思想的历险

黎秀娥

解决目前高等教育中诸多痛点问题，迫切需要筑牢学生的"主体性"意识和创新精神。"以学生为中心"不只是老师该有的意识和行为，也是作为受众的学生不可缺少的自觉与魄力。

本书是本科教育界的一朵奇花。学生们复盘学习过程，总结学习中的得失，研究学习之道，聚在一起，自成一道独特的风景。指导并陪伴学生撰写学习案例是一次前所未有的、明辨性思维的长途跋涉，是对"学"的极限和"教"的极限的双重挑战，耗时之长、强度之大，都远远超出了我最初的想象，好在收获同样远远超出了我最初的想象。在这个过程中，教与学融合无间，教师关注学法，学生关心教法，师生合力，砥砺前行，把"教"与"学"过成了一种生活，不时有新想法闪现。现在为这本书写序，就像老农坐在地头介绍自己的庄稼：它们由一级问题链连接在一起，构成了学生视角中一门完整的课程；每个案例又独成一家，由二级问题链连起不同的环节，各有各的灵气。

怀特海说："所谓教育，其实就是引导人们探索生活；所谓研究，其实就是思想的历险；所谓大学，其实就是年轻人和老年人一起迈向未来的场所。教育的成败在很大程度上取决于有关知识是否新颖，而知识的新颖可以体现在知识自身的更新换代上，也可以体现在知识应用的与时俱进上。鱼儿一刻也离不开水，知识一日也离不开'新'。有的知识讲的是古老的生物物种，有的知识讲的是祖辈的传统道理，但是不管知识的内容有多么久远，在将其传授给学生的时候务必赋予其当下的新意，使之像刚刚从大海里捕捞上来的鱼一样新鲜无比。"[1]

说实在的，从教28年的我一直在进行"思想的历险"，在不断探索生活的过程中赋予知识以当下的新意。这种与时俱进的姿态，让我至今讲不出一堂让自己满意的课。每一次都用尽全力，做到当时以为是自己能做到的最好的样子，

---

[1]　阿尔弗雷德·诺斯·怀特海. 教育的目的 [M]. 靳玉乐，刘富利，译. 北京：中国轻工业出版社，2016：116.

可是，第二天就看不上它了。有一次，学校组织部分老师录制大学语文课以供不同学院的学生选课用，以此缓解师资不足的问题。我用了整整一个暑假的时间去准备，等制作好了，要投入使用时，又一脸沮丧，也一脸真诚地说："能不能把我的课拿掉？怎么办？我现在看不上它了。"负责的人说："这次先用上，想重做，以后再找机会。"

一路走来，我一直在自我否定与自我肯定的变奏中颠簸。我曾经无数次跟听课的学生说："人一生很短，能做好一件事就不错了。我没有太多的追求，只想用几十年教学实践积聚的能量，讲好一堂课。人都有俗念，避谈名利只会让自己失真。然而，追求名利的唯一捷径却是放下名利，全心全意做好自己。当你足够好时，名利会来找你，那时你与它们相隔只有一张纸；如果你念念不忘地追名逐利而忽略了自己的成长，那就陷入隔山隔水的跋涉了。"看着学生由懒散到精神抖擞，由一脸茫然到眼中有光亮，我由衷地服膺怀特海说的"所谓大学，其实就是年轻人和老年人一起迈向未来的场所"。在大学中工作，就是和年轻人共赴未来，这是件无比有趣的事。所以，让每堂课都"像刚刚从大海里捕捞上来的鱼一样新鲜无比"就成了我自然而然的追求，讲课不仅是我赖以维持生计的职业，还是我乐在其中的终生志业。

近几年的教育界有一个热点词叫"创新"（innovation）。创新意味着新事物、新思想或新方法的创造。

首先，要搞清楚"什么是教学创新"。概念是深层的认识，从根本上决定着实践的方向。没有深层认识上的改变，教学创新就难以持久。因号召而发的创新，也会随着号召的终结而结束，这时人的惰性就会迅速卷土重来，毁掉好不容易取得的创新成果。可持续的教学创新必然要求与信仰挂钩，对我而言，找到了终生志业，就相当于有了信仰，有了信仰就有灵感和力量。信仰决定态度，虔诚之下自有认真；信仰决定姿态，从容之下自有自信；信仰决定效果，如果老师享受讲课，进而带动学生享受听课、主动求知，教学相长的实现还会远吗？教学创新是我的"信仰"，是思想深处生了根的东西，不会轻易改变。非我独然，每个"我"原本都是独创。

若出于这种生命自觉，从生命中长出创新的信念来，只要生命不止，创新就永不停歇。每位教师在教学创新方面都占尽天机，独特的基因、独特的生命体验、独特的受教经历等，决定了各自独特的施教理念和施教策略。实现科研反哺教学、教学反哺科研的良性互动，符合大学师生的愿望和利益，问题在于如何实现。教学相长的佳境诚然离不开宏观的政策和制度研究，目前更迫切的却是微观的教学研究。有研究者多次呼吁把高等教育研究的重点转移到微观的教学研究上，这本质上是在呼吁广大大学教师重视课堂教学，发挥各自的教学创新潜质。

问题在于，靠什么吸引大学教师研究课堂、研究教学？以教为业不如以教为乐。再好的师德规训，其威力都敌不过一个"喜欢"，更遑论有志于此？因为赚钱只是一场有始有终的游戏，而志业可以随时随地充盈人生，直到生命尽头。更何况，工作是必须做的，若能同时体会到劳动中的快乐，不是更好吗？苏霍姆林斯基认为，若想让教师的劳动给教师带来乐趣，不把天天上课当成单调乏味的义务，就得引导每位教师走上教学研究的幸福大道。

当然，幸福不会从天而降，要先付出，付出越纯粹，带来的幸福也越纯粹，比如做微课堂一事。2020年特殊时期，所有人都面临重大考验，线下课也被迫转至线上，这一切刺激着我着手强化学生的价值观塑造，于是让学生在课外共读一本书——英国哲学家怀特海的《教育的目的》，选出自己最受触动的一个点，然后，由我跨校、跨专业请老师与学生展开一对一式的思想对话。为配合这个创新举措，我们开通了微信公众号"现当代文学与教育微课堂"作为辅助课堂，与校方规定的旨在传授知识的主课堂——"中国现代文学（一）"专业课——同步，滚动推出对话内容。先后共推出37节微课堂，每堂课都是纯粹思想的碰撞，都以"三人谈"的模式展开——先由学生说自己的想法，再由被邀请来的老师做回应，最后由我做总结。那次顺应时代挑战而做的教学创新，在高等教育"一对多"的时代，率先实现了"一对一"因材施教，通过跨校教育资源整合，邀请到33位不同学校、不同专业的老师与学生围绕"教育的目的"展开叩击灵魂的对话，育人效果极好。以第10课为例，我拟的题目是"物化世界中的感动与被感动"，对话内容如下。

　　吴海波（学生）：

　　在《教育的目的》这本书中，我最喜欢的一句话是："我始终信奉这样一条原则：在教学中，一旦你忘记了你的学生是有血有肉的，那么你就会遭遇悲惨的失败。"

　　我觉得，在应试教育的时代，或者说无论在任何时代，知识的灌输都是首要的，甚至可以占90%，但今天，部分教育模式变了模样，把传授知识当成了全部，把分数当成了唯一。我从不否认也无法否认知识的重要性，但我从不喜欢也不提倡唯分数论。没办法，现在分数和升学率就是硬道理，而相应地，学生们在学校里成了应考的机器，把学校里的每一天活成了复制粘贴，有一丝别的想法都成了罪恶，到头来"现实富有，理想皆无"。我也曾如此，所以我想做一名教师，也许我的作用不一定有多大，但我要尽我所能让我的学生树立正确的三观，要涤荡他们的心灵。学生就应该有学生的样子，十几岁的年纪就应该学习知识且放荡不羁，我们要做的是让他们成长为更好的人，要让他们在认清现实的基础上有理想，甚至可以有"不切实际"的理想，不因为别的，就因为他们年轻，因为他们有血有肉。我不想让他们在十几岁的年龄就"异常懂事"，我要让他们在接受教育的同时发现自己的兴趣，认识自己的价值。教育从来不是冰凉的，如果教育有一天完全等同于通知书冰凉的分数和结果，一点儿人情味都没有，那么，我只能说，可悲！总之，有血有肉、有人情味的教育是我想要的，分数从来不是全部，十几岁就该有十几岁的样子，别让学生小小年纪"还未领略世界之美，便先有了畏惧之心"。

白峰杉（老师）：

海波同学，你好！看得出来你是个很有情怀的人，通过努力，一定可以成为一名优秀的老师！教育有很多层次，知识传授之外，如何绽放人性之光，是每个教育工作者的"己任"。只从分数这一个维度看教育，它是冰冷的，其实只从一个维度看任何问题，都是冰冷的。我们经历的往往都不是"最好的选择"。非常同意你说的——不要让孩子有畏惧之心，要保留童真和勇气。孩子刚生下来，对待这个世界是没有那么多分别心的，拿了什么就都往嘴里塞，是爷爷、奶奶、爸爸、妈妈、告诉孩子，这样很脏，这样很危险，这样不能做，这样有问题。孩子的纯真圆满之心，总是会被我们这些"吃的盐比吃的米多"的成年人一点点"世俗化"。所以我想，不管从哪个角度看待教育，如果都可以不偏不倚，那就会更加完整。畏惧不好，不畏惧也未必好；分数不好，没分数也未必好。有血有肉有人情味儿，不只是教师的责任，同时也是社会和家庭的责任。身教与言传同样重要，我们作为师长，如何正确对待他人，如何积极面对人生，同样会给社会和学生带来积极影响。

作为一名教师，还是要帮助孩子们顺着他们的劲儿成长。教师的角色应当是园丁，而不是灵魂工程师。而且这个园丁的工作就是松松土、浇浇水或者剪剪旁枝，别让植物长歪了。面对学生，不需要刻意干预，就如同对待盆栽，不需要刻意修剪。精修过的盆栽看着很漂亮，但是雕琢太多，难以成为参天大树和栋梁之材。

黎秀娥（老师）：

一年两度，半头银丝的 ISEC[①] 专家、清华大学数学教授白峰杉在

---

① "ISEC"为"国际学术互认课程项目"。

ISEC 岗前培训中讲教学创新。他背着双肩包走在风雪交加的夜中或酷暑难耐的夏日的镜头就像是个巨大的隐喻，也是我目力所及的当下中国教育界最美的风景。照直说，白老师才是向 ISEC 教师推荐《教育的目的》一书的第一人，我不过是加入了这场接力跑，所以必须邀请他来我们的微课堂，但是我没想到他会答应，因为他的专业是数学，有充足的理由拒绝，更何况，他确实相当忙，本科生、硕士生、博士生、项目，占去了他时间王国里的大半江山。然而他却说："非常愿意参加，非常有意义。"那一刻我热泪奔涌，我把海波的话转给他，他兴奋地说："学生的思考真好。有这样的孩子去做教师，中国的未来大有希望。看着学生的感悟，眼前有点模糊，挺感动的。"他第一时间完成了与海波的隔空对话，又很谦虚地对我说："有什么不合适的，您给改一下。我们理科生，文笔没有那么好，您见笑。"在这个物化已极的世界里，能被感动或者能感动别人，都是难得美好的事情。

近几年来，因为 ISEC 岗前培训，每年会见到白老师两次，总是匆匆复匆匆，各自忙讲课，只有就餐时才能聚在一起聊几句有关教育的话。每次的安排都是白老师开场，我紧随其后做分享。我有个23年来克服不了的职业习惯，课前一小时，只能想讲课一桩事。所以，我听白老师的课，从来只能听前半场，但是他的热忱和大爱还是极大地感染了我，那句质朴纯粹的"数学其实很通识"洋溢着碾压文科的低调豪情，让我常思怎样完成文学课和哲学课的使命。听白老师的课会让我不由得想起怀特海、罗素、维特根斯坦诸位以数学为主业兼顾教育和哲学并卓有建树的思想家。我们中国还没有这样的人，如果有，愿从白老师开始吧。作为一个文科人，我既备受鼓舞又感到惭愧，真该好好找找差距了。

那堂微课，对海波的触动非常大，他在推送那期微课堂的当天发了条朋友圈，内容如下：

"小小"的微课堂，让我有幸能与清华大学白峰杉教授来一场隔空的"对话"。看了白教授几句用心良苦的回话，真心感动！史可谓受益颇深。两代人，两代思想碰撞出教书育人的火花。如果三生有幸能为人师，定当以教书育人为己任，前路漫漫，不忘初心。

海波说到做到，后来在全国师范生教学技能大赛中获一等奖，毕业后签约宁城高级中学当老师。在此不避烦琐地引用以上内容，是想证明教学创新的能量是难以估量的，但必须动真心。在参加自治区的教学创新大赛时，评委问我："你请了那么多外校的老师，怎么解决资金问题？"我如实回答没有钱给老师们，愿意参加的都是出于情怀。这事是否也感动了评委，不得而知，只知道那次教学创新带给我的感动与快乐会持续到永远。

其次，要搞清楚一个问题：教学创新是谁的事？这关系教学创新的格局和收效。

教学创新是新时代教育追求内涵式发展的必然要求，也是本科教学的深水区。课堂作为高等教育的主阵地，在很大程度上决定着育人效果。而决定未来高等教育走向的不仅有教育工作者，学生也同样重要。教学从来就不是老师的独角戏，教学创新同样需要教师与学生共同发力，只有让学生意识到这一点，教学创新才能收到"四两拨千斤"的功效。有研究者称："在我国，以学生为中心、提高人才培养质量和教学水平也已经成为高教界的共识。"[①] 如今，以本为根和以本为本已渐成共识。然而，从"成为共识"到走出长期被科研"绑架"的阴影，真正回归大学之道，回归大学的育人本质，还有很长的路要走。

目前本科教学的一大短板在于学生自身对课堂的重视不够，所谓的教学创新，如果只是老师的独舞，如何能带动学生学法上的革新？具体到"中国现代文学（一）"这门课程的教学，始终存在一个很吊诡的现象：一方面，"以学生为中心"的教学设计得丝丝入扣；另一方面，仍然有学生岿然不动。同样不容

---

① 郭建鹏.翻转课堂与高校教学创新[M].厦门：厦门大学出版社，2018：4.

回避的吊诡现象是：生在学习资源空前丰富的时代，这原本利于激活学生"主体性"的资源优势，反而淹没了学生的"主体性"。

所谓"主体性"是指"人在主体与客体关系中的地位、能力、作用和性质"，其核心是"人的能动性问题"。从康德和黑格尔到马克思都对人的"主体性"问题作过阐释，在承认客体制约的前提下强调主体有巨大的能动作用。主体意识高于自我意识，"由自我意识和对象意识两部分组成，在人的实践活动和认识活动中产生，是对象性活动的能动性和创造性的内在根据"。①"主体性"的提高离不开"主体意识"的觉醒，即自觉地意识到作为实践和认识主体的人享有主体地位、主体能力和主体价值，具有主体自觉能动性和创造性。然而，目前的现代文学教育普遍面临一个困境：学生既依赖唾手可得的各路文学史知识，又疲于搬运知识，"惰性思维"（inertideas）②疯长，久而久之，思考缺席，精神僵化。

破解以上种种问题，需要触摸课程精髓，找准教学痛点。"中国现代文学（一）"的精髓是关注人的承担、人的发展、人的社会性。汉语言文学专业的学生在大一上学期就学这门专业必修课，适逢他们价值观形成、思想成长的关键期。这个阶段价值塑造的总体效果却不如人意，一个戳中痛点的现象可以为证：常有学生临近毕业还在问本科毕业后该工作当老师，还是继续读书？这个现象显露了"中国现代文学（一）"的痛点问题：现代文学课的"价值塑造完成度"不高。学生不知该干吗，更遑论怎么干！解决这个总的痛点问题需要逐个分解"中国现代文学（一）"课程教学中的三个子问题：一是学生不读原著，做文学史知识的搬运工；二是学生强于识记，弱于思辨；三是学生惯于单打独斗，不能有效利用大学的学习资源。这些表现有一个共同的病根，即思维懒惰，不求改变。然而，"变"是"'互联网＋'教育"新形态下唯一不变的主题。

人类教育一直面临一个共性的问题，即难以摆脱"惰性思维"的拘囿。教育史上的个别时期的确有着思想解放的灿烂光辉，但更多的时候是被惰性思维深深影响。人们思维僵化，习惯性地盲目学一些精确又惰性的、无以为用的知识，"只是通过大脑去接收某些观点，而不去应用、验证或与其他新事物有机地融合起来"。为"搭建知识生长与生命热望之间的桥梁"③而存在的大学，本应

---

① 辞海编辑委员会.辞海 1999 年版缩印本：音序 [M].上海：上海辞书出版社，2002：2254.
② 怀特海最先提出了这个概念，大意是"只是通过大脑去接收某些观点，而不去应用、验证或与其他新事物有机地融合起来"。
③ 阿尔弗雷德·诺斯·怀特海.教育的目的 [M].靳玉乐，刘富利，译.北京：中国轻工业出版社，2016：2，111.

用智慧掌控知识，但很多时候不仅没有克服"惰性思维"的弊病，反而呈现出"惰性思维"精致化的走向。去除"惰性思维"的困扰，既是文学教育的老问题，也是新挑战。

"文学教育"作为知识生产的重要一环，历经百年演变，目前仍是全国各大学中文系最重要的必修课。然而，正如陈平原所说：

> "以文学史为中心"的教学模式，其结果必然是：学生们记下了一大堆关于文学流派、文学思潮以及作家风格的论述，至于具体作品，对不起，没时间翻阅，更不要说仔细品味。[①]

没有激情、没有思考的文学教育，免不了成为"惰性思维"疯长之地。直面这个问题的挑战，才有望走进澄明的教育境界。

解决目前高等教育中诸多痛点问题，迫切需要筑牢学生的"主体性"意识和创新精神。"以学生为中心"不只是教师该有的意识和行为，也是作为受众的学生不可缺少的自觉与魄力。创造性地落实"以学生为中心"是教学创新的必经之路，也是提高本科教学质量的关键点，要求每一位研究自己教学的教师，同时研究其学生的学习，切实突出学生的主体地位，激活学生的主体性，充分调动学生学习的主观能动性。

为此，我整合了不同版本的文学史，重构了教学内容，为"中国现代文学（一）"课程设置了 14 个专题，将史的梳理与文本细读相结合，尽量做到"有脉络，但跳跃前进；有变幻，但呈现方向感；有文学史线索，但允许自由组合"[②]。要落实这样的教学设计，有一个不容回避的问题：内容多，学时少，"以现在的学时安排，教师只能蜻蜓点水，学生也只好以阅读教材为主"[③]。

于是有了打破传统课堂时空壁垒的尝试——构建延伸课堂。在时间上，向课前和课后两个方向延伸：引导学生做课前准备，包括小组合作、带着预留问题阅读作品和教材；鼓励学生做课后总结、反思。在空间上，不局限于传统的教室，课前和课后的延伸可以发生在线下场所，如宿舍、图书馆、打饭排起的队伍中、放假回家的途中……也可以发生在线上平台，如微信朋友圈、新浪微博等。总之，心能到的地方都是课堂延伸的有效领地。

真正发挥延伸课堂的实效，离不开教师合理透明的教学设计和坚持不懈的跟进。

---

① 陈平原 . 六说文学教育 [M]. 北京：东方出版社，2016：99.
② 陈平原 . 六说文学教育 [M]. 北京：东方出版社，2016：111-112.
③ 陈平原 . 六说文学教育 [M]. 北京：东方出版社，2016：78.

在第一堂课上，把整门课程的知识框架发给学生，以便学生做好课前准备。"中国现代文学（一）"从新文学开端讲到左联成立，从人的文学讲到无产阶级革命文学，已有的相关文学史版本繁多，即使算不上巨细靡遗，资料也相当丰富，但是从接受者的角度对这个时段文学史的呈现，仍然付之阙如。本次教学创新的目标就更加清晰：鼓励并陪伴学生撰写学习案例是培养学生"主体性"意识和创新精神的有益尝试，可帮助学生养成思考的习惯，开启探索性、反思性教学模式。引导较早觉醒的学生从受众的视角审视课堂，写出他们在课前、课中、课后学习过程中的真实感触，总结经验，反思教训，提出对更好课堂的具体期待。倾听学生心声是研究学情的必经之路，也是教学创新的源头活水。本书是在十年探索的基础上，在借鉴 ISEC 教学模式的过程中形成的一个代替灌输型教学模式的典型例证，也是构建延伸课堂的产物。

"学案"自古有之。在学界，"学案"通常指"叙述学派源流及其学说内容并加论断的著作"[①]，如黄宗羲的《宋元学案》《明儒学案》；在教育界，"学案"出现在基础教育阶段，在教学过程中同步使用，多是老师为学生编写的学习方案，是一种在教案基础上针对学生学习而开发的学习方案，有明确的教学目标、学习主线、难点解释、问题探究、学法指导、思维拓展等内容，能让学生知道老师的授课目标、意图，做到听课时有备而来。[②] 这样的学习方案在本质上并不能帮学生挣脱"要我学"的精神牢笼，也没能从根本上解决学生的"主体性"问题。

学生的"主体性"在哪个学习阶段都重要，但也有差异。处在基础教育阶段的学生最紧迫的任务是过考试关，老师和家长的监管相对较多，学生的"主体性"受到挤压是容易理解和接受的。高等教育的目标是培养人才，学生真正的挑战在于专业能力的培养，考试不再是最重要的事，如果这时还不能完成由"要我学"到"我要学"的转变，那真是太遗憾了，而这种遗憾一直普遍存在着，学生被一种时代流行的成功模式裹挟着，以主动的样子被动地前行。亚里士多德说："求知是所有人的本性，对感觉的喜欢就是证明。"[③] 孟郊说："人学始知道，不学非自然。"为"考"而学，违反人的本性，也背离自然之道，遮蔽了学生的真实感受，不利于激发学生的潜能，制约着一流人才的培养。

为打破这样的僵局，"以学生为中心"的口号提了很久，高等教育界为培养一流人才而设的全国教学创新大赛已经举办了多届，强调"育人"的"课程

---

① 辞海编辑委员会. 辞海 1999 年版缩印本：音序 [M]. 上海：上海辞书出版社，2002：1934.

② https://baike.baidu.com/item/%E5%AD%A6%E6%A1%88/5827759?fr=aladdin.

③ 亚里士多德. 形而上学 [M]. 苗力田，译. 北京：中国人民大学出版社，2003：1.

思政"建设也越来越受重视。只是，至今尚无专门针对"学生学"的系统论述。经研究发现："学生学"的状态和期待，与"老师教"的策略息息相关。

　　基于上述思考，我着手编著本书。指导学生参与撰写学习案例是践行"以学生为中心"教学理念的一种方式，也是一次集中呈现教学创新中学生"主体性"的思想冒险。本书作为一个纯粹的新生事物，兼有创新性与高阶性，也颇具挑战性，做到了通过个案呈现过程。讲课好比一种创作。好的作家笔下的人物会自己说话，有自己的生命，不全听作家的；好的课堂中的学生会主动汲取知识，有自己的看法，不全听老师的。

　　好的课堂应该是怎样的？我们尝试从师与生两个不同的角度作出回答。

　　"学习案例"，顾名思义，是老师引导学生探索学习之道的举例说明，意味着把"学生学"当成一门学问，研究学生怎么学，汇集青年学子的明辨慎思，共享专业知识与生命体验，交流学习经验与教训。本书以"中国现代文学（一）"课程为例，根据多个版本的文学史重构知识框架，收入来自 3 个班的 16 位同学完成的 14 篇文稿。同学们在结束一学期的学习后，复盘学习过程，总结学习所得，反思经验教训并写成文章。本书旨在为曾经师生合力奔赴的思想历险"立此存照"，以备日后精进。其中每一篇皆具完整性和独立性，聚在一起又能呈现一门课程的创新式构架，体现教师的教育理念和灵魂。

　　然而，本书又不是学习案例的随意堆砌，而是以案例的方式，生动、深刻地呈现出一门课程的精魂，至少对两个人群有重要使用价值。首先是学生，不仅可以为修这门课的学生提供汲取知识和提炼学法的参考，还对修其他文科类课程的同学有形而上的普遍意义。其次是教师，小而言之，可为讲这门课的人提供知识整合和掌握学情的生动资料；大而言之，有助于讲其他课程的老师在创造性地搞好课程建设、优化师生关系、激活并释放学生"主体性"等方面打开思路。

　　简言之，本书是基于明辨性思维的 ISEC 教学模式，充分发挥师生双方的主体性，在教学创新上步步为营的结果，它呼唤着更多有价值的思想冒险。

导论课　中国现代文学教育的三重境界

黎秀娥

> 以想象力为桥梁，不难体会到历史是潜在的现在，现在是形成中的未来。

中华民族的伟大复兴迫切需要健全有用的人、有智慧的知趣的人、富有创造力和纯粹理性的人。文学教育，尤其是现代文学教育，在这个方面大有可为。现代文学教育与"新文学""新教育"相伴而生，是百年中国高等教育的重镇，可以说，过去的一百年是新文学与新教育相伴而行的一百年。

高等教育的使命是"树人"，其中文学教育是基础环节，也是想象力工程。现代文学教育与当下生活关系密切，更应该在当下"树人"大业中发挥作用，做出重要贡献，与此同时，也存在一些值得重视的问题。探讨现代文学教育的境界就是一个紧迫的问题。如今大学的现代文学教育不以培养作家为目标，甚至也不像新文化运动时代那样急切地以"养成热爱文学的风气，以及欣赏文学的能力"[①]为鹄的，一个显在的客观效果是推动学历生产，而这只是"学以致用"的一个浅层体现。体现"何谓文学"与"为何文学"的丰富辩证，是现代文学教育赖以存在的价值基础，也是值得现代文学专业课教师深入探究的课题。目前，文学专业的学生毕业后与文学的关系大致可以分为三类：一是本科或硕士毕业后当中小学语文老师，基本上是以文学教育为业，终身用文学；二是分散在不同的行业，文学成为人生的一种消遣与陪伴；三是硕士或博士毕业后，以文学研究或文学教育为业。正是这种就业分流的现状促成了我对现代文学教育境界的长达 10 年的思考与实践。

一、学以致用

目前有一种较普遍的看法，即文学无非是写些无中生有的离合悲欢，了无实用。胡适说："我们读书不当死读，要讲合用；在书本之外，尤其要锻炼脑力，

[①]　陈平原.作为学科的文学史：文学教育的方法、途径及境界（增订本）[M].北京：北京大学出版社，2016：29.

运用思想。"①那么，现代文学究竟有什么用？这是现代文学教育必须直面的问题。加缪认为："人类追求统一性、明白、意义，世界则不断否认它们。这个断层便是荒谬。"②现代文学教育中也存在同样的"断层"。一方面，一代又一代的现代文学教育从业人员不懈地追求现代文学作为一个专业方向的统一性，探寻并捍卫现代文学的意义，通过课堂与论著使现代文学的意义得到更多人的理解和接受；另一方面，大批现代文学硕士学非所用，毕业后不得不重新思考谋生之道和安身之计，甚至有些现代文学博士也不免在择业过程中与现实短兵相接，从而产生价值虚无感，对自己曾经选择的专业产生怀疑。

现代文学教育中的"荒谬"还表现在"指责其无用"和"委之以难以承受之重"两种情况同时存在。"指责其无用"的声音中有的出于言者的苛求，有的则是现代文学从业者自身不争气的必然结果。一个较普遍的看法是：现代文学专业不仅考试好通过，还好毕业。这种心态在文学专业的本科、硕士、博士中都不同程度地存在着，持此观念者考前为考试而学，考后为论文而学。然而，现代文学的堂奥幽深难探，与中国社会的现代化密切相关，只有了解中国社会的发展历程，训练科学的研究方法，并充分调动自身深切的生命体验，才能收获真正可靠的知识和能力。人的行为动机在很大程度上决定着行为效果，求钱得钱，求好毕业收获一张薄纸，这是合情合理的事。很多时候，扭曲的学习动机极容易招致现代文学教育"无用"论。鉴于此，在"养成热爱文学的风气，以及欣赏文学的能力"之前，有必要设置一个关于现代文学之用的专题，廓清学生思想上的迷雾，强化其学好现代文学的信念，厘清学习现代文学的路子。

现代文学教育中充满荒谬。加缪致力于在哲学和文学两个领域反抗荒谬，认为："荒谬的来源在于这样一个对抗：人不断地问，世界不断非理性地沉默着。"③这对于解决现代文学教育中存在的问题不无启发：要参透其中的荒谬就得在不断地发问的同时寻求理性的回答。我们有时对文学之用重视过高，比如在学生自杀事件发生后呼吁"文学专业——尤其是现代文学专业——的老师负起责任来"。这样的要求是现代文学教育难以承受之重。现代文学教育应该受到的不是无端指责，也不是盲目拔高，而是理性对待，首先要回答两个基本问题，即现代文学有什么用以及如何用。笼统地说，现代文学教育必须满足学生所需。"办好人民满意的教育"关键在于提升学生学习的满意度，这是"立德树

---

① 胡适.胡适谈教育[M].沈阳：辽宁人民出版社，2015：114.
②③ 德彼德·昆兹曼，法兰兹-彼得·布卡特，法兰兹·魏德曼.哲学百科[M].德阿克瑟·维斯，绘.黄添盛，译.南宁：广西人民出版社，2011：205.

人""整体目标下追求卓越的必然诉求"①，而学生满意度的高低，在很大程度上取决于其对自身所需的认识。学生真正需要的不仅包括显在的、已经被过度重视的各种考试，还有潜在的、被普遍忽视而又十分重要的文学素养，它未必能像考试成绩那样迅速地带给学生成就感，却在很大程度上决定着学生的人生境界，包括生活的趣味、情感的质地，以及做事的姿态和做人的成败。这里说的文学素养不仅指与文学相关的综合能力，还包括文学赖以生长的发现力和想象力，以及丰富柔软的内心。

现代文学的肇端是和中国社会现代化的进程连在一起的，以发现并探究社会发展中出现的问题为己任是现代文学的一大特点。现代文学思潮的涌动与现代社会的变化密切相关，互为因果。与传统文学迥异的是小说取得了文学的正宗地位，立意在改变社会和人生，"问题小说"和人生派写实小说都有杰出贡献，后来的左翼小说进一步发扬了这一传统；诗界的变化也是颠覆性的，早期无产阶级诗歌是中国诗歌史上的新现象，第一次旗帜鲜明地参与社会变革，这个传统贯穿了整个现代新诗的发展；现代戏剧也是应运而生的，戏剧运动此起彼伏，广场戏剧高潮迭起，剧场戏剧空前繁荣，其对现实的干预在中国戏剧史上空前绝后；在散文界，从早期的"言志派""语丝派"到后期的鲁迅风杂文，都为新政权的诞生做出了不可替代的贡献。胡适曾在给学生的毕业寄语中说："在这个要把人弄得团团转的旋风世界中，要建立起你们的判断力。"②现代文学有发现问题并以文学的方式做出判断和回应的优良传统，现代文学教育首先需要把现代文学的这种判断力传给学生，让他们在纷杂的思想形态和舆论宣传中保持思考理性。

此外，还应注重学生的想象力。以想象力为桥梁，不难体会到历史是潜在的现在，现在是形成中的未来。无论学生毕业后所操何业，若要创造性地展开工作，都离不开想象力。现代文学不仅是现实的解剖场，还是想象力飞翔的天空。1920年代想落天外的郭沫若新诗，1930年代的武侠小说和寄予着鲁迅深度思考的《故事新编》，1940年代胡风等人因现实而发却指向新世界之建构的批评与论争，等等，这些都不仅是文学史知识，还是点燃学生想象力的火把。传之久远的文学作品从来不是生活的简单实录，而是在现实的基础上借助想象力建构起来的一个新世界。创作需要想象力，现实的改善亦然。现代文学见证并参与了中国现代化的进程，在社会大转型时期，为新中国的成立和成立后的文化建设提供了想象力的支撑，见证并参与了中国人的现代化过程，为创造新的

---

① 文静 . 大学生学习满意度的提升路径及优化方略 [J]. 国家教育行政学院学报，2019(8)：58.
② 胡适 . 胡适谈教育 [M]. 沈阳：辽宁人民出版社，2015：33.

人生范式提供了参考。

与敏锐的判断力和超拔的想象力同样重要的是充盈温暖的内心。很多人的大学时光在无效的忙碌中度过，为拿各种证书忙，为择业忙，忙得无暇认真读书，无暇考虑自己究竟想要怎样的生活，远离自己真实的内心，这样的"人才"很难适应席卷而至的 AI 时代。高等教育必须赋予学生一种机器人替代不了的才能。机器人善于精准地完成既定任务，但不能根据突发情况灵活机动地处理问题，不能发现意外的美，不能创造性地改变世界，更遗憾的是机器人没有灵魂，更没有爱心。中国现代文学在新文化运动中拉开帷幕，是"经国之大业，不朽之盛事"。现代文学教育在现代学校教育的大环境中开启，是塑造丰富灵魂的重要学科，适应中国现代化进程的需要，在凝聚民族精神、融汇异质文化、紧跟世界文学步伐等方面，自始至终发挥着重大作用，在培养人的能力素养和精神素养两方面功不可没，与此同时也涌现出不少问题。当下的现代文学教育不能有效地满足学生的客观需要，学生一代一代地更替，其"所需"并非代代相同，很多现代文学史课却以不变应万变，一本文学史，一样的 PPT，一用几年，甚至十几年、几十年，疏于对学生的判断力、想象力和丰富灵魂的培养，相应地，学生的所得越来越集中于系统化的文学史知识。久而久之，系统地掌握文学史知识成为了学生的主要期待，更深层的东西反而被忽略了。这个现状如果得不到改善，所谓学以致用不免止于空谈。世界一直在变，因此没有一成不变的"用"。进入学以致用境界的现代文学教育必然处在不停的变化之中。

要之，"学以致用"是现代文学教育这座金字塔的根基，学若无用，学生不知多无奈。

二、学以致知

如果说"学以致用"是想象力的萌发和生长阶段，那么，"学以致知"则是想象力飞翔的阶段。怎样才能激活学生的想象力，使之自由地飞翔呢？最恰当的途径是满足学生所"需"。现代文学教育中存在这样一个问题：学生的客观之"需"与学生主观上认同的"需"有很大出入。学生意识得到的"需"多属第一重境界，集中在"用"上；学生的客观之"需"却往往溢出第一重境界，得在第二重境界中完成，比如接下来要谈的"致知"。"知"与"不知"，仅一字之差，人生的状态却有天壤之别。现代文学教育的"致知"对老师的学问与人格有独特的要求——不必为圣人，但至少应该是有圣人情怀的人。圣人"居无为之事，行不言之教"，"退其身而身先，外其身而身存"①，具备这种情怀的

---

① 老子. 老子 [M]. 太原：山西古籍出版社，1999：5，13.

老师是引领学生进入"学以致知"境界的必要但不充分条件。

"致知"是学生安身立命的客观需求，第一要紧的"知"是"自知"。有这一点的支撑，其他的"知"才会有所附丽。"自知"最难，因为人们往往不以之为问题，自以为知道自己，实则未必，客观上又极需知道。苏格拉底以"Know yourself"作为终生大业，老子称能充分认识自我的人为高明之士。"自知者，明也。"① 很多学生并不具备这种"明"，不清楚自己的真实需要，很多时候，他们的追求只是从众心理作祟的结果。现代文学教育的使命之一是帮助学生实现"自知"，进而达到"明"。只有达到"自知"的人才能如里尔克所劝勉的那样，一切都本其自然，走向内心，回到自己的世界。冯至说得更透彻："谁若是要真实地生活，就必须脱离开现成的习俗，自己独立成为一个生存者。"② 在引导青年学生重新发现自己、自己思考等方面，现代文学有独特的学科优势。

现代文学教育与传统文学教育在境界上的差别是由两个阶段的文学各自的特点所决定的。后者重感性，创作方法成熟少变；前者以理性见长，追求个性化，创作方法随之呈多样化的态势。古典文学向现代文学的转型是在十分复杂的社会形势下发生并完成的。新与旧、传统与现代，像两股反差极大的冷热空气，一旦相遇便有可能产生强对流，引发意想不到的思想风暴。20世纪初，各种主义纷至沓来，为中国文学开启了史无前例的思想解放。现代文学有很多与古典文学迥异的新质，郁达夫等人的"自叙传"抒情小说就是典型的例子。现代文学史是一部文学现代化的历史，也是人的现代化的历史。至此，中国文学实现了由"文以载道"或"文以消遣"到"文以载人"的飞跃。

周作人倡导用"从个人做起"的"人间本位主义"研究人生诸问题的"人的文学"③，这是新文学诞生之际的重要概念，其最直接的影响是人的价值观念发生了根本转变。与传统文学重视辞章之学的训练不同，现代文学教育重视唤醒旧人，培育新人，至少在现代文学前两个十年是这样的。可以肯定地说，现代大学教育中没有哪个学科能像现代文学这样直奔"个人"而去。引导学生"自知"进而"知命"，冲开流行因素的遮蔽，发现真实的自我，明白自己的短与长，丰富自己有尊严、有节制的情感，在实践中养成扬长避短、求真务实的精神，像觉醒的西西弗一样，"比他的命运更加优越"④，这是当下的现代文学教

① 老子 . 老子 [M]. 太原：山西古籍出版社，1999：58.
② （奥）里尔克 . 给青年诗人的信 [M]. 冯至，译 . 昆明：云南人民出版社，2016：4.
③ 周作人 . 中国新文学大系建设理论集 . 人的文学 [M]. 上海：上海良友图书印刷公司，1935：196.
④ 德彼德 • 昆兹兹，法兰兹 - 彼得 • 布卡特，法兰兹 • 魏德曼 . 哲学百科 [M]. 德阿克瑟 • 维斯，绘 . 黄添盛，译 . 南宁：广西人民出版社，2011：205.

育不容回避的使命。

第二要紧的"知"是"知时代"。人是时代的人，所以"知时代"，在某种意义上也可以看作是"自知"的自然延伸。现代文学史同时也是一部社会现代化的历史，现代文学思潮的涌动始于一代青年的觉醒，最终影响了整个民族。新文学先驱们既有清醒的自我认知，又是时代的引领者，走在创造新世界的前列，现代文学三个十年的丰硕成果见证了他们梦想的力量。现代文学第一个十年是强调个性解放的时代；第二个十年是追求社会解放的时代；第三个十年是个人与社会磨合、相携前行的时代。三个十年的文学各有侧重，但在与时代同频共振这一点上却是相通的。

无论"自知"还是"知时代"，都要求"育才""育人"两不误，这意味着大学课堂得改变由老师唱独角戏的旧模式，激活学生的主体性，提高学生的课堂互动参与度，以此加深其对历史的感受，以便以史鉴今。相应地，备课不能只备文学史和教法，还得了解学生；教室不再只是讲课听课的场所，还是师生合作共赢的竞技场；文学中的世界不再只是作品中人的世界，还是人生的演练场，师生同台演出，互相配合，共同提高，老师对学生的"教"与"育"在潜移默化中进行。这种境界正如老子所言："上善若水。水善，利万物而有静，处众人之所恶，故几于道。居善地，心善渊，予善天，言善信，正善治，事善能，动善时。夫唯不争，故无尤。"① 现代文学教育若能进入水利万物的境界，定能在"知时代"的问题上"无尤"。

70 多年前，傅斯年发现"中国科学确有一个极大的危险，即用与科学极其相反的精神以为提倡中国科学之动力"，因而提出一个自称迂阔的口号，即"为科学而研究科学"，并以之为"科学的清净法门"②。由此不难想到一个同样不免迂阔却也很实在的口号，即"为文学而文学"，这是文学的清净法门，也是真文学的必经之路。提出这个口号是因为当下的现代文学教育同样存在一个极大的危险，即用与文学相反的精神以为提倡中国文学教育的动力，由此引发现代文学教育的许多问题，无论本科班批发式的文学史课，还是硕士班、博士班圈地式的方向课，都呈学术化模式，要么致力于史的梳理，要么专注于资料搜集和理论探究，学生得到了丰富的知识，对自己和时代却知之甚少，这不仅与文学的精神背道而驰，也偏离了学术的真正使命。现代文学的精神关乎自由、想象、创新，实践这种精神离不开"为文学而文学"的"致知"精神，相关的

---

① 老子. 老子 [M]. 太原：山西古籍出版社，1999：14.

② 傅斯年. 傅斯年谈教育 [M]. 沈阳：辽宁人民出版社，2015：161-162.

"教"与"学"同样如此。引导学生"自知""知时代"是符合现代文学实际的教学任务，也是功在学生终生的事，然而这一点在现代文学教学中却一直没有得到足够的重视。在"项目化生存"的峡谷中，现代文学教育也难免当下学术生产之"俗"，受量化管理及考核规则的影响，汲汲于"学术成果"，在片面求精、求专、求速的学术生产中顾此失彼。

没有现代文学提供思想启蒙，中国人不会有现在的视野，中国人对时代的认识达不到现有的水平，中国现代化的进程也不知要滞后多少年。为充分发挥现代文学在思想启蒙、凝聚力量等方面的独特作用，在培养善于表达、阅读和写作的人的同时，还得涵养人心，找回文学教育的灵魂，找回以人为中心的人文精神，重新重视现代文学在引导和启发学生"自知""知时代"方面的独特优势。

要之，"学以致知"是现代文学教育这座金字塔的主干，学若无知，学生不知多可惜。

三、学以致思

"致用"是想象力的孕育期，"致知"是想象力的飞翔期，而"致思"则是想象力经过充实后再次向着大地回归的过程，是现代文学教育的最高境界，既充满理性，又不乏诗意。诗与思是贯穿整个现代文学的两条线，因此也是现代文学教育必然追求的境界。

"致思"不是玄之又玄的形而上的思辨，而是一种关于思考的极高境界。这种思考剔除了功利性，不求有用，甚至不求有知，很难具体地说"为"什么，只是单纯地致思诗意人生，并且乐此不疲，明明知道有些问题在有生之年不可得其解，依然坚持发问，超越了中国的学以致用传统，也超越了西方的学以致知传统，直达更高的学以致思的境界。从量上讲，这类文学在现代文学史上占的比重较小，在质上却不乏经典之作，鲁迅的《野草》和冯至的十四行诗就是这方面的典型代表。"致用"的文学，"致知"的文学，以及"致思"的文学，分别构成了现代文学这座金字塔的"塔底""塔身"和"塔尖"。纯粹"致思"的文学在现代文学中是凤毛麟角，现代文学的这个特点从根本上决定了现代文学教育进入"致思"境界的难度。

"致思"对现代文学教学而言是一项浩大的工程，意味着想象力向着大地回归时，不是向地平线看齐，而是反过来叩问乃至重塑现存世界。而投身于这项工程、进入这个境界的人，起码要经历过"致用"的考验和"致知"的逍遥，最初是现代文学教育的接受者，后来是其执行者，甚至开拓者。他们把"致思"

作为一种习惯，作为生活的一部分，沉浸其中，不被世风左右，嗜"思"如命。他们在现存的世界中孕育而成，又为现存的世界所难容，是现存世界的颠覆者，未来世界的创造者，肩负着开创新世界的使命，曾经的积累和漫游共同服务于专心一意的建构。

进入"致思"之境的现代文学教学是培养创造者的土壤。创造者和一般谋生者的最大区别在于，前者自成一个完整的世界，"在自身和自身所联接的自然界里得到一切"[①]。"思"是其生命的自然律动，思想力是其最重要的所得。对社会而言，个体的思想力是重要的生产力之一。胡适解读杜威的教育哲学时重点阐释了杜威提出的"智能的个性"，即"独立思想，独立观察，独立判断的能力"，认为平民教育的第一要务是培养受教者的"思想力"，"不要把耳朵当眼睛，不要把人家的思想糊里糊涂认作自己的思想"[②]。思想本身固然不能载人在天上飞，不能带人在陆地上跑，也不能渡人于沧海，却能极大地缩小天上飞的、地上跑的、海上漂的人们之间的心灵距离。进入"致思"境界的现代文学教学，若能在传授文学史知识的同时渗透人情世界中的所历、所感、所悟，就有望实现"育才"与"育人"统一，更好地为国"育才"，为党"育人"。

进入"致思"境界的现代文学教育有什么特点呢？德国哲学家雅斯贝尔斯在 1977 年写的《什么是教育》中说："教育就是一棵树摇动另一棵树，一朵云触碰另一朵云，一个灵魂唤醒另一个灵魂。"进入"致思"之境的现代文学教育，每堂课不仅是"一次精心准备的演出，既充满激情，又不可重复"[③]，还是一场诗与思的变奏，以大学精神为主旋律。进入"致思"之境的现代文学教育貌似无用，教无用书，读无用书，谈无用话，却能于无声中陶冶精神，培养真正有独立思考能力和家国情怀的知识者。

要之，"学以致思"是现代文学教育这座金字塔的尖顶，学若无思，学生不知有多迷惘。

总　结

大学的文学课一旦成了高中语文课的翻版，学生就只能像一个个没有灵气的筐，被动地接受投放进来的知识，差别只在讲述作家作品之外，多了对史的梳理，突出史的背景和意义，那是很烦闷的事。烦闷是生物生长过程中不可避

---

① （奥）里尔克.给青年诗人的信 [M].冯至，译.昆明：云南人民出版社，2016：18.
② 胡适.胡适谈教育 [M].沈阳：辽宁人民出版社，2015：9.
③ 陈平原.六说文学教育 [M].北京：东方出版社，2016：137.

免的一个现象，"我们若把一棵大树的切断面拿来看，可以看出它的一年一年的生长轮。在它的生长期之中，我们可以看出某年因天气的特变，它的生长受了妨碍，这也可以说是它生命中的烦闷。但只要生长力充足的话，它一定还可以继续生长，绝不因为一点烦闷损伤了它的未来的远大"。[①]所有的烦闷，都是生长史中的一个过程，只要有生长的力量，烦闷便可冰释，转而成为通往远大未来的路。

现代文学教育中的烦闷事也是其通往远大未来的必要考验。经受住考验的现代文学教育必将在"致用""致知""致思"的道路上行稳致远：为社会培养健全有用的人；为未来准备有智慧的知趣的人；为人类缔造有创造力和纯粹理性的人。现代文学教育的境界有高低之分，无贵贱之别，每一重境界都有不可替代的意义和价值，共同服务于缔造有用、有智慧、有理性的人生。

---

① 任鸿隽.任鸿隽谈教育[M].沈阳：辽宁人民出版社，2015：26-27.

第一次阶段性评价：写出特殊时期的真情实感

黎秀娥

> 以作文如做人的虔诚态度，激活思想，谋篇立意，然后驰骋文字。如此多读多练，表达能力就会与日俱增。

在新学期第一课上公布的整学期的"中国现代文学（一）"教学日历中，针对学生"强于识记，弱于思辨"这一痛点问题设计的第一次阶段性评价的方式是现场辩论，随堂进行，满分 25 分。辩论的题目是：文学有用吗？如果说导论课的目标是"誓师"，让刚进大学的汉语言文学专业的学生对专业课持有专业的态度和期待，那么以这样的方式进行大学时代的第一次过程性评价，则有多重预期：一是让学生尽快以思想对话的方式熟络起来，增进感情和交流，为后续的小组合作式学习作铺垫；二是为"中国现代文学（一）"的课堂定调子，让思考和表达成为师生间的共识，用行动拒绝"填鸭"；三是引导学生理性地面对"文学之用"，调适自己的学习境界。

然而，计划赶不上变化，在教室里只上了一次课，完成了导论任务，第二次课就转移到了线上，而且学生陆续走在紧急回家的路上，就连线上的统一上课都难以保证，更遑论现场辩论。可是，时间在流逝，教学进度不等人。于是，临时调整策略，改变考核模式。考虑到这次转移让学生身心备受考验，就势引导学生用自己的话表达自己感受最深的想法，完成一篇题为《回家的路》的文章，体裁不限，字数不少于 800 字，重在写出真情实感。这样，原定的随堂现场辩论变成了传统的命题作文，为让学生体会到与高中时代作文的不同，鼓励学生爆发出自己的思想火花，准备时间较充裕，为期一周。

一周后统一上交，为避免学生打分时受到老师的影响，先交给各组组长，组长评阅并打分，全部阅完后由课代表收齐，打包发给老师，老师逐份批阅并打分。经过两轮批阅，每份学生文稿有两个得分：一个来自同学，一个来自任课老师（组长的同学打分由课代表负责，课代表的同学打分由所在组的组长负责），两个分数取平均分，就形成了该学生本次阶段性评价的最终得分。

新课照样进行，我用业余时间仔细批阅三个班的文章需要四周的时间，然后做分析，在线上课中插入专题讲评，如图 I -1 所示。

用自己的话表达自己的想法
——第1次阶段性评价讲析

黎秀娥
2022.11.30

图 I-1　专题讲评

本专题共包括四个部分，如图 I-2 所示。

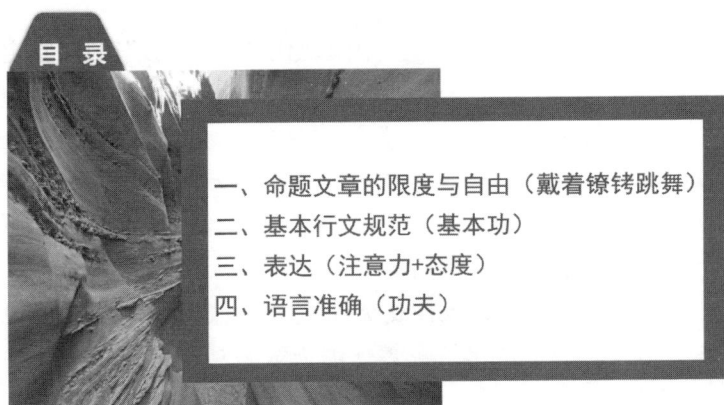

目　录

一、命题文章的限度与自由（戴着镣铐跳舞）
二、基本行文规范（基本功）
三、表达（注意力+态度）
四、语言准确（功夫）

图 I-2　本专题所包括的四个部分

第一部分，阐明命题文章自有其限度，须戴着镣铐跳舞，然而，它也有自由，不妨碍舞出自我。这自由就是自主选择切入的角度，篇幅不大时要求切口也要小，以便挖掘深一点。"回家的路"上的所见、所思、所感、所忆皆可入文，但不能见到什么、思到什么、悟到什么、忆起什么就写什么，必须突出一个核心点，围绕这个点做取舍。只有掌握好限度与自由间的平衡，才能写出好文章，不然就很难有亮点。

第二部分，夯实基本行文规范，这属于写作基本功。本次阶段性评价暴露了三个班共有的四个问题：一是有的学生把命题文章的名字改掉了，这就越过

"限度"的边界了，如果想突出自己的切入点，可以在给定的命题下面加副标题；二是排版问题，标题要居中、比正文字号大一点并且加粗，与正文隔一行，段落开头空两个字的位置；三是标点问题，最突出的是省略号错得五花八门，另外，扎堆儿出错的地方在于中英文标点滥用，尤其引号、分号、逗号、感叹号；四是常用字——的、地、得、底——乱用。

同样普遍的还有标点问题，如图 I-3 所示。

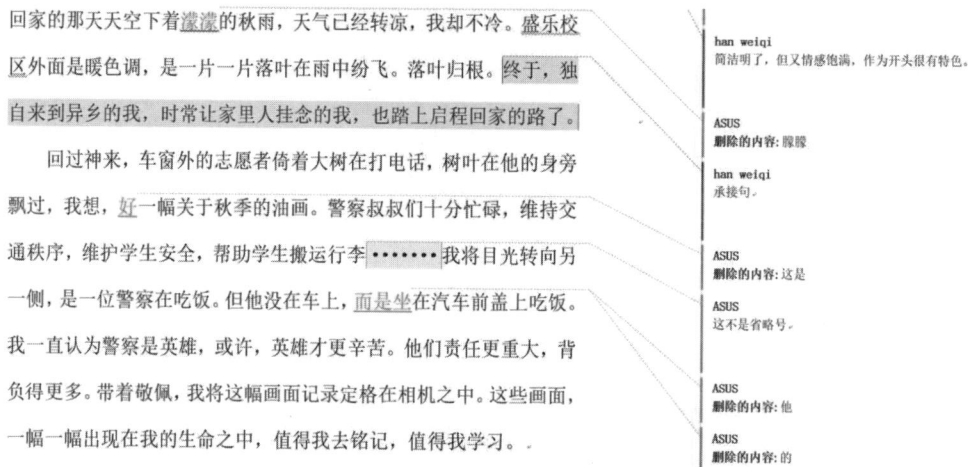

图 I-3 标点问题示例

第三部分，引导学生正视表达问题。表达讲究方法，它也与人的注意力紧密相关。文章中的表达，可谓"道可道，非常道"，法无定法，然后知，无法，法也。如果照搬理科思维做几点概括了事，对于提高表达能力并没有多大帮助，关键还在于写作个体的"悟"。以作文如做人的虔诚态度，激活思想，谋篇立意，然后驰骋文字，如此多读多练，表达能力就会与日俱增。为帮助学生悟出其中之"道"，在批阅过程中寻找每个学生文章中的"闪光点"，记录下来，在课上集中讲解，既鼓舞了学生的写作志趣，又起到互相欣赏、共同提高的作用。

本部分为照顾到每个学生，本着"寸有所长"的观点，一一找出三个班的学生所写《回家的路》中的"闪光点"。

第四部分，提高准确运用语言的意识。这一部分采用举例法，结合典型案例讲解，如图 I-4 所示。

引导学生通过出声读自己的文章，检验语言的运用是否准确。其实，凭语感判断是否"通顺"很考验人的语言功夫。

世上无难事，只要肯登攀。勉励学生再接再厉，以愉快的心情迎接第二次阶段性评价。

赶上了集合的队伍。戴上学院发的防护手套和 N95 口罩，装着他们满满的爱，像个战士一样，等待出发。院领导在他们负责的这一部分很好，很高效，不枉两个小时的休息。但一项临时的、紧急的、巨大转运量的任务需要各部分协调配合，任何一个部分出了差错都会很麻烦。因为在校车协调方面，出现了偏差，最早起的我们成了最晚回家的一批。晚点了火车，由上午十点变成了下午五点，失落不言而喻。在满是人的火车站，思绪也在飘扬，先行冲向了家的方向。火车上，四周都是老乡，他们有人通过向家人、朋友表达回家的迫切打发漫长的等待，还有人，挤上了其他学校的老乡回家的列车。早早建立好的老乡群里，大家积极传达各方面的消息。我盯着手机，生怕错过了回家的机会。

终于：五点到了，终于踏上了回家的火车，一下火车，看到一个个不同旗县的指示牌，边走边寻找着属于我的队伍。他们将牌子举得高高的，并不停歇地呼喊着：xx 的孩子来这里。在呼喊声中，我的眼眶湿润。前往回家大巴的整个路上，距离不长不短，警察、医护人员站在两侧，他们在昏暗灯光下的身影，使我

孙明丽	语句表达不太清晰。	
ASUS	删除的内容：，	
ASUS	删除的内容：，	
ASUS	删除的内容：影响回家进度	
ASUS		
ASUS	删除的内容：	
ASUS	删除的内容：通过	
ASUS	删除的内容：来	
ASUS	删除的内容：自	
孙明丽	细节描写，一次次湿润的眼眶。	

图 I-4　典型案例

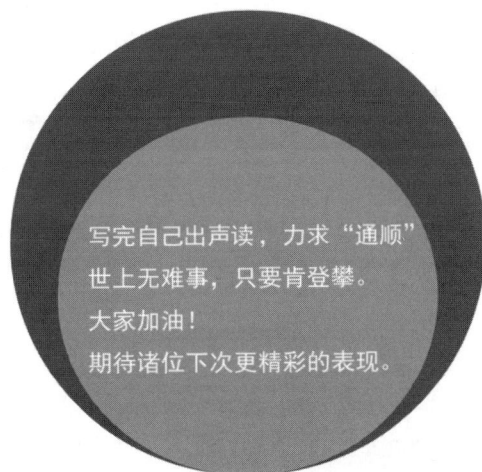

写完自己出声读，力求"通顺"
世上无难事，只要肯登攀。
大家加油！
期待诸位下次更精彩的表现。

图 I-5　总结评价

第 1 讲

百卉萌春，利刃发硎

——1920 年代文学思潮与运动

王佳宁

> 既要保持不懈思考的人生态度和独立思考的能力，又要在纷杂的信息潮中敏锐地捕捉到真正有价值的观点，完善自己的知识结构，才能支持自己做出理性客观的价值判断甚至价值输出。

五四运动高举的"民主"与"科学"两面旗帜是这一时期乃至整个 20 世纪中国文学革命与文学创作不懈追求的目标，承载着启蒙者们为中国现代文学挣脱传统文学的束缚、融入世界文学大潮所做的努力，带来了改造国民性的新希望。1920 年代的文学思潮及运动恰与陈独秀为《新青年》亲手撰写的发刊词相呼应："如朝日，如百卉之萌动，如利刃之新发于硎。"[①]

黎老师在 2022—2023 年度"中国现代文学（一）"的教学日历中将本讲初步分成了四个部分：首先是"延伸课堂（一）：中国现代文学的发生"，然后是"新文化运动与文学革命""文学思潮涌入与文学社团蜂起""文学创作潮流与趋向"三小节。后来在实际教学中黎老师将延伸课堂（一）的小标题改为"中国现代文学是如何发生的"这一互动性问题的形式，又加入了"所谓'现代性'"这一节作为延伸课堂（一）预留问题之后的第一节。临下课时，黎老师又构建了延伸课堂（二）：鲁迅曾经东渡日本学医，后来为什么弃医从文？何时下的决心？这几个新问题正是第二讲的启动问题。

初看到这个框架时，我意识到本讲是一个综合性极强的年代文学潮流概说。从编年史的角度来看，1920 年代在中国现代文学史上具有开创性的地位；从学科史的角度来看，1920 年代的文学思潮与运动在中国现代文学史上起到了引领性的作用。在"中国现代文学（一）"课程中，1920 年代文学思潮与运动是我们继导论之后正式打开中国现代文学史大门的一把钥匙，它综合性地叙述了

---

① 陈独秀 . 敬告青年 [J]. 青年杂志，1919（1）：1.

1920 年代文学革命与文学创作进程，宛如一个不断迸发热血的心脏。从这里出发，沿着一个个如血脉分支的文学现象探索位于社会转型期的东方巨人在文学领域的破与立，是本讲的重要内容。我根据课程框架理出学习脉络，将从以下几个方面展开论述：以"延伸课堂（一）"为主的课前准备、穿插在四小节中的课堂互动、思旧发新的课后回顾与延伸。

一、课前准备——多方面调查与问题分层次解读

讲解完导论部分之后，正式进入"中国现代文学（一）"的课堂。黎老师在课前提出了本课程的第一个互动问题——"中国现代文学是如何发生的？"第一讲"1920 年代文学思潮与运动"就在互动问题的助推下启动了。

看到这个问题，我有意识地避开直接使用搜索引擎，选择先向课本和黎老师推荐的《中国现代文学三十年》[①] 等专业书目寻求答案。这种思考模式的转变也体现了大学生和中学生的主要思维差异：由于学习科目多，中学教育通常用具体的题目考查学生的知识接受情况，有一套相对稳定的答题模板；大学生应该根据所选专业及学校课程规划进入某一领域的深入学习，而以科普为主要使命的大众搜索引擎所呈现的信息通常缺乏专业性和深度，不能满足我的学习需求。

在细读参考书目中相关内容的同时，从学科本身特点出发，了解学术前沿也是深入解答专业问题的关键步骤。我以《中国现代文学史 1915—2016（上）》[②] 和《中国现代文学三十年》两本久经考验的教材作为课前准备的导航；同时参考黄子平、陈平原、钱理群的学术文章《论"二十世纪中国文学"》[③]，通过多样化的渠道获取信息，以便深化自己对问题的感知理解，多方位获取信息，从而探索更多回答问题的可能性。

当然，搜索引擎在解决问题的过程中也不是完全不可用的。当我在阅读教材和相关资料的过程中，对一些文学术语和特殊名词感到陌生、抑或不解时，便优先选用快捷、方便的大众搜索引擎。这样一来，针对"中国现代文学是如何发生的？"这一问题，以教材和重点参考书目为主体、以了解相关学术前沿性文章为重要文线、以搜索引擎查找基础性资料为辅助的多维学习体系就有了简单的雏形。这种多元化的收集资料方式，对于我对"中国现代文学（一）"这

---

① 钱理群，温儒敏，吴福辉 . 中国现代文学三十年 [M]. 北京：北京大学出版社，1998.

② 朱栋霖，吴义勤，朱晓进 . 中国现代文学史 1915—2016（上）[M]. 北京：北京大学出版社，2018.

③ 黄子平，陈平原，钱理群 . 论"二十世纪中国文学"[J]. 文学评论，1985(5): 3-14.

门课程的学习帮助极大。

将多方面调查作为收集资料手段的同时，分层次解读问题也是助力理解"1920 年代文学思潮与运动"整个大章节、更好地消化"中国现代文学是如何发生的"这一导学问题的重要过程。《中国现代文学史 1915—2016（上）》的绪论明确地介绍过"中国现代文学的发生"，将中国现代文学的发展分为三个彼此联系又有所分野的历史阶段，第一个阶段即 20 世纪初至 1949 年新中国成立前夕，"其特点是，以现代理性精神为核心、以现代人道主义、启蒙主义思想为基础的'人的文学'为主流"[①]。其他两个阶段在教材中则按照时间划分，递进排序。

黎老师根据学校的学期长度和总体安排，重新整合了"中国现代文学（一）"这门课程的教学内容，将其具体划分为十四讲，这十四讲集中于中国现代文学史的前二十年。结合课程目标来看，黎老师推荐的《中国现代文学三十年》更有益于本课程的精细化学习。

首先我在进行课前准备时，主要聚焦于教材的绪论部分，注意到"现代性"这个关键词，因此在解读问题层次时，将"现代性"单独分成了一部分；然后再从"中国"和"发生"两个关键词中寻找出新层次，将文学史问题讨论中始终离不开的历史大背景探究划分成另一个部分；最终聚焦于"如何"二字，探寻中国现代文学发生之初的种种变革动因。

然而，对于"中国现代文学是如何发生的"这个问题，我与绝大多数同学在作答时仍然保留着中学生的惯性思维——中规中矩、注重知识点的全面罗列，但是浅尝辄止，缺乏大胆的突破与精细的求证。我虽然将这个问题做了三层划分与调查，找出了"现代性""如何"以及"发生"这三个关键词，但在课堂互动时却很难将三者进行条理清晰的联合说明，只能做到详细解释"发生"这一侧面，对中国现代文学发生的内外原因展开相应阐述：一方面，19 世纪末 20世纪初的中国受到全球化浪潮的冲击，社会发生历史性变化，这一冲击由政治、经济层面无可避免地波及文化乃至文学领域，"文学不再是在各自封闭的环境里自生自灭的自足体了"[②]。西方文艺复兴以来的各种思潮在中国广泛传播，为近代中国文化注入了新鲜血液，这些新鲜血液不断冲击着中国文化的内核，是促进中国文学现代化发展的重要外因。另一方面，在西方各种文学思潮的冲击和影响之下，中国文学结构的内部产生了分化。中国现代社会历史形态发生了巨

---

① 朱栋霖，吴义勤，朱晓进 . 中国现代文学史 1915—2016（上）[M]. 北京：北京大学出版社，2018：1.

② 黄子平，陈平原，钱理群 . 论"二十世纪中国文学"[J]. 文学评论，1985(5)：4.

大变化，古代文学的传统理论框架和思想内核在解释现代文学所面临的问题时显得十分乏力。在这个过程中，大批受到西方文学思潮影响的知识分子涌现，自觉地承担起启蒙任务，基于对文化惰性的警惕，不得已地"割裂"了中国现代文学与中国古代文学，在文学的各个领域力行变革。"中国现代文学实际上包含了'中国'和'世界'两种因素。其'现代性'既是中国历史的自然演进，又是中国与世界碰撞交融后的自我更新。"①

但我没有对"现代性"这一至关重要的概念做出简明精准的阐释，也忽略了中国现代文学是"如何"发生的这一点，没有对 1920 年代的文学革命及运动做出简要概括。老师接下来由延伸课堂（一）中的导学问题"中国现代文学是如何发生的"引出了整个第一讲层次分明的四小节："所谓'现代性'""新文化运动与文学革命""（1920 年代）文学思潮涌入与文学社团蜂起""（1920 年代）文学创作潮流与趋向"。整体由"现代性"这一对于整个课程来说至关重要的抽象概念具体落实到 1920 年代的文学革命、文学思潮和文学社团，最终又对 1920 年代的文学创作潮流与趋向进行了概括性总结。为了不与本学期主要教材《中国现代文学史 1915—2016（上）》脱节，老师还有机结合了《中国现代文学三十年》，把教材里"'人'的观念与文学史构成""中国文学的现代性开端""近代文学观念变革"这三个章节巧妙穿插在以《中国现代文学三十年》为主要结构基础的教学内容中。

老师典型化、全面化的课堂设计极大地弥补了同学们在回答导学问题时存在的不足，帮助我们拓宽了思路，为今后"中国现代文学（一）"诸如"1920 年代文学思潮与运动"这类概括性章节的学习奠定了基础，提供了可借鉴的思路。

由于课程安排与具体上课形式的细微调整，本讲作为第一讲以线下授课的方式进行。基于课程的入门是一个循序渐进的过程，这一讲的课前准备并没有安排小组合作。然而小组合作是"中国现代文学（一）"整体课程设计中的重要一环，小组合作互动在第一讲的入门阶段的缺失让我感到十分遗憾，但它在后面的十三讲中得到了很好的落实，有效地激发了大家的学习热情。

黎老师将整个班级分为六个学习小组，并在接下来的课程中针对延伸课堂（一）中的问题以及四个小节的阐释进行了不同小组的对标分工。本讲的主要内容包括预留的互动问题"延伸课堂（一）：中国现代文学是如何发生的"以及构成课堂主体的四个小节。由于在学习这一部分时还没有正式开始小组学习，如

---

① 孔庆东. 中国现代文学的发生 [J]. 中原文化研究，2015，3(3)：79.

果要适配六个小组的分工，我认为可以按照后续课堂的规律性模式将"现代文学是如何发生的"作为启动问题，然后再添加"结语"这一环节。这样一来，整个课堂结构会更加完整、立体，也与黎老师对"中国现代文学（一）"课程的整体设计更一致，为以学生为主体的启发式教学开了个好头。对于这门课的小组合作环节，我最大的感触就是去除形式主义的小组学习的魅力。我所在的一组在小组合作过程中的基本模式是"明确分工—查找资料—整合讨论—筛选资料—解决问题"。

谈到小组合作，我个人认为老师的态度与引导是影响小组学习效果的关键因素。得益于黎老师的有效引导，我在小组学习过程中能真正感受到"群策群力"的魅力。一方面，相较于展示材料的精美程度、进行课堂展示的形式等相对表面化的环节，黎老师更注重学生思考问题的深度与表达的准确性、观点的创新性，当然也并不是全然不拘小节；另一方面，黎老师始终严格把控小组学习产出成果中引用资料的准确性，并耐心地规范同学们的语言表达及书面展示格式。

我们小组作为第一组，所负责的部分通常是启动问题或结语部分。如果在本讲就开展小组学习，需要进行课堂展示，本组通常会采取"毛遂自荐"的分工形式，谁负责课堂的展示部分，谁负责 PPT 制作，谁负责发言稿的撰写等一系列工作都由组员自荐承担，其他没有分到明确任务的同学则进行资料的查找与补充。大家一起讨论、共同筛选，最终打造出一次凝聚着集体心血的课堂展示。这是一个彼此交流想法、互换建议的过程，也是我眼中小组学习最重要的作用：鼓励学生之间的互动，使学生的思路由点到面逐步拓宽。小组学习应当是与他人思想碰撞的好机会，而不应是一种为了完成任务而彼此敷衍、推诿的负担。在"中国现代文学（一）"的课堂上，我终于体会到了小组学习的真正意义与乐趣。

如果本讲开展了小组学习，可能会极大地拓宽我对"中国现代文学是如何发生的"这类具体问题的思考，以便我在与同学们的交流中及时发现自己的认知误区。当然，在思想碰撞的过程中我们也能够看到他人的不足或独到之处，针对某一争议点展开思辨与交流，在彼此的补充与纠正中求同存异。假使本小组负责了类似结语的总结性的部分，那么小组合作的讨论成果对于回答问题的全面性将是一个极佳的补充。

除去老师要求、同学之间的互相监督这些外部因素，小组学习也十分考验个人的学习能力与学习态度。小组学习强调学生间的交流，在不同问题的讨论中，难免会在某一观点、某一话题上，形成暂时的人员表达主次之分。这时相对边缘化的同学是选择直接放弃表达观点、随波逐流，还是仔细观察讨论内容、努力提出建议，就更多地关系到个人的思考能力和参与小组讨论的积极性。我对小组合作充满期待，并且抱有一种"查缺补漏"的心态，既希望表达自己的观点与学法以期为他们提供启发与帮助，也对其他同学的独到见解和独家心得拭目以待。

二、课堂互动——回眸时代浪潮

做好了课前准备，真正进行课堂互动时又是另外一番体验。黎老师选择将一些小问题穿插在课堂框架内进行师生互动，用问题推动课堂进程。

第一节"所谓'现代性'"对应的是一个非常有趣且十分生活化的问题——"你能想到最浪漫的事是什么"。在进行这一小节的讲解和课堂互动之前，老师对近代文学观念的变革及文学界各领域的革命、近代文体革命做了宏观介绍。"从文学观念到作家地位，从表现手法到体裁、语言，变革的要求和实际的挑战都同时出现了。暴露旧世态，宣传新思想，改革诗文，提倡白话，看重小说，输入话剧。这是一次艰难而又漫长（将近历时五分之一个世纪）的'阵痛'。"[1] 在种种文学革命与文学运动背后，是 1920 年代日渐高昂的"现代性"。

老师将课堂话题引导至思考"人"这一层面，引入了现实主义、浪漫主义、现代主义、后现代主义这四个概念。在文学领域，寻着"人"这一维度，现实主义侧重于人的社会性，即人与人、人与社会的关系，是一种摒弃理想化想象的、聚焦客观现实的文学思潮；浪漫主义是与现实主义相对的另一支文学思潮。欧美现当代文学理论大师艾布拉姆斯在其文学理论著作《镜与灯》中形象地比喻："在浪漫派看来艺术是灯，它投射出的形象不是源于世界而是源自诗人。而在现实派看来艺术是镜，它投射出的形象是世界。"[2] 浪漫主义长期以来聚焦于人的感性和情感，从"人"的主观世界出发，抒发对理想愿景的热烈追求。"现代主义"则比较难以定义，但它无疑是 20 世纪以来社会文明进一步发展的产物。现代主义对于"人"这一抽象概念的阐释可用理性、主体性、人性来简要概括。人的理性精神体现在工具的使用、道德实践、艺术表达等范围广泛、虚实兼及的多个领域。作为独立个体，人常受到社会发展的巨大冲击，这一影响投射到文学领域体现为叙事危机，在文学创作的过程中呈现出前卫和反叛的特征。现代主义又衍生出"后现代主义"，后现代主义不仅是现代主义反传统尝

① 黄子平，陈平原，钱理群．论"二十世纪中国文学"[J]．文学评论，1985(5)：5.
② 《文学理论》编写组．文学理论 第 2 版 [M]．北京：高等教育出版社，2020：206-207.

试的继续,还刻意消解西方人所公认的经验和思维方式。通过披露无序的、虚无的日常生活,揭示生存的无意义,凸显人们所追求的安全感其实建立在生存的"虚无"之上。

由"现代"衍生出的"现代性",同样是学习中国现代文学无法忽略的一部分。所谓"现代性"和"能想到最浪漫的事"又有什么联系呢?在课堂互动的过程中,同学们给出了多样的回答,大致可分为生活类、理想类还有特殊类,每个人对"浪漫"的理解都有所不同,我所回答的是"能够找到自己所热爱的事业并为之努力就是我能想到的最浪漫的事"。这时我也意识到老师设置这个课堂互动的用意。正是因为同学们作为思想独立的个体——"人",才对"最浪漫的事"有不同的期待、不同的认识。康德和黑格尔认为现代性的核心在于"主体性"原则。区别于现实主义和浪漫主义的两极观念,现代性在以主体性为核心的同时兼具理性精神。但现代性作为一个跨学科概念,很难以单一的文学视角去解释,"现代性是一个复合型命题,它虽包含文艺项,却不限于文艺。"[①]学者赵一凡将现代性问题拆解成三项,分别是文艺现代性、哲学现代性和社会现代性,老师在"中国现代文学(一)"的课堂上也沿用了这个层次划分进行讲解。

在"中国现代文学(一)"的课堂上,老师对"文艺现代性"做了必要介绍,它是对于自由表达的强烈渴望,是理性自身的叛逆。"在鸦片战争之后,西方现代文化的冲击导致了传统文化的衰落;新文化运动自觉地以西方现代性反对中国传统文化,更加速了传统文化的瓦解,从而诞生了中国的现代性。"[②]新文化倡导者认为当时中国的根本问题在文化上,致力于通过改良传统文化、点燃现代启蒙火种,从而加入历史潮流裹挟下无法逆转的社会现代化进程,文学革命由此发生。新文化运动与五四运动的先后沸腾,也为 1920 年代锐不可当的文学思潮与运动高扬起精神旗帜。文学革命的旗手们勇担时代使命,期待缔造出一个"人"的世界——以人的生命为第一位、人的自由发展为最高价值尺度的世界,这也是黑格尔所阐释的以"主体性"为核心的现代性的第一要义。

进入第二小节"新文化运动与文学革命",老师提出了第二个课堂互动问题:新文化运动"新"在哪里?由于课时原因,这个问题恰好是下次课的开端,同学们有充足的课外时间准备回答。对于这个问题,文科生们并不陌生,它曾是一道历史题,包括我自己在内的大多数同学的回答思路都没有跳出这个规规

---

① 赵一凡,张中载.李德恩.西方文论关键词 [M].北京:外语教学与研究出版社,2006:642.
② 杨春时.论中国现代性 [J].厦门大学学报(哲学社会科学版),2009(2):6.

矩矩的框架，按照序号标好：指导思想新、经济基础新、领导阶级新……但不约而同地忽视了新文化运动与文学革命的关系，或者只是一知半解。在老师的梳理下，在《中国现代文学史 1915—2016（上）》和《中国现代文学三十年》两本教材的相互补充下，我对新文化运动与文学革命的关系有了较清晰的认知，对新文化运动的理解也更进了一步。

"新文化运动直接促成了文学革命，而文学革命又成为新文化运动最重要最有实绩的一部分，文学革命的性质与导向、成就与局限，都与新文化运动息息相关。"[①] 新文化运动本质上是企求中国现代化的思想启蒙运动，打破专制主义文化的束缚，对中国的命运影响极大。它所传达的人文主义精神和现代价值观为接下来的一系列文学革命提供了动力，促成了整个民族思想文化向现代转变的契机，把社会转型推到一个临界点。新文化运动的旗手也正是文学革命的发起者、引领者，先驱们一身兼二任，既倡导新文化运动，又发起了文学革命。新文化运动在文学史乃至整个中国史上的地位至关重要，影响极其深远。它是一次空前绝后的思想大解放，是立于时代分岔路口的一盏引路明灯，新文化运动的主将胡适将新文化运动称为"中国文艺复兴"[②]。

新文化运动高举的"民主"与"科学"两面启蒙旗帜，加之不断高涨的文学革命在 1919 年迎来了新的高潮——五四运动，共同为整个 20 世纪 20 年代的文学思潮与运动奠定了狂飙突进的基调。黎老师适时地提出了第三个课堂互动问题："假如可以选择，你是否愿意生活在五四时代？为什么？"这是一个即时性的问题，在学了新文化运动这场伟大的"人的运动"[③]后，我几乎是不假思索地回答了："愿意。"然后开始思考理由。我在课堂上第一个版本的回答是：宁鸣而死，不默而生。从"大我"层面讲，在中国社会新旧文化交替并产生激烈冲突、民众处于迷茫状态的关键时期，我希望能以一个进步知识分子的身份，为唤醒民众尽一份力；从自我实现层面讲，我希望能够表达自己的观点，甚至著书立说，与大师对话、与先驱同行，直击历史第一现场。

由于个人转专业的缘故，我需要穿插在黎老师两个不同的教学班中学习"中国现代文学（一）"，两个班级的课程进度不尽相同，我有时会有两次回答同一问题的机会。在第二次回答时，我加上了"如果能以现有的学识与认知回到五四时代"这个前提，这是老师对学生课堂互动的点评与总结带给我的启示。黎老师在这里特地加上了一个特殊的部分"知情人的题外话"。"社会国家的大

① 钱理群，温儒敏，吴福辉. 中国现代文学三十年 [M]. 北京：北京大学出版社，1998：6-7.
② 胡适. 胡适演讲集 1 中国文艺复兴 [M]. 北京：北京大学出版社，2013：116.
③ 陈独秀. 新文化运动是什么 [J]. 新青年，1920(7).

问题，决不是没有学问的人能解决的。"① 五四运动作为一次空前的、彻底的爱国运动，对青年人的感召力是巨大的；五四精神至今仍然震颤着我们这一代人的心灵，大多数同学和我一样，虽然理由各式各样，但仍然毫不犹豫地选择了"愿意"。当然，也有个别同学表示"不愿意"，一方面觉得生在当下就应建设当下；另一方面觉得自己回到五四时期未必能担当时代重任。一开始我认为这些同学似乎缺少魄力，在老师讲了"知情人的题外话"之后，我理解了这种心情：重回五四时代的浪尖呼风唤雨固然是一种英勇的选择，但勤勤恳恳地栽培自己的果实才是我们真正要面对的人生。两种观点并不存在孰是孰非，各有各的道理，各有各的考量。

无论愿不愿意，若想重历时代浪潮，就不能跳出时代局限空谈抱负，我们不得不在想象的前提下加上这重假设："如果能以现有的学识与认知回到五四时代。"不同的时代，不同的际遇。在 21 世纪的中国，大多数普通家庭皆可以承担高等教育的费用；而 20 世纪初的中国，战乱频仍，社会等级分化严重，普通百姓接受基础教育的机会尚且少之又少，更遑论高等教育。我们如今日渐普遍化的高等教育是时代进步的产物。如果重回五四时代，在 20 世纪初社会急剧转型、新旧并存的中国，不是每一个青年都能获得学习知识甚至深入某一专业领域进行钻研的机会。裹挟在时代浪潮中的普罗大众，连生计都难以维持，又如何能去学习专业知识拯救满目疮痍的国家、了解新思想乃至启蒙民众呢？想要"不虚此行"，我们至少要以现有的学识回到五四时代，或许有机会实现同学们设想的"启蒙民众""勇担时代重任""与文学大师对话"等愿望。

理性精神也是现代性的核心要素之一。如何客观理性地看待"是否愿意回到五四时期"这个问题？五四运动的先驱之一傅斯年的话可资借鉴："与其自信过去，而造些未曾有的历史奇迹，以掩护着夸大狂，何如自信将来，而一步一步地作我们建国的努力？这就是说，与其寄托自信心于新石器时代或'北京人'时代，何如寄自信心于今后的一百年？"② 语言十分犀利乃至毫不留情，但仍不失为一种有力的论据。时代的进展难免反复与滞缓，一代人有一代人的使命和担当，可点燃火种的启蒙者注定是要往前走的人，一如鲁迅所著的《野草》中的"过客"那般，"向野地里跄跄地闯进去，夜色跟在他后面"③。只有不停地走下去，才能寻得出路，创造出希望。

---

① 胡适 . 胡适谈教育 [M]. 沈阳：辽宁人民出版社，2015：14，16.

② 傅斯年 . 傅斯年谈教育 [M]. 沈阳：辽宁人民出版社，2015：159.

③ 鲁迅 . 鲁迅全集 第 2 卷 [M]. 北京：人民文学出版社，2005：199.

三、课后回顾——思旧发新

历史的车轮滚滚向前，新文化运动在生机勃发的 1920 年代中缓缓拉开序幕。西方文艺复兴以来各种各样的文艺思潮涌入中国，这庞杂的信息对当时的启蒙先锋们产生了巨大的冲击。如何去对待、如何从中汲取精华、如何与中国实情相结合……诸如此类的考验接踵而来。新文化人与其他相对保守的流派之间产生过激烈论争，且始终保持激烈彻底的斗争姿态。1921 年至 1925 年间，文学社团和文学刊物激增至 100 多个，有先驱者选择批判与破坏旧文学，更有大批的文学生力军投身新文学的建设。文学社团中成立最早、最具有代表性、影响最大的两个文学社团分别是文学研究会和创造社。

文学研究会是主张文学社会功利性的"人生派"，创造社则是主张为艺术而艺术、忠于内心的"艺术派"。然而，"事实上，文学研究会和创造社在论争中，各自对自己的文学主张都悄悄地修正过，只要他们不想被对方驳倒，就必须在攻守中吸收新的理论养分，充实自己"①。整个"1920 年代文学思潮与运动"一讲带给我两大启示：一是与大众保持距离；二是建立判断力。这也是我在课后复盘本讲时反复回顾思考的内容。这两点看似简单，却不容易做到。那意味着作为一个知识分子，既要保持不懈思考的人生态度和独立思考的能力，又要在纷杂的信息潮中敏锐地捕捉到真正有价值的观点，完善自己的知识结构，才能支持自己做出理性客观的价值判断甚至价值输出。归根结底，需要克服思维的惰性。无论是倡导新文化的文学社团与保守派之间的互相批驳，还是新文学阵营内部不同社团之间的论争，各自的局限性，乃至"文人相轻"的个人成见，都在所难免。思想先驱们的可贵之处在于"在斗争中使自己变正确"②，成为引人注目的"精神界之战士"③。

"为精神界之战士者安在？"正是第二讲《狂人日记》文本细读的主题。最能代表精神界之战士者，非鲁迅莫属。最先提倡"人的文学"的人是同为新文化运动先驱的周作人④，在创作中将"人的文学"理念演绎得最到位的却是鲁迅。周氏兄弟二人羁绊深厚，曾兄弟怡怡，而后来终至反目。对于文学，鲁迅

① 陈慧忠.文学研究会和创造社的文学主张再认识 [J]. 社会科学，1984(3)：79.
② 朱栋霖，吴秀明.中国现代文学作品选 1915—2018 四卷本 第 3 卷 [M]. 北京：高等教育出版社，2020：19.
③ 鲁迅.鲁迅全集 第 1 卷 [M]. 北京：人民文学出版社，2005：102.
④ 朱栋霖，吴义勤，朱晓进.中国现代文学史 1915—2016（上）[M]. 北京：北京大学出版社，2018：29.

"以为必须是'为人生'，而且要改良这人生"①。他的第一篇小说《狂人日记》是中国现代文学的奠基之作，开端即是高峰，带给中国文坛巨大的震撼。

延伸课堂（二）的问题就此提出："鲁迅曾东渡日本留学，后来为什么弃医从文？何时下的决心？"换言之，是怎样的际遇使鲁迅走上了"横眉冷对千夫指"的精神界战士之路？这个问题也并不陌生，这曾是中学语文课堂上简单介绍过的问题。我在课前查找资料的过程中再次意识到中学语文教育和大学文学教育的区别。中学语文教育在教学过程中对文学现象的阐释存在标准化、单一化的倾向，很难触及文学作品的核心，缺乏时代思潮的回响以及与哲学等其他社会科学的跨学科共振，更多地停留在浅尝辄止的层面。中学语文教学长期以来聚焦于学生答题的规范与全面程度，是一种横向的概括性总结，而大学的文学教育，尤其是汉语言文学专业的文学教育，长期目标应当是培养学生的人文精神和思辨能力，追求对问题纵向深入的剖析。这是一种内化于心、外化于行的素质培育，我国高等教育体系中的文学教育也在努力向这个方向靠拢。大学的文学教育不仅需要老师精心的课堂设计和恰当的引导，更要求学生自觉地突破思维惯性，在一点一滴的习惯培养乃至调适中实实在在地提高文学素养。

对于"鲁迅为什么弃医从文"这个问题，甚至已经有了一套完整的"答题模板"，早在中学阶段学习《藤野先生》时就已经有了范式化的总结。至于考察"何时下定决心弃医从文"这个问题，在《呐喊》的《自序》里，我们可以清晰地看到鲁迅下定决心弃医从文的表述："因为从那一回以后，我便觉得医学并非一件紧要事，凡是愚弱的国民，即使体格如何健全，如何茁壮，也只能做毫无意义的示众的材料和看客，病死多少是不必以为不幸的。所以我们的第一要著，是在改变他们的精神，而善于改变精神的是，我那时以为当然要推文艺，于是想提倡文艺运动了。"②这里我将这段话简要地概括为：医学拯救不了国人内心的麻木不仁，国人需要精神上的觉醒。

我又根据鲁迅早期的文学作品，从微观的心理变化层面进一步考察相关问题，在常规、无争议的论据基础之上补充了一些文学本身对鲁迅的吸引以及鲁迅在弃医从文过程中的思路转变。从鲁迅目前已知的作品来看，能够完整地展现他从医学、生物学转向科学史、文学史，最终定格于文学创作的思想过程的是这五篇论文：《人之历史》《科学史教篇》《文化偏至论》《摩罗诗力说》《破

---

① 鲁迅.鲁迅全集 第 4 卷 [M].北京：人民文学出版社，2005：52.

② 鲁迅.鲁迅全集 第 1 卷 [M].北京：人民文学出版社，2005：439.

恶声论》。它们依次展示了鲁迅在不同视域中，对"改造国民性"问题的思考。鲁迅"弃医从文"的抉择并非一蹴而就，细究起来，也绝非三言两语能够概括，姑且一语带过。他经历了一个缜密而全面的思考过程，考虑了可行性、有效性后，将自己的思路由内向外转化，最终输出为文本，其中不乏不朽的文学经典。

总结：美丽绚烂的启蒙光辉

"我们若把一棵大树的切断面拿来看，可以看出它的一年一年的生长轮。在它的生长期之中，我们可以看出某年因天气的特变，它的生长受了妨碍，这也可以说是它生命中的烦闷。但只要生长力充足的话，它一定还可以继续生长，绝不因为一点烦闷损伤了它的未来的远大。"[①] 这是黎老师在导论中引用的一段话，它的内涵在我看来是十分广博的，触及很多方面，包括一个真正的"人"的成长，现代教育的发展，中国现代文学史的波澜起伏……1920 年代的文学思潮与运动也概莫能外。

1920 年代大体处在"中国现代文学三十年"的"第一个十年"区间内。它的前奏是 1917 年 1 月至 1919 年五四运动爆发的这段锋芒初试的时期，在五四运动爆发后走向高潮；五四运动到 1926 年的"三一八惨案"前，文学界又迎来了思想之大活跃、大解放；1926 年的"三一八惨案"后至 1927 年的"四一二反革命政变"，因革命形势发生剧变，迫切的革命需要以及沉重的社会现实迫使许多作家投身革命事业，为下一个十年中左翼文学的兴起奠定了基础。这是一个文学服务于思想启蒙、文学创作者以改造国民性为己任的觉醒年代。1920 年代的小说、散文、诗歌，整体都具有鲜明的批判基调和战斗色彩，明确地以"民主"和"科学"作为指导思想，致力于改造社会与人生。

我在这一讲的最大收获就是黎老师对"现代性"的讲解，尽管"现代性"对于我来说仍然是一个十分抽象的概念，我甚至还未能完全厘清它的来龙去脉，但"现代性"以及由其衍生的后现代概念都对我产生了极大的吸引力。就 1920 年代本身来说，在这个分期中占主导的五四文学以启蒙主义为主流思潮，在文学创作的过程中，"五四文学先驱者大胆借鉴西方文学营养，以形式实验和观念创新作为其克服现代性焦虑、实现现代性想象的途径"[②]。《中国现代文学三十

---

① 任鸿隽. 任鸿隽谈教育 [M]. 沈阳：辽宁人民出版社，2015：26-27.

② 焦丽梅. 五四文学的现代性内核 [J]. 边疆经济与文化，2007(12)：81.

年》中对"第一个十年"创作潮流特点的描述是：服膺于思想启蒙、感伤情调的流行、个性化的追求、多样创作方法的尝试。[①] 这一时期的文学在坚持启蒙思想指导的基础上，与中国社会现实紧密结合，通过个性化创作诠释了现代化潮流冲击下的主体性、理性与人性。这种融合中国特有的历史文化底蕴、呐喊着特殊时期社会现实需要的启蒙现代性，贯穿了整个 20 世纪 20 年代，促成了人文精神的觉醒，是唤醒国民魂灵的"福音"，闪耀着启蒙先驱们"为精神界之战士"的警世光辉。

唯一让我感到遗憾的是，在有限的学习时间内，我没能提前全面地做好阅读功课，这也导致我不能跳出中国现代文学史的知识框架，深入理解 20 世纪 20 年代的启蒙思潮和理性精神。如果把文学史当作文学名胜古迹的导航，史上留名的文学作品就是等待仔细品味、参观的风景，是文学的精华所在。我对于 20 世纪 20 年代文学作品的阅读显然是不够的，仅限于鲁迅的部分小说，郭沫若的代表性诗歌和陈独秀、胡适的经典散文等，这还远远不够。对于热烈而厚重的 20 世纪 20 年代，我的所见所思如此浅薄，这激发了我多读书的热望。

为落实接下来的学习计划，我进而思考起"中国现代文学（一）"的学习策略与学习方法。对于课前准备，前文已经提到了将多方面调查与问题分层次解读相结合的方法，在看到一个文学问题之后，首先要有针对性地查阅教材、适当了解学术前沿，用搜索引擎辅助来查找资料，做好这些基础性的准备工作，再提炼问题的关键词，将其按照逻辑分层拆解，然后"各个击破"。在解答问题时注意详略得当，如果能从一个角度展开深入挖掘当然好，但不能忽视与其他部分的有机联结。这是我自己的经验总结，虽然不能面面俱到，但是与应试教育机制下的范式化答题不同，它促进了自我思维模式的逻辑化、严谨化。

除此之外，作为学生，要将文学史教材与文学作品阅读紧密结合。阅读是理解与阐释作品的基本前提，阅读过文本才有发言权。练好基本功无论是对于类似本讲"1920 年代文学思潮与运动"这样的总括性内容，还是对于之后的文本细读来说都是十分必要的。其次，我结合个人的学习体验，发现在面对诸如"1920 年代文学社团和流派"这类比较细小繁杂的知识点时，思维导图是有帮助的，既能够方便知识的记忆，也能够完善自己的阅读计划，如图 1-1 所示。

---

① 钱理群，温儒敏，吴福辉 . 中国现代文学三十年 [M]. 北京：北京大学出版社，1998：24-28.

1.文学研究会，1921年成立于北京，是新文学运动中成立最早、影响和贡献最大的文学社团之一。发起人有周作人、朱希祖、蒋百里、郑振铎、叶圣陶、沈雁冰等，主要刊物有《小说月报》《文学旬刊》。其宗旨是"研究介绍世界文学，整理中国旧文学，创造'新文学'"。

2.创造社，1921年成立于日本东京，成员有郭沫若、张资平、郁达夫、成仿吾、田寿昌、穆木天等。以1925年五卅运动为界，前期刊物有《创造季刊》以及《创造周报》《创造日》《洪水》，后期刊物有《创造月刊》《文化批判》《流沙》。创作的基本倾向是反帝反封建和积极的浪漫主义。

3.湖畔诗社，1922年成立于杭州，成员有应修人、潘漠华、冯雪峰、汪静之等，出版诗集有《湖畔》《春的歌集》等，创造了真正的现代爱情诗。

4.浅草-沉钟社，浅草社成立于1922年，成员有陈炜谟、陈翔鹤、冯至等，1925年《浅草》停刊后，浅草社同仁和杨晦等人在北京成立沉钟社。代表刊物有《浅草》季刊、《沉钟》周刊。该社发表的多为揭露黑暗、追求光明美好的新生活的作品，具有鲜明的进步倾向。

1920年代文学社团和流派

5.新月社，1923年成立于北京，是五四以来最大的以探索新诗理论与新诗创作为主的文学社团。1925年，徐志摩接编《晨报副刊》后，开始形成新月诗派，以1927年为界分为前后两个时期，成员有胡适、徐志摩、闻一多等。

6.语丝社，得名于1924年在北京创刊的《语丝》周刊，从事社会文化批评，所写的杂文和散文形成了泼辣幽默的"语丝文体"，因而被人们称为"语丝派"。主要成员有鲁迅、周作人、林语堂、钱玄同、孙伏园、俞平伯、刘半农。

7.鸳鸯蝴蝶派，发端于20世纪初，盛行于辛亥革命至五四运动之间，代表作家有包天笑、徐枕亚、周瘦鹃、李涵秋等，代表作有徐枕亚的《玉梨魂》、李涵秋的《广陵潮》。他们的文学主张，是把文学作为游戏、消遣的工具，以言情小说为骨干，情调和风格偏于世俗、媚俗。

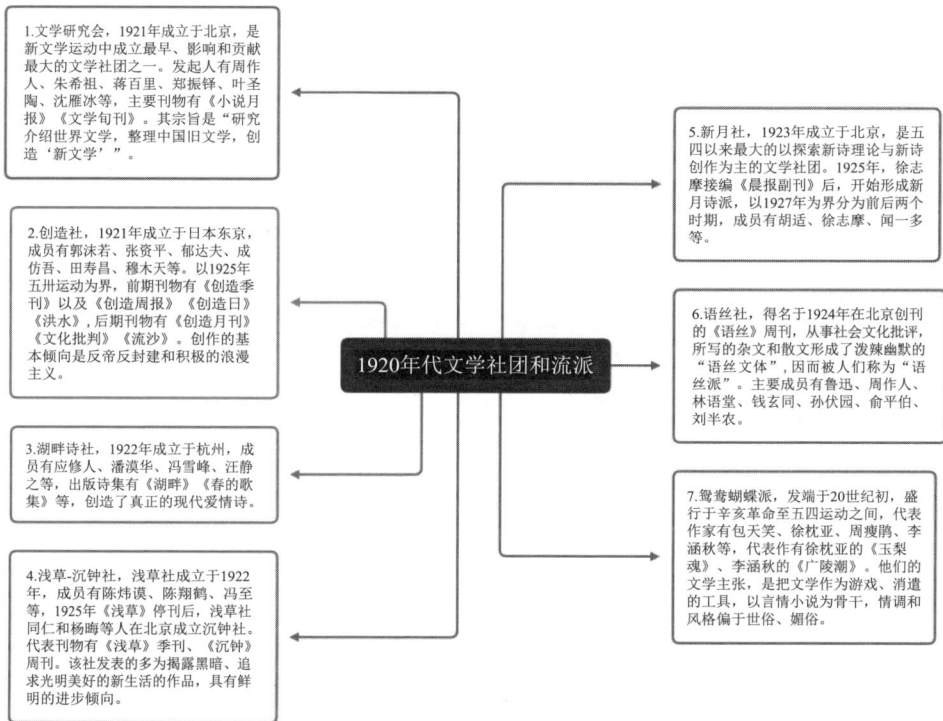

图1-1 用思维导图总结1920年代文学社团和流派

在查找资料或寻找阅读书目一筹莫展时，不妨留心教材的注释书目，按图索骥，寻找文学作品、学术前沿理论等，能够极大地提高个人的文学素养和解决问题的能力。不难发现：1920 年代文学思潮与运动的启蒙光辉照耀着 20 世纪的中国文学，激励着后来者"用科学和民主来启封建之蒙"[①]，直到缔造出新的世界。

学习案例撰写感言

▶ 王佳宁

从黎老师提出要做一个别开生面的学习案例到真正落实，经历了将近大半年的时间。虽然我负责的只是第一讲"1920 年代文学思潮与运动"和第四讲"重读《伤逝》"，却收获了不仅限于这两部分的知识与经验积累。

首先，如黎老师所说，希望参与学习案例写作的同学都能够对自己负责的部分了如指掌，至少在涉及该话题时可以自信地表示领先共学的同龄人一大截。

---

① 黄子平，陈平原，钱理群 . 论"二十世纪中国文学" [J]. 文学评论，1985(5)：6.

在这一点上，由于"1920 年代文学思潮与运动"有其作为年代综合知识概述的特殊性与复杂性，所以我还不能十分有把握地表示自己已经了如指掌，这也是我在以后的中国现代文学史学习中需要不断补充、扩容的重点；而"重读《伤逝》"这一讲作为《伤逝》的文本细读，我已经对《伤逝》的文本、思想情感及其相关延伸内容颇为了解，有望在日后进行更深入的研究与阐释。这是黎老师为我提供的重新整理一遍自己所学所得并筛选出重点的宝贵机会，可以说是可遇而不可求的。

其次，跳出我所负责的两个部分，参与学习案例的写作与校对给我带来的远不止知识层面的收获，更让我懂得了治学严谨的重要性。从格式的一丝不苟到标点符号的纠正，黎老师一次又一次的耐心修改也让我切实地体会到了做学问是马虎不得的。感念黎老师的辛苦，我也愈发严于律己，自觉地争取将错误"赶尽杀绝"，让老师少费神。黎老师对细节的严格把控让我很受触动，此后所有的论文写作乃至书面写作均受此影响。我深知内容的严谨与格式的规范缺一不可，多付出一点细心就能省去老师不少麻烦。

最重要的收获是思想成长。苏轼《东坡志林》有言"念他一点圆明"，大学生涯已过半，我的这一点"圆明"未能自己悟得，几乎全由黎老师和中国现代文学启发。撰写学案和听黎老师的"中国现代文学（一）""中国现代文学（二）""鲁迅研究"三门课是主要触媒。在这半年，我从懵懂"无知"、思想飘忽不定到思索黎老师倡导的"触摸人生底线""确定价值立场""有所为，有所不为"，从刚开始着手写"1920 年代文学思潮与运动"时的茫然苦思到写"重读《伤逝》"时的水到渠成，写作能力逐渐提高，思想也取得了打破旧我、重塑骨骼的成长。

在许多被世俗琐事裹挟、被疲劳迷茫席卷的痛苦时刻，我从黎老师的一两句话和一周仅有几次的课中汲取力量。在有幸做她学生的日子里，我也被中国现代文学深深吸引，牢记她的嘱咐"在大学里一定要找到一位自己最爱的作家，通读他的全集"，我选择了鲁迅。《鲁迅全集》有十八卷之多，是我未竟的一个大工程，也是我期待完成的、与深渊中闪光的鲁迅的灵魂一次跨越时空的对话。同时，我也下定决心将中国现代文学确定为自己以后的研究方向，它让我领略到了中国人寻求精神现代化的努力。黎老师的"育人""立人"教学观使中国现代文学在我的心中血肉丰满，我愿意为它的研究献出自己的一点绵薄之力。

黎老师也让我看到了一位老师对学生的启蒙作用之磅礴。她曾说过这样一番话，大致意思是：一个老师虽然很渺小，但是他 / 她如果能尽自己的最大努力去影响自己一批又一批的学生，其价值就是难以估量的。黎老师昔日的学生，也就是我们的学长，曾经说过与这句话遥相呼应的、令我感触极深的话："我的愿望不大，就是改变这中国。"乍一听仿佛天真冲动，实际上黎老师传递给我们的思想、带领我们做的事情，又何尝不是在为"改变这中国"添柴呢？这就像佛家所说的"点灯"，以一灯传诸灯，终至万灯皆明。虽然过程颇多艰难曲折，然而我始终相信大道不孤。黎老师组织同学们共同参与学习案例的编写，就在证明着改变和创新的可能性。所以，我很荣幸能够跟在黎老师身后，做"第一个吃螃蟹的人"，无论付出多少辛苦，无论是否能获得成功，至少我们有一起"破壁"的勇气。

　　这半年对于我来说，幸逢有志人，幸行有志事，这就是我的黄金时代。最后，再次感谢亲爱的黎老师，使文学史知识由密密麻麻的小字变成一个个生动鲜活的文学丰碑，也使身外的青春——至少包括我，由无物之阵中惊醒，趁青春年华去寻找人生的方向。

教师感言　　　　　　　　　　　　　　▶ 黎秀娥

　　我确实对这本学习案例集寄予厚望，不然，不会在长达一年多的业余时间里，将这项不计入工作量的任务"置顶"。但是，像佳宁说的那样，在语言表达、知识累积、情操态度、思想立场、研究方向诸方面对学生都有深远影响，是我不曾设想过的。她在撰写学习案例的过程中，重新研习所有听过的我的课，找到了最爱的作家，并将"中国现代文学"确定为日后的研究方向，其中虽有我的启蒙之功，主要还是由她本人的性情禀赋决定的。我们可以从中抽象出一个具有普遍意义的"道理"：一味遵循通行的评价标准，会制约人的主体性；想到有价值的事就静下心去，一鼓作气把它做完，就有希望开辟出一条新路。

　　佳宁的这则学习案例是她运用明辨性思维主动学习的"成果"，虽然在总体行文上根据我的教学设计思路布局谋篇，却不止于搬运我的讲述，甚至可以说这是在以学生的视角重讲"1920 年代文学思潮与运动"，同时还原了她与本讲有关的整个学习过程，还附上了学法探究和总结。

　　细心的读者不难发现，面对"中国现代文学（一）"这门课程，她主动调频到专业课学习状态，与老师展开深入的互动：课前分层解析老师预留的问题，在此基础上多方面查阅资料，形成自己的"回答"；课上在新问题的推动下加深了思考，更新了认识，完善了思维方式，不仅有效地克服了惰性思维，还在主动学习中践行了"现代性"的精髓——发挥主体性与保持理性思考。这是个可喜的现象，多一个这样的青年，就会多一份缔造新世界的力量。

第2讲

为精神界之战士者安在
——《狂人日记》文本细读

扫描此码

观看视频

刘泽璇

> 人们向前摸索着，忽然发现光明正在曾经的"狂人"指出的方向。
>
> ……
>
> 我愿成为一个独立的个体，能发光的个体。

本学期"中国现代文学（一）"课程的第二讲是鲁迅的《狂人日记》。初读《狂人日记》，直觉告诉我，这并不只是一个"狂人"没有逻辑的叙述，其中定有更深层的意义，于是我又读了几遍《狂人日记》，查阅了鲁迅写这篇小说时的时代背景，联系作者当时的心境，对其有了全新的、更为深刻的理解。《狂人日记》是鲁迅的第一篇小说，他从此参与到当时的启蒙运动中。这篇抨击封建礼教"吃人"的小说中处处充斥着对"吃人"的社会、"吃人"的礼教的不满和批判，在小说末尾直接喊出了"救救孩子"的呼声，表达了对现实的不满和对未来的希望。

《狂人日记》揭示了封建礼教的"吃人"本质，表现了对中国封建文化的反抗，也表达了知识分子的忏悔意识。本讲给我留下的印象十分深刻，本篇学习案例着重还原我学习本讲的整个过程。

一、课前准备

早在中学时代，父亲就给我买过《鲁迅全集》（第一卷），我抱着好奇的心态，走进了鲁迅的文学世界，初读《狂人日记》便是在那个时候。但当时人生阅历实在有限，对于鲁迅本人了解也不多，所以读完《狂人日记》后感触不深，只觉得"狂人"有些偏激，语言过于锋利，并不理解"狂人"所说的话、所做的事，甚至觉得《狂人日记》就只是一个"迫害狂"所写的日记罢了。鲁迅的文章在我的认知里大多意义深刻，初读《狂人日记》的感受就是不解。当在

"中国现代文学（一）"的课堂上再次遇到《狂人日记》时，我带着心存已久的谜团，投入到课前准备之中，希望通过阅读破解这个谜团。

我在课前梳理了鲁迅一生的主要经历并重新阅读了《狂人日记》。

（一）引言

老师在引言环节提出了一个问题："鲁迅曾东渡日本，后来为什么弃医从文？"

我翻阅当时鲁迅的其他作品，想从中得到一些答案。果不其然，鲁迅在《藤野先生》《呐喊·自序》等作品中讲述了原因。在《藤野先生》中，鲁迅写到那时的中国人给日本人做侦探，看着自己的同胞被杀害，表现出的却是麻木的神情。在《呐喊》自序中，鲁迅说："是的，我虽然自有我的确信，然而说到希望，却是不能抹杀的，因为希望是在于将来，决不能以我之必无的证明，来折服了他之所谓可有，于是我终于答应他也做文章了，这便是最初的一篇《狂人日记》。"①由此可见，鲁迅深感学医只能改变国人的身体，却不能开启民智，于是在朋友钱玄同的鼓舞下，决心以手中的笔作为武器，促使国人清醒过来。

对鲁迅弃医从文的原因有了一定的了解后，我对《狂人日记》产生了一种敬畏的情感。因为这是鲁迅的第一篇小说，也是他执笔"救国人于水火之中"的开始。当我用全新的感情重读一遍时，体悟到的内容深厚了许多。

（二）"序"中的微言大义

我所在的小组领到的课前准备任务是研读《狂人日记》的序言。我发现小说的序言中包含着许多作者别具匠心的构思。序言与正文的差别很大，用文言文写成，内容上像是一段常规的介绍，可正文却采用了白话文，且以日记的形式写出。我把这个想法跟其他小组成员交流后，他们也有同样的看法，于是我们进一步交流了阅读体验，我加以总结，大致如下：

《狂人日记》的"小序"不是简单地以故事套故事，它交代了"日记"是怎样变成"狂人日记"的，造成了《狂人日记》内部"小序"和"日记"之间的紧张和对立。序是以文言文的形式写出的，与日记的白话文相对；以貌似正常的精神状态写出来，与日记正文中的精神错乱相对，序暗含着对日记的否定，日记客观上又批判以序为代表的旧文化，两者形成张力，使文章更加丰富。《狂人日记》两种叙述观点之间的对立异常鲜明和强烈，作者为突出效果，用新旧不同的语言表达两种对立的叙述，以明确叙述之间的巨大鸿沟和根本对立。很明显，"小序"不是把读者引向对"日记"的认同；相反，"小序"是对"日记"

① 鲁迅.鲁迅全集 第 1 卷 [M].北京：人民文学出版社，2005：441.

的猛烈颠覆。在"小序"中，"狂人"不是与社会秩序、文化秩序对立，而是一种融合（或者说亲和），是一个普通的封建知识分子。日记中的"狂人"恰恰相反，用当时盛行的标准评判，内容纯属胡言乱语，唯一的价值是供医生研究精神病之用。在"小序"中，"狂人"是精神病患者；在白话正文中，"狂人"是启蒙者，"狂人"的胡言乱语被赋予鲜明的文化意义，它是个人的、自我的、新文化的象征。鲁迅用"狂人"作为有象征意义的载体，具有深远的文化意义。

（三）赢得文坛鲁迅名

在预习时，通过查找资料我发现"鲁迅"这个笔名是在发表《狂人日记》时第一次使用。鲁迅笔名可以理解为"愚鲁而迅行"，也可以理解为鲁迅母亲姓氏与其小名的结合。我想，以鲁迅为名发表的《狂人日记》一定有其特殊的意义。

鲁迅曾经爱好抄写古碑，在教育部工作的几年间，经常抄校古碑到深夜，日记中常出现"夜抄碑"等字眼，可为什么他突然发表了一篇白话小说《狂人日记》？顺藤摸瓜，我找到了鲁迅写《狂人日记》的原因。鲁迅在《呐喊》自序中说，钱玄同先生等人那时正在着手创办《新青年》杂志，想让鲁迅先生加入他们的队伍，于是便有了那一段广为人知的对话：

"假如一间铁屋子，是绝无窗户而万难破毁的，里面有许多熟睡的人们，不久都要闷死了，然而是从昏睡入死灭，并不感到就死的悲哀。现在你大嚷起来，惊起了较为清醒的几个人，使这不幸的少数者来受无可挽救的临终的苦楚，你倒以为对得起他们么？"

"然而几个人既然起来，你不能说决没有毁坏这铁屋的希望。"[1]

就这样，鲁迅先生带着"决不能以我之必无的证明，来折服了他之所谓可有"的信念，写出了最初的一篇白话小说——《狂人日记》。《狂人日记》发表时正值五四运动前夜，由于辛亥革命失败，一些革命的基本问题并没有得到根本解决，反而更加尖锐了，百姓生活也没有得到改变，官僚主义、外国资本主义更加猛烈地冲击着当时的中国社会。《狂人日记》作为鲁迅第一声嘹亮的呐喊，是投向封建礼教文化的一枚炸弹，也是传播新文化的利器。从这之后，文坛上赫然出现了"鲁迅"这个笔名，对中国现代小说乃至中国社会产生了巨大影响。

---

[1]　鲁迅.鲁迅全集 第 1 卷 [M]. 北京：人民文学出版社，2005：441.

二、课上思维的飞跃和收获

在为学习《狂人日记》做了充分的课前准备后，接下来是课堂学习环节。

（一）营造氛围

老师在每堂课开始前一刻钟，都会放一首与本堂课相关的歌曲。本堂课，老师选取的歌曲是《孤勇者》。我想，这首歌很符合鲁迅的心志，也很符合鲁迅的行动。我始终认为鲁迅是敢于发声且敢于斗争的人。正当我沉浸在这样的肃然和敬佩之情时，我注意到老师提出了一个问题："医家"指的是什么人？医家本来指所有从医的人。但放在这堂课上，放在鲁迅先生的面前，我倾向于将医家理解为守护人类精神的知识分子。在当时的社会，大多数国民意识尚未觉醒，所以便有了《狂人日记》中令我印象深刻的那句话："从来如此，便对吗？"当时的国人大多麻木不仁，心中丝毫没有家国，问题在于：大多数人如此，便是对的吗？正因为那时有像鲁迅一般的精神战士用笔尖墨水，拷问着人们的心魂，才有了越来越多的后起之秀为中华之崛起而读书，为民族之复兴而奋斗。正是在这些知识分子的努力之下，中国的新文化运动进行得如火如荼，推动中国艰难前行。但终究如此坚持的知识分子并不多，且势力难敌已经横亘在中国数千年的官僚主义和来势汹汹的外国资本主义。所以用"孤勇者"形容鲁迅先生，形容当时的知识分子，我想这是再合适不过了。

（二）课上互动

课堂上的主要内容是老师之前布置给各个小组的任务展示和老师的点评补充。我所在的小组分配到的问题是："序"中的奥秘。我对此已经掌握了八成，但看到其他小组所研究的问题，我忽然想到，自己在课前预习时始终把注意力放在小说的作者、写作背景、写作原因以及老师分配给我的任务上，对其他小组负责的任务重视不够，所以在其他小组展示问题的时候，我就踏实认真地做笔记。

记得第五组所研究展示的问题是第一部分："狂人"的感性与理性。

首先"狂"这个字是一种病态的指代，不论是在生理上还是在心理上，它相对于普通人来说都是异常的。人们通常称这种人为"疯子"，表明这个人精神异常。在文章中，大哥对来看热闹的人吼道："都出去，疯子有什么好看！"[①]鲁迅并没有将小说的主人公直接称为"疯子"，可见其别有深意。文中的"狂人"并不是一个神志不清的人，而是一个有独立思考能力的人。他不与世俗同流，坚持用自己的眼睛来认识世界，不轻易被旁人左右，宁愿以卵击石，也不

---

① 鲁迅.鲁迅全集 第 1 卷 [M].北京：人民文学出版社，2005：453.

轻易改变自己。这类人在历史上并不少见，如在春秋时期提出仁政的孔子、最终被毒死的苏格拉底、被世人称为"疯子"的尼采……他们大多不求功名，当时不为世人理解，后来却成了人类前行路上的一束束光。人们向前摸索着，忽然发现光明正在曾经的"狂人"指出的方向。于是人们了悟了曾经的"疯子"如何超前，便开始纪念他们，却不愿想起这些人当初为思想而遭受的冷漠甚至唾弃，更少有人愿意为了思想承受压力，甚至杀戮。小说中的"狂人"正是一个敢于说真话，敢于表露真实自我的"真人"。

"狂人"的感性表现不难理解：他对赵家的狗充满恐惧，并说自己"怕的有理"；对路上的人充满防备和敌意；对孩子大喊与他有什么仇；看郎中时拒绝配合；觉得自己的亲人是要吃掉自己……处处表现得像人们眼中的疯子。但是在阅读文本时我常常会被他三两句逻辑清晰的话打动，并提出疑问："他真的是个'疯子'吗？"这便是鲁迅小说的独到之处。狂人表面上像个疯子，在思想上却是一个十分真实且勇敢的智者。

说到思想，便要谈谈狂人理性的一面了。狂人"翻开历史一查"，有一个惊世骇俗的发现："这历史没有年代，歪歪斜斜的每页上都写着'仁义道德'几个字。我横竖睡不着，仔细看了半夜，才从字缝里看出字来，满本都写着两个字是'吃人'！"[1] 这时的狂人成为一个发现者，他发现了社会上吃人的现状，并慢慢深入，一步一步变得勇敢，从起初感到"闷得慌"到想要出去走走，后来敢于对世人大喊，开始反抗，最后拿吃人的事实诘问他人。

我一直对"狂人"与那个年轻人的对话无法忘怀：

……我便问他，"吃人的事，对么？"他仍然笑着说，"不是荒年，怎么会吃人。"我立刻就晓得，他也是一伙，喜欢吃人的；便自勇气百倍，偏要问他。

"对么？"

"这等事问他什么。你真会……说笑话。……今天天气很好。"

天气是好，月色也很亮了。可是我要问你，"对么？"

他不以为然了。含含胡胡的答道，"不……"

"不对？他们何以竟吃？！"

"没有的事……"

"没有的事？狼子村现吃；还有书上都写着，通红斩新！"

他便变了脸，铁一般青。睁着眼说，"有许有的，这是从来如此……"

---

[1]　鲁迅. 鲁迅全集 第 1 卷 [M]. 北京：人民文学出版社，2005：447.

"从来如此，便对么？"①

"从来如此，便对么？"这是狂人在看透了那时社会的吃人本质后，发出的叩问。读到这里，我脑海里响彻了这句有力的话。"狂人"一步步清醒，越来越勇敢。觉醒了的"狂人"成为吃人封建礼教的最坚定、最犀利的批判者。不但要揭露批判封建家族制度和封建礼教的吃人本质，还要揭露批判统治者的本质不过是："狮子似的凶心，兔子的怯弱，狐狸的狡猾……"②比起大家明知真相却不敢直言的怯弱，"狂人"的勇敢与理性证明他是一个真正的"人"。

六组负责展示第二部分："狂人"的温度和硬度。

"狂人"终究是一个有血有肉的人，对自己的哥哥仍有亲情，有理性思维的狂人选择去劝说自己的哥哥：

"你们可以改了，从真心改起！要晓得将来容不得吃人的人，活在世上。"

"你们要不改，自己也会吃尽。即使生得多，也会给真的人除灭了，同猎人打完狼子一样！——同虫子一样。"

……

"你们立刻改了，从真心改起！你们要晓得将来是容不得吃人的人……"③

然而，这并没有任何改变，大哥置若罔闻，对跑来看热闹的人喝道："都出去！疯子有什么好看的！"一个"疯子"，让"我"的这些话听起来轻飘飘的，又更显得"我"疯狂。不论结果如何，"狂人"确实是一个有温度的、有人性的人。

至于"狂人"的硬度，我当时的想法体现在"狂人"对青年人的诘问上，与狂人的理性相差不多。通过同学们的课上分享，我发现他们的思路与我的有所不同。有的同学说硬度体现在鲁迅的气势上，对于吃人真相表达得淋漓尽致，敢于直击封建腐朽；有的则认为硬度体现在犀利的思想与凝练的语言上，"狂人"撕开人们潜意识层面的自私、冷漠、懦弱，直面抨击当时的社会弊病。我原本的思考一直局限于小说的内容，通过课上与同学们交流，我发现，我的思路得到了拓展，可以从多个方面深入理解"狂人"的硬度。

然而，我仍有疑问，《狂人日记》的结尾是一句简短而有力的"救救孩子！"我对于这句中的"孩子"有一些疑惑。既然鲁迅写这篇文章是要改变国

① 鲁迅. 鲁迅全集 第 1 卷 [M]. 北京：人民文学出版社，2005：450-451.
② 鲁迅. 鲁迅全集 第 1 卷 [M]. 北京：人民文学出版社，2005：449.
③ 鲁迅. 鲁迅全集 第 1 卷 [M]. 北京：人民文学出版社，2005：453.

人的思想现状，为什么不直截了当地喊"救救国人"？探究鲁迅的深意，我认为"孩子"代表着中国的新生力量，鲁迅意在为新一代中国人发声，保护新一代不受封建礼教道德的戕害，故以"救救孩子"为结尾。

同学们给了我一个全新的思路：结尾的"救救孩子"或许与鲁迅曾受到西方作家影响有关。通过查阅资料得知，鲁迅的《狂人日记》写作受到西方作家的影响，小说与西方作家果戈理的小说同名。果戈理的《狂人日记》描写了一位身份低微的中年底层公务员发疯的过程。小说用日记的形式展现了波普里希金的心理过程，在荒诞和真实之间达到一种平衡。不难看出，在形式上，鲁迅明显受到了果戈理同名作品的影响，还受到哲学家尼采影响不小。尼采所宣称的"超人"是在对一切传统道德文化进行重估的基础之上，用新世界观与新人生观构建新价值体系的人。《狂人日记》受到了果戈理和尼采的影响，但是比果戈理的忧愤深广，也不像尼采的超人那么渺茫。

鲁迅笔下的"狂人"由常人变成"狂人"的精神过程可能出自尼采在《查拉图斯特拉如是说》里提到的精神三重变化：由骆驼之变，到狮子之变，再到婴儿之变。骆驼，意味着尊重传统，保持信念，负重前行。中国人一直以来都有忍辱负重、逆来顺受的特点。我相信《狂人日记》中的"狂人"也经历过这几个阶段。这是对权威的服从，这个权威可以是某个人、某个阶级或某个习俗。中国两千年的社会等级森严，层层分封，所以中国人好比文章中的"骆驼"，惯于听从别人。而骆驼最后信仰破灭，人云亦云。狮子，代表着能够离群独立奋斗，查拉图斯特拉用狮子来比喻自我和自尊的萌生和发展。尼采认为需要狮子做的是为自己创造新的自由，在奴役面前坚决地拒绝，坚定地说不。狮子有勇气，有力气，若要摆脱骆驼时期的妥协，摆脱传统的束缚，就要完成一场与传统的战争。《狂人日记》中的"狂人"正处在这个阶段，"狂人"试图摆脱吃人的封建礼教，大声地叩问社会上还处于骆驼阶段的人的灵魂。若代入到中国社会，便是中国人自我意识觉醒了，起身投入反抗与斗争，不惜被既定的所谓真理驱逐，以克服一切困难的意志，丢下囚牢束缚与规矩捆绑，疯狂地求真。狮子代表的正是这样一种主动的精神力量，要突破所有的困难。骆驼在进化成狮子的过程中，不断地和这些"你应当"作斗争，直到打败了"你应当"，狮子创造出新的价值，赢得了自由。至于婴儿，查拉图斯特拉认为孩子是纯洁，是遗忘，是一个新的开始，一个游戏，一个自转的车轮，一个开始的运动，一个神圣的肯定。若如同狮子一般，一味地否定，就会在价值的潮流之中迷失自我。而婴儿是在狮子疯狂否认、摧毁一切的废墟上，重新生长出来的，克服了虚无主义危机的，纯洁的新生力量，是一个新的开始、一个希望。以上三种精神变化，与"狂人"的精神变化有相通之处，也暗示着鲁迅对中国人精神变化的思考。从对封建压迫的服从和妥协，到有一天开始反抗权威质疑规则，对自己说——"我要做什么？"，在反反复复的磨炼中，获得重新生活的力量，塑造一个全新的自我，拥有全新的思维，从而完成从骆驼到狮子再到婴儿的三重变化。鲁迅希望中国人在自我意识觉醒之后就会创造新的价值，能接受各种不确定性，从而包容性更强，思维更新更广，创造出一个自由的、民主的中国社会。

《狂人日记》中的"狂人"并非生来如此，而是在反抗整个封建礼教的过程中，逐渐被人们当成"狂人"的。在这里，"狂人"已经完成了骆驼之变，正在由狮子之变向婴儿之变转化。小说结尾处"救救孩子！"的呐喊便是"狂人"进化的宣言。

至此，我明白了鲁迅"救救孩子"的深意，并意识到今后阅读时应多了解作者写作灵感的来源。通过课上老师的引导和与同学们思维的碰撞，我对《狂人日记》这篇小说有了更为全面、深刻的理解，并将其记录下来，便于课后复习提升。

三、课后的感悟和升华

（一）整理感悟

学完本讲之后，我带着对鲁迅的敬佩，重新整理了零散的笔记，并做了适当的补充。

《狂人日记》深刻抨击了封建家族制度和封建礼教，被称为刺向封建社会黑幕的匕首。文章中"吃人"的是封建礼教，是黑暗的社会，是麻木的、不敢发声的人们。"狂人"的话看似没有逻辑、莫名其妙，实际上，他的思考和反抗却折射出了那一时期思想启蒙的程度。敢于面对因循数千年之久的传统思想，大胆地提出了"从来如此，便对么？"。"狂人"还面对面地向吃人者发出了警告："要晓得将来容不得吃人的人，活在世上"。"狂人"还渴望将来有不再吃人的更高级的"真人"出现，这表现了一种改变旧世界、创造新世界的朦胧理想。最后，"狂人"寄希望于未来，瞩目于下一代，发出了"救救孩子"的呼喊，吹响了反抗旧社会旧思想的集结号，这都是大胆怀疑和否定一切的五四时代精神的体现。

我猛地想起了课上老师的提示：这"狂人"就象征着鲁迅先生本人吧？敢于质疑，敢于发声，并对社会寄托希望。鲁迅始终是一位直面现实的勇士，即使他内心已经感到绝望，仍然站起来进行绝望中的反抗。鲁迅有"知其不可为而为之"的精神，有敢于一试的勇气，"以笔为旌"，开辟了人类的光明前途……虽然这呼声无法叫醒屋子里的所有人，却令人看到了新文化的曙光。思绪至此，我才感觉自己是真正学过《狂人日记》这一篇小说了。

（二）在反思中升华认识

在"狂人"的启发下我意识到，作为新时代的青年人，自己应该为国家为社会做些什么。《狂人日记》发表于五四运动前夕，那时的青年人无不在为拯救当时的中国社会奔走呼号。这让我想起了以前老师曾经问过同学们的一个问题：你是否愿意回到五四时代？同学们的回答情况如图 2-1 所示。

你是否愿意回到五四时代?

- **愿意回到五四时代(25人)**
  - **责任使命**
    - 郭卿：一代人有一代人的使命。
    - 刘泽璇：具有独立思考的能力，为运动发声。
    - 张嘉钰：满怀热血回馈社会。
    - 韩高优罕：哪有什么岁月静好，只是有人负重前行。
    - 孙明丽：有责任去带动这个社会的觉醒和前进。
  - **家国情怀**
    - 张晓阳：与国家命运紧密相连。
    - 仝书玉：只要国家有难，我都会握紧拳头，愤然站起。
    - 刘笑冰：能为中国迎来黎明的曙光尽一份力。
    - 焦港璐：见证国家最苦难的时光才更能体会到国泰民安的盛世来之不易。
    - 阿思康：天下兴亡，匹夫有责。
    - 商思淼：崭新的中国就在前方！
  - **时代魅力**
    - 刘璐：我可以更加轰轰烈烈地活一回。
    - 刘宁：那是值得生活的、非常有魅力的时代。
    - 郭姝君：成为青年中的一员，用实际行动发扬爱国精神。
    - 郭子祎：五四运动是改变中国历史性的时刻。
    - 张曼迪：五四时期的生活充满激情。
    - 王娇：五四运动创造了一个热血激昂的时代。
  - **与英雄对话**
    - 马宇涵：一睹英雄的风采，与英雄对话。
    - 苏日娜：也想与英雄并肩而行。
    - 萨日盖：继续长辈们走过的路，体会他们的爱国情怀。
  - **青春热血**
    - 杜拉干：唱响青春之歌。
    - 贾娇：挥洒青春热血，为正义而战，不畏强暴与黑暗。
    - 索如霞：纵然渺小，但不庸碌麻木，毫无个性。
    - 朱粟：岁月因青春而更加静好。
    - 伊日贵：不在沉默中爆发就在沉默中灭亡，作为青年，我愿意为真理和正义发声。
- **不愿回到五四时代(9人)**
  - **为当代奋斗**
    - 宋抒璇：只要我们能铭记五四精神，担当起我们这代人的责任足矣。
    - 杨阳：需要承担我们每个人当下的己任。
    - 蔺珍妮：我们要跟上时代步伐，为现代化建设贡献力量。
    - 刘雅妮：新时代的我们，应该对"五四"精神有自己新的理解，应该赋予其新的时代内涵。
  - **好好学习**
    - 宋愿晨：当下有更好的资源，更好的机遇，可以给我们很大的提升空间。
    - 李姬雅：我庆幸自己出生在和平年代，可以安心学习和生活，不用去经历战争与屠戮。
    - 刘念：我更愿意做一个无忧无虑的学生，好好学习。
  - **时代动荡**
    - 吴官洁：五四时代于中国而言是一个黑暗的时代。
    - 包欣欣：半殖民半封建时期，外有侵略，国家主权和领土安全遭到严重破坏，时代动荡，没有保障，国内人民思想难以解放，保守派实力强大，在心有余而力不足的时候，我很可能会坚持不下去，却又不甘，心力交瘁。
    - 韩玮琦：更大的可能还是温饱都无法保证。

图2-1 学生关于问题"你是否愿意回到五四时代"的回答（示例）

我当时的回答是肯定的。学完这一讲，我更加坚定了自己曾经的想法。

情怀事大，见于细微。当前，很多青年都有种感慨，认为爱国未免过于抽象，没赶上战火纷飞的年代，没有机会证明自己的拳拳赤子心、殷殷爱国情。实际上，爱国一点也不抽象，它是一种具体化的行为。爱国也不挑时代，随时随地皆可为，人人可为。雄心志四海，万里望风尘。我生在太平盛世，庆幸有时间和精力提升自己的能力和思想觉悟。抚今追昔，我坚信，不管时光如何变幻，"五四"爱国主义精神都将代代相传。让我们一起努力，以"踏平坎坷成大道，斗罢艰险又出发"的豪情壮志，把我们的国家建设得更加富强、更加民主、更加文明、更加和谐、更加美丽，让中华民族以更加自信、更加自强的姿态屹立于世界民族之林。

（三）一点补充

通过此次细致深刻的学习，我意识到以前读作品时，并没有深入了解作品的写作背景以及作者写作时的心境，因而可能会产生误解。此外，我在阅读时缺乏主动思考，没有考虑到被我忽略的语言中可能有作者的深意。在今后的学习中，我将调整自己的学习思路，更加广泛地涉猎后面各讲的相关内容。

（四）新课准备

我按照改进后的思路开启了对《阿 Q 正传》的预习。老师布置的延伸课堂中的问题是：在《阿 Q 正传》中，是谁"吃"掉了阿 Q ？被枪决是阿 Q 坏的证据吗？

《阿 Q 正传》是以辛亥革命前后的中国农村为背景。与《狂人日记》一样，主人公阿 Q 仍处于旧社会。当时社会保守、庸俗、腐败，每个人都深受腐蚀。细读文章，得知一直采取"精神胜利法"的阿 Q 曾想过革命，却无法摆脱当时社会普通百姓的命运，最终被剥夺革命的权利，以被枪决而告终。阿 Q 不够坏，他敢于革命，至少称得上是勇敢的人，而被枪决的命运，恰恰体现了阿 Q 是旧社会的牺牲品。"吃"掉阿 Q 的，便是那时社会的风气和文化礼教。

总　结

在我学习第 2 讲《狂人日记》的过程中，虽有不解，遇到过难题，留下了遗憾，但收获颇多，在此做个简单的总结，以备在今后的学习中不断精进。

（一）收获

学完本讲，精神为之一振，我对于自己的人生价值有了更深刻的思考。新时代的青年们理应发扬五四精神，发挥独立思考的能力，有敢于质疑和否定的信念，持有独立、进取、承担民众启蒙和民族再造重任的意识，而不应该满足于做庸众中的一员。若不能做出响彻华夏的成就，至少自己的精神世界应当丰满而独立，站在前人的思想上，更进一步地接近真理。就像鲁迅在《热风》中所说：

> ……愿中国青年都摆脱冷气，只是向上走，不必听自暴自弃者流的话。能做事的做事，能发声的发声。有一分热，发一分光，就令萤火一般，也可以在黑暗里发一点光，不必等候炬火。
>
> 此后如竟没有炬火：我便是唯一的光。倘若有了炬火，出了太阳，我们自然心悦诚服地消失，不但毫无不平，而且还要随喜赞美这炬火或太阳；因为他照了人类，连我都在内。
>
> 我又愿中国青年都只是向上走，不必理会这冷笑和暗箭。[①]

我愿成为一个独立的个体，能发光的个体。

我深深地意识到：首先，学习时应当注意的是阅读作品前要做充分的心理准备，面对作品，应有属于自己的、发自内心的思考；其次，要有全局观，不只关注自己感兴趣的问题，还应当从文章的整体出发，只有如此，才能吃透作品；再次，要适当地放开自己的思路，不把自己禁锢在文章之中，应当注意文章所折射的社会背景，结合时代特点、社会风气等展开一定的想象，这样不仅有利于自己的理解，而且对于领会作品的深意有很大帮助；最后，结合自己的知识储备做出合理推断，进而想象文章中的人物关系。只有这样才能吃透作品，不论是对于环境的描写，还是人物的语言、动作，甚至是连接语的用意，都应该仔细阅读，这样更有利于将学习推进到深处。

（二）遗憾

我在预习时只是通读了文章，思考不多，以至于在上课听讲时有些吃力。在阅读《狂人日记》时，虽然想到了新文化运动，却忽略了当时同一时期十分重要的五四运动。这些反映出我的思路不够开阔，没有考虑到作品发表时的社会状况。我想，若是我在开始就想到了小说创作的时代背景，我的内心必然会更加澎湃，我的感想或许也会有所不同。

（三）学习方法

本讲带给我对于学习方法的思考，主要有以下几点：预习时，尽量对学习的内容做到整体把握，通过查阅资料，发现更多应当了解的知识，有助于自己接下来的学习；课上学习时积极发言，注意他人的想法是否会与自己的想法碰

---

① 鲁迅. 鲁迅全集 第1卷 [M]. 北京：人民文学出版社，2005：341.

撞出火花，做到及时记录；课后及时整理课上的记录，做到回顾反思，及时调整自己的思维和方法。

学习案例撰写感言　　　　　　　　　　　　　　　　　▶ 刘泽璇

对我而言，黎老师的课堂是在传道授业的基础上，通过一个个文学作品升华出人生的道理。我们从每一个历史人物身上，在每一个历史事件中，对于每一本著作，都能从中或多或少地看到我们自身的投影，或者是我们生活的影子。黎老师负责的就是教会我们从每一位人物身上、在一桩桩事件中有所收获。

在这一年的"中国现代文学"的学习中，我在中国现代散文、诗歌、小说、戏剧里游历了一番，在中国现代时期的人物身边驻足停留。读书如交友，在字里行间体会到了他们的品性，感悟到了他们话语里的深意，于是我总想仔细甄别，落实在我的生活里。鲁迅的锋利，沈从文的执着，张爱玲的独一无二……我都逐个体会，希望来日为师，教会学生知识的同时，也能让他们体会到生命中最不可或缺的东西。

这篇关于《狂人日记》的学习案例分享了我的学习过程。提笔时脑海里的想法是分享我的学习方法与学习的心路历程，当真正深入回忆时，发现自己的个人感受和文学中的生活哲理也占据很重要的一部分，于是把它们也加了进来。文中所述皆切身感受，是这一讲让我记忆深刻的一些片段。于细微处观全局，于无声处听惊雷。我在黎老师的每堂课上都学到很多道理，明白了文学不只存在于书本，更存在于透过树叶洒下的每一缕阳光中，氤氲在每一口清新的空气里。它存在于我的脑海，充斥于我的血液，这些经历将会转化为一种更深层次的精神指引，在我困顿迷茫的时候、欢呼雀跃的瞬间，在我未来作为一名教师时散发光芒。

学生朽木，感恩无言。

教师感言　　　　　　　　　　　　　　　　　　　　　▶ 黎秀娥

泽璇说我负责教会她们从每一位历史人物身上、在一桩桩事件中有所收获，她言中了我的追求，也给我提出了一大挑战——落实这句话实在不是件容易的事，甚至像数学中讲的那样无限接近却永不相交。然而，单是无限接近，也值得慷慨奔赴，何况确有学生能像泽璇这样从一个个作品中升华出人生道理，能以交友的姿态读书，受到精神指引，进而决心投身于未来立德树人的教育大业中传递这种美好。

通过一则学习案例，泽璇分享了自己学习"中国现代文学（一）"的切身感受，总结出的相应学习方法，以及悟出的生活哲理，期待着它能"于细微处观全局，于无声处听惊雷"。看得出来，她为此尽了最大努力。至于能不能达到这个效果，还要看读者和她的缘分。在我看来，她提供的这则学习案例至少在三个方面有借鉴意义。

一是克服了大学生学习中的常见病——等候投喂。她在课前准备中充分发挥小组合作的优势，为课上的文本细读准备了背景知识和思维基础，尤为难得的是有了"明辨"意识和独立的思考。

二是能集思广益，在课上有选择地借鉴别人的观点，拓展了自己的思路，完善了自己的认识，是一个在参与课堂互动中知识能力双丰收的典型案例。

三是在课后的整理中感悟怎样才算真正读过文本了，重新审视自己由来已久的学习思路，决心牢牢把握思考的主动权，真正做到"进得去""出得来"，进而由"狂人"推及新时代的青年人，反思自己能为社会做些什么，感叹"爱国一点也不抽象，而是一种具体化的行为。爱国也不挑时代，随时随地皆可，人人可为。"

这不仅是一篇学生主动学习的案例，还是醒者的放歌，平淡而又耐人寻味。

第 3 讲
直面惨淡的人生
——《阿 Q 正传》文本细读

薛建斌

> 我开始有意识地克服"看客"陋习，学着自我反省，不仅慢慢看懂阿 Q 的世界，还变得敢于直面自己惨淡的人生，并探寻改变现实的可能。

《阿 Q 正传》是鲁迅创作的一部中篇小说，收入小说集《呐喊》中。"中国现代文学（一）"课程里有三讲鲁迅小说文本细读课，本讲为其中之一，上承《狂人日记》，从探究是谁"吃"掉了狂人转向探究是谁"吃"掉了阿 Q，下启《伤逝》。从这三讲鲁迅小说的文本细读课中，我们可以更深入地了解鲁迅笔下的人物，以及人物背后的社会。本讲聚焦于分析阿 Q 这一人物形象以及他的生存困境，我在学习的过程中努力将他身上的典型特点与他面对的生存困境与现实之中的人进行比较，进而反思自己的人生。

我对于本讲的学习可分为三个环节：课前准备、课上参与、课后延伸与反思。三部分中分别设置的问题是老师与学生沟通的桥梁，也是整节课的结构与线索。通过本讲的学习，我深深懂得了作为学生应该如何有效地参与到课堂之中，以及怎样做好一个"人"，并且试着思考如何直面自己的人生。下面围绕着"怎么学"，分享我的学习理念、学习过程以及学习方法。

一、课前准备：三次阅读文本

阅读原著，与文本的零距离接触是学习现代文学不可或缺的环节。本讲的主要内容是分析《阿 Q 止传》的文本，相比于文学史概述课，文本细读要求听课人对作品有更深的理解，对作品的细节有更深刻的把握。

由于基础教育阶段的语文学习要接受考试的检验，我曾经忙于学习别人对于文本的解读，对于考试题的标准答案深信不疑，往往忽略个人对于文本的理解，自身理解能力并没有在做题的过程中真正培养起来。进入大学以来，我认为不管是在课堂之外怀揣着对文学的热爱，还是在课上深入思考、对话，都能够形成自己独到的见解才是最为重要的。

阅读文本形成的第一印象十分宝贵。学生在不断学习前人理论与知识的同时，如果可以进行独立的思考，就能在解读文本的过程中发现新的内涵，同时激活自己的生命体验，从而赋予作家作品以新的生命力。第一次阅读，我专注于阿Q的农民身份，思考阿Q与赵太爷的依附关系——阿Q在未庄的地位变化几乎都与赵太爷有关，同时也思考阿Q应该如何跳出自身的局限，去创造新的人生。这让我收获了一些对于作品的个人感悟，这在一定程度上避开了后续学习中只吸收他人想法而忽略自我思考的误区。然而，个人视角的解读对于分析作品虽然重要，却难免存在局限。为了更加深入地了解原文，我带着第一次阅读作品的收获进入到关于《阿Q正传》的各种资料之中，与他人的想法进行碰撞。

第二次阅读作品前的任务是查找与《阿Q正传》相关的资料，了解小说的写作背景与相关研究成果。上海师范大学钱文亮的《生计问题的书写与阿Q的革命契机——重读〈阿Q正传〉》一文，着重探讨了阿Q的生计问题，认为这是阿Q产生革命意愿的原因之一，探讨了阿Q突破精神胜利法的可能性。我在阅读的过程中局限于阿Q的农民身份，将他革命的原因推给黑暗的社会背景，忽略了阿Q作为一个人的需求以及社会黑暗究竟如何影响他，并没有思考精神胜利法是否可以克服，应该如何克服等问题。钱文亮的文章为我思考精神胜利法提供了新的角度，帮助我突破个人思考的局限。钱文亮从人生存的底层逻辑出发，将阿Q的生计问题放置在整个未庄的生存秩序之中，而我只是简单地将阿Q的生计问题与赵太爷联系在一起，忽略了阿Q为填饱肚子在静修庵偷萝卜这一情节对阿Q的生计问题产生的影响。思考角度单一，导致我难以厘清阿Q与未庄的关系。如果能够搞清楚阿Q与未庄的关系，就更容易理解原文中阿Q进城与投降革命等重大变化。

第三次阅读作品时，我尝试与课堂连接。黎老师会在每节课的课前准备好各个小组负责分析的内容以及延伸课堂（一）中的开场问题。本讲中黎老师以原文中的章节为界，提炼出各个章节中体现的阿Q的性格与阿Q命运变化的各个阶段，将之当成本讲的结构，分别是：引言部分——由搞笑到悲哀；可怜与"优胜"；阿Q命运的转折点；经受未庄的淘洗；因投降革命而被"枪决"；结语部分——阿Q究竟是个怎样的人？我的第三次阅读依据老师划分好的结构进行，并借鉴老师解读文本的方式，为提高课上的学习效率做好扎实的准备。

黎老师在每一学期开课之前进行小组人员的分配，分配好的小组分别负责每一讲各个内容板块的课前准备与课上分享。各个小组可以自由选择内部合作的方式以及分享展现的形式。我们小组合作的过程中，出现了一些问题。我期待的小组合作是每个组员都能独立思考，之后由负责在课上回答问题的同学进行整理总结，重点体现出同学们答案的相同点与不同点。但我们小组实际的合作却由收集材料、整理大纲、制作展示的幻灯片和课上分享构成。负责收集材料的同学利用搜索引擎收集图文资料，在分享时缺乏严格的筛选和思考。负责整理大纲的同学面对其他同学收集的资料，在整理的过程中可以拓宽自己的思考，这是小组合作的优势，而整理他人收集的资料可能不符合自己的思维习惯，对于大纲的提炼略有难度，这是小组合作中遇到的挑战。负责制作幻灯片的同学与负责讲解的同学共同确定在课上分享内容的最终版本。我们小组分工明确，小组成员积极活跃，但合作的各个环节没能有机地结合起来，各个同学的自主思考能力并未得到充分锻炼。除了思考分配给各个小组在课上回答的内容之外，同学们也需要思考本讲的延伸课堂（一）中的两个思考题。

第一个问题：是谁"吃掉"了阿 Q？这个思考题连接上一讲的《狂人日记》，"狂人"看到了这个世界里"吃人"的种种现象，而阿 Q 却是被"吃"而不自知，在最后被枪决时才微微醒悟。我认为是阿 Q 自己"吃掉"了自己，阿 Q 自身的种种劣根性一步步推着他走向了灭亡。但又是什么样的社会环境使阿 Q 形成了这样的性格呢？黎老师给出了一个更深层次的答案——"文化"。在鲁迅创作《阿 Q 正传》的时代，专制与礼教深深扎根在文化里，这些"文化"压迫着人们的思想，限制着人们的行为。小说中写到当阿 Q 快要被处死的时候，看到"这些眼睛们似乎连成一气，已经在那里咬他的灵魂。"[①] 围观的民众如同饿狼一样，"享用"阿 Q 的死亡。这些麻木的国民下意识里冷漠和残酷的释放，如同一场戏剧的看客在无聊的人生里专注地猎奇寻乐，这样的国民劣根性对应着文化中的糟粕。

第二个问题：被枪毙是阿 Q 坏的证据吗？黎老师的解释与我的理解相同，被枪毙不是阿 Q 坏的证据。在回答这个问题时，我首先思考了这个问题的重点所在。如果把重点放在被枪毙"是不是"阿 Q 坏的证据上，就掉进了文本的圈套。小说中这样写道："自然都说阿 Q 坏，被枪毙便是他坏的证据；不坏又何至于被枪毙呢？"[②] 这是很明显的反讽，被枪毙未必是阿 Q 坏的证据，人类历史上从来不缺冤案。这个问题真正的重点显然不在这里。如果把重点放在阿 Q 的"坏"上，可以衍生出一个新的小问题：阿 Q 真的坏吗？从这个角度思考的时候才能直击问题的核心，从而使一个丰满的阿 Q 形象浮出水面。但阿 Q 为别人顶罪被胡乱地抓起来并枪毙了，这里的描写像一把讽刺麻木国民的利刃，看

---

① ②　鲁迅 . 鲁迅全集 第 1 卷 [M]. 北京：人民文学出版社，2005：552.

似不可理喻的事情却在未庄这个社会缩影之地的情理之中。但如果被枪毙并不是阿 Q 坏的证据，那什么是阿 Q 坏的证据呢？阿 Q 真的是一个坏人吗？他表面上欺软怕硬，贪财好色，实际上并没有更多害人的想法。阿 Q 究竟是一个怎样的人呢？带着对这些问题的思考，我们在课上可以更高效地分析，更深刻地理解。

二、课上参与：探明阿 Q 的生存困境

首先是本讲的引言部分——由搞笑到悲哀。这也是我在阅读《阿 Q 正传》时整体感受到的变化。《阿 Q 正传》开篇便是作者用搞笑诙谐的语言推敲阿 Q 的名字与身世：究竟要立什么传？阿 Q 究竟姓什么？名字到底怎么写？籍贯又在何处？最后却只剩下一个"阿"字是可以保证正确的。这部分内容在原文的第一章，阅读之后令人不禁发笑，笑过之后却又感到悲伤。阿 Q 是一个人，却连名字也无法确定下来，这样的阿 Q 是千千万万国人的缩影。在我祭奠祖辈的时候，发现墓碑上很多女性的名字仅为李氏、张氏，我问妈妈："她们都没有自己的名字吗？"答："李氏、张氏不就是她们的名字吗？"她们如同阿 Q 一样，无法留下真正的名字，即使留下，也是模糊的——"他似乎是姓赵，但第二日便模糊了"①。她们往往以夫家的姓氏或名字为代称，自己的姓名被"模糊"了，比如《红楼梦》里的一些女性角色称呼：林之孝家的，周瑞家的。这些只有姓氏没有名字的女性，自身并不觉得异常，是面对无力抗拒的现实选择了接受吗？还是另一种精神胜利法呢？她们像阿 Q 一样，都被困在现实的重重网罗之下，不断蜷缩自己，直至化为微尘。

面对这样的现状，我的内心感慨万千却不知如何表达。如果一个人没有名字，是这个人的可悲之处，但即使都有了名字之后的今天，如同阿 Q 一般处在社会边缘的人还有很多，其可悲可怜之处也有很多。联系当下，直面国人的生存仍是重要问题。《习近平谈治国理政》第二卷中写道："有的同志说，天是世界的天，地是中国的地，只有眼睛向着人类最先进的方面注目，同时真诚直面当下中国人的生存现实，我们才能为人类提供中国经验，我们的文艺才能为世界贡献特殊的声响和色彩。"②许多媒体在传播信息时选择粉饰太平，缺少"直面当下中国人的生存现实"③的勇气。通过引言部分的学习，我们看到了文学作品与现实生活的相通之处，领会到文学作品对社会与个人的反思。

---

① 鲁迅 . 鲁迅全集 第 1 卷 [M]. 北京：人民文学出版社，2005：513.
②③ 习近平 . 习近平谈治国理政 第 2 卷 [M]. 北京：外文出版社，2017：320.

学习完引言部分之后，进入本讲的第一部分：阿 Q 的可怜与"精神胜利法"。

阿 Q 的可怜在于不配姓赵、赌博被骗、自轻自贱等。阿 Q 自己究竟姓不姓赵？若不姓赵，则不该胡说；若姓赵，就应该坚持。如果说阿 Q 迫于赵太爷的威压，不敢坚持自己姓赵的事实，尚可理解。那他在赌博中总是赢不到钱或者被骗钱，导致自己的生计窘迫，就该怪他自己。为什么他不去反省告别赌博呢？因为告别了赌博之后，他就再没有别的娱乐生活。阿 Q 作为一个普通百姓，在当时黑暗的社会背景下，只能靠"精神胜利法"充实自己的生命，臆想自己社会地位的改变，时而抬高，时而降低，既自欺，也欺人，最终将这一"技能"修炼得炉火纯青。

阿 Q 的许多可怜处境是自找的，挑衅王胡失败之后欺负小 D，再次失败之后将气撒向小尼姑，阿 Q 的生活在这反复的自欺欺人与欺软怕硬之中出现了一个转折。阿 Q 接触了小尼姑之后产生了新的想法——"应该有一个女人"[1]，这就触及本讲的第二部分"阿 Q 命运的转折点"。这部分内容出现在小说的第四章——恋爱的悲剧。《伤逝》作为鲁迅唯一的爱情小说已在学界达成基本共识，那么《阿 Q 正传》中写的"恋爱"也是爱情吗？如果是，那《伤逝》是否还是唯一的爱情小说？如果不是，鲁迅又为何给小说的第四章起名为"恋爱的悲剧"呢？我认为这是爱情，只不过是阿 Q 单方面的爱情，吴妈很可能是对所有人都表现出了友善的态度，而阿 Q 却对吴妈产生了别样的情愫。阿 Q 的"精神胜利法"无法避开他的爱情，他鼓足了求爱的勇气，认为女人都在"勾引"男人，觉得吴妈对自己也有"勾引"的行为。他认为吴妈只是一个"小孤孀"，通过贬低吴妈的身份地位鼓励自己对吴妈大胆求爱。这个行为也许并没有经过周全的思虑，也不像一次正常的求爱，反而吓坏了吴妈进而引发了后续的灾难。

黎老师认为阿 Q 那一跪中含有男人对女人的尊重。吴妈若不同意可以公开拒绝，而她却选择向赵家人告密，这是一种害人的举动。不过，如果我因为阿 Q 所处的社会环境选择谅解他这样粗鲁的求爱，那吴妈的行为也可以被理解与原谅。小说中也没有提到吴妈对于阿 Q 特殊的情感。但吴妈的行为还是直接导致阿 Q 被完全排除在未庄的生存秩序之外，阿 Q 想要一个女人的心愿也被彻底粉碎。他的命运也开始从滑稽喜剧向悲剧转变，人生日益惨淡。

正如本讲的正标题——直面惨淡的人生——所示，我们每个人都有人生惨淡的时候，今天的我们至少有姓名和籍贯，有可以获取知识的义务教育，也拥

---

① 鲁迅 . 鲁迅全集 第 1 卷 [M]. 北京：人民文学出版社，2005：524.

有更加开放的社会环境，可我们本质上也没能真正逃脱阿 Q 的命运。阿 Q 生活的地方叫作未庄，我们生活的地方亦是我们的未庄。接下来是本讲的第三部分：经受未庄的淘洗。阿 Q 被排斥出未庄的生存秩序，为寻找新的出路选择了进城。黎老师形容阿 Q 是"被逼上梁山"，与主动进城寻求新的出路并不相同，可能是在静修庵偷萝卜刺激了阿 Q 调整生存规划。阿 Q 的生存方式发生了本质的变化，由诚实劳动转变为偷盗。

阿 Q 通过偷盗发财后依然选择回到未庄，也许对于阿 Q 来说，未庄才是真正的"家"。在阿 Q 回到未庄后，因为他有了钱和新衣服，未庄的人们对阿 Q 的态度变得尊敬起来。看到阿 Q "发达"后，未庄人却并没有产生上进的态度，只想着捡便宜，认为阿 Q 有钱就值得亲近。作者在这里对未庄人的描写充满讽刺与无奈，直指国民劣根性中的奴性。赵家人则因为没有占到便宜，便向未庄人暗示阿 Q 是小偷，导致未庄人对阿 Q 的态度变为"敬而远之"。后来阿 Q 为了再次融入未庄的社会，想方设法地讨好地保，说出自己曾做过小偷。这样的袒露真心，说出自己的隐私非但没拉近与地保的关系，反而彻底断送了阿 Q 与未庄的缘分，使他陷入山穷水尽之中，无法在未庄生存，也没有了求食之道，前途一片渺茫。因为小偷的身份，阿 Q 无论在未庄还是城里都无法继续生存了，于是他渴望一个新身份——革命党。

接下来进入本讲的第四部分：从"投降革命"到枪决，对应着小说的第七章——革命。这一部分内容由我们小组负责，我在分析这部分内容的时候将这一标题的内容分为三个小问题。第一个问题是："阿 Q 是否因投降革命而被枪决？"我认为不是，阿 Q 在口头上表示自己已经加入革命并且在第二天去"革"了静修庵的命，但实际上阿 Q 与革命军没有太大的关系。第二个问题是："阿 Q 真的投降革命了吗？"我认为阿 Q 没有真的投降革命，投降革命只是阿 Q 在脑中的自我构想，初始动机也只是为了满足自己的私欲，认为革命就是"要什么就是什么"。并且未庄也并没有出现可以正确领导革命的人，阿 Q 难以接受到真正的革命思想，作为一个小地方的边缘人物，要革命的想法就如同昙花一现般转瞬即逝。第三个问题是："阿 Q 究竟因什么而被枪决？"这个问题也类似于"究竟是谁吃掉了阿 Q"，我认为外因是冷漠、麻木、无知的国民，作者通过对他们的描写表达了对于国民劣根性的集中批判。内因是阿 Q 自身的劣根性，同为冷漠麻木的国民，他在自我欺骗的过程中欺软怕硬又自欺欺人，在使用"精神胜利法"的时候，既唯我独尊又自轻自贱。这些因素都推着阿 Q 走向生命的终结。

随着阿 Q 走到生命的终点，《阿 Q 正传》便也结束了，本讲也即将收尾，进入结语部分：阿 Q 究竟是个怎样的人？在愚昧而又封闭的时代，阿 Q 缺乏一个人应有的人性与人权，愚昧可笑，做事不思量，不分轻重，集中体现了国民劣根性。直至现在，国人依然能够在自己身上找到阿 Q 的影子。阿 Q 令我觉得可悲、可怜、可叹。黎老师在课堂最后又提出了一个问题：如果狂人式的战士与阿 Q 式的真人都不妥，那怎样才算圣贤？这个问题，我在课后继续思考了很久但没有得出答案。有些问题，也许需要用一生去回答。

三、课后延伸与反思

结束了《阿 Q 正传》的文本细读课，黎老师留下延伸课堂（二）中的问题：如果你是涓生，会不会说出那句"我已经不爱你了"？这个问题连接下一讲：探寻新的生路——重读《伤逝》。涓生代表着知识青年，他在探寻新的生路时的失败引起了我的共鸣。我通过三次阅读文本来回答老师预留的问题，在下次上课前记录下自己的回答：会。人都有自私的一面，涓生面对已经失去了鲜活生命力的子君，认为继续维持现状会更加残酷，分开或许是更好的选择。子君要想改变离开涓生后走向死亡的命运，得有更深层次的女性自我意识的觉醒。

除了对下一讲的预习，课后我也结合课上学到的文学知识与解读文学经典的视角，尝试自己创作，从中领会不同的表达方式，创作体验反过来增强了我文本解读方面的能力。在学完《狂人日记》与《阿 Q 正传》之后，"吃人"两个字深深地印在了我的脑海中。也许我们当今社会已经容不得"吃人"的恶习，但是人心里的"吃人"欲并没有断绝。当我选择成为一个启蒙者，希望像狂人一般唤起人们的良知，让人们不再麻木冷漠下去，人们却将我当成狂人，我只得到他人的冷眼，在这冷眼之中被他人"吃"着。当我希望深刻地反省自己身上那些阿 Q 的特质，我又成了阿 Q，在被排挤中走向自己的"惨淡的人生"。我希望在上完这几讲关于鲁迅小说的文本细读课之后，能够汲取鲁迅的力量，继续五四时期前辈们的未竟之业。

在本讲结束后，我写了一篇题为《黑火》的散文，记录了身边发生的一件真事：小区里一位独居老人的家里发生了火灾，浓浓的黑烟从窗口滚向天空。与此同时，一个经常被父亲家暴的小女孩望着发生火灾的地方受到刺激，喝下了自己偷偷买的农药，之后辗转于多家医院求医。这个小女孩的父亲讲述这个故事的时候，周围围满了人。他满意地张着嘴，笑着看着听故事的众人，无论是讲故事的人还是听故事的人都在心理上获得了满足。他的嘴如同发生火灾的窗口喷出浓浓的黑烟，令我无比心痛。这个父亲"吃"了自己的女儿而不自知，不顾自己家暴的事实，认为女儿自杀是因为她自己有心理问题。这些都使我决定写下一些文字来记录。我写这篇文章时，不自觉地模仿了鲁迅的写作风格，选用比较简洁的语言，多用隐喻意义丰富的意象，深深地感受到了鲁迅的文字犹如土壤，滋养着后来的人们。

林清玄在他的散文《空白笔记本》里谈到，即使我们的笔记本简单而粗糙，但如果能够写满我们的生活、感受与思想，就比空白的笔记本有价值。不是所有人都能够成为专业的作家或学者，然而用文字记录生活的感受却容易得多。我们写下的文字可能是拙劣的，所蕴含的情感也可能是粗糙的，但是我们自己写下的文字对于我们的生命而言自有其不可替代的意义，正如林清玄所言，可以保留我们生命的痕迹，帮助我们反思自己，明晰自己的思想。我希望我们都能写下自己的所历所思，让我们的生命与思想逐渐成熟。

在课前与课上我都很享受思考的乐趣，老师的课堂如同文学交流会，我可以与心灵深处的想法沟通，却常常忽略笔记的整理，课后也往往只用教材复习。这一次撰写学习案例的过程中，我深深感到缺少笔记的困难之处，许多想法都遗失了。无论是纸质的还是电子的笔记，都十分必要，因为及时记录一些不经意间闪现的想法，日积月累，必有丰硕的收获。我希望自己在未来的学习中能够重视笔记，无论采用怎样的笔记形式，大学期间的笔记在内容上都应该是充分理解与思考的产物，不能只是表面齐全、格式工整便于背诵的工具。

总　结

通过本讲的学习，我在预习的过程中形成了三次阅读文本的习惯。第一次阅读文本时产生自己对作品的看法；第二次阅读文本时通过查阅相关资料充实新的思考；第三次阅读文本时我专注于思考老师在上一讲临结束时预留的问题。三次阅读文本既能够有效地提高听课效率，也能够提升课外思考。

通过《阿Q正传》文本细读课，我解读文本的能力得到了很大程度的提升。黎老师将文章拆分成多个小问题分配给各个小组，这些小问题连在一起就是这一讲的框架，有效地提高了同学们学习的参与度，降低了解读文本的难度。这就如同我解答问题的方法，将一个大的问题分解成若干个小问题，从不同方面推进解读，适当降低问题的难度并给出新的回答。

除了将大问题化为小问题的学习方法，我认为在大学的文学史课程学习中还需要有质疑的精神，不盲从名家的看法，避免所学内容食而不化。只有这样我们才能在学习的过程中切实培养独立思考的习惯，有意识地锻炼思维，提高学习效率。

我曾认为理想的学习过程就是无所求，但又能够充分感受文本、理解文本，在文本中发现新问题，而不是去追问通过这些学习与阅读我们究竟得到了什么。但是当我学完《阿 Q 正传》这一讲之后，却禁不住追问自己：究竟得到了什么？我深深地觉得自己获得了一个"看客"的身份。如同电影《后窗》里的一个人对于他人的窥探欲望，我是否通过文学作品满足了自己的窥探欲望呢？阿 Q 出现在我的世界里，我反复地看他，细致地揣摩他，心满意足地解剖他。我也动了我的感情，为阿 Q 感到可惜，憎恨过去黑暗的社会，但这并不能改变一个基本的事实，我旁观了阿 Q 的悲惨遭遇。如同《祝福》里那些听祥林嫂的悲伤故事的女人们，我也实实在在地哭了一场，悲伤了一回。人类总是觉得自己比其他生命更高级，具体到每一个人身上，我们也都有冷漠而饶有兴趣地旁观他人的经历，却认为自己与鲁迅笔下的看客并不相同，忽略了自己也曾是看客的事实。当我们面对他人的苦难而萌生出对自己生活满意的心态时，就如同鲁迅笔下的看客因鉴赏他人的失败而产生快感，从而臆想出自己成功的人生。

阿 Q 是一个不朽的文学典型，每个读者心中都有一个独特的阿 Q。他真正带给我的不只有一次深刻的自我反省，还实现了鲁迅的期望，即培养拥有个体尊严和独立思考能力的人。我开始有意识地克服"看客"陋习，学着自我反省，不仅慢慢看懂阿 Q 的世界，还变得敢于直面自己惨淡的人生，并探寻改变现实的可能。

学习案例撰写感言 ▶ 薛建斌

非常幸运可以进入黎老师的课堂，在"中国现代文学（一）"的课程中，老师帮我改变了在高中语文学习过程中形成的对文学的"刻板印象"，吹散文学世界的迷雾。这也让我更深刻地认识到中国现代文学不仅有"文以载道"的社会功能，更有对人内在精神世界的探索，重视对人的启蒙作用，是"人的文学"。我认为这是文学应追求的"功利"：帮助社会上的弱势群体，为他们发声；去除社会的积弊，培养民族的文化自信，让一个民族能够从文化的根上站立起来。

常有人称我为文艺青年，可是"文艺青年"这个词已经被滥用，随便拿起吉他或者念几首诗都会被称为文艺青年，但我不愿意成为这样的文艺青年。还有人问我是不是特别喜欢文学，把文学学好之后是不是就能够在未来的工作中完成更高质量的文案工作，拥有更快的升职速度、更高的薪资水平。可我并不愿意让文学成为我追求名利的工具，而是想要追求真正的学问，不仅仅是停留在学问的表面。我认为文学不是我学习研究的对象，它是我生命的组成部分，是我生命的外延。我不希望文学成为我的标签，而是把它内化在自己的生命里，在文学中找到灵魂的共鸣与感动，表达生命的热忱与希望。

文字是无声的，穿越时间与空间，给我力量。通过现代文学的学习，我提高了明辨性思维能力和审美能力，萌生了传承现代文学中优秀文化的心愿，志在做有现代精神与人文关怀的新时代青年。

教师感言 ▶ 黎秀娥

这则学习案例不仅是建斌的一次学习过程的复原，还是他向人的内在精神世界探索留下的足迹，因而又不乏普适性，对思考学法的学子和热衷教学的年轻教师都不无启发，至少在三个方面呈现出了他主动学习的风采。

一是观念深层的改变。文章基本遵循我讲课的思路展开，而具体的学习细节却是他明辨慎思的结晶。基于对大学中的文学专业课与中学语文课本质不同的辨析，他课前反复研读文本，结合相关研究成果，形成了独到的见解；在课上以每个部分的问题为桥，深度参与课堂。

二是学习姿态的调适。建斌保持"知之为知之"的自信，敢于坚持自己与老师不同的观点，主体性有了明显提高；兼有"不知为不知"的直率，如实陈述自己没想通的问题；萌生了锻炼思维的意识，变得勇于质疑，能做深刻的自我反省并体会思考的乐趣，通过写案例，发现岁月冲走了很多想法，追悔当初没做笔记，认真吸取教训。

三是提高学习效率的方法。他从实际问题中抽象出小组合作的优势与挑战，在挑战的刺激下，探索出切实有效的方法，比如，课前"三次阅读文本"法、分解问题法等。

尤为难得的是，这篇文章字里行间洋溢着文化自信的光彩。假如有更多青年学子能像建斌一样将我们民族的优秀文化内化进自己的生命，在最好的年纪去追求真正的学问，扎扎实实地提高自己的明辨性思维能力和审美能力，以传承优秀文化为己任，立志做有现代精神与人文关怀的时代新人，中华民族的伟大复兴还会远吗？

第4讲
探寻新的生路
——《伤逝》文本细读

扫描此码

观看视频

王佳宁　贺含韵

　　从"人生最基本的要义"这一新奇的角度带领同学们重读《伤逝》，这何尝不是在探寻"中国现代文学（一）"教学设计的"新的生路"呢？

　　《伤逝》是鲁迅收录于《彷徨》小说集中的一篇以爱情故事为题材、以手记为具体表达形式的短篇小说，是鲁迅小说中较难理解的一篇。小说从男主人公"涓生"的视角出发，将他和女主人公"子君"从勇敢冲破封建婚姻束缚建立起独立的小家到最后爱情破裂，造成一"伤"一"逝"的悲剧娓娓道来。

　　黎老师在 2022—2023 年度"中国现代文学（一）"的教学日历中将本讲初步分成了三大部分：首先是旨在引导课前准备的启动问题，即"延伸课堂（一）：说真话的难度"。然后是构成课堂互动主体的五个小节，分别是：引言、子君——"娜拉"走后怎样、涓生——急流"勇退"、探寻"新的生路"、结语。最后构建了延伸课堂（二），主要问题是：1920 年代关注"人的发展"的小说有哪些？这个问题，则是下一讲的启动问题。

　　在实际的教学过程中，黎老师又做了多处调整。一是将启动问题进一步细化为两个问题：若你是涓生，会不会说出那句"我已经不爱你了"？为什么？二是把涓生的人物形象分析调整到了子君之前，并将形容涓生的关键词"急流'勇退'"改成"进退由心"。三是将结语简化为几个关键词："生存""温饱""发展"。

　　我在初次看到教学日历上的框架安排时，意识到必须细读《伤逝》才能开展本讲的学习，并且要有自己的心得与思考，方可投入到课堂中去，正如黎老师所说："不上无准备的课。"临近上课时，我看到黎老师结合学生的实际学习情况和教学进度对本讲教学框架进行了调整。在经历了课前准备、课上互动、课后回顾三个环节之后，我更进一步地理解了黎老师做出改动的深意，教学设计调整的出发点在于贯穿整个"中国现代文学（一）"课程的重要核心思想——育人。

本文将从课前准备、课上互动、课后回顾三个模块展开，从"学生学"的角度重读《伤逝》：深入文本，认识并剖析涓生和子君这两位主人公；走出文本，探寻"伤逝"之后"新的生路"①。

一、课前准备：文本细读与自身体会

（一）走进《伤逝》：学、读、思三位一体

要进行有深度、有收获的文本细读，常规阅读显然是远远不够的。我个人认为，针对"中国现代文学（一）"较为清晰的课程框架，在《伤逝》文本细读的过程中既需要保持清醒的文学史意识——明确《伤逝》在鲁迅作品中的地位与意义，与作者其他作品进行纵向比较，并领会作者的价值探寻；又需要树立读者意识——在基本的文学史知识基础之上形成自己的独特认知，生成自己的独到见解。学、读、思三者相结合，才能为正式进入课堂做好充足的准备。

《伤逝》的篇幅并不长，但题材独特，意义隽永。学校指定的教材《中国现代文学史 1915—2016（上）》②中称："《在酒楼上》《孤独者》《伤逝》，是《彷徨》的主干，它们的存在，使《彷徨》显示出了不同于《呐喊》的强烈的自我色彩。"③黎老师推荐的另一本文学史《中国现代文学三十年》④中恰有与《伤逝》呈现出的"自我色彩"相呼应的阐释："对人的精神创伤与病态的无止境的开掘，使鲁迅的小说具有一种内向性：它是显示'灵魂的深'的。"⑤

阅读《伤逝》是走进它、品味它所体现的"灵魂的深"的第一步。《伤逝》全文都以"涓生"的第一人称视角展开其作为独立个体的丰富细腻的心理活动，子君的形象则在涓生的"凝视"之下呈现在我们眼前。这里涓生的"凝视"显然没有脱离鲁迅小说中"看／被看"⑥的基本结构模式。在《伤逝》整体的谋篇布局上，同样遵循鲁迅小说另一个主要的基本结构模式"离去—归来—再离去"⑦，在文本中体现为对涓生经历的讲述：漂泊无家—短暂安定—再次漂泊无

① 鲁迅.鲁迅全集 第 2 卷 [M].北京：人民文学出版社，2005：133.
② 朱栋霖，吴义勤，朱晓进.中国现代文学史 1915—2016（上）[M].北京：北京大学出版社，2018.
③ 朱栋霖，吴义勤，朱晓进.中国现代文学史 1915—2016（上）[M].北京：北京大学出版社，2018：51-52.
④ 钱理群，温儒敏，吴福辉.中国现代文学三十年 [M].北京：北京大学出版社，1998.
⑤ 钱理群，温儒敏，吴福辉.中国现代文学三十年 [M].北京：北京大学出版社，1998：39.
⑥⑦ 钱理群，温儒敏，吴福辉.中国现代文学三十年 [M].北京：北京大学出版社，1998：40.

家。《伤逝》体现了鲁迅创作的价值探寻。

进一步体会《伤逝》显示的"灵魂的深"则见仁见智，每个读者有不同的阅读感受。我阅读《伤逝》时，有两大强烈感受：一是认为涓生的所作所为实在优柔寡断、自私怯懦，二是产生了探究鲁迅创作《伤逝》真实用意的冲动。

在这一探究意愿的驱使下，我在国家哲学社会科学文献中心网站上查阅了诸如《〈伤逝〉：五四"新人"与民族国家想象》①这类的学术前沿文章，产生了以下思考：受新思想初步启蒙的青年知识分子偏安于理想主义的"乌托邦"，面对旧社会带来的生活压力和经济窘况却毫无还手之力，这迫使如涓生般软弱空虚的启蒙者从启蒙他者的自得中惊醒，如子君般懵懂无措地被启蒙者在伪启蒙力量的浅薄和枯竭中走向死灭。《伤逝》爱情悲剧的背后是鲁迅对五四时期启蒙思想出路的担忧和对五四"新人"何去何从的深刻反思。

带着以上思考，我进入课堂，并随时准备回答延伸课堂中的启动问题：若你是涓生，会不会说出那句"我已经不爱你了"？为什么？

（二）延伸课堂中的问题：说真话的难度

在"中国现代文学（一）"的课程运作模式逐渐成形后，小组学习与展示也渐入佳境。黎老师将整个班级分为六个学习小组，针对本讲提出了不同问题，给各组进行了对标分工，我们第一小组恰好负责"延伸课堂（一）"中的启动问题。

由于个人转专业的缘故，我需要穿插在黎老师两个不同的教学班中学习"中国现代文学（一）"，在两个班级均分在第一小组，面对这个问题也有机会了解更多同学的思考。在形成正式的小组展示资料之前，两个小组都有充分的讨论学习过程。进行到本讲时，我跟随 2022 级汉语言文学 2 班听课，所以对于该班级的小组讨论印象更加深刻。

本小组同学们的回答大致有两个倾向：一类是明确表态为"会"，并给出了充分而多样的理由；另一类则避免给出明确的回答，转向对涓生与子君爱情悲剧的剖析。我的态度偏向后者。

在小组讨论与分工合作的过程中可以看出同学们有明确的查找资料意识，无论是否表态，都能从《伤逝》的爱情悲剧中体会到种种情感。个性鲜明爽快者直斥涓生的自私虚伪，冷静内敛者条分缕析两位主人公各自的不足以及时代的局限性。在小组讨论的过程中，我看到了独立思想碰撞的星火，感受到了小组学习为我带来的乐趣。

---

① 张娟 .《伤逝》：五四"新人"与民族国家想象 [J]. 鲁迅研究月刊，2019(9)：12-22.

遗憾的是，我始终没有看到第三种倾向："若我是涓生，不会对子君说出那句'我已经不爱你了'。"然而问题已经提出，既不能模棱两可，也不能没有答案。我们小组最终给出的答案是："我不爱你了。"

在小组交流讨论的过程中，我有意识地确定文本的关键之处，结合文本进行分析，在我们的小组展示资料中也有单独的原文节选页面。作品是理解作者的创作意图的根基，种种猜测与反思都离不开文本这个源头，这是我在文本细读课中始终坚持的基本原则。

从文本出发，结合学术前沿文章，我认为涓生的"爱"与"不爱"都只是抽象的概念，与其说他爱的是子君这个人，不如说他爱的是子君那些美好的品格——真挚勇敢、执着无畏，以便自己"仗着她逃出这寂静和空虚"[1]。文艺理论家巴赫金在分析审美活动中的人物时指出，"在他人身上并且为着他人建构自己的形象"[2]，在我看来，涓生正是这样一个靠着子君构建"自我"的人物形象。《伤逝》以涓生的第一人称视角展开叙述，我们所看到的"子君"始终在涓生的凝视之下。法国存在主义作家波伏娃在其著作《第二性》中提到了"他者"这一概念，她认为："人类是男性的，男人不是从女人本身，而是从相对男人而言来界定女人的，女人不被看作一个自主的存在……男人是主体，是绝对，而女人是他者。"[3] 子君被涓生当成了构建自我完美形象的"他者"，随着日常生活中细微琐碎的世俗小事消解了涓生追求的虚伪的崇高感，子君则异化为涓生物质世界乃至精神世界的一个负担。

子君的改变让涓生察觉到了"他者"的变质，他所说的"不爱"，源于"生活"与他所追求的"爱"之间的巨大落差。实际上涓生爱的是自己，他对子君之死的忏悔止于一种近乎施舍的构想："我不应该将真实说给子君，我们相爱过，我应该永久奉献她我的说谎。"[4] 有限度的反思是为了阻止更深层的自省，浮于幻想的愧疚是为了隐藏自我感动的真实心境。涓生的"爱"只是一种自我需求，而不是对子君切实的、真挚的爱。

因此，我们小组最终的展示资料呈现出了两个部分："如果我是涓生"和"我爱你，与你无关"。大家为"我不爱你了"这个答案提供的依据，也就是我们最终达成的共识是："涓生爱着追求新我的自己，而非子君。结果只有——'我不爱你了'。"讨论过程中的纠结与难以决断也恰好印证了黎老师在教学日

① 鲁迅. 鲁迅全集 第 2 卷 [M]. 北京：人民文学出版社，2005：113.
② 钱中文. 巴赫金全集 第 4 卷 [M]. 石家庄：河北教育出版社，2009：87.
③ 西蒙娜•德•波伏娃. 第二性 [M]. 郑克鲁，译. 上海：上海译文出版社，2014：15-16.
④ 鲁迅. 鲁迅全集 第 2 卷 [M]. 北京：人民文学出版社，2005：130.

历中为本讲的"延伸课堂（一）"设计的关键词："说真话的难度"。涓生不爱子君是真实的，因为他的爱本质上是对自我的满足，但要想说出这句"真话"，我们只能"成为涓生"，进而说出那句置子君于死地的话："我已经不爱你了。"

二、课堂互动：深入文本

2022 年末因特殊情况，学校陆续护送学生返乡。黎老师尽可能地协调返乡同学的时间，然而课程进度不能轻易停滞，尽管缺席人数较多，为了保证本学期的课程安排能够按时完成，只能按时上课。十分遗憾，进行到这一讲时，我恰在返乡途中，火车上信号时断时续，所幸黎老师考虑到返乡同学的诸多不便，用专业录音笔全程录下了讲课内容，以便不能按时上课的同学补课。苏东坡游松风亭有言："此间有甚么歇不得处？"[①] 我纵使在返乡火车上，黎老师的课"此间有什么听不得处？"伴随着黎老师为本讲、为返乡的同学们选的标配音乐《送别》，我走进了《伤逝》的世界。

课堂上受到返乡安排、学生缺席较多的影响，黎老师在本讲减少了实时对话形式的小组展示与课堂互动，有条件者可以在线上授课平台的评论区留言参与互动。但在课堂正式开始之前，黎老师为同学们展示了她本讲的备课思路，她戏称自己的备课记录为"黎氏备课手记"，如图 4-1 所示。

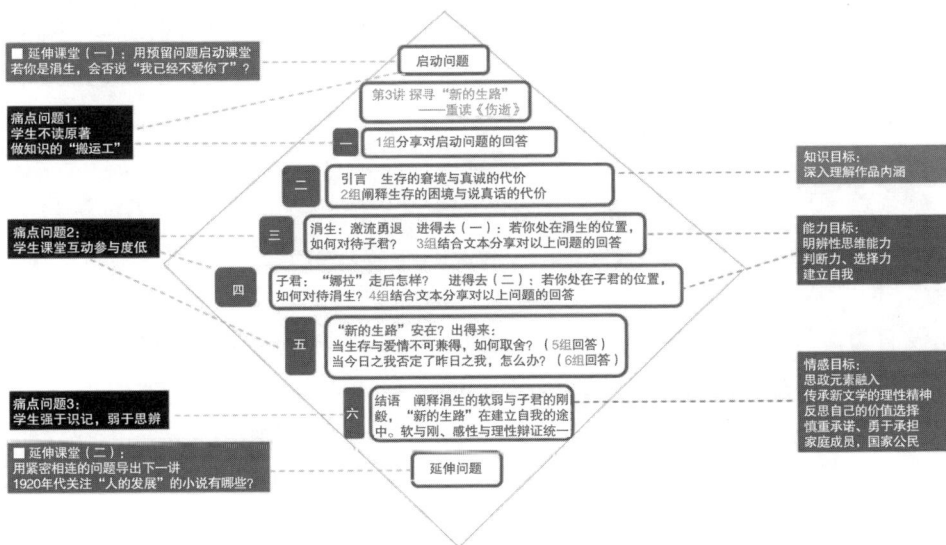

图4-1　黎老师的备课记录（示例）

---

① 刘乃昌，高洪奎. 苏轼散文选集•记游松风亭 [M]. 上海：上海古籍出版社，1997：332.

　　课后黎老师将图片分享到了课程学习群里，我在录音之外也了解到了黎老师的备课思路：坚持以"育人"为核心的思想原则和以学生为主体的课堂教学设计。黎老师针对往届学生学习中呈现出的痛点问题，确定本讲作为《伤逝》的文本细读，需要解决哪些问题、设计怎样的互动、达到怎样的目标，对于小组学习成果分享的安排也恰当地嵌入其中。这张珍贵的备课思路简图对于我个人的学习是十分有启发的：作为汉语言文学专业的学生，"如何学"是我关注的首要问题。文本细读要达到哪些知识目标、能力目标和情感目标，在结合自己学习情况的前提下我可以借鉴黎老师的方法对文本进行框架式的整合以达成以上三种学习目标。作为一名师范生，"如何教"是我需要锤炼的教师技能，该图对于学情的把握是一大亮点，体现了黎老师对思政元素与新文学理性精神的巧妙结合，既紧密贴合本课程核心"育人"思想，又不与教育主流理念脱节。

（一）生存的窘境与真诚的代价

　　课程进行至延伸课堂（一）的互动环节，黎老师考虑到同学们的实际情况，没作现场小组展示要求，嘱咐各小组将展示资料发至课程学习群里。对于"若你是涓生，会不会说出那句'我已经不爱你了'？为什么？"这些问题，在评论区参与讨论的同学多数回答"会"。然而我终于在黎老师口中听到了另一种答案："不会。"黎老师通过对这些问题的解释顺势进入了引言环节，阐释"生存的窘境与真诚的代价"。对于"生存的窘境与真诚的代价"的阐释，预设由二组来进行分享，我在课程学习群里查看了二组的展示资料，观点清晰简明：生存的窘境，即两人经济上的困难和友人邻居的排挤、非议，而真诚的代价则是涓生重归"寂静和空虚"[1]，子君逝去。

　　米兰·昆德拉有一部经典著作《不能承受的生命之轻》[2]，黎老师认为，若涓生说出那句"我已经不爱你了"，就会陷入抛弃子君的"不能承受的生命之轻"，即文本中所说的无边的"寂静和空虚"。对于这一点，我深以为然，然而我没有勇敢地说出："不会。"说真话的难度太大，与子君同处于生存窘境中却狠心将她弃之如敝履的涓生，必将承受真诚的代价——"死的寂静"[3]。

　　"我想到她的死……"[4]涓生想到子君的死，总是惴惴不安，因为他分明知道将子君驱逐出家门，面对世人的非议和旧家庭的排斥，子君只有死路一条。

---

① 　鲁迅. 鲁迅全集 第 2 卷 [M]. 北京：人民文学出版社，2005：113.

② 　米兰·昆德拉. 不能承受的生命之轻 [M]. 许均，译. 上海：上海译文出版社，2003.

③ 　鲁迅. 鲁迅全集 第 2 卷 [M]. 北京：人民文学出版社，2005：131.

④ 　鲁迅. 鲁迅全集 第 2 卷 [M]. 北京：人民文学出版社，2005：130.

然而他依然站在启蒙的高地上，大言不惭地说："……况且你已经可以无须顾虑，勇往直前了。你要我老实说：是的，人是不该虚伪的。我老实说罢：因为，因为我已经不爱你了！但这于你倒好得多，因为你更可以毫无挂念地做事……"① 这分明在用虚伪的理由行抛弃之实。

这是涓生荒唐的逻辑自洽与价值选择，因为其软弱与不负责任，使子君走向了死灭。黎老师由此展开：价值选择需要极强的判断力。她直言："自己为人师表始终坚定的价值选择是决不上注水的课，尽量做到因材施教、与时俱进乃至每节课都全力以赴，尊重每一个个体、每一个班集体。"之后话锋一转，黎老师认为：价值选择是行为的指导纲领，这意味着价值选择的失误可能要给生活交巨额的"学费"。这个"学费"是抽象的概念，一如涓生价值选择的失误使自己家破人亡，一如子君选人失察、遇人不淑直接导致自己早逝，我联想到上文提到的"不能承受的生命之轻"，想来这笔"学费"真是"不能承受的生命之重"。

"《伤逝》是一个具有魅惑性的意义繁复的文本，也是在鲁迅的单篇小说中被阐释最多的文本之一。"② 学界对于《伤逝》定位的讨论一直以来莫衷一是，有人说它是鲁迅唯一的爱情小说，著名学者温儒敏称："《伤逝》为'五四'式爱情唱挽歌"③，而鲁迅的弟弟周作人则在《知堂回想录》④ 中将《伤逝》阐释为哥哥哀悼兄弟恩情之作。

种种推测皆有来由，但可以明确的一点是："鲁迅的小说极少写爱情，《伤逝》是他唯一以爱情为题材的小说。"⑤《伤逝》以爱情为题材，不等于说它是爱情小说。其次，黎老师对"悼念兄弟恩情"这一点做出了重要说明：作者的经历对创作有影响，但不起决定性作用。《伤逝》毕竟是涓生的手记，而非鲁迅的手记。即使鲁迅确实在经历兄弟决裂后为悼念兄弟恩情而在弟弟周作人翻译外国文学作品《伤逝》⑥ 之后创作《伤逝》，也不能说明该小说的主题在于悼念兄弟恩情，因为写作初衷不等于作品主题。

余华曾说："书中的人物经常自己开口说话。"⑦ 小说有自己的规律，小说里的人物有自己的生命，优秀作家笔下的人物尤其如此，优秀读者眼中的人物亦

① 鲁迅. 鲁迅全集 第 2 卷 [M]. 北京：人民文学出版社，2005：126-127.
② 张娟.《伤逝》：五四"新人"与民族国家想象 [J]. 鲁迅研究月刊，2019(9)：12.
③ 温儒敏.《伤逝》为"五四"式爱情唱挽歌 [J]. 名作欣赏，2022(28)：107.
④ 周作人. 知堂回想录 [M]. 南京：江苏人民出版社，2018.
⑤ 同③.
⑥ 卡图卢斯. 伤逝 [J]. 周作人，译. 京报副刊，1925：10.
⑦ 余华. 许三观卖血记 [M]. 北京：作家出版社，2021：4.

如此。本讲对《伤逝》的深层解读，从剖析人物形象开始。

（二）涓生：盲目乏力的启蒙者

之前提到黎老师将涓生的人物形象分析调换到了子君之前，我认为这样的调整使本讲的结构更加合理。《伤逝》作为涓生的手记，是在涓生的个人视角下建立起的世界，不剖析涓生就难以了解子君，因为连"子君"的形象都是在涓生的凝视下建立起来的。

黎老师在这里提出了本讲第二个互动问题：若你处在涓生的位置，如何对待子君？在小组分工中，这个问题本来交给第三组的同学回答，我在课程学习群里查看了第三组对本问题的观点："既然无法改变，不如随遇而安。"同学们达成的共识是：涓生应当肩负起应有的责任，既然已经同子君建立家庭，就该负责到底，放下虚伪的自尊，和子君共同经营好家庭生活。这与我的观点不谋而合，如果让我来回答这个问题，答案也大致如此，我还会额外补充一点：涓生应当将自己的心结与苦恼及时与子君讲清，而不应该把子君当作自己生活的负担，子君是一个鲜活的人啊！少一些欺瞒，多一些真诚，有困难、有问题二人共同解决，不该在事情无可挽回时说出那句残忍的"我已经不爱你了"。

倘若涓生真肯如同学们期望的这般"随遇而安"，或许有望避免"伤逝"的悲剧。然而涓生"进退由心"，我认为黎老师在课堂上把先前预设的"急流'勇退'"改成"进退由心"更能突出涓生除懦弱之外一个更为重要的特点——自私。

涓生的懦弱和自私归根结底来源于他的盲目与乏力，黎老师用简洁的语言将他概括为"盲目乏力的启蒙者"。鲁迅曾作杂文《"丧家的""资本家的乏走狗"》，他在"走狗"上再加一个"乏"字以突出强调"走狗"的虚张声势，离了"主人"便不堪一击。那么涓生的盲目与乏力有哪些表现呢？结合黎老师对涓生"一种真心，两种表现"的概括，我在文本中寻找答案。

涓生的"真心"既体现在他的"进"，也体现在他的"退"中，"进"与"退"是他的两种表现。涓生在《伤逝》中表现出的少有主动莫过于他对子君的表白："……我含泪握着她的手，一条腿跪了下去。"[①] 然而这竟成了涓生日后回忆起对子君的表白的唯一画面，其他相关的措辞之类已全然忘却；子君"却是什么都记得：我的言辞，竟至于读熟了的一般，能够滔滔背诵"[②]。对比之下，我不得不对涓生的"真心"打一个问号。

---

① 鲁迅. 鲁迅全集 第 2 卷 [M]. 北京：人民文学出版社，2005：116.
② 鲁迅. 鲁迅全集 第 2 卷 [M]. 北京：人民文学出版社，2005：116.

涓生"真心"的虚幻更体现在他追求子君的目的和征得同意后的态度。"我爱子君，仗着她逃出这寂静和空虚，已经满一年了。"① 这是涓生在全文中少见的明确的情感表达，然而紧跟的却是"仗着她逃出这寂静和空虚"。他追求子君的动机是助己"逃出这寂静和空虚"，那么如果不是子君，换了别人是否也一样呢？我的答案是肯定的。为什么如此笃定？且看下文："'我是我自己的，他们谁也没有干涉我的权利！'……这几句话很震动了我的灵魂。此后许多天还在耳中发响，而且说不出的狂喜，知道中国女性，并不如厌世家所说那样的无法可施，在不远的将来，便要看见辉煌的曙色的。"② 涓生在与子君建立的这段关系中，显然没把自己当作与子君平等的恋人，而是以启蒙者、拯救者的身份自居。

涓生将子君上升到"中国女性"的高度，这一点黎老师在上课时表示匪夷所思，但足以证明涓生自居为启蒙者的虚幻自豪感。在我看来，子君坚决"出走"的表态意味着需要克服多少困难与阻力，涓生心知肚明，但他对子君没有任何同理心，反而是"狂喜"，这就足以说明他对子君的态度是不可靠的。黎老师将之概括为"浮浮的"③，"浮浮的"这个词正是涓生在自己失业后对子君表达不满时的说法。

涓生的"进"是盲目的，这注定了他会在生活的窘境中乏力地退去，在自认为走投无路之际对子君放手。《伤逝》中有对两个青年建立小家之后"家贫"的大量描写，在失业、一日三餐、朋友邻居非议等考验下，涓生眼中的子君变了，他反复强调子君不再青春靓丽的外表和不再坚定的心性，甚至说"子君的功业，仿佛就完全建立在这吃饭中"④。在杀鸡弃狗之后还要抱怨子君脸色难看，用加量的冷漠与埋怨代替作为一个丈夫应有的担当与安慰，拒绝与子君相依为命，转而躲到图书馆享受安闲。

涓生就是如此躲在道德的避风港里，站在道德的制高点上，宣扬生活是人生第一要义："人必生活着，爱才有所附丽。"⑤ 他打定主意要走，在他眼中，曾经英勇无畏，然而如今陷入生活罗网、日渐"庸俗化"的子君早已成为他追求所谓新生的累赘，像扔掉阿随一般弃之唯恐不及。他深知在这个传统思想和旧秩序仍处于主导地位的时代，如果同子君分手，"她以后所有的只是她父亲——

① 鲁迅. 鲁迅全集 第 2 卷 [M]. 北京：人民文学出版社，2005：113.
② 鲁迅. 鲁迅全集 第 2 卷 [M]. 北京：人民文学出版社，2005：115.
③ 鲁迅. 鲁迅全集 第 2 卷 [M]. 北京：人民文学出版社，2005：120.
④ 鲁迅. 鲁迅全集 第 2 卷 [M]. 北京：人民文学出版社，2005：121-122.
⑤ 鲁迅. 鲁迅全集 第 2 卷 [M]. 北京：人民文学出版社，2005：124.

儿女的债主——的烈日一般的严威和旁人的赛过冰霜的冷眼。此外便是虚空。负着虚空的重担，在严威和冷眼中走着所谓人生的路"①。涓生明知出走后再次回归旧家庭的子君只有死路一条，仍然把她推了过去。

如他所愿，子君决然离去；如他所料，子君果然死去。涓生的勇气与爱情在本质上都是昙花一现，他为愉悦自己、打发无聊而追求子君，最后又为逃避生活责任、苟且偷安而抛弃子君。一点可怜的勇气和从未消失的自私与胆怯构成了涓生这个盲目乏力但又自诩"启蒙者"的知识分子形象。

（三）子君：无畏执着的家庭革命者

是时候将课堂的聚光灯打在另一位主人公"子君"身上了。黎老师提出了第三个互动问题："若你处于子君的位置，如何对待涓生？"这个问题在预设中由第四组负责。他们首先讨论了"会不会继续与涓生在一起"的问题，有的选择"子君不会继续与涓生在一起"，理由是"涓生已经不爱子君了"，他们认为两人性格不合，子君具有反抗精神，面对如此盲目乏力的涓生无法继续忍耐；有的选择"子君会继续与涓生在一起"，原因让我忍俊不禁，做出这类选择的同学们站在子君的角度用一种相当"现代化"的方式尝试去改变甚至驯服消极逃避的涓生，理由是"涓生爱过子君"，所以希望子君能够帮助涓生走出"寂静与空虚"。

尽管选择"子君继续与涓生在一起"、希望达成皆大欢喜结局的同学们思路新颖奇特，但我更倾向于"子君不会继续与涓生在一起"。原因何在？仍在文本中。

黎老师评价子君是"无畏执着的家庭革命者"，原因在于子君的两次出走：一次与旧式的原生家庭决裂，断绝了亲情，几乎失去了所有的物质来源，受到了心灵上的伤害与生活上的打击；另一次走出由自己亲手缔造的新家，诀别爱情，彻底逝去。刚烈如子君，又怎会向一个已经不爱她、盲目乏力的"伪启蒙者"妥协呢？子君的无畏执着在文本初始就展现得淋漓尽致，无论是掷地有声的"我是我自己的，他们谁也没有干涉我的权利！"②，还是面对他人的冷眼与嘲讽时"只是镇静地缓缓前行，坦然如入无人之境。"③子君始终表现出一种敢爱敢恨、背水而战的坚决态度，与涓生的畏畏缩缩、瞻前顾后形成鲜明对比；子君对涓生表白言辞的刻骨铭心与涓生的模糊健忘则又构成鲜明对照。要之，

---

① 鲁迅. 鲁迅全集 第 2 卷 [M]. 北京：人民文学出版社，2005：129.

② 鲁迅. 鲁迅全集 第 2 卷 [M]. 北京：人民文学出版社，2005：115.

③ 鲁迅. 鲁迅全集 第 2 卷 [M]. 北京：人民文学出版社，2005：117.

对于爱情，子君全身心投入，是涓生的精神依靠。

"《伤逝》中，涓生与子君的外在对话呈现片段式摘录的特征，读者无法通过对话来还原事件场景，窥探子君内心想法。"① 黎老师也特别指出：《伤逝》采用单一叙述视角，在涓生凝视之下的"子君"形象是片面的、不可靠的。涓生在二人同居、陷入日常生活的琐碎之后曾多次注意到子君的目光和神色，"常见她包藏着不快活的颜色"②"神色却似乎有点凄然"③"她近来似乎也较为怯弱了"④ 等，将每日忙于操持家务的子君庸俗化，以减轻自己抛弃她带来的心理负担。

然而，我认为子君仍是那个无畏执着的子君，改变的是涓生对子君的态度。当涓生下定决心对子君说出那句"我已经不爱你了"并附加一连串冠冕堂皇的理由时，涓生视角下的子君是这样的："她脸色陡然变成灰黄，死了似的；瞬间便又苏生，眼里也发了稚气的闪闪的光泽。这眼光射向四处，正如孩子在饥渴中寻求着慈爱的母亲，但只在空中寻求，恐怖地回避着我的眼。"⑤ 涓生认为子君在闪躲，事实上果真如此吗？

黎老师在此处引用了鲁迅在《半夏小集》中的一句话，令我记忆犹新："最高的轻蔑是无言，而且连眼珠也不转过去。"⑥ 我十分认同黎老师的这一观点：涓生眼中子君的闪躲，实际上是一种轻蔑与不屑。当子君发现自己对家庭做出牺牲反而换来丈夫的轻蔑与厌弃时，那个无畏执着的家庭革命者就再次被激活，一旦认识到付出是无意义的，就索性放手。

涓生曾与她谈易卜生的《玩偶之家》⑦，子君满心以为涓生是进步开放的新青年，将他当成启蒙者与良配，勇敢地喊出了自由的口号，与旧家庭决裂，一头扎进生活的琐碎之中。但涓生在逃避和反复斟酌后终于说出的"真话"，让子君瞬间惊醒，回到当年的自己，不做玩偶，不做被涓生轻视的人，就算是死也要走出现实中的"玩偶之家"。

子君是中国版的娜拉。"娜拉走后怎样？"鲁迅在 1923 年写的演讲稿《娜拉走后怎样》中就曾给出了答案："但从事理上推想起来，娜拉或者也实在只有

① 吴涵.编织的"他者"——对话理论与他者理论视域下《伤逝》的爱情悲剧[J].名作欣赏，2021(35)：124.
② 鲁迅.鲁迅全集 第 2 卷[M].北京：人民文学出版社，2005：118.
③ 鲁迅.鲁迅全集 第 2 卷[M].北京：人民文学出版社，2005：119.
④ 鲁迅.鲁迅全集 第 2 卷[M].北京：人民文学出版社，2005：120.
⑤ 鲁迅.鲁迅全集 第 2 卷[M].北京：人民文学出版社，2005：127.
⑥ 鲁迅.鲁迅全集 第 6 卷[M].北京：人民文学出版社，2015：620.
⑦ （挪威）易卜生.玩偶之家[M].潘家洵，译.北京：人民文学出版社，1978.

两条路：不是堕落，就是回来……还有一条，就是饿死了，但饿死已经离开了生活，更无所谓问题，所以也不是什么路。"①无畏执着的家庭革命者子君既不甘堕落，更不会回来，她只有决然地走向死灭。

（四）"新的生路"安在？

既然死亡已经离开了生活，算不得一条路，那么"新的生路"安在？黎老师在这里连续提出了两个课堂互动问题："当生存与爱情不可兼得，如何取舍？""当今日之我否定了昨日之我，怎么办？"分别由第五组和第六组来分享回答。这是两个颇具哲思难度的问题，跳出了作品，直指生命和当下。

第五组同学对"当生存与爱情不可兼得，如何取舍？"的回答是：如果真的到了必须从生存与爱情二选一的地步，生存是第一位的。这与鲁迅借涓生之口表达出的"人必生活着，爱才有所附丽"不谋而合，我也表示赞同。寻找"新的生路"，意味着重新审视人生。鲁迅在《华盖集》中有言："我们目下的当务之急，是：一要生存，二要温饱，三要发展。"②涓生以生存为第一要义并没有错，错的是他不负责任的行为，葬送了子君，也使自己再次陷入"寂静和空虚"之中。

第六组同学对于"当今日之我否定了昨日之我，怎么办？"的见解也颇为独到。他们由哲学思想中的"唯物辩证法"引入对《伤逝》、对人生的思考，得出结论：当今日之我的某些事情做得比昨日之我更好时，否定便自然而然产生了，即"今日之我否定了昨日之我"。然而今日，是最美好、最踏实的日子，亦是所有希望的起点。因此涓生要"将真实深深地藏在心的创伤中，默默地前行"③，尽管是用"遗忘和说谎"④做前导，也总得探寻"新的生路"。

三、课后回顾：走出文本

（一）阅读经典的角度：横看成岭侧成峰

带着追寻"新的生路"的希望，本讲暂时告一段落，但《伤逝》为我带来的思考和黎老师在本讲对我产生的启迪没有落幕。

令我印象最深刻的就是黎老师在引言中谈"解读《伤逝》的角度"时的一番话："阐释经典如同欣赏一座大山：'横看成岭侧成峰，远近高低各不同。'"

---

① 鲁迅.鲁迅全集 第1卷 [M]. 北京：人民文学出版社，2005：166.
② 鲁迅.鲁迅全集 第3卷 [M]. 北京：人民文学出版社，2021：47.
③ 鲁迅.鲁迅全集 第2卷 [M]. 北京：人民文学出版社，2005：133.
④ 鲁迅.鲁迅全集 第2卷 [M]. 北京：人民文学出版社，2005：335.

文学经典韵味无穷，黎老师没有从"爱情小说""悼念兄弟恩情小说"和"对'五四'式爱情的挽歌"这三个既有的角度中选取一个来解读《伤逝》，而是选择从"人生最基本的要义"这一新奇的角度带领同学们重读《伤逝》，这何尝不是在探寻"中国现代文学（一）"教学设计的"新的生路"呢？

　　《伤逝》这一讲，整体上形散而神不散。黎老师早在引言"生存的窘境与真诚的代价"中就明确了本讲的主旨，即从"人生最基本的要义"这一角度解读《伤逝》的意旨所在。我的课后回顾也从此角度切入，反复听老师的讲课录音。黎老师将重要 PPT 内容发在了课程学习群里，我将课堂录音与图像资料相结合，对本讲的各个环节进行了分点记录与整合，如图 4-2 所示。

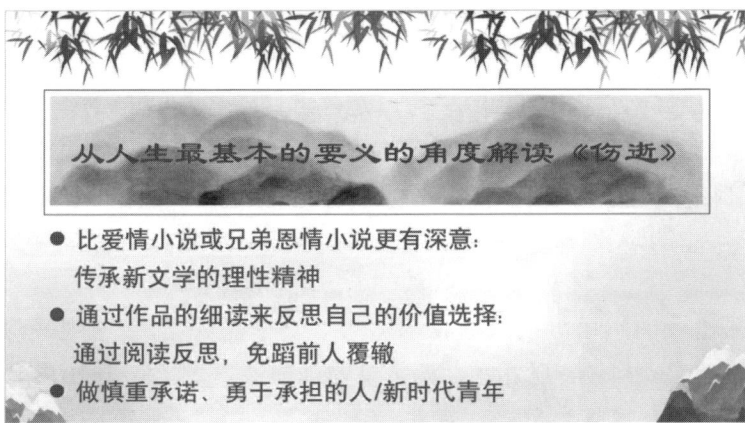

图4-2　本讲的各个环节

　　在黎老师的讲解之外，我还在文档中补充了一些自己在听讲过程中的反思，具体表现为在听课过程中我对于《伤逝》文本细节的理解以及那些在黎老师启发下脑海中一闪而过的思考。这是我首次尝试使用 Word 文档来整理课堂笔记，收到了意想不到的效果。就我个人而言，与手写相比，打字的速度相对要快一些，与音频资料相辅相成，便于记录课堂要点；同时，Word 文档的版面更加整洁方便，在提高效率的同时，可以将课堂讲解与个人反思产生的观点进行整合或对照，以配合线上授课。

　　黎老师曾不止一次强调《伤逝》与《娜拉走后怎样》的互文性，因此我在课后也特地细读了收录于鲁迅杂文集《坟》中的《娜拉走后怎样》，并翻阅了大量与《伤逝》《娜拉走后怎样》乃至《玩偶之家》相关的学术前沿文章，发现当今许多学者都选择从女性主义或性别主义的角度出发解读《伤逝》，这已然成为《伤逝》研究的重要路径之一。之前提到，黎老师选择了所谓"主流道路"之外的一条路，她也鼓励同学们勇敢地提出自己的观点。考虑到一直持续到期末的线上授课，学院对于专业课期末考试作出了尽量采取论文考核方式的要求，黎老师把"阐发对《伤逝》的理解"布置成了期末考核论文，期待同学们从更多不同的角度解读《伤逝》，这对于我来说不仅是极佳的在课后重读《伤逝》的机会，更为我许多关于文本的思考提供了一个落地生根的机会。

我最终选择从"现代性与旧社会生活的脱节"这一角度去解读《伤逝》，笨拙地写成了"中国现代文学（一）"的结课论文。选取该角度的原因仍在于探究鲁迅写作《伤逝》的动机。鲁迅在谈自己的杂文时曾说："'中国的大众的灵魂'，现在是反映在我的杂文里了。"[①]《伤逝》虽为小说体裁，但未尝不可反映"中国的大众的灵魂"。涓生和子君是五四时期受新思想启蒙的青年知识分子的代表，却在失去了旧社会、旧家庭的物质支持后陷入生活的窘境，不堪一击，从而走向一"伤"一"逝"的结局，其背后原因何在？《伤逝》中蕴藏着鲁迅对于"启蒙思想"该何去何从的思考，是鲁迅目睹青年们的种种困境后对启蒙的反思。鲁迅曾在《希望》一文中感叹："然而青年们很平安。""平安"背后是"空虚中的暗夜"，青年们未觉忧患，鲁迅只好由自己来"一掷身中的迟暮"去"肉薄这空虚中的暗夜"。[②]对于"人"的悲悯、对于青年的爱护贯穿鲁迅的整个创作生涯。

本讲带给我的感悟可以浓缩成一句话："文学是人学。"这刚好与黎老师为下一讲构建的启动问题一脉相承，即本讲的延伸课堂（二）：1920 年代关注"人的发展"的小说有哪些？

（二）1920 年代关注"人的发展"的小说有哪些？

看到这个问题时，我首先想到的就是鲁迅的小说，《狂人日记》《孔乙己》《阿 Q 正传》……陈漱渝主编的《说不尽的阿 Q——无处不在的魂灵》[③]一书。关注"人的发展"的小说必有"说不尽的鲁迅"，他对于整个中国现代文学史来说都是无处不在的"民族魂"。然而涉及整个 1920 年代的小说，无论鲁迅小说如何阐释不尽，也不能罔顾其他同时代优秀的作家作品。想回答好这个问题，就要走出"文本细读"的思维模式，搭建能够概括整个 1920 年代小说经典作品以及流派的宏观框架，探寻 1920 年代小说中"人的发展"，如图 4-3 所示。

---

① 鲁迅.鲁迅全集 第 5 卷 [M]. 北京：人民文学出版社，2005：423.

② 鲁迅.鲁迅全集 第 2 卷 [M]. 北京：人民文学出版社，2005：182.

③ 陈漱渝主编.说不尽的阿 Q——无处不在的魂灵 [M]. 北京：中国文联出版公司，1997.

鲁迅第一部小说集 → 《呐喊》：中国现代文学史上第一部白话小说，标志着"五四"新文学创作的开端。

鲁迅小说
- 《呐喊》
  - 《狂人日记》
  - 《孔乙己》
  - 《故乡》
  - 《阿Q正传》
- 《彷徨》
  - 《祝福》
  - 《在酒楼上》
  - 《伤逝》
- 《故事新编》
  - 《奔月》
  - 《理水》

问题小说（标志着中国现实主义新小说的开端）
- 叶绍钧（叶圣陶）"灰色人生"：《这也是一个人》《火灾》《线下》
- 冰心"爱的哲学"：《斯人独憔悴》"爱的三部曲"
- 王统照"爱和美"：《沉思》《微笑》
- 许地山"宗教意识"：《命命鸟》《商人妇》《缀网劳蛛》

乡土小说（继承了鲁迅早期乡土小说的启蒙主义传统）
- 鲁彦：《柚子》《黄金》
- 许钦文：《鼻涕阿二》《父亲的花园》
- 台静农：《烛焰》《拜堂》
- 废名：《浣衣母》《竹林的故事》
- 彭家煌：《怂恿》《活鬼》

（文学研究会"为人生"）

浪漫抒情小说（创造社"为艺术"）
- 郁达夫：《沉沦》（中国现代文学史上第一部短篇小说集）《过去》《春风沉醉的晚上》
- 张资平（主要写爱情小说）：《冲击期化石》《她怅望着祖国的天野》
- 郭沫若："漂流三部曲"
- 庐隐：《海滨故人》《或人的悲哀》

无产阶级革命小说
- 蒋光慈：《少年漂泊者》《短裤党》

心理分析小说
- 叶灵凤：《昙华庵的春风》
- 郭沫若：《残春》《叶罗提之墓》《喀尔美萝姑娘》（最早运用意识流手法描写人物心理的小说）
- 鲁迅：《不周山》《补天》

（全部归属于：**1920年代中国小说**）

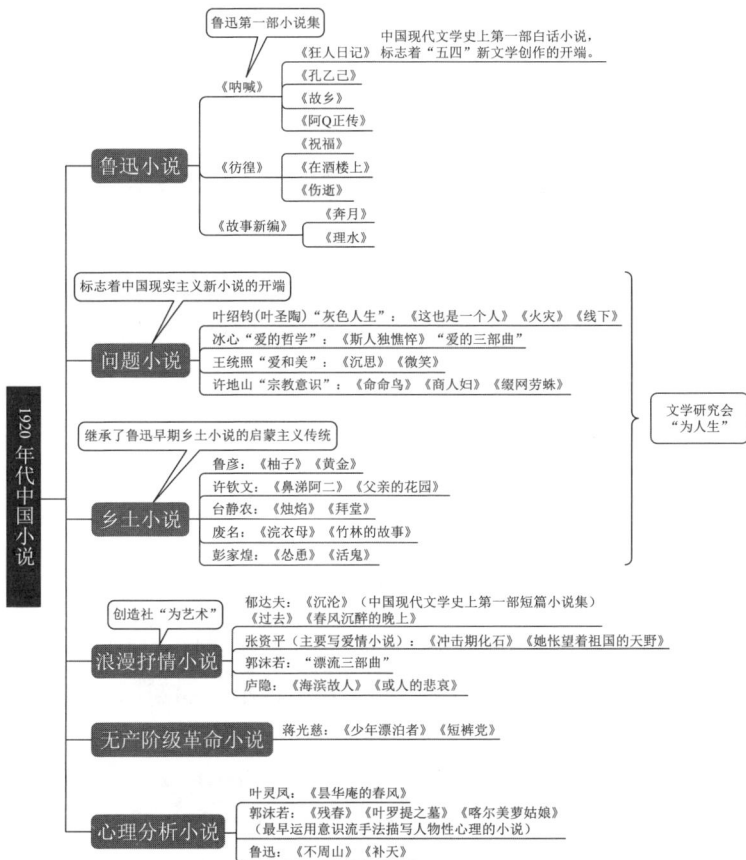

图4-3　1920年代小说经典作品以及流派的宏观框架

1920 年代是"新文学"蓬勃发展的关键时期，新文学社团出现以后，"五四"小说也进入了创作活跃期。我在课前针对"延伸课堂（二）"的问题以思维导图的形式将 1920 年代小说主要流派、代表作家及经典作品整理出来。然后思考所谓"人的发展"。

"人的发展"可以从内外两个方面来看待：表面上，"人的发展"可以指群众的衣食住行、日常生活。"日常生活在五四小说中常常是缺席的，直到 1920 年代日常生活书写才在五四小说中频繁出现。"[①]《伤逝》就是其中的典型。"启蒙运动中成长起来的知识青年，在 1920 年代左右纷纷组建起个人的小家庭，所以大批青年不得不开始应对工作与家务。此时困住青年的铁屋子，不再是封建大家庭，而是日常生活。"[②] 由此我们不难看出隐藏在日常生活背后的、深层的

---

① 张颖. 论五四小说中的日常生活书写 [D]. 南京师范大学，2020.
② 张颖. 论五四小说中的日常生活书写 [D]. 南京师范大学，2020：12.

所谓"人的发展"，包括但不局限于对青年知识分子群体生活境遇（通常是困境）的关注与思考。

当然，在 1920 年代的广博框架下，青年知识分子群体只是"人"的范畴中的一小部分，1920 年代的乡土小说中也不乏对于乡村底层人物生存现状的聚焦乃至批判，这在一定程度上继承了鲁迅早期小说的启蒙传统。以《伤逝》为代表的刻画城市知识分子群体的 1920 年代小说表达的是"五四"新青年初步觉醒之后与旧秩序下社会生活的矛盾冲突。"乡土小说"表达的则是另一类冲突："'乡土小说'是现代性的产物，参与了中国现代化进程。它面对两种文明的激烈冲突，在中国社会的农业文明向工业文明转换过程中萌生，是中国现代文学发轫期最早出现的题材之一。"[1]

回到"1920 年代关注'人的发展'的小说有哪些？"这个问题上，因为我没有将图中列举出的具有代表性的 1920 年代小说"一网打尽"，没有阅读就难有发言权，我难以给出确切的答案。我认为关注"人的发展"是 1920 年代诸多小说的一个共性特征，如果一定要给出一个明确的答案，我大概率会举出鲁迅《呐喊》《彷徨》中相对熟悉的作品。然而这样的答案显然是片面的，也是我阅读量不足导致的，一定要在课后多补充 1920 年代小说的阅读功课。

总结：生存·温饱·发展

（一）一点收获，两点遗憾

回归本讲的主线：探寻新的生路——重读《伤逝》，由于教学形式特殊，本讲堪称我在"中国现代文学（一）"的所有课时中学习最细致的一讲，因而感触也最深。

从课前准备来看，无论是《伤逝》的课前阅读还是"延伸课堂（一）"问题的准备，我都有独特感受。首先是阅读《伤逝》时对于两位主人公形象产生的感触，我边读边怒斥涓生不负责任，然而对子君的情感要复杂得多，有同为女性的共情，能理解她的最终选择，但十分惋惜她的死，曾经执着无畏的家庭革命者子君，最终却被抛弃。我怀着这份真情去回答"延伸课堂（一）"的问题："若你是涓生，会不会说出那句'我已经不爱你了'？为什么？"面对这个问题，仿佛面对"活生生"的子君，我实在是无法斩钉截铁地说出置她于死地的"我已经不爱你了"这句话。

---

[1] 桂尽贤 . 1920 年代中国乡土小说话语体系研究 [D]. 兰州大学，2019.

实际上，如果我是涓生，极有可能自私地说出此话。正如黎老师在课堂的结语部分所说的："读不幸的子君和不成器的涓生其实都是读我们自己。"感谢黎老师在课堂上对人性的"宽恕式"分析，我方知在人颓唐时面对亲近之人有意无意间施加的负担而产生想要"弃重"的心理，这不只是我一人曾有过的念头，听到这里我勉强松了一口气，这原来是人性中的劣迹。

人人都有劣根性，育人的目的是约束乃至拔除这劣根。"新的生路"何在？涓生要面对这个问题，1920 年代的青年要面对这个问题，我们新时代的青年同样要面对这个问题。上文提到课堂互动的第五个问题是："当今日之我否定了昨日之我，怎么办？"我最初认为：若今日之我的认识超越了昨日之我，就否定、推翻昨日之我。黎老师在这里给出了另一种方案：在不断自我否定中重建自我。至于如何重建自我，是每一个"人"应当学会，甚至要用一生去探索的事情。

黎老师在课堂结尾总结本课的话语是我在本讲最大的收获："做有能力、有担当的人。把重负转化成前进的动力，不躲避、不逃避，做一个脚踏实地的地球人比飘浮在宇宙里做一粒微尘要幸福得多。""一要生存，二要温饱，三要发展"是鲁迅对人生要义的答案，而"做有能力、有担当的人"是黎老师在育人的过程中教给我"如何为人"的建议。从此我明了：面对问题不逃避，面对责任不退缩方可称为"人"。我人生的继"生存"之后的第二原则由此产生，即"担当"。

收获虽多，仍有遗憾。对于本讲，我较大的遗憾之一是不能参与课堂上的实时互动。由于返乡带来的不便，我没能按时参与课堂，许多灵光乍现的想法一闪而过，又由于自身思维的惰性没有及时记录成文，就这样悄然流失了。另一点遗憾则是无法听到各组代表分享学习成果。我认为将书面资料转化成口头讲解的过程是十分考验人的概括整合能力的，我在这方面有很大欠缺，因此很希望向其他同学学习，提高自己的语言表达能力。与此同时，通过倾听其他同学对相同问题的不同见解也可以拓宽自己的视野，补充自己的观点。当然，同学在展示与讲解的过程中难免出现错误，对于他人的错误，我同样可以引以为鉴，反思自己是否存在类似的错误或盲区，有则改之，无则加勉。

这是一堂收获满满又遗憾不小的课，前述遗憾多与返乡有关。黎老师一直很体谅同学们的处境，临下课写下这样的寄语："把重负转化成前进的动力。"她还在道别后默默播放起了《送别》，是啊，"来时莫徘徊"。

（二）两种学法：拆解与整合

告别了《伤逝》，连续三讲的鲁迅小说细读也告一段落，我进而思考起小说文本细读课时的普遍学习方法，在这里简要概括为拆解与整合。

一方面，我针对中国现代文学小说文本细读过程中的"拆解"方法表达一些拙见。无论长篇小说，还是中、短篇小说，细读时都需要对文本进行不同程度的拆解，仅仅通读一遍是远远不够的。小说的三要素分别是"人物形象""故事情节""典型环境"（自然环境和社会环境），而对小说的拆解首先是对小说的主要人物形象进行细致解读，小说的人物形象则镶嵌在故事情节和典型环境中，不同的故事情节又由典型环境烘托着，小说人物就这样丰满起来。

长篇小说篇幅浩瀚，在拆解阅读的过程中可以把主要人物当成中心进行分点归类，将围绕其发生的主要事件进行概括、一一对应，必要时可借用思维导图，让全书的主要情节变得清晰；中、短篇小说也不例外，由于篇幅不长，读者还可以在梳理情节时做更多细致的工作。例如，鲁迅小说多爱使用反复手法，中短篇小说的灵活性便于让读者思考重复出现的句子，前后对照，参透其深意和对人物形象的塑造作用。

在拆解小说文本、进行细读的过程中，读者可以"慢下来"，品味作者的语言艺术，在理解的基础上积累一些名言警句或令自己感触较深的语段，以免断章取义。

另一方面，在细读小说文本的过程中，读者还得能"拆"能"合"。无论对于小说人物形象的解读，还是对于故事情节的梳理、典型环境的分析，都是为理解小说的主旨打基础。这就涉及个人的思维模式差异与拆解文本过程中对小说的理解。我认为，小说文本的再整合过程实际上就是小说主题的探索过程，所谓的"一千个读者眼中就会有一千个哈姆雷特"，说的就是这个理儿。对文本的整合解读是小说人物、情节、环境的个体化阐释，最终得出一个或多个结论，或许更应该称之为"推测"，见仁见智。小说作为一种文学体裁，是"人学"，并且"为人生"[①]，每个读者都可以就自己的阅读体验做出个性化的阐释。

"文本细读的风险是：或者陷入'文字障'，死于句下，在封闭的文本内部窒息了诠释的可能；或者无边联想，过度诠释，在意义的无政府状态下随波逐流。"[②] 这是我们在文本拆解和整合的过程中尤其需要引以为戒的。

把文学过成一种生活，才能在不脱离现实的前提下"诗意地栖居在大地上"[③]，在"现代文学史（一）"的学习过程中探索"如何为人"，是本讲乃至整个课程、整个中国现当代文学教育探究的重要问题。在对"人性"的关注下，

① 鲁迅 . 鲁迅全集 第 4 卷 [M]. 北京：人民文学出版社，2005：526.
② 黄子平 . 文本细读的生机——张业松《鲁迅文学的内面》序 [J]. 书城，2022(3)：5-8.
③ 荷尔德林 . 诗意地栖居在大地上：写给友人 [M]. 王佐良，译 . 沈阳：辽宁人民出版社，2022.

我将进入下一讲的学习——1920年代小说中的"中国人生"。

学习案例撰写感言

▶ 贺含韵

初入大学，更喜欢历史的我对文学并没有多少激情和热爱。但是，现代文学课让我真正爱上了文学。它让我知道，我在中学阶段对文学作品的解读是多么片面和狭隘。每次上课，每一次文学作品的解读都震撼着我的"三观"。我从另一个角度去看待作品，切实地置身其中，感受主人公的喜怒哀乐。在现代文学课上，我庆幸遇到了很好的老师。黎老师让我感受到了文学的独特魅力。她对每一位作家的每一个作品的解读就像是她专用的PPT背景格子一样，构建起一张清晰的知识网络。通过在课堂上的学习，我发现我或许缺乏对文学的敏锐感受，但努力总有用处，在文学的道路上，我要努力地走更远。

"中国现代文学（一）"是一门很有趣的课，我认识了很多作家和作品，虽然对大多数作家和作品的了解不深，但我觉得这是一个很好的契机——去了解文学作品背后的故事、作家的生平经历以及曾经的时代。我惊讶于他们超越时代的先进思想，震撼于书中描绘的宏伟世界，为书中人物命运的起伏悲喜。好奇心激发了兴趣，我十分喜欢现代文学课。黎老师注重课堂互动，课堂不枯燥，同学们在课上畅所欲言。同学们的课堂分享时常引发我的共鸣，大家就像朋友一样，轻松愉悦地分享各自的所感所思，他们对一篇文章不同的见解、不同的感悟有时会引发我的思考。这种思考很能愉悦人的精神。我最喜欢的一点是，每当学生表达对文学作品的感悟时，不管我们说什么，黎老师都会对我们的回答进行补充或肯定。当我们对一些作品有理解上的困难时，老师会引导我们共同思索、探讨。

不知不觉，"中国现代文学（一）"的课程就已经进入尾声了，凡是过往，皆为序章，行文至此，思绪繁杂。结课后，老师提出让同学们写学习案例，看到老师在群里发的信息我感受颇深，想写的不仅仅是一篇学习的反馈，更要写出自己的东西，表达个人想法。

我很感激老师在课堂上为我们付出的心血，给我们找资料，进行大量的课外拓展，旨在丰富我们的见识。跟着老师的这一个学期使我受益匪浅，在品读作品、构建人格等方面有了自己的感悟。黎老师的文学课堂落下了帷幕，但属于我的黄金时代才刚刚开始，我将永葆对文学的热爱，坚持探索并感受文学的魅力。

教师感言 ▶ 黎秀娥

含韵最后一句话说得棒极了，旧的结束是为了更好的开始，有兴趣爱好做她的老师，健全的人格做她的精神支柱，相信她一定有望走得更远，走进属于她的黄金时代。

课堂只是学生的加油站，"探寻新的生路"要靠学生自己。

用佳宁与含韵的话说，这是"所有课时中学习最细致的一讲，因而感触也最深"。也许正因为有学得细致与感触至深做保障，她们才能用行云流水般的文字再现围绕《伤逝》展开的师生对话，尤其突出学生的思考与接受过程。

文章总体上从课前准备、课上互动、课后回顾三个方面展开，初看与其他同学的文章并无二致，细读才会发现朴素的叙述"思维"如何经过千回百转才慢慢趋向"明辨"，从而叹服于这个当之无愧的"学习成果"。

这"成果"有几个分外吸引人的点：学、读、思三位一体的课前准备模式，为课上探究蓄足了气势；兼顾拆解与整合的文本细读学法，助力结合自己的阅读体验给出个性化的阐释；在深入的小组合作中激起思想碰撞的星火，领会小组学习之乐，探寻出"乐学"的新路径；通过一讲内容的学习，产生了仅次于"生存"的第二大人生原则——"承担"，这是价值塑造结出的硕果，这最后一点是放之各个学科而皆准的。

倘能保持这样不断优化过程的态势，好前程定在不远的前方。

第 5 讲
"人"的双重发现之旅
——1920 年代小说中的"中国人生"

王乐源

　　符合个人思维方式的笔记与整理时带来的思考，让我在课后很长一段时间内仍能回忆起课堂的细节，对其理解也不断深化，甚至会不时涌现出阅读理解作品时乍现的灵光。

　　"1920 年代小说中的'中国人生'"这一讲在"中国现代文学（一）"这门课程中处于十分重要的位置。作为文本细读后再次回归大文学史维度的首课，我们是否能把握住一个时代小说的总体生态与面貌？这一讲注定是一段"人"的双重发现之旅：1920 年代小说家发现"人"、写"人"，新时代学子在 1920年代的小说中重新发现"人"、反思"人"。

　　与本讲相关的学习案例分为课前、课上、课后三大板块，以学生为主体，以个性化认知与体验为核心，展开对这一讲学习过程的回顾与总结，其中有体验与心得，也有收获与不足，亦有相应学习方法的提炼，希望对关注本课内容的读者有所助益。

一、课前准备：搭建 1920 年代小说的框架

（一）深读善问，走出窄化的认识怪圈

　　同学们在进入大学系统学习中国现代文学课程之前，就在基础教育阶段接触过本节课的部分内容，然而仍对于这一阶段文学的全貌存在认知局限，再具体到 1920 年代的小说领域，除去鲁迅先生和他的作品，似乎已经很难在印象中找到其他同时代的小说作家与作品，"鲁迅与其他"的大众认知怪圈就此形成。然而，这并非空穴来风，仅以 2011 年后人民教育出版社编写的语文部编本教材为例，入选中学生语文教材的鲁迅文章共有 11 篇，其中有《社戏》《故乡》《孔乙己》《祝福》《阿 Q 正传》等 5 篇小说。若以第 11 套人教版中学语文教材为例，《呐喊·自序》《狂人日记》《药》《一件小事》《风波》等 5 篇也曾先后入选

其中。回忆这些曾经学过的课文，我们会想起闰土和猹，想起双喜与社戏，想起祥林嫂，想起阿 Q……鲁迅小说中塑造的经典人物形象让人难忘，比起以笔为刀的"战士"形象，鲁迅或许更像是中国当代青年的精神"阿长"。

　　然而，即使对鲁迅这样"五四"时期的重要作家和他的许多作品，大众的认知也还是较多停留在已经形成的近乎定论的"权威"解读之下，并且这样的印象往往又是最深刻、最难以颠覆的。面对祥林嫂、阿 Q、孔乙己和成年后的闰土等众多经典人物形象，在分析时代背景时，很常见的说法是："黑暗与腐朽的旧社会"，仿佛这些鲜明的人物形象共享着一个十分扁平干瘪的时代。"教科书式"与"解阅读题式"的思维局限了我们对鲁迅及其作品的理解，除非在课外深入阅读鲁迅的更多文字，我们很难切实感受到他小说中的时代内容。

　　社会是怎样的"腐朽黑暗"？鲁迅为什么塑造了这些身份不同的人物形象？这些人物形象诞生在 1920 年代有何意义？其他作家是否也创造过类似的人物形象？新思想在当时为何突然迸发？新思想是怎样体现在作品中的？这些问题催促着我投入这一讲内容的学习。又是什么催生了 1920 年代的文学思潮与创作？当时形成了哪些小说家群体，有哪些小说代表作品？我仅知皮毛。我对这个时代小说的认知既不全面，也不深刻，满足于已有的现成答案，这是学习和理解的最大绊脚石。我需要亲自到历史的隧道中搜寻属于那个时代的文字，聆听1920 年代的小说之声。

（二）打开宏观视野，走近"其他人"

　　1920 年代正是"新文学"迅速崛起的时期，除鲁迅外还有冰心、许地山、王统照、叶绍钧、冯文炳、彭家煌、郁达夫等新小说家，他们在小说领域各有建树，我对他们了解得较少。在学习"现代文学（一）"课程之前，我曾根据老师给的推荐书目前往线下书店寻找，其中有一本是郁达夫的代表作《沉沦》。令人惊讶的是，在本市的两个规模较大的书店中都搜寻无果，询问店员时得到的回答是"没有货"，最终在标有"余秋雨"名签的一排书籍中，只找到一本《春风沉醉的晚上》。郁达夫的作品居然在线下难觅，这一现象引人思考，与我对 1920 年代小说的整体认识暗合——总将重点放在课本里的"鲁迅"，对于"其他人"则多有疏忽。这意味着我在准备学习第 5 讲之前，需要以 1920 年代小说流派或主要文学社团为抓手，重建 1920 年代小说的认知框架，突破对于这一阶段文学史内容的认知局限。

　　在开始"1920 年代小说中的'中国人生'"这一讲之前，我们曾上过《狂人日记》《阿 Q 正传》《伤逝》等作品的细读课，当这一讲的标题终于回归到

"1920 年代小说"上，鲁迅的身影才开始融入时代文学的大视域。在第 4 讲的最后，老师给出了延伸课堂（二）中的思考问题：1920 年代关注"人的发展"的小说还有哪些？回答这样的课前问题，需要重新构建 1920 年代小说框架，跳脱出前三讲文本细读的思维模式。

以"小说"为中心语，能够拆分出两个定语："1920 年代"与"关注'人的发展'"。首先，我们需要进一步认知 1920 年代"其他"小说家，了解 1920 年代小说的主要流派，梳理 1920 年代小说的整体脉络。其次，"关注'人的发展'的小说"，我们需要深入 1920 年代小说中对于"人"这一概念的多元化思考，厘清什么是关注"人的发展"，理解为什么 1920 年代的小说会关注"人的发展"，与此相关的社会环境、时代背景、思想潮流是否值得关注等一系列问题。如此这般，才算真正打开了 1920 年代的小说视野。

在关注老师预留的问题之外，我尽量在阅读教材的过程中整体把握本讲相关内容。此外，针对重点内容查询相关文献，有选择地阅读了相关论文：《乡愁乌托邦：1920 年代乡土小说的情感结构》《1920 年代旧派都市言情小说对传统模式的变异》《1920 年代革命小说的叙事类型及逻辑形态》。这不仅可以帮助我梳理大块内容、了解学术前沿，更有助于我站在一定的理论高度上审视文学史内容。在梳理具体内容的时候，简单画出思维导图，以便理解时间跨度大、流派众多的文学史内容。还有一点同样重要，即积极地参与小组合作，思考课前问题的重要性所在，深入地做准备。

（三）树立问题意识，提前查询关键知识

贴近时代，我了解到从新文学社团出现到北伐战争前夕，"五四"文学进入了一个创作的活跃期，1920 年代的小说便萌芽其中。文学研究会和创造社这两大文学社团的相关内容与第一讲"1920 年代文学思潮与运动"的内容紧密相连，紧接着便是问题小说和乡土文学，其中周作人、沈雁冰、冰心和叶绍钧都是绕不开的重要作家。面对"1920 年代小说"这个大命题，代表性作家、文学派别与文学现象，都容易吸引我的注意力。

这时的我仍受前几讲文本细读课的影响，一时回不过神来，对于文学社团和小说流派的认识，缺少将其放在 1920 年代的大背景下的横向关联，导致自己对相关概念的认知仅停留在定义层面。由于对代表作品的阅读不到位，我没有将 1920 年代的小说流派与课前问题紧密关联，对小说流派与时代思潮的认知处于相互割裂的状态。在准备课前问题的时候，我所查阅的资料大多仅停留在知道的层面，缺乏对于问题的独立思考，这对我探究 1920 年代小说如何关注"人

的发展"的帮助很有限。总体上说，我对时代小说脉络的认识也较为粗浅。

怀特海在《教育的目的》①一书中提出过相关的教育思想，他认为在接受教育的过程中尤其要注意避免"惰性思维"，如果学生只是接收知识，而不去应用、实践或与其他新事物有机结合，这样的学习是没有意义的。服从"惰性思维"的坏处在于学生不能真正掌握知识，只学到形而上的知识。课前问题的设置旨在为我们探索 1920 年代小说的相关内容提供便利，而非为我们的深入思考提供"捷径"，面对课前问题有方向性的指引，更需要克服"惰性思维"，进一步思索问题。只有将课前问题与查询的资料有机结合，并联系已有的相关知识，才能更深入地把握问题的精髓，形成对 1920 年代小说相对全面的认识。

二、课堂参与：深入 1920 年代小说中的"人"

用老师课上讲授的内容串联起课前准备的素材，将具体作品、作家、流派与社会背景思潮一一缝合，还原 1920 年代的小说生态。

（一）主线问题："启蒙"与"人"

何谓"启蒙"？课堂以概念的阐释导入，然后从小说取得的全新社会地位、文学社团的兴起以及小说新原则三个方面阐述了现代小说的崛起，阐述了启蒙在 1920 年代小说中的具体表现。1920 年代小说创作的现代意识体现在哪里？其实，不论"为人生"还是"为艺术"，都是理性、自由和独立的体现，表现作家的人格与意志成为小说的重要内容。1920 年代的小说像一把理性的利剑，揭开当时中国社会的重重面纱。那时的"中国人生"是怎样的？1920 年代的小说家们纷纷探寻这个由来已久的领域。

（二）四大类型小说，聚焦"人的发展"

紧接着展开的是问题小说、人生派写实小说、"自叙传"抒情小说以及通俗小说。勾勒出 1920 年代小说的大致轮廓以后，老师介绍了 1920 年代小说的四大类型，从作家作品的多个维度审视关于"人"的话题：直奔"问题"的哲思小说尖锐锋利，却也难免幼稚生涩；起步于"问题"的写实派寄情乡土与国民，深刻具体地拥抱乡土中国；"自叙"的勇士剖析自我聚焦于"人"，以赤裸的人性挑战传统观念；传统的通俗小说迎来转型，在向"俗"妥协的过程中萌发了新的生命。

那我熟知的鲁迅呢？我终于知道他并不是 1920 年代小说的全部，他为中国

---

① 阿尔弗雷德·诺斯·怀特海.教育的目的 [M].靳玉乐，刘富利，译.北京：中国轻工业出版社，2016.

现代小说创造了一个巅峰般的开端,然而中国现代文学第一个十年的小说并非只有他一枝独秀。那是关注"人的发展"的小说家们的时代。

(三)拓宽视野,放眼"圆"之外

老师精彩纷呈的课堂讲授与课后思考的延伸,让我对这个时代的小说家和作品有了全新的了解:不论以写实为纲剖析众生百态,还是以抒情为要吐露真情实感,都是 1920 年代小说试图解析"人"的角度。不论是激进狂飙的还是款款抒情的,更不论成熟深刻的还是生涩稚拙的,他们在中国现代文学第一个十年里破壁式的创造都令人叹服。我们可以评述、分析其不足之处,但不能忽略一个基本事实,即这些所谓的"稚拙"都曾是那个时代的骄傲。同时我也意识到了自己以往阅读的"稚拙",兴奋于开始超越固化的理解,感受更深更广阔的阅读带来的新奇感。

在学习的过程中,我偶尔还会受到先入为主印象的影响。譬如冰心与周作人,因为对他们的为人处世小有成见,在面对他们的作品和成就时难免心存芥蒂,甚至总以为他们不过因家境优越又搭上了时代新潮与变革的快车,才得以与真正有才的开创者为伍,从而取得了史上的成就和威望。我没等深入作品就将其打上不可接触的标签,实属不妥。新文学作家们指责黑幕小说和鸳鸯蝴蝶派小说的堕落在于作者人格上的堕落,这不合情理;由于我对作家有成见而断定其作品堕落,因人废文,本质上陷入了同一类偏颇。

作为汉语言文学专业的学生,我想要跳脱出千篇一律的程式化思维,独立思考五四时期作品的意义。提到那一段历史中的文人们,似乎人人都能张口就来:他们是战士,他们是勇士,他们是世俗的挑战者,他们以笔为武器……这些脸谱化认知实际上正在将作家们的形象扁平化,使他们沦为应试作文的一段段素材。然而只有真正用心阅读他们的作品,研究他们各自的文学主张,溯源他们所在的文学社团,了解其复杂深层的创作动因,才是我乐于接受的阅读之旅。

(四)梳理主线,有序推进阅读

面对以 1920 年代小说为主题的大体量内容,在课堂推进的过程中我意识到自己的课前准备有很多地方不够充分。文本细读课的关注点是固定、具体的文本,目标十分明确;而体量较大需要展开宏观视野的课,关注点却多而散。将众多作家、作品以及文学流派排序,实非易事。我在整理其主线脉络时似乎只能照搬教材,有时也运用现有的文学阅读积累。面对教材中经过整理、有一定系统的知识,另行知识梳理貌似多此一举,实则必不可少。指定教材同样具有

"迷惑性"——学校选择的教材难道就是最好的吗？受习惯"被输入"而非"主动输入"知识的思维模式影响，相信"权威"使我对其他信息来源几乎视而不见。但是，不同文学史书籍编纂的侧重各有不同，通过学校指定教材学习文学史知识固然方便，却难免有一定的局限性。阅读不同版本的文学史是学好 1920 年代小说的可行路径。

在补充阅读了老师推荐的《中国现代文学三十年》[①]中第三章后，我发现它对 1920 年代小说的概括更加精准，尤其对小说取得稳固的独立地位从而向文学中心位置移动的阐释，令我印象深刻："这不仅指的是小说创作的数量占据第一位，读者众多，更是因小说在那个时期所扮演的思想启蒙的重要角色，以及反思人生、叛逆统治阶层主流意识形态的特殊文化地位。"[②] 一语道出了 1920 年代小说的独特所在。如果仅仅关注问题小说和人生写实派小说的概念，不能对 1920 年代小说开辟的多样流派形成全面的认识，就只能停留于"只见森林不见树木"的状态，仅得轮廓，难明就里。

我在课上紧跟老师的思路进行知识梳理，尽量避免陷入被动思考或急于笔记整理。在选择用"思想启蒙""文体革新""人的现代觉醒"等词语概括 1920 年代小说风貌的同时，也很容易在表面的忙碌中失去深入作品的机会，导致课堂上提到的许多具体作品、文章很可能陷入"阅后即忘"的命运——仅仅成为笔记上的一行字，没有真正读过的作品在记忆中消失的速度远比我们想象得更快。学习文学史而不阅读具体作品不可取，不论如何记录作品的故事梗概、主题思想和人物形象，都不如阅读时一瞬的亲身感受和体验。直面 1920 年代的小说，仅通过概括和总览是不够的。阅读大量概括性的文学史作品看似省时省力，实则始终与文学真实的历史隔着一层壁垒；阅读作品看似费时费力，却是深入时代文学脉络最有效的方法。在课前阅读感兴趣的作品或许能使课上的学习感触更深，课后补充阅读的作品还可以加深对课上内容的理解。这些欠缺的内容似乎在课前和课上都难以完成，至少难以完成得让自己满意。此时课后的回顾、消化和补充阅读就十分有必要，它们会大大加深对课堂内容的理解。

三、课后整理与反思：触摸 1920 年代小说的时代温度

（一）完成回溯，课后纸质笔记整理的重要性

那时处在特殊时期，授课模式以线上为主。尽管可以保存课程幻灯片来代替笔记，但我仍然选择做纸质笔记。当老师与学生的直接互动被屏幕阻隔，意

---

① 钱理群，温儒敏，吴福辉 . 中国现代文学三十年 [M]. 北京：北京大学出版社，1998.
② 钱理群，温儒敏，吴福辉 . 中国现代文学三十年 [M]. 北京：北京大学出版社，1998：60.

味着学生们需要更加集中注意力才能实现高效学习。以幻灯片呈现为主要形式的线上课堂相对单调，学生们时常会出现一种类似阅读外文的状态，即面对不太熟悉且较为单调的知识输入模式，会出现"过耳即忘"的情况。这时课后整理纸质笔记不仅是一个梳理内容的过程，更是一个巩固记忆和补充探索的过程。线上授课时，一个突出优势是笔记可以更完善，根据幻灯片截图重新梳理讲课内容，知识点记录很少遗漏，这是线下授课时所不及的。师生面对面授课时，笔记不能面面俱到，仅简要速记课上要点和思考，而把更多注意力投注在教师的讲解与板书上。

（二）"温故而知新"，拓展思考空间

整理纸质笔记让我收获颇多，通过梳理内容可以很好地加强对知识的理解记忆，其中更大的优势在于：有利于思维的发散，一边整理重温课堂内容，一边选择性地添加自己的思考和疑问，还可以随时停下来检索想要深入了解的内容。课后针对知识要点进行相关内容的联想和回忆，除老师预设的课堂问题外，还可以积极思考相关内容。对于发散的知识以及举例内容，可以选择感兴趣的部分进行标记，为后续整理工作做铺垫，这也是激发创造性思维的基础。同样记录与自己意见相左的内容，在完成整理后及时向老师请教，也方便和同学交流讨论。

课后整理笔记时尽量规避由来已久的应试思维。在信息化时代，整理纸质笔记是不可替代的。一个基本事实是：存入电脑的东西并没有同时存入自己的大脑，许多学者的精彩论断也远不是自己的真知灼见。因此，在整理笔记的过程中梳理回顾课程内容非常必要，尽量压缩、简化笔记内容以筛选记忆重点信息，更需提炼个人对于文学史内容的总体认知和想法。同时，对于感兴趣的内容可以进一步思考和查询，勾连已有知识进行内容整合，以此加深对老师提及的具体作家作品的理解；有选择地阅读部分作品，形成对宏观内容的切实感受并做相应记录。这是将课堂内容融入具体文本细读的过程，也是为发散思维提供有利条件，更是找到个人兴趣和研究方向、产生自我独特见解的前提。

符合个人思维方式的笔记与整理时带来的思考，让我在课后很长一段时间内仍能回忆起课堂的细节，对其理解也不断深化，甚至会不时涌现出阅读理解作品时乍现的灵光。

（三）整理纸质笔记，构建个性化知识空间

做笔记的习惯未必适用于所有人。然而，古有东坡八面受敌学习法，他曾三次手抄《汉书》，以"迂钝之法"将书由厚读薄，达到融会贯通、自成大家

的境地，堪称做笔记的楷模，很值得借鉴。整理纸质笔记虽然耗神费时较多，但总胜过使思维淹没在浩大的电子文本中，手写整理的过程亦是再次回味课堂、触摸文本温度的过程。我从中受益良多，在此不揣冒昧分享个人整理笔记的方法。

首先，在梳理文学研究会和创造社的相关内容时，我将个人假期自学网课中留下的现代文学笔记与课内的笔记整理到一起。相较于校内老师的课程，文学网课的速成目的性强，以最快的方式输出文学史知识，对相关名词的解释十分精简概要。但听完课后缺乏鲜明真实的感受，只留下重点知识的罗列，难以引发深度思考。面对网络平台上日渐丰富的文学史课程资源，宜有选择性地"扬弃"其内容。记录网课中讲解不细致的内容，课下根据已有资料进一步补充查询相关知识。充分利用网课内容精简、概括性强的特点，提炼关键词和重点概念，作为校内课堂的补充，为课堂学习服务。这次学习中自发的网课笔记与校内课堂笔记结合起来，巩固并加深了我对相关知识的认知，对内容的理解不再浮于表面，对 1920 年代的小说全貌有了更为深入的认识。

其次，课后深入思考、重读经典是形成个性的有效途径。每个人的阅读习惯不同，找到适合自己的、可以有效提升的方法很重要，如果有可取的方式方法也理应多借鉴。例如，在"中国现代文学（一）"课程的所有课结束后，可以分类整理两大类内容，进行比较："文本细读"和"文学史"。文本细读的内容，通过作家进行分类梳理，展开对作品的横向比较，提炼如何进行文本细读的大致方法；有关文学史的大体量内容，依据文体类型和时代思潮进行分类梳理，展开作家思想、作品特点的纵向比较，提炼文学史学习的方法。

于是我依照笔记上的标记，根据自身兴趣在闲暇时补充阅读了相关作品。我精读了《文学与人生》《这也是一个人？》两篇文章，在网上购买那本线下无货的《沉沦》。在阅读沈雁冰的理论文章《文学与人生》时，我感到其提倡的许多内容已经失去"锋利性"，也许是全民蒙昧麻木的时代已经过去，文中提到的喜欢"玄淡""折中"的中国人性情已有所改变，或者说正因为有了那样的理论拓荒，才有我们现在所谓的"常识"。理论的提出从来不是为了"锋利"而锋利的，沈雁冰在谈古论今中梳理文学与人生的关系，并没有彻底地将中国的旧文学打倒，只是提出对中国文学现状的不满与许多期待，底色朴实而真挚。相比之下，《这也是一个人？》中有一句话直戳我心："冬天来得很快，几阵西风吹得人彻骨地冷。"① 小说中"伊"的故事是简单的，然而正像那句话，她似

---

① 叶圣陶.隔膜 [M].西安：西北大学出版社，2019：40.

乎一直处在人造的寒风与凛冬之中。这篇小说的形式与语言略显粗糙，却仍然引人悲慨。小说通过一位农村妇女的"普通"人生，发出一句充满绝望与愤恨的叩问："这也是一个人？"细读文本有助于真切地体会问题小说的要义，"伊"的生命在大环境下卑微如草芥，身体沦为生育后代和交换钱财的工具。"伊"拼尽全力出逃，然而终于还是被迫成为"很简单的一个动物"，被压在封建制度与意识的大山之下。小说冷静的叙事口吻让人不寒而栗，尖锐地切中了当时社会的痛点问题——"伊"的悲剧正是许多平凡女性的悲剧。

有趣的是，笔记整理还会带来许多惊喜。"问题小说"曾让我联想到另外两个比较感兴趣的名词，上课时就曾特别摘记下来："黑幕小说"和"文丐"。后来在阅览"黑幕小说"相关词条的时候我得到了这样一条信息："具体了解其社会根源可以参见周作人《论'黑幕'》"，在进一步查询后我发现，周作人还发表过《再论"黑幕"》。周作人曾与"黑幕说"的支持者进行论争，连续发表两篇有关黑幕小说的文章，表达对现代小说价值与功能的认识。他在 1919 年 1 月发表的《论"黑幕"》中提到："到了现在，还不明白什么是小说，只晓得天下有一种'闲书'，看的人可以拿它消闲，做的人可以发挥自己意见，讲大话，报私怨，叹今不如古，胡说一番。"[①] 可见当时的很多人并没有正确认识到现代小说的启蒙意义。同年 2 月发表的《再论"黑幕"》中，周作人直接提出黑幕不是小说的观点，他有一句话格外发人深省："因为近代写实小说的目的，是'寻求真实解释人生'八个字，超越道德范围以外。"[②] 面对一些人将黑幕小说比作"现实主义"作品的观点，他提炼出对于"近代写实小说"的期待——"寻求真实解释人生"。1920 年代的小说不该是对于社会事件恶趣味的记录，而应是从现实社会的描写中解释中国人生，体现作家道德价值观的作品。

老师在课上强调"作家人格与文学品格关系"时提到过"文丐"——在1920 年代，"文丐"一词被用来讽刺作家的人格堕落。初听这个词语时感觉很有趣，如此辛辣而深刻的讽刺到底是谁创造出来的呢？展开搜索后，我顿时心领神会——是鲁迅先生。他在《文床秋梦》中说："五四时候，曾经在出版界上发现了'文丐'，接着又发现了'文氓'，但这种威风凛凛的人物，却是我今年秋天在上海新发见的，无以名之，姑且称为'文官'罢。"[③] 他不仅提出"文

---

① 周作人. 钟叔河. 周作人文类编 3 本色 文学·文章·文化 [M]. 长沙：湖南文艺出版社，1998：607.

② 周作人. 钟叔河. 周作人文类编 3 本色 文学·文章·文化 [M]. 长沙：湖南文艺出版社，1998：615.

③ 鲁迅. 鲁迅全集 第 5 卷 [M]. 北京：人民文学出版社，2005：307.

丐"，还谈到"文氓"和"文官"。鲁迅面对文化界的"人物"，毫无畏惧地直指其病根，因为他对于新小说的认识之深与期待之高远超于那个时代。

总而言之，课堂提供的大量信息，为课后整理的过程增添了沙海拾贝般的快乐。每项在课堂上呈现过的内容都成了继续探索的抓手，在整理笔记的同时记录想要深入的小点，在查询资料的过程中填补自己对于知识的理解空白，满足了对课程内容的多样期待，其乐无穷。通过"1920 年代小说"这个宏大命题的笔记整理，我再次回归具体的维度。在课上把握了 1920 年代小说的总脉络之后，又通过具体文章的阅读品味这个时代小说，感知它们的独特内涵。相比之下，体量较大的文学史知识梳理更多停留在表面，而过于具体的准备又会导致管中窥豹。鉴于此，课后整理十分必要，可以将两种维度的认知结合起来，达到对课堂内容更加立体、全面的认知。

在大学的课堂中，课后整理工作更丰富、更有挑战性，老师不会对课后整理提具体要求，"自由"的课后安排很考验学生的主体性。调动主观能动性，才能有效持续地拓展学习内容的深度与广度。在整理记录前一讲内容与要点的同时，如何为下一讲做准备，也是值得注意的问题。在每一讲的最后，老师都会留下延伸思考问题启发大家。在第 5 讲的最后，老师布置了延伸课堂（二）中的思考问题：新诗新在哪里？这为后面"1920 年代新诗中的'中国精神'"一讲作了铺垫。吸取了之前准备不足的教训，当面对"1920 年代的新诗"这一命题，我从新诗的形式、观念、成就、流派和代表诗人几个方向认真准备课前问题，形成了对 1920 年代新诗的初步认知与理解，为课上丰富内容的吸纳打下基础。

总　结

面对体量较大的"1920 年代小说中的'中国人生'"这一讲，我的课前准备仍有欠缺。教材之外，不论宏观还是微观角度上的准备都较为仓促，没有提前梳理清楚 1920 年代小说的大致框架。这种准备的欠缺与对重点信息的处理能力有关，面对大量的知识我还是受制于"惰性思维"，在对某些重点内容简单查询后就弃之不顾，仍然期待着由老师主导的课堂来解决问题。

课前准备不足导致课上思维迟缓，当老师拓展内容时，我常处于懵懂状态。听课时，思维也相对被动，对于老师设置的问题很少有更多的质疑和思考，安于知识的"填空游戏"。好在，课后的笔记整理及时弥补了缺憾，补充了具体文本的阅读，整合了本讲的内容，完成了对整体知识框架的搭建，至此才算完成了第 5 讲的学习,将课前、课中、课后三阶段也有机联系起来。

个人课前准备的欠缺,通过小组合作获得了补充。老师将班级内的同学分为六个小组,小组内取长补短,小组间互通有无,这样更为省时高效。第 5 讲的引言问题"理一理 1920 年代小说的'纲'"提前分配给了第二组,我作为第一组的成员没有重视"其他组"的任务导致准备缺漏。实际上,思考题是留给每一个学生的,只不过由不同的小组展示而已。在小组合作方面,我应该更加积极,主动关注所有小组的命题,以便更深入、更整体化地思考课前问题,那样效果会更好。

回顾第 5 讲的标题:1920 年代小说中的"中国人生"。前半场这一课的名称还是"1920 年代的小说",后半场就改成目前的样子,我便着重思考了名称变更后的重点:小说中的"中国人生"。在中国现代文学的各类文体中,我始终认为相较于散文、诗歌和戏剧,小说更像直观体现"中国人生"的镜子。1920 年代的小说聚焦于"人",由此展开对于"人"向内、向外的挖掘。所处的社会,所处的人群,人身上因袭的重担,内心的疯狂与渴望,向往的故乡与都市……凝练成小说中呈现的问题,在外来思潮、乡土和传统的碰撞中,一个个讲述"中国人生"的故事伴着作家的血肉灵魂呱呱坠地。它们有时具体,有时稍抽象地写出中国人的生存状态和精神世界。

中国文学史上的标志性事件大多始于先行者孤独、勇毅的"拓荒"。1920 年代的小说家们更像踏入荒原相互取暖的人们,一部小说的诞生、一个文学社团的兴起、一种文学理论的提出,在那时如同在死寂的古潭中投入了一颗颗小石子。它们的价值在时间涟漪的推动下渐渐形成巨响,又如滚雪球般形成越来越壮观的景象。当初他们为什么要写?因为醒来了,重新发现了"人"。历史必然的转型叩击着传统中国的大门,先觉者们环顾四周后开始替民族思考,疾呼发声,深情地致力于唤醒同胞的小说大业。巴尔扎克视小说为一个民族的秘史,1920 年代的小说则好比是 1920 年代"中国人生"的一面镜子。

1920 年代的小说灌注着新生的精神,其个体作品的探索诠释着对"人"的不同发现。纵观 1920 年代的小说,无论稚拙与否,短篇小说都是先锋般的存在,开辟中国现代小说的先河。在中篇和长篇方面,1920 年代的小说家们的表现明显逊色得多。更长的篇幅意味着小说家们有机会呈现更加丰富多彩的时代图景,更深入地塑造社会、历史、人物等多方面的细节,从而使作品更具深度和广度。然而,他们需要经过一定积累才能胜任。就这样,以短篇为先锋,经过中篇和长篇的持续尝试,小说成为了思想表达的利器,1920 年代的小说成为中国百年文学史上的独特景观,为 1930 年代中长篇小说的繁荣奠定了基础。

我们习惯性地将作家作品归入各个流派，并总结性地为其贴上某个特点的定义，譬如某小说表达了对于什么的批判、具有什么样的特点之类。然而作家们是为某种主义或思潮而创作的吗？作家或曾结社取暖，然而作品大多独行于世。先有大理论不假，后有理论高度总结也不假，但是当我们把个体作品放入流派内，当作知识点背诵时，或许应该保留些许敏感：高度的概括当然是凝练、简洁而方便的，但是要触摸时代最真实的脉搏还需要细读具体作品。

越恶劣的环境中越容易长出坚韧的植物，这是生物界的环境胁迫使然。1920 年代小说的崛起何尝不是基于类似的逻辑？ 1920 年代的小说是震撼的，更是令人赞叹的，小说家们求索"人"的意义所在，在荒原上点起令人瞩目的火把。在中国文化与世界文化碰撞的交点处，他们以新眼光洞察中国，用人的心火照亮民族觉醒的旅程。我有幸在新时代看见了 20 世纪的"光"，希望我自己也能活成后来者的"光"。1920 年代的现代小说家们在创作之初，未必料得到自己会成为 21 世纪的"光源"。荒原烛火终成燎原之势，中国文学的前景海阔天空。

学习案例撰写感言　　　　　　　　　　▶ 王乐源

在写这段关于"中国现代文学（一）"的感言时，"中国现代文学（二）"的课程也已经结束了。一切都开始变得遥远，一切又近在眼前。

在一切开始之前，我并没有预料到这会是一次怎样的旅程。看着留下的厚厚的一沓笔记，我明白自己收获的不只有知识。黎老师带领我们踏上了这趟现代文学之旅，她是一名很好的"船长"，旅途丰富多彩又不乏挑战，时间推移，如今我也逐渐拥有了自己远行的能力。不论是写文章时越来越规范的格式，还是对每一次阶段性评价的认真准备，又或是在每一堂课上的头脑风暴，现代文学的课堂满足了我对于大学课堂的全部期待。尼采说过："每一个不曾起舞的日子，都是对生命的辜负。"那么在这段旅途中，我很确信自己感受到了奋力起舞的快乐。

为写一篇像样的文章遍寻资料，为找一个答案在数十篇论文中不断跳跃，为准备一次发言反复打稿。这些都是重要的修行，帮助我"像人一样活着"。参与学习案例的撰写又是一次意外之喜，最初受到黎老师邀请时我也有过惶恐，并不认为自己能够完成这样的任务，然而当我沉下心来面对文字、面对现代文学、面对自己，一遍遍地修改、补充，这个过程虽然不轻松，却是值得纪念的。打磨与修改让我痛并快乐着。在这个过程中与其他人交流，看到他们眼中多样的"中国现代文学(一)"也同样有趣,思想交流与碰撞的过程也是这段旅程带给我的独特体验之一。现代文学给我带来了无限的惊喜,不论是线上的千里传音,还是线下的现场交流。"中国现代文学(一)"陪我走过了那段难忘的时光。我的表达欲望得到了充分的释放,那段思想自由的日子至今闪闪发光。

直到在考场上写完"中国现代文学(二)"的最后一题也不愿离去,或许我本身就不是那样潇洒的选手,能够对自己的答案充满信心,或许是因为我始终认为这不是一个足够正式的告别。然而离别无言,我很喜欢《指环王》里的一句台词:Home is behind you. The world is ahead. 世界尽在眼前,我将带着目前收获的一切继续前行,直到永远。

教师感言 ▶ 黎秀娥

乐源的这篇学习案例是盛开在青葱岁月里的一朵小花,却自备思想自由之光,而又洋溢着青春的热血与活力。她说我的现代文学课满足了她"对于大学课堂的全部期待",这确实超出了我的预期。然而,万千收获,都敌不过一句"拥有了自己远行的能力"。"教"的最终目的就是有朝一日人不需要别人"教",能够独自远行。

当初分工时,特意选了较难的这一讲分给乐源,因为我知道她勤学多思,而且下笔稳当。

她不负众望,从容地走出前几讲文本细读的思维模式,回归文学史维度,生动地还原了她掌握一个时代小说的总体面貌的全过程。她把一次极容易坠入枯燥的文学史梳理的学习写得活色生香,把自己对 1920 年代小说的初印象融进去了,把具体小说家在实体书店的接受情况融进去了,把搜索引擎的推送机制融进去了,也把老师预留的一系列问题融进去了,而且毫无违和感。若无明辨性思维的保障,是很难做到这一切的吧?

她所撰写的学习案例,同样主要分课前、课上、课后三大板块,却没有像大多数同学那样沿用我讲课的标题,而是根据自己的理解,重新做了整合,紧紧围绕"人",突出"人",为每个板块敲定了一个专属的任务,分别是:搭建1920 年代小说的框架、深入 1920 年代小说中的"人"、触摸 1920 年代小说的时代温度。具体到每个板块,再各分出三四个层次,如此条分缕析,娓娓道来。

主动学习犹如花开,自带节奏与芬芳。

该学习案例的一大亮点是对课后整理纸质笔记的述评。她介绍的笔记整理法,不是简单地记录老师的讲课内容,而是根据自己课前准备与课上听讲的情况，在课后提炼要点，进行拓展，查漏补缺，添加自己的思考和疑问，是一种对知识的"反刍"。这对知识的吸收转化大有裨益。更难能可贵的是，她没有就此打住，而是在知识的吸收和转化过程中发现新的"营养需求"，并寻此需求，有针对性地采取措施，比如补充文本阅读。这样的学习是一种生长。

隔行不隔理。乐源在学习案例中表现出的深读善问、抓住问题、主动探索的精神，适合任何一门课程的学习，也适合不同行业的人们。

写到这里，不禁生了疑问：倘能日日如此，事事如此，何患无成？

因此，为乐源贺，并与读者诸君分享。

第 6 讲
1920 年代新诗中的 "中国精神"

谭晓玉

> 无产阶级解放、集体主义等主题取代了新诗中的个性解放，体现出新诗的另一种发展走向。他们铿锵有力、反对"无病呻吟"的文字让我感受到早期无产阶级革命诗派的诗人对革命生活和人民群众的歌颂，字里行间洋溢着浓厚的"中国精神"。

随着文学革命运动的兴起，中国现代文学的天空群星璀璨。在上一讲"1920 年代小说"的学习中，我领略了那时小说的繁荣，明白了新文学的根本精神是对"人"的多元思考。在本讲的学习中，不难发现，1920 年代新诗中依旧沿袭了尊重"人"的基本价值取向。新诗以独特的方式描写和记录了中国人的现实处境和诗人的心理活动。在学习 1920 年代新诗这一讲之前，不仅需要细读教材中的相关内容，还要阅读大量的课外资料和文献，了解新诗中各流派的写作风格、特点及其表达的思想，解析典型的新诗作品，触类旁通，学习并分析新诗中的国民心理及其与"中国精神"的紧密关联。学好本讲需要做到：课前基本了解，产生学习兴趣；课上深入挖掘，掌握专业知识；课后归纳整理，巩固知识。

一、课前准备

（一）题目解析，确定重点

本讲的题目为"1920 年代新诗中的中国精神"。当黎老师将这一讲的题目告知我们时，我百思不得其解。"中国精神"作为一个亘古不变的经典话题，在历史长河中的每一个时间段都会有或多或少的体现，为何要在 1920 年代新诗中特别拎出这一话题呢？1920 年代的"中国精神"是否有特别之处？那时的"中国精神"与现在的"中国精神"有什么不同？

文章合为时而著。我将首先由时代背景入手，综合考虑国民文化、社会政治等多重因素，体会 1920 年代的新诗作品中体现的中国精神，将分别属于

1920 年代和 2020 年代的"中国精神"结合起来，实现两者含义的融会贯通。

"中国精神"在现代的含义为：以爱国主义为核心的民族精神和以改革创新为核心的时代精神。回望过去，在旧社会"闭关锁国""海禁"的政策下，中国人习惯于封闭自我、自给自足的自然经济。即使大规模外国入侵导致国民流离失所、身体和精神饱受摧残，那时的中国人团结一致、共同抗敌的意识也不够强。那时的文人所作的文章相对古板教条，文章的格局较小，真正的民族荣誉感和爱国情怀没有得到充分体现。中国被迫打开国门后，发生了翻天覆地的变化，国难当头，民不聊生，但也开始面向世界。随着西方新潮思想漂洋过海地传到中国，中国文化和中国精神也在悄然地变化着。俗话说"人无精神则不立，国无精神则不强"，在 1920 年代，要想建立崭新的中国须得摒弃旧礼教，弘扬新的"中国精神"。随着反对文言，提倡白话，反对旧文学，提倡新文学的文学革命兴起，进步知识分子找到新的文学工具——白话，创作了大量的半文半白或白话文新诗，以此批判封建文学、封建思想，表达对个性解放的支持和对自由的向往，体现出浓烈的爱国精神。新诗承载着国民的民族荣誉感和爱国情怀，为中国人的精神迎来了一个崭新的春天。

（二）认识新诗，产生兴趣

上好一堂课，不能只是老师在台上尽心竭力地讲，而学生却在台下不知所云、昏昏欲睡。课前预习，就如一座高楼的地基，预习充分就是一丝不苟地做准备以便将知识的砖头层层堆砌成知识的堡垒。兴趣便是最好的老师，我希望能满怀兴趣地提前预习，对新课的内容有基本了解，最好能产生疑问，为一探究竟而去翻教材、查文献。正式学习新诗之前，我对新诗的了解只停留在徐志摩、郭沫若等大众较为熟悉的诗人及其诗作上。上一讲学习结束时，黎老师随堂留下一个问题：新诗"新"在哪里？在预习过程中，我不断思索：新诗何以称得上"新"？带着疑问，我开始了对 1920 年代新诗的探究式学习。历史是人民群众创造的，而历史的发展却是由伟人引领的。要了解这段 1920 年代的历史，须得先去了解引领 1920 年代新诗创作的诗人。

首先我看到教材中使用了大量篇幅介绍诗人徐志摩。提起徐志摩，谁人不知"轻轻地我走了，正如我轻轻地来……"①以及多情才子恋佳人的风流韵事？通过课外查找关于 1920 年代新诗的文献资料，我了解到，1920 年代的城镇进步青年受新思潮影响向往婚恋自由，徐志摩便是践行婚恋自由的急先锋。我在图书馆翻阅了徐志摩的诗集《翡冷翠的一夜》，这本诗集让我对他的看法有了

---

① 徐志摩. 志摩的诗 [M]. 北京：民主与建设出版社，2018：2.

彻底的改观。在诗歌《起造一座墙》与《最后的那一天》中，徐志摩用大胆且新颖的表述描写出了男女之间热忱激昂的爱慕之情，他歌颂的自由恋爱与封建社会中全凭父母之言、媒妁之命的婚姻形成了鲜明的对比。在新文化运动之前的旧俗中，婚姻讲究"门当户对"，女子嫁进一户人家就得"嫁鸡随鸡，嫁狗随狗"，任何反悔或不从的行为都将被视为"伤风败俗"和"大逆不道"，任何不经过父母同意的自由恋爱都会被无情地扼杀在摇篮之中。本该作为独立个体而存在的青年男女，却只能在情窦初开的年纪被迫接受父母安排好的婚事。然而，在徐志摩的诗中，青年人有为爱情冲破桎梏的勇气，也有爱而不得的酸涩，他们为爱而生也为爱而死。通过他的新诗，我体会到爱情的内涵并不仅仅是单纯的生理悸动，还意味着精神上的共鸣。徐志摩通过描写美好的自由恋爱，呼吁青年人冲破封建礼教的桎梏，追求精神上的真正自由。我由此认为，新诗"新"在题材。

再将目光投向诗人郭沫若。《女神》是郭沫若的第一部新诗集，在中国现代文学史上产生过巨大影响。《女神》以热烈、奔放、浪漫的语言和独树一帜的比喻体现出了五四时期狂飙突进的时代精神。在深入了解郭沫若之前，我只知他是历史剧《屈原》《蔡文姬》的作者。在阅读郭沫若的诗集《女神》之前，我以为它是带有宗教色彩的赞美诗。读后方知，郭沫若笔下的"女神"是反抗侵略暴行的、宽厚仁慈的民主和平之神。《女神》寄寓了他无处抒发的爱国爱民情感，体现出张扬个性的自豪感、与旧世界决裂的决心，能引导读者思考兴亡之理，赞美科学文明。我由此认为，新诗还"新"在思想。

为更深入对比新诗和旧诗，我需要找一部最具代表性的新诗作品来分析。胡适的《尝试集》是中国现代第一部白话新诗集，在中国新诗发展史上具有开创性的地位和意义。旧体诗讲究平仄、音韵、格律、字数和句数，还有内在的"对""粘""连"等规定，力求语言精准凝练，反复推敲打磨，十分严谨慎重。与旧体诗相比，我初读《尝试集》的印象是，它的文字较为简单易懂，读起来并不费力，不讲究平仄音韵等，也没有字数句数的限制。在内容上，《尝试集》主要表现对民主自由的向往，歌颂民主革命，表达个性解放的需求，抒发爱国主义情怀，赞美积极进取精神，具有积极的时代意义。然而，胡适的新诗中不仅有纯白话的自由诗，还有未能脱离旧体诗词影响的半文半白的作品，语言表达过于透明甚至单一，表达的思想也稍显幼稚而浅显。相比较而言，旧体诗受字句限制，但简明扼要，余味悠长。要是考察新诗的开端，《尝试集》就像是介于新旧文学的踏板，是进入现代文学不可不谈的一部界碑性著作。《尝试集》受到人民大众的喜爱主要是因为它独特的文风和新颖的修辞，其中深得我心的诗是《鸽子》。"云淡天高，好一片晚秋天气……"用朴素的语言写出鸽子翩然纷飞的俏丽模样，让人不得不感慨胡适的文字之动人和新诗在语法修辞方面的创新。由此可见，新诗"新"在格律。

1920 年代新诗以雨后春笋之势破开了当时中国尘封已久的文学创作之土，颠覆了旧体诗在主流诗坛的地位。

二、课上参与：有准备地听课，有组织地分享

每次上现代文学课总会让我的心怦怦狂跳，原因无他，我觉得上现代文学课很有挑战。寒窗苦读的十二年里，我听过无数次来自老师和家长的半恐吓半激励的话："教室是没有硝烟的战场。"但是直到上大学修读现代文学课程，我才真正切身体会到这句话的真谛。现代文学的课堂好似战场，不做预习就进课堂的学生就像不磨好刀枪就上战场的士卒，不深入思考的人像是不精进兵法的军师，下课后回顾总结的人像是打了胜仗得意忘形的将军。"不上没准备的课"是黎老师对自己的鞭策，也是对我们的要求。既然是上战场，孤军奋战的力量是微薄的，所以黎老师将全班同学分成六个小组，每组有六到七名组员，在之后的学习中，黎老师布置的任务都以小组形式合作完成。黎老师并不按照教材提供的常规框架来循规蹈矩地讲课，也不会将教学拘泥于教材。黎老师将每一讲的内容拆分为几个板块，每个板块都由一个小组负责讲解，讲解大多配有相应的 PPT，视听结合以便其他小组的同学们对不属于自己负责的板块内容有一个大致的了解。

学习本讲时学生们分散各地，这使我们的课堂体验大大降低。出于对我们的体谅和不想耽误课程进度的责任心，黎老师没有敷衍了事，而是将课堂中的开麦互动环节大幅减少，当我们有异议或者新奇独到的想法时不用即时开麦，可以打字留言在评论区里，评论不论何时被看到，我们都会在课上得到回应。黎老师还会将每节课的全程都用录音笔录下来发给有需要的同学，既能有效解决我们漏听、误听、来不及记笔记的问题，又能方便学生多听几遍巩固知识。当然，我们依旧遵守着与黎老师的约定："不上没有准备的课。"尽管现实因素阻碍了天马行空的计划，但我们初心不改，依然紧锣密鼓地筹备着本讲。

（一）是谁拉开了中国新诗的序幕？

"是谁拉开了中国新诗的序幕"是本讲延伸课堂（一）中的启动问题。一组同学负责这个板块。拉开新诗的序幕也就是为中国的新诗奠基，毫无疑问这位开新诗之先河的诗人便是被誉为中国新诗鼻祖的胡适。一组同学的讲解主要从解释胡适成为新诗奠基人的原因和介绍胡适的新诗代表作品这两方面展开。由

于时间紧迫，一组同学在讲解胡适的新诗时对作品的细枝末节一笔带过了，所幸我在课前预习时便想过：胡适的新诗享有盛誉必定有它的独到之处。因此，我查找了一些胡适的新诗，弥补了同学分享内容方面的不足。

何其有幸生活在这样一个信息高速运转的时代，任何感到疑惑的问题和想要探索的未知，我都能通过网络搜索得到相关信息。我在课前预习查找资料时看到了一份电子版的《新青年》报纸，了解到中国新诗最初的尝试之作是 1917 年刊登于《新青年》第二卷第六号的《白话诗八首》，作者正是被誉为中国新诗奠基人的胡适。出于对启动问题的探究和对这首诗所带"光环"的好奇，我读了这组诗不下五遍，仔细比对它与旧诗体的区别、琢磨新旧文风的转变体现在哪些方面，等等。

《白话诗八首》中的《蝴蝶》一诗流传最广，所以我在网上购买了单独成册的二手书《黄色蝴蝶》来细细研读。"两个黄蝴蝶，双双飞上天"[①] 使我联想到了杜甫《绝句》中的"两个黄鹂鸣翠柳，一行白鹭上青天"。相比之下，前者的语言简单直白、通俗易懂，对读者的文化程度要求并不高，由此我推断这首诗的广泛流传是它获得高度评价的一个原因。但其中的节奏感和韵律感不足导致它缺乏诗篇应有的激情和美感，而杜甫的《绝句》采用对偶的方式使诗句的意义对称，诗句朗朗上口，富有节奏感和音乐美。二者不是没有共同之处，两首诗中均采用"两个"而不用"两只"，这一点能看出初期的新诗并未完全清除旧诗的痕迹，正如所有新生事物的开头必定是富有生机但稍显幼稚的。所有的事物都是在迈出尝试的第一步后逐步发展的，新诗也不例外。在尝试创作新诗的过程中，诗人们不只有辉煌的成就，也会遭遇质疑乃至批判。然而，事物的发展是前进性与曲折性的统一，事物发展的道路虽然是曲折的、迂回的，但是发展的总趋势是前进的、上升的。不论何时，诗人们一直坚信新诗的前途是光明的，他们对新诗的未来充满信心。

（二）新诗的尝试

接着由二组同学讲解关于新诗的尝试，依旧是由胡适打头阵。我们的教材以胡适的《人力车夫》为例说明初期新诗的种种不足之处。新诗诞生时正值文学革命初期，先进知识分子的"人"的观念发生改变，这促使初期白话义新诗不仅从主题上摆脱了旧诗金玉良缘、孝悌忠信的狭窄范畴，还将笔触伸到多数平民百姓的现实生活中，表现出对平民百姓的关注与同情。

然而，初期白话文新诗又相对幼稚且浅薄。比如《人力车夫》，胡适只用

---

① 司徒浩荡 . 黄色蝴蝶 [M]. 兰州：兰州大学出版社，1993：2.

简单的白话语言"酸悲""惨凄"等词刻画"坐车客人"同情"少年车夫"的心理，虽然直白易懂，但是毕竟刚开始使用白话文不久，语言不够精练，辞藻过于单调，"坐车客人"对"少年车夫"表露的同情也只停留在表面，并没有深究"少年车夫"凄惨生活的社会根源，在思想上考虑欠深入，应了初期白话诗强调的"有什么话，说什么话；该怎么说，就怎么说"①，追求通俗易懂、简单直白而失去了飞扬的激情与优美的辞藻。万事开头难，过了"尝试"关的新诗不断发展，形成了几个流派，我们五组便负责讲解早期新诗的几个流派，并为大家介绍各个新诗流派的写作特点等。

（三）新诗的各个流派

我们组的合作式学习，在课前预习的基础上，是以解答问题作为主线，并延伸至本讲的其他内容为辅线进行的。按照自己设置的框架（可以是时间线、题材、派别，也可以按照对诗人的喜好程度）分工制作幻灯片、收集文人逸事、剪辑视频、画手抄报，甚至可以拍摄微电影、演舞台剧等。走出"填鸭式教育"的误区，才能让知识永远留在心中，并尽情发挥自己天马行空的想象力。因我曾经听过用迅哥儿的散文诗《野草》为母本改编的当代说唱歌曲，便对那部散文诗记忆深刻，所以我想，将新诗学习和当代网络文化结合不失为一种新奇的学习体验。第一次走近《野草》，是北京大学的学子铿锵有力的"喊话"说唱，他们用全新的方式传承百年前的思想，并为之注入新鲜的血液和力量。当初的"野草"蕴含着太多的哀伤、孤独、愤怒、批判，而当今说唱中的"野草"不仅用现代的方式传递了鲁迅先生的思想，还蕴含着新时代青年的抱负与决心。创作这首歌曲的青年人、聆听这首歌曲的青年人都在用实际行动做出回应：我们不是沉默的一代，思想和文化会世世代代地传承下去，我们的志向理想永远奔腾！

我们小组的具体分工是：两个人负责收集文献论文类的资料，两个人负责对收集到的资料进行整理归纳并提出自己的具体观点，两个人完成 PPT 制作。为了结合新诗与网络文化，剩下的一位小组成员会专门负责查找网络上关于1920 年代新诗的视频、音频、图画等新颖的资料。因为不能面对面交流，我们一般会在课前通过线上视频的方式各抒己见。

1921 年，随着个性主义理念的高扬，诗歌的个性也崭露头角，出现了许多有不同观念的诗歌派别。我们组着重介绍了人生派、浪漫派、新月诗派和早期无产阶级革命诗歌。

① 姜义华 . 胡适学术文集 新文学运动 [M]. 北京：中华书局，1993：381.

　　将诗和"为人生"的诗学观紧密联系起来的派别被称作"人生派",脱胎于"五四"新文学运动早期的文学社团。代表诗人有朱自清、俞平伯、周作人、叶绍钧、郑振铎等。"为人生"的理念主要表现为反对华而不实的贵族文学,将目光投射到底层普通百姓生活,鞭笞现实黑暗,同情底层人民的悲苦人生并鼓励他们奋起反抗、探寻人生的价值和意义等。在此,诗歌不再是"吟风弄月"的文字游戏,而是撕裂黑暗的沁血的尖刀。"血是红的!血是红的!狂人在疾走!太阳在发抖!"[①],朱自清为"五卅"惨案而作的《血歌——为五卅惨案作》通篇充斥着愤怒与呐喊,中华儿女的铁血爱国情也跃然纸上。我觉得人生派诗人追求光明与理想,心底最渴求的是一个前途光明的国家。

　　接受西方浪漫主义诗人及其作品影响的郭沫若、田汉、郑伯奇等人,强调诗歌创作的灵感、激情与想象,在反映客观现实上侧重从内心世界出发,抒发对理想世界的热烈追求,用热情奔放的语言、瑰丽奇特的想象和夸张的手法塑造形象,属于浪漫派。现代浪漫主义诗歌中鲜明的爱憎使我读得酣畅淋漓,如临"奇"境。

　　新月诗派正式成立于 1926 年 4 月。新月诗派的诗人大多是英美留学生,他们关于"人"的观念受到欧美文化熏染而不同于初期的白话诗人、浪漫派诗人和湖畔诗人,也并不认同其他诗歌流派的诗歌观念,提出著名的"三美"主张。其中代表诗人徐志摩深受英美文化熏陶,他的诗多以向往自由精神和纯真热烈的爱情为主题,注重"音乐美、绘画美、建筑美",构思巧妙,辞藻华丽。

　　在中国知网上查阅张立群的论文《论 1920 年代新诗的国家主题》后,我个人认为早期的无产阶级革命诗歌可谓是最能体现爱国精神的诗歌流派。该论文提到"即使仅从诗歌的角度加以审视,蒋光慈写于这一时期的《现代中国社会与革命文学》,已开始使用'革命文学'的标准来批判俞平伯诗集《冬夜》以及冰心女士的人生观"[②],由此可见,由蒋光慈代表的无产阶级革命诗歌已经比其他诗歌派别更早地宣扬了爱国主义。早期无产阶级革命诗歌,一方面沿袭了以胡适为代表的早期白话诗歌直露、平实的特点和郭沫若自由诗直抒胸臆的情感表现方式,另一方面在精神上却以无产阶级解放、集体主义等主题取代了新诗中的个性解放,体现出新诗的另一种发展走向。他们铿锵有力、反对"无病呻吟"的文字让我感受到早期无产阶级革命诗派的诗人对革命生活和人民群众的歌颂,字里行间洋溢着浓厚的"中国精神"。

---

① 　朱自清. 血歌——为五卅惨案作·我们的六月 [M]. 上海:上海科学技术文献出版社,2013:2.
② 　张立群. 论 1920 年代新诗的国家主题 [J]. 人文杂志,2013(1):51-60.

三、课后总结与反思

（一）你认为新诗中的"中国精神"体现得最饱满的诗派是哪个？

在我看来，拥有最饱满的"中国精神"的诗派是无产阶级革命诗派。

无产阶级革命诗派的代表诗人了解到苏联宝贵的无产阶级革命文化后深感振奋，联系当时中国战争频发的现状，将革命文学思想引入中国，着重关注民生等现实问题，呼吁大众行动起来，投身革命，反对以"追求自由""讴歌爱情"等为题材的"虚无"诗歌，主张诗歌表现恢宏磅礴的革命。北洋军阀统治时期，山河破碎，民不聊生，面对如此惨状，进步知识分子依旧不卑不亢地表达立场，胸怀民族大义，这种庄严的姿态展示出的爱国情怀，正是"中国精神"最生动的体现。

这群与我年龄相仿的青年人舍生忘死地写下洋溢着爱国救国之情的诗句，成立专门宣传革命与民生的诗派。回想起老师曾在课堂上问过我们一个问题："如果可以，愿不愿意回到五四时期成为他们之中的一分子？"我当时的回答是"愿意"。早期无产阶级革命诗人一往无前的勇气体现出的"中国精神"，令人敬佩。

（二）1920 年代新诗引发的反思

在学习 1920 年代的新诗过程中，我感受到了百年前文字的生命力。旧体诗好似盘根错节的古树，新体诗则像轻盈盘绕的瓜蔓，哪里都能"顺竿而上"。有现代文化的地方就能产生新诗。作为当代青年人，我要学新诗、作新诗，使新诗的生命力越发强盛。新诗如藤蔓般轻松适应环境，顽强存活。

通过学习 1920 年代的新诗，我从一个衣来伸手饭来张口的知识旁观者变成了一个自己动手丰衣足食的知识汲取者。在撰写学习案例复盘这一讲的内容时，我对新诗的理解产生了一些变化。我深知今日自由平等的生活来之不易，但从未仔细去了解研究过为我们谋安宁、辟新路，留下文字瑰宝的文人斗士。我曾不屑于朗读的拗口文字是无数诗人在夹缝中留存下来的心血。我为我在 1920 年代新诗学习中产生过的哪怕一丁点儿的傲慢和轻视感到抱歉。人在世界面前是渺小的，我要学习的不只是知识，更是面对未知时的敬畏之心。

当然，学习过程中也有很多遗憾。由于特殊时期，我们几乎整个学期的现代文学课都在线上进行。线上听课，无人监督，我曾无数次产生过懈怠的念头，也发生过由于自制力不够溜号走神的情况。我为自己在课上偶尔的不专心感到遗憾，对错过某些灵光乍现的时刻感到遗憾。那时我多希望师生能面对面地交流想法、发表观点，那该是何等的欢乐。现在终于守得云开见月明，在真实的线下课堂中，我愿怀着对文字的敏感和对语言的热忱走在拥抱文学的路上，永不止步。

四、课后延伸：你认为最能代表 1920 年代"中国精神"的人是谁？

"天上飘着些微云，地上吹着些微风。啊！微风吹动了我头发，教我如何不想她？"[①] 伴随着悠扬的歌声，我开始预习下一讲。从这节课之后，这首《教我如何不想她》的婉转曲调在我心里成为这一讲的代表符号。在学习过 1920 年代的新诗后，刘半农也顺理成章地成为我心里最能代表 1920 年代"中国精神"的诗人。

（一）赏析刘半农的新诗——《教我如何不想她》

作为"中国新诗尝试期的拓荒者"[②]，刘半农一直"坚守朴素的民间立场，为白话新诗开拓了地方化、生活化的创作途径"[③]。在赏析《教我如何不想她》的过程中，我发现诗中并不缺乏民间文化。这首初期白话新诗全诗分为四节，每节五句，从押韵和格式来看，整首诗保持了大致的格律，可以称为格律诗，其独特之处在于整首诗呈现出"民歌风"与白话诗的融合，这正是刘半农的新诗吸引我的地方。刘半农热衷于在自己的新诗创作中渗透地方文化，他的新诗有与众不同的朴素和典雅。

这首脍炙人口的《教我如何不想她》是刘半农首次使用"她"字指称女性的诗歌，一经发表便引起了轩然大波。一部分人认为，"他""汝"可代称所有人，没必要凭空造出一个"她"字指代女性，他们将单独使用女性的代称"她"视为一种歧视。一部分人则认为，刘半农诗中的"她"是指祖国，自古以来不缺乏将祖国称作母亲来歌颂的诗篇，用"她"是为更好地抒发对祖国的无限眷恋与思念。深究其中"她"的语言艺术，我更倾向于第二种说法。《教我如何不想她》写于 1920 年，彼时刘半农正在英国的伦敦大学留学。诗中关于天空、大地、微风、海洋的描述细致入微，表达了远在异国他乡的刘半农对祖国的一花一草的怀念，以及因远离祖国而生的落寞哀伤。

（二）鲁迅谈刘半农：《忆刘半农君》

刘半农与胡适、沈尹默并称为"初期白话诗人"，前期被归为鸳鸯蝴蝶派，后期则转变为新文化运动的先锋。鲁迅在参加《新青年》的编辑工作时认识了

---

① 朱栋霖. 中国现代文学作品选 1915—2018 四卷本 第 2 卷 [M]. 北京：高等教育出版社，2020：3.
②③ 方雪梅. 论刘半农新诗中民间立场的价值坚守 [J]. 连云港职业技术学院学报，2022，35(2)：23-27.

刘半农并与之结为好友。在后来的十几年间，鲁迅与刘半农的关系有变，不变的是彼此之间的惺惺相惜之情。俗话说，旁观者清，作为好友的鲁迅，他笔下并不只有赞美，也有对好友的批评。客观公正的评判更显刘半农的真诚可爱，也让我了解到了一个有优点亦有缺点、有血有肉的刘半农。

鲁迅说："我爱十年前的半农，而憎恶他的近几年。这憎恶是朋友的憎恶，因为我希望他常是十年前的半农。"[①] 此话体现出身为好友的鲁迅爱刘半农的正直、活泼，对刘半农之后作浅显的"打油诗"颇为不满却又无可奈何的情感。读罢，就好似刘半农站在了我的面前。知己当如此，不吝啬赞美，不避讳批评。鲁迅肯定刘半农对中国文学的奉献，在白话文新诗中，刘半农立下的汗马功劳是无可替代的，这加深了我对刘半农新诗的热爱。

学习案例撰写感言   ▶ 谭晓玉

才感初春，忽已盛夏。关于"中国现代文学"的学习也在盛夏时节告一段落。回顾一学年关于"中国现代文学"这门课程的学习，感悟颇多，收获良多。常听人道"自得读书乐，不邀为善名"，我在学习这门课程的过程中才真正懂得了这句话的深意。

与刚开始学习现代文学时不同，经过一次次的课前预习、课上思考和课后回顾，我慢慢形成了自己的学习之道。如果说上大学之前，我对于学习的理解只是跟着老师课堂上的节奏、汲取一些课本上固定的知识并死记硬背的话，那么上大学之后，我的最大收获就是黎老师通过现代文学的课堂带给我的——学会自主学习并在学习中真正地有所收获。

写"1920 年代新诗中的'中国精神'"学习案例的过程并不顺利。最初，对于新诗浅显的理解不足以支撑老师帮我搭建的框架，一次次的修改也曾让我产生过放弃的念头。然而，黎老师锲而不舍地鼓励我："你很有想法。"感谢黎老师通过电话和腾讯会议为我指明方向，感谢黎老师不厌其烦地校正和指导。如果没有这些耐心和真诚的支持，恐怕我会在撰写学习案例这件事上留下遗憾。

黎老师的课堂带给我的不仅仅是关于文学的知识，更有一些为人处世的道理。印象中，黎老师经常提起自己的父母，提到照顾老人的日常烦琐时她从来没有一丝一毫的埋怨，这让我从心底折服于黎老师的人格魅力。蒙语里有一句话说："人的心是向下长的，而胆是朝上长的。"意思是人总是会将爱意和耐心

---

① 鲁迅.鲁迅全集 第 6 卷 [M].北京：人民文学出版社，2015：75.

献给孩子，而不自觉地将怒气和怨气撒向父母。看到我们的同龄人踩在父母的肩膀上品味大千世界，同时又不由自主地埋怨父母的笨拙时，我总会想起黎老师为了照顾父母风尘仆仆的身影，她在有足够的阅历和经验之后仍然能够不忘那一份出发时的初心，这让我明白了学习不只是存在于课堂之上，而是渗透在生活的点点滴滴中，那些难能可贵的品质是我要用一生去学习的。

不论得意还是失意，感谢文学——我的避风港。

一朝沐杏雨，一生念师恩。感谢黎老师的谆谆教诲，学生谨记于心。

教师感言 ▶ 黎秀娥

传授再多的知识，都只是"授人以鱼"，终不及让学生明白汲取知识之"道"与"法"，那才是"授人以渔"啊。因此，当晓玉说在我的现代文学课上"形成了自己的学习之道"时，我着实开心得像花儿一样。因为那意味着我正在一点点地实现自己的"育人"目标。

晓玉这篇学习案例最突出的亮点不在于提供多么新奇的学法和多么感人的细节，也不在于表达得多么完美，而在于明辨性思维贯穿始终：从课前准备环节的发现问题、圈定重点与有意识地培养自己的兴趣，到课上对老师讲解与同学分享的有选择地借鉴，再到课后对这一讲的学习的反思，每个环节都留有明辨性思维的印记。

用她自己的话说："我从一个衣来伸手、饭来张口的知识旁观者变成了一个自己动手、丰衣足食的知识汲取人，在撰写学习案例复盘这一讲的内容时，我对新诗的理解产生了一些变化。"这个"成果"最值得骄傲，因为她赢得了怀特海赞颂的那种"透过细枝末节"的"基本原理"，形成了习惯的思维。

用恰当的思维解决问题，不正是智力培养的终极目的吗？

愿晓玉保持这个积极主动的学习态势。

晓玉来自免师班，也就是说，一定会有个内蒙古自治区的教职在前方等着她。

倘若她能坚持主动学习，像她现在信奉的这样"不上没准备的课"，永不变卦，必定会成为一位好老师，成为无数孩子和家庭的福音，成为亮丽北疆教育行业中的有为人。

我对此充满期待！

第二次阶段性评价：生活如诗

黎秀娥

> 最美的诗语是心声，从心底浮到心头，托着聚散离合的情愫，载着脆弱而又坚强的灵魂，这种生之独特与深邃，足以弥补艺术的稚拙，引起读者的共情。

在新学期第一课上公布的整学期"中国现代文学（一）"教学日历中，针对学生"很少参与课堂互动"这一痛点问题，预设第二次阶段性评价的方式是：从 1920 年代小说家中选出自己最喜欢的一位，细读他的一篇小说并写出不少于 1200 字的鉴赏稿，在课上分享；第一组与第五组从"问题小说"中选，第二组与第六组从"人生派写实"小说中选，第三组从"自叙传"抒情小说中选，第四组从通俗小说中选。这样设计的目的在于通过第二次阶段性评价，激励学生通过细读作品，重新认识文学史上对 1920 年代小说的阐释。

然而，教学进度赶到这里时，面对的实情是学生被突发情况打散，人心浮动。有的学生还在陆续回家的途中；有的学生已经安全到家但失去了在校查找资料的便利，学习时间也常被各种干扰剪碎。这些客观因素均不利于长篇文章的写作，于是进行应急调整，时序上调到第 6 讲之后，同时改用一种弹性较大的评价方式，对时间和资料要求都不高，即写一首十四行诗，满分 25 分，准备时间为一周。

打分流程与第一次阶段性评价相同，照例经过两轮审阅。为避免学生打分时受到老师观点的影响，写完的诗先被交给组长，由组长评阅，然后再交给老师。每首学生写的诗由同学和任课老师打分（组长的同学打分由课代表负责，课代表的同学打分由所在组的组长负责），将两个得分取平均分，作为本次阶段性评价的最终得分。

诗歌评阅耗时较少，两周后开设专题，集中分析值得注意的几个方面。

本次阶段性评价的讲析主要由四部分构成，如图 II-1 所示。

（1）题目书写规范。本次考核中暴露出的这方面问题大致有四类，包括缺少题目、题目上加书名号、题目字号不合适，以及文不对题，如图 II-2、图 II-3 所示。

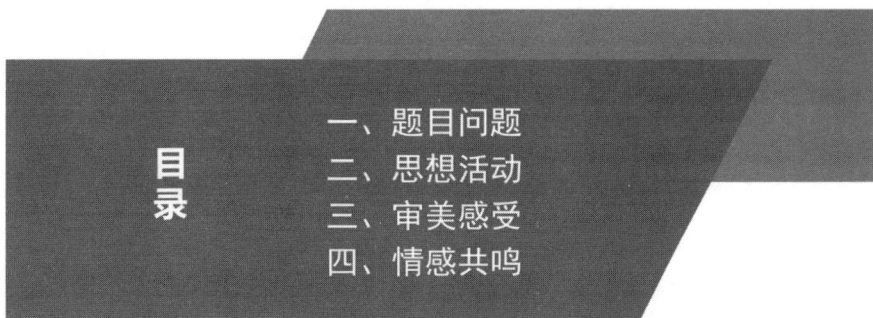

图Ⅱ-1　本专题的四个部分

图Ⅱ-2　学生写作中出现的题目问题1

图Ⅱ-3　学生写作中出现的题目问题2

（2）渗透在文字中的思想。“诗言志”的传统从未中断，在当今学子的笔下也有流露。例如，有同学在诗中描绘了一个心系苍生、浩然正气、重然诺轻生死的侠客，这不正是千古文人侠客梦的延续吗？

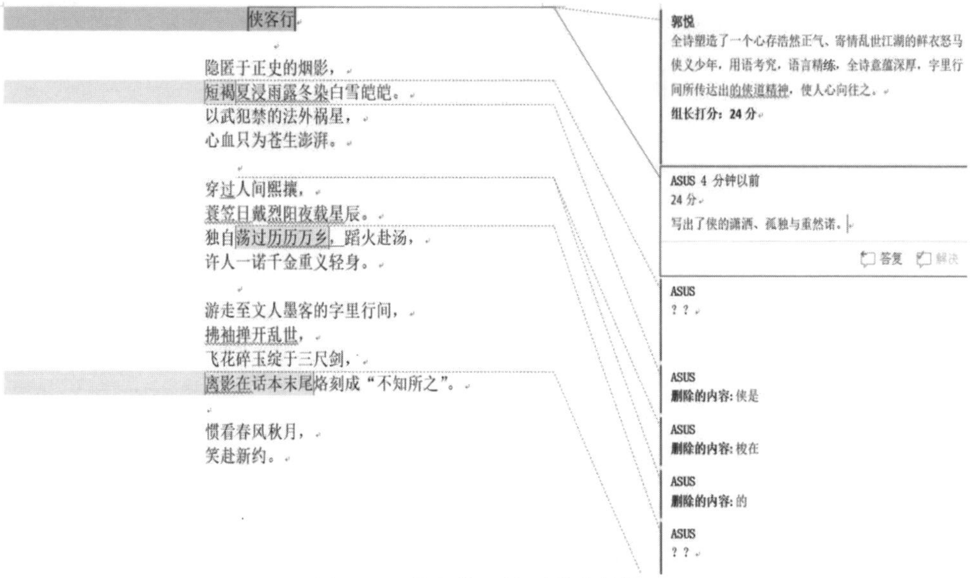
侠客行

隐匿于正史的烟影，
短褐夏浸雨露冬染白雪皑皑。
以武犯禁的法外祸星，
心血只为苍生澎湃。

穿过人间熙攘，
蓑笠日戴烈阳夜载星辰。
独自荡过历历万乡，蹈火赴汤，
许人一诺千金重义轻身。

游走至文人墨客的字里行间，
拂袖掸开乱世，
飞花碎玉绽于三尺剑，
离影在话本末尾烙刻成“不知所之”。

惯看春风秋月，
笑赴新约。

郭悦
全诗塑造了一个心存浩然正气、寄情乱世江湖的鲜衣怒马侠义少年，用语考究，语言精练，全诗意蕴深厚，字里行间所传达出的侠道精神，使人心向往之。
组长打分：24 分

ASUS 4 分钟以前
24 分
写出了侠的潇洒、孤独与重然诺。
答复 解决

ASUS
？？

ASUS
删除的内容: 侠是

ASUS
删除的内容: 桉在

ASUS
删除的内容: 的

ASUS
？？

图Ⅱ-4　学生笔下的“侠客梦”

（3）氤氲在意象群落中的美感。无论是落叶飘零、百虫谢幕的秋日，还是带着忧伤与愁思的枫叶，都寄寓着生命将美进行到底的坚毅。

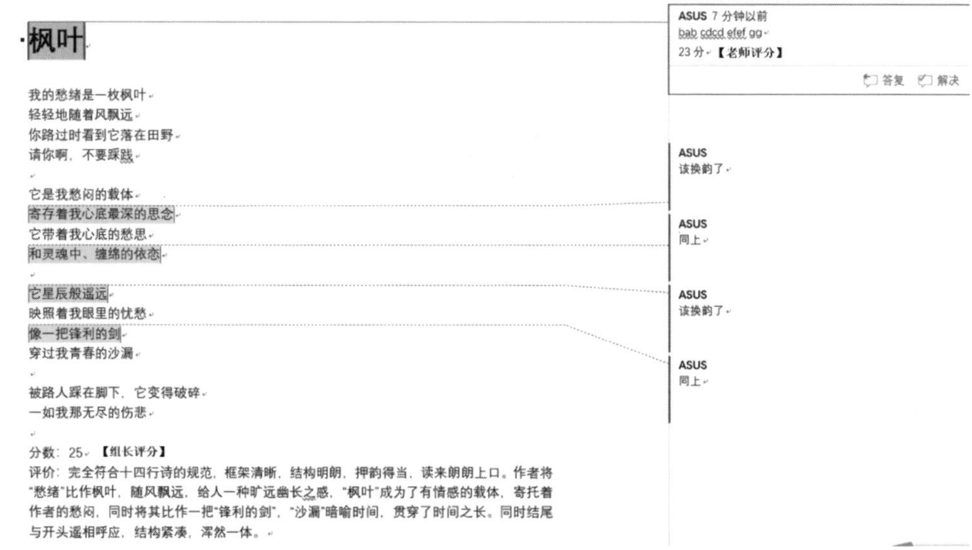
枫叶

我的愁绪是一枚枫叶
轻轻地随着风飘远
你路过时看到它落在田野
请你啊，不要踩践

它是我愁闷的载体
寄存着我心底最深的思念
它带着我心底的愁思
和灵魂中、缠绵的依恋

它星辰般遥远
映照着我眼里的忧愁
像一把锋利的剑
穿过我青春的沙漏

被路人踩在脚下，它变得破碎
一如我那无尽的伤悲

分数：25 **【组长评分】**
评价：完全符合十四行诗的规范，框架清晰，结构明朗，押韵得当，读来朗朗上口。作者将“愁绪”比作枫叶，随风飘远，给人一种旷远幽长之感，“枫叶”成为了有情感的载体，寄托着作者的愁闷，同时将其比作一把“锋利的剑”，“沙漏”暗喻时间，贯穿了时间之长。同时结尾与开头遥相呼应，结构紧凑，浑然一体。

ASUS 7 分钟以前
bab cdcd efef gg
23 分 **【老师评分】**
答复 解决

ASUS
该换韵了

ASUS
同上

ASUS
该换韵了

ASUS
同上

图Ⅱ-5　学生笔下的枫叶

（4）流淌在诗行中的情感之流。最美的诗语是心声，从心底浮到心头，托着聚散离合的情愫，载着脆弱而又坚强的灵魂，这种生之独特与深邃，足以弥补艺术的稚拙，引起读者的共情。

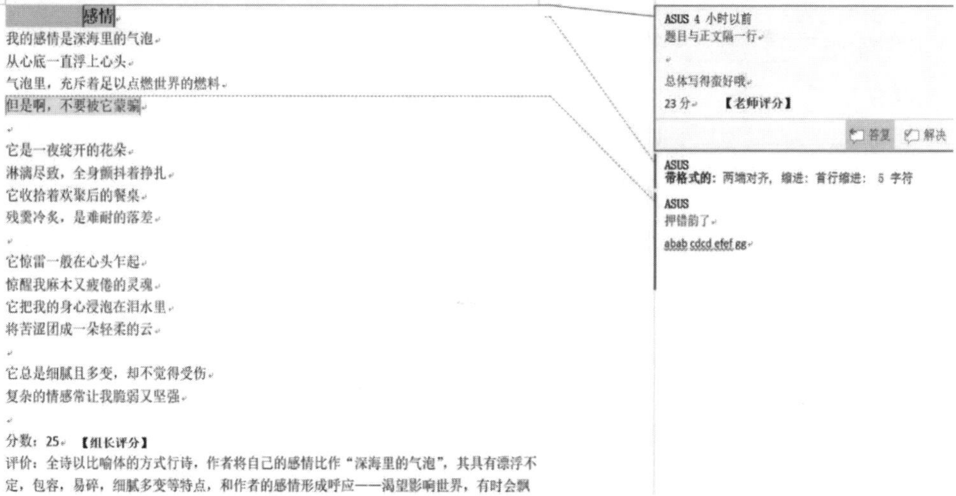
感情
我的感情是深海里的气泡
从心底一直浮上心头
气泡里，充斥着足以点燃世界的燃料
但是啊，不要被它蒙骗

它是一夜绽开的花朵
淋漓尽致，全身颤抖着挣扎
它收拾着欢聚后的餐桌
残羹冷炙，是难耐的落差

它惊雷一般在心头乍起
惊醒我麻木又疲倦的灵魂
它把我的身心浸泡在泪水里
将苦涩团成一朵轻柔的云

它总是细腻且多变，却不觉得受伤
复杂的情感常让我脆弱又坚强

分数：25　【组长评分】
评价：全诗以比喻体的方式行诗，作者将自己的感情比作"深海里的气泡"，其具有漂浮不定，包容，易碎，细腻多变等特点，和作者的感情形成呼应——渴望影响世界，有时会飘

ASUS 4 小时以前
题目与正文隔一行

总体写得蛮好哦
23 分　【老师评分】
答复　解决

ASUS
带格式的：两端对齐，缩进：首行缩进：5 字符

ASUS
押错韵了
abab cdcd efef gg

图Ⅱ-6　学生饱含深情的诗语

要之，即使只是一次大学里的阶段性评价也可以有丰富的文化内涵，而所谓文化，如怀特海所说："指的是思想活动、审美感受、情感共鸣，而支离破碎的信息与文化毫无关系。"[①] 对文学课的考核不应止于细碎的知识信息测验，"教育，尤其现代文学教育，是传承文化的重要渠道，如果没有思想活动，无视审美感受，搁置感情共鸣，只有兜售文学史知识的商贩之举，不仅与文化毫无关系，也与教育的目的背道而驰。"[②]

① 阿尔弗雷德·诺斯·怀特海．教育的目的 [M]. 靳玉乐，刘富利，译．北京：中国轻工业出版社，2016：1.

② https://weibo.com/1647230145/4837267178521537.

第 7 讲
做自己和时代的"神"
——重读《女神》

扫描此码

观看视频

郭小兰

> 《女神》有对黑暗现实的批判，有对光明未来的向往，还有对人间温情的期待，希望冷漠的人们能有所改变。

  郭沫若在中国文学史上的成就是不容忽视的，他的很多优秀作品是中国文学史上浓墨重彩的存在。《女神》作为郭沫若的第一部诗集，具有丰富的内涵。在看到"女神"这一标题时，我一下子就被吸引住，并产生了浓厚的好奇心：中国自古至今流传着许多神话故事，无论哪一个神话故事，其中的"神"都拥有十分强大的力量，有的甚至能够控制山河，让人们的崇敬之情油然而生。郭沫若作为一个文学大家，却选了"女神"这个题目，让我不禁好奇：文学大家心中的"神"是什么样子的？又是如何呈现出来的？我对《女神》的探索就此开始。

  我首先选用搜索引擎查找与《女神》相关的资料，希望能够借此取得对这部诗集的大致了解。由此得知，《女神》是中国现代文学史上一部风格独特、有巨大影响的新诗奠基之作。基于改造旧世界、冲破旧社会藩篱的时代要求，《女神》以叛逆的抒情和对美好世界的憧憬，歌颂了太阳、光明和希望，也鞭笞了罪恶、黑暗和奴役。在得到这些基本信息之后，我对郭沫若的《女神》有了初步的了解。为更加全面深入地学习《女神》，我通过课前准备、课上互动、课后回顾整理三个阶段完成了对《女神》的学习，这一篇学习案例旨在还原我学习本讲的整个过程，立此存照。

一、课前准备

（一）明确任务

  有人说："思维自惊奇和疑问开始"[①]，苏格拉底也说："问题是接生婆，它能

[①] 解承平. 思维自惊奇和疑问开始——浅谈如何在历史教学中培养学生提出问题的能力 [J]. 中学政史地（教学指导版），2014(8): 7-8.

协助新思想的诞生。"从以上两句话来看，在学习的过程中提出问题、聚焦问题、设定明确的目标是十分重要的。为充分利用时间，提高课前预习的效率，黎老师在上一讲结束时为我们预留了几个关于《女神》的问题供我们思考，这对我们更新思考方式从而形成自己的见解十分有效。思考的问题包括延伸课堂（一）中的启动问题以及本讲的主要知识点，同时分配好了各小组的分享任务，如图 7-1 所示。

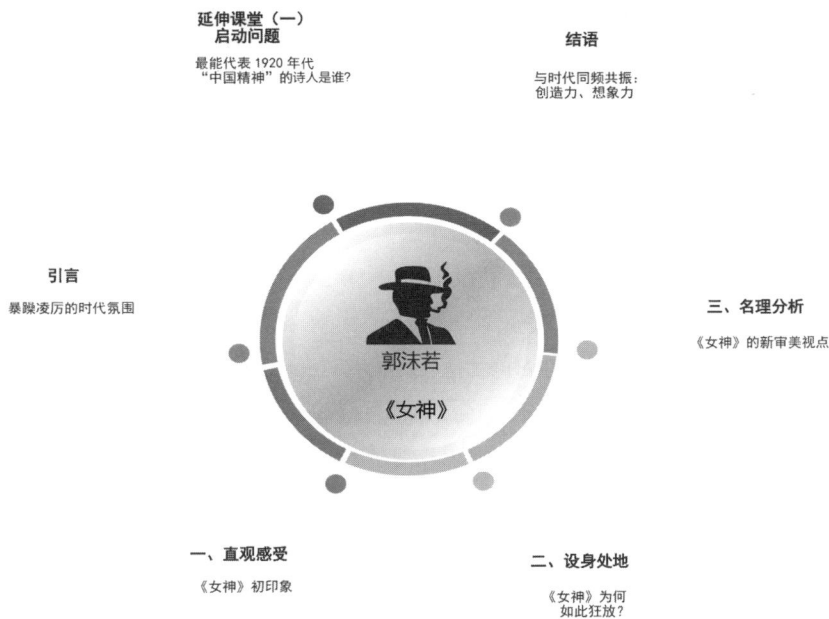

图7-1　本讲预留问题

这种方式的知识预告帮助学生确立了本讲的学习重点，使学生对上课脉络和即将涉及的问题有大致的了解，学习时不会感到茫然，无形中为学生的学习做了铺垫与引导，以便学生展开完整充分的准备。

（二）组内合作

大学时期的学习任务往往多而杂，若单纯靠个人的力量很难在课前完整地预习相关内容。为方便同学们开展合作式学习，提高学习效率，黎老师在新学期开始的时候就分配好了学习小组，引导学生"探究式学习"。

郭沫若的《女神》是一部诗集，包含多首诗歌，内容繁杂，所以非常适合采用分组学习法。按照"小组合作"的学习模式，黎老师为我们班的六个学习小组划定了诗集的阅读页数。

　　将最初预告的知识框架中设立的每个学习小组需要负责的问题和之后黎老师为我们做的阅读分工相结合，我们第六组确定了课前的讨论方向：先阅读《女神》第 150～172 页的内容，再根据本组成员搜集到的资料，找出最能代表 1920 年代"中国精神"的诗人，整理汇总之后做成 PPT，方便在特殊时期的线上课堂中向大家展示小组学习探究所得。

　　我们小组讨论的第一个问题是：最能代表 1920 年代"中国精神"的诗人是谁？组内当时讨论的氛围十分热烈，大家都积极发表自己的观点和疑惑。第一个疑点是：中国精神是什么？其次是：谁能代表中国精神？之后提到了很多诗人，比如刘半农、郭沫若、胡适、闻一多等，最初大家商议时想以群像的方式呈现出来，后来联想到下一讲预告的是郭沫若的《女神》，为更好地切合课堂主旨，最终我们小组商定郭沫若和闻一多为 1920 年代最能代表"中国精神"的诗人。

　　确定问题的答案之后，我们组没有急于分工，而是让大家先去搜索与郭沫若相关的资料，包括他的生平简介、所处时代背景、代表性文学作品等，汇总做成 PPT。因为我们小组分到的问题属于开放式的，能够谈论的范围相对较广，我们很快就找到了许多相关资料；至于阅读分享环节，我们在阅读后展开了密切交流，最终选择了一首大家都认为比较适合的诗歌进行展示。至此，小组合作已经完成。

（三）探究式学习

　　在回家的途中，突然想起自己最初对《女神》的印象，经过课前准备，发现自己此前的有些想法经不起推敲了。我不满足于自己对它已有的认知，想看看学界对《女神》的言说。

　　首先，从文学史中了解到："尽管在《女神》出版以前已经有新诗集出现，但真正以崭新的内容和形式为中国现代诗歌开辟一个新天地的，除《女神》外，在当时却没有第二部。郭沫若实在是中国的第一个新诗人，《女神》实在是中国的第一部新诗集。"[1] 这也就是《女神》能够在中国现代文学史上拥有重要地位的原因，甚至被称为"开一代诗风，堪称中国现代新诗的奠基之作"[2]。其次，《女神》也被称为"成功的'艺术典范'"[3]。对《女神》经典性的诠释不尽相同，

---

① 唐弢. 中国现代文学史 第 1 册 [M]. 北京：人民文学出版社，1979：153.
② 钱理群，温儒敏，吴福辉. 中国现代文学三十年 [M]. 北京：北京大学出版社，1998：103.
③ 咸立强. 建国后《女神》的文学史阐释与现代新诗发展脉络的重构 [J]. 海南师范大学学报（社会科学版），2018，31(6)：21-28.

说明它原本是一部时代特色十分鲜明的作品，但在时代更迭之后却依然"不朽"，其中一个重要的原因就是它表达的诗情与诗思已经突破了时间和空间的限制。

《女神》在中国现代文学史上的地位是十分重要的。受到时代政治环境的影响，郭沫若曾经反复修改《女神》，使它越来越成熟。但因为时代不停地更迭，后来的人们常用修改多次的文本替换最初的文本，慢慢地也就有了《女神》版本错位的问题，《女神》的形象因此变得扑朔迷离。

其次，我梳理了《女神》在高校教材中的表述变化。从新中国成立初期至今，大致分为四个阶段，每一个阶段都有不一样的关键词。新中国成立初期侧重其"反抗"的主题，新时期转型阶段注重其"个性解放、浪漫主义"的精神，1990 年代重视创新，突出其"想象力以及艺术性"的创作风格。每个时代都有自己的主流。"一个时代的政治文化最能体现在教科书中，尤其是有关人文学科方面的内容，教科书就是一个窗口，从这里我们能够发现一个时代的政治文化是如何改变人们的行为和习惯的。"[1] 教材修订与时代文化密切相关，教材中《女神》的变化加深了我对时代和《女神》的理解。

二、课堂互动

经过课前预习，我对《女神》有了初步了解，也有了一点自己的看法，做好了参与课堂、深入学习的准备。

（一）导入

一阵激昂的音乐过后，这一讲就正式开始。黎老师借鉴温儒敏的"三步阅读法"[2] 构建这一讲的框架：首先是把握直观感受；其次是结合时代背景，设身处地理解作者；最后才是做理性的判断。刚开讲时，黎老师谈到现代教学的普遍现象："近年来，一部分中文系学生只愿坐在教室里接受一些短平快的东西，疏于自己深入了解，提出见解，这十分可惜。"这也让我意识到自己的颓废现状，提醒我注重培养自己的思考力和对外界的直观感受，这一想法的实施对提高学生专业素养很有帮助。

讲完现代教学的普遍现象后，就正式进入《女神》的学习了。首先由第六组同学分享对延伸课堂（一）中问题的思考。关于谁是最能代表 1920 年代"中国精神"的诗人的问题，最被同学们看好的诗人是郭沫若。然而，也有很多人对

---

① 薄景昕 . 试论中学鲁迅作品的选编与政治文化的关系 [J]. 鲁迅研究月刊，2008(7)：69-76，12.
② 温儒敏 . 温儒敏讲现代文学名篇 [M]. 北京：商务印书馆，2022：58.

此有疑惑。为解决这些疑惑，黎老师就带着我们重温了同时代人对郭沫若和《女神》的评价。《女神》在闻一多等人的心里是十分重要的，可以说，选郭沫若为最能代表 1920 年代"中国精神"的诗人，是众望所归。那么如何描述 1920 年代的"中国精神"呢？黎老师给出的答案就是：勇于反抗，大胆创造。

黎老师在课上分享了她的备课过程：她先是找了许多关于《女神》的视频资源和文字资料，比如哔哩哔哩上关于郭沫若的纪录片等，然后忘记所有关于他的评价，开启自己的深入思考，进而形成自己的想法，最后有针对性地设计教学方案。这样的讲课模式对于我们师范生来说是极其有借鉴意义的，有利于培养我们的教学技能，也便于我们理解讲课内容，形成自己的思考，是我获益较多的一个环节。

（二）直观感受与最初印象

在《女神》这一讲中，我们组主要负责的是展示对于引言部分的见解。依照以往我们组课堂展示的惯例，一般采用"双簧"的方式相互配合：一个人负责在课堂上讲解，一个人负责制作并放映 PPT。其余的同学负责在最初的时候"头脑风暴"，提供灵感，之后收集、整理相关资料并写分享稿，这样点面结合，局部与整体互相配合，最终完成了我们的课前探究，等待课上分享我们的初印象。但是由于当时遇上了特殊时期，发生了特殊事件，我们组的六位成员不得已错过了这堂课，原本的十位成员被削减到只剩下四位，本该慢工出细活的小组展示最终也变得十分匆忙，只能由剩下的四位成员在课上向大家展示小组合作学习的成果。

上一节课临结束时，黎老师让我们从 1920 年代的诗人中自主选择一位诗人来与大家分享，我们小组选的是闻一多和郭沫若。为使逻辑更加清晰，叙述更加有条理，讲解的同学分开叙述探究所得。

首先是闻一多。选闻一多作为 1920 年代最能代表"中国精神"的诗人之一，因为他一生充满爱国激情，坚持积极斗争。当时闻一多在美国留学，见到了许多关于中国的不平之事，感叹"一个有思想之青年，留居美之滋味，非笔墨能形容"[①]。作为有思想的诗人，他决定回国发展。回国之后参加某次运动时，为了保护他的人身安全，主办方免去了他的发言，但是他毫不畏惧，毅然站出来，发表鼓舞百姓的讲话，弘扬爱国精神，抒发爱国激情，结果惨遭暗杀，为国捐躯。感慨于此，我们认为他是最能代表 1920 年代"中国精神"的诗人之

---

① 李乐平，姚皓华．闻一多对孔子及儒家思想认识的前后差异探析 [J]．山东社会科学，2013(12)：49-53．

一。其次是郭沫若。他的精神主要体现在他的文学作品中，那股不顾一切、推翻一切的激情与时代相呼应，因此我们认为他是第二个最能代表 1920 年代"中国精神"的诗人。

黎老师听完我们的分享后评价和补充了我们的观点。她认为闻一多在文学创作和社会活动方面的确是比较活跃，但写作风格总体上比较内敛。1920 年代充斥着各种各样的运动，这些运动多为狂飙激进式的，闻一多整体的风格与那个年代的主流风格不太符合，因此最能代表 1920 年代"中国精神"的诗人就选定了郭沫若。我之后也细想了一番老师的讲解，我们当时为什么没能得出恰当的答案？也许是因为当时我们的思考力度太小，对于资料的挖掘不够深入，学习的深度和广度不够。这次学习经历给我的启发是：注重提升自己的思考力度，增加学习深度、拓宽学习广度，否则最终只能得到浅显的答案，自己也无法取得实质性的进步。

经由我们组的分享启动，这一讲的中心也浮现出来了，郭沫若的《女神》就是我们学习的主要任务。在老师的引导下我终于明白：拿到一本书后，首先该做的就是阅读该书的序言部分。序言是一本书的"定海神针"，便于读者初步掌握脉络并厘清逻辑顺序，这个方法具有一定的普适性。解决了启动问题之后，为了更好地把握《女神》的大纲，黎老师便带着我们阅读这部诗集的序诗。从第一节序诗中我们就可以看出郭沫若喜欢站在风口浪尖上感受时代洪流的翻涌，并且将各种各样的元素融入其中，以此来寄托自己对时代的直观感受。第二节序诗传递出的是郭沫若希望通过《女神》寻找可以产生共鸣的年轻人，难怪《女神》的语言慷慨激昂且具有鼓动性。综上所述，不难把握此诗的整体氛围：混乱中有光明，废墟上屹立着军旗，暴躁又平和，绝望中夹杂着希望。

接下来就自然而然地探讨与《女神》相关的暴躁凌厉的时代氛围。第五组的同学就这个问题做分享：1920 年代白话文创作十分流行，奉行"我手写我口，我手写我心"①，同时五四运动等各种新旧运动相互交织碰撞，形成了狂飙激进的时代氛围。在这样的时代背景下，文学创作自然深受影响，《女神》也蕴含着破旧立新的激进思想。在获得了阅读《女神》的初印象和直观感受后，我便进入文本细读，反复揣摩。

作为一部诗集，《女神》内容庞杂。为减轻我们学习的压力，黎老师采用分组阅读、相互补充的方法，将这本诗集划分为六部分，让六个小组分工阅读和展示。第一组同学分享的是《女神》的篇首诗——《女神之再生》，提出了

---

① 姜艳. 关注细节描写，提升习作能力 [J]. 师道·教研，2022：1.

"现实的神话化和神话的现实化"的有趣阐述，生动形象地展示出了那个奇特的时代。黎老师随后补充分享了《湘累》和《棠棣之花》两篇。《湘累》中写道："能够流眼泪的人，总是好人。能够使人流眼泪的诗，总是好诗。"[①] 这句话让我迅速联想到现实。在很多事情上，心软的人容易流泪，心冷的人往往不为所动。这首诗表达的是作者期望人们能多一些对现实的关心，不再那么冷漠，也给了我们一定的启示：那个时代的呼唤和期待，也适合我们这个时代。我们该保持对生活的热情，不让自己变得冷漠且麻木。《棠棣之花》则提出了对民族与国家问题的解决，"舍我其谁之感"在现代人身上越来越稀薄的问题，这一点也使我深思。此外，最让我印象深刻的是第三组同学分享完《炉中煤》之后，黎老师补充分享的《凤凰涅槃》，让我深感"你到底为什么存在？"这个问题的强劲穿透力，精神为之一振。我至今仍在思索这个问题，并努力寻找自己存在的价值和意义，思考生命的真谛。

（三）设身处地

在这个环节中，我将自己放到当时的环境下，深入感受《女神》，进一步思考老师提出的问题：《女神》为何如此狂放？探究事情发生的原因一般是从事物自身和当时的外部环境两个方面入手。探究形成《女神》狂放诗风的原因，首先看时代背景，1920 年代有新文化运动、五四运动、民主科学思潮等现象的冲击，为《女神》的创作奠定了狂放激进的基调；其次就是那个时代人们赤诚的爱国情怀和对改变命运的期望。郭沫若在创作过程中将自己浓烈的爱国情感融入诗歌中，所以《女神》有种狂放激进的爱国之意。

郭沫若狂放诗风形成的内因有四个：一是作者对新世界的期望和对自我的崇尚推动他创作出这样狂放的作品，他的激昂心情促使他有意识地追求狂放，于是诗中弥漫着狂放的气息。二是文学创作需要自身经历的加持，才能在创作时真情流露。郭沫若是一位写作与人生同步的诗人，比如《Venus》就是在他与日本姑娘安娜热恋期间创作的。《女神》整体上的狂放与他当时年轻气盛的思想和激进动荡的社会均有密切联系。三是权威编辑的支持，让他有了自信，所以才会放心大胆地创作这部诗集。四是郭沫若的创作灵感，在激进的社会潮流的激荡中像泉水般汩汩地涌出。

经过对以上诸方面的思考，我找到了《女神》为何如此狂放这个问题的答案。"设身处地"法也给了我一些关于学习方法的启示：需要学习、探究新的知识和问题时，可以先通过网络搜索、查阅书籍资料、调查研究等方式了解相关

---

① 郭沫若. 郭沫若全集 第 1 卷 文学编 [M]. 北京：人民出版社，1982：24.

的社会环境和特定事件，摸清人物性格，对探究内容有详细的了解之后，再尝试把自己代入到当时的社会环境，用心体会作者想要表达的内涵。这方法与单纯地接受外来知识灌输、"非主动"地思考问题相比，显然更具趣味性，也让我们在无形之中学会"自主探究"，使得我们对作品印象更深，学习效率也大大提高。"设身处地"这一方法很有学习价值，我日后将更多地运用。

（四）名理分析——《女神》的审美视点

文学作品是作家根据社会现实有感而发的产物，基于日常生活，具有现实感，但又少不了作家的想象，因此文学创作也是作家内心世界的一种呈现形式，一种审美意识形态。每部文学作品都有独特的审美视点，《女神》作为中国现代文学史上有突出成就和巨大影响的新诗奠基之作，也不例外。把握《女神》的审美视点，对学习《女神》极其重要，值得探究。从前面的知识预告图可知，这个问题由第二组的同学负责。

在第二组同学的快速分享和黎老师的补充后，我的认识有了很大提升。

我认为《女神》的审美视点主要表现在以下几个方面：第一，《女神》打破了以往诗歌含蓄的表达方式，直抒胸臆，大胆表达自己的思想与激情，给人以冲击之感，使人感受到活力与生机；第二，它在体裁上古为今用，但又不单纯泥古，而是从以往的诗歌体裁中提炼出值得采用的部分，贯通古今，从而完成对诗歌体裁的创新；第三，这部诗集意象繁复（如太阳、地球等），诗人将自己的激情寄托在意象上，真切地表达青年的诉求与愿望，使读者容易感受到诗情，引起某种程度上的共鸣；第四，郭沫若在创作时自带时代滤镜，深受国内和国外环境的双重影响，阅读《女神》就能切身感受到那个时代的特定氛围。总之，分析《女神》的审美视点，可以提供新的赏析视角，拓宽学习思路。

三、课后延伸

课后延伸指的是在课内学习的基础上，"科学合理地留作业，使知识得以进一步拓展，能力得以进一步发挥，体验得以进一步延续，习惯得以进一步培养"①。它是学生巩固和消化当天所学知识的重要途径，可以帮助我们将所学知识转化为能力。做好"课后延伸"对每位同学都极其重要。

经过课前准备和课堂互动两个环节，在《女神》这一讲收获了很多。为巩固学习所获，需要在课后再次整理并在此基础上探究延伸。黎老师采用的"交

---

① 张振涛，赵霞. 浅谈小学数学课后延伸 [J]. 延边教育学院学报，2009，23(2)：92-93，96.

互式学习模式"①让我深入了解了《女神》,对它有了整体把握,为我打下了坚实的基础知识,从而认识到了《女神》的创新性。

《女神》的创新性与革故鼎新的时代文化气氛有关,同样的外力,也会作用在 1920 年代的散文上,老师就此提出预留问题,即前文知识预告中的延伸课堂(二):创新是 1920 年代中国文学的灵魂,不独体现在新诗中,1920 年代的散文"新"在哪里?对于这个问题,我认为可以采用对比法得出答案。先搜集 1920 年代以前的散文,把它们归为一类;之后找出它们的共同点,然后搜集 1920 年代的散文,把它们也归为一类;找出与之前散文的不同点,形成鲜明的对比,由此可以知道 1920 年代散文"新"在哪里。明确创新性体现在哪里之后,我们就能以此类推,延伸到其他体裁,最终形成对 1920 年代现代文学的整体认识。

四、回顾与反思

(一)课堂回顾

每一讲上课前,黎老师都会为我们播放与讲课内容相配的音乐,让我们舒缓心情,放松身体,得到充分的休息,同时刺激大脑,使大脑更加活跃,提高上课效率。

《女神》有对黑暗现实的批判,有对光明未来的向往,还有对人间温情的期待,希望冷漠的人们能有所改变。课堂学习运用分组探究模式,把若干个学习任务分成几个小部分平均分配到各小组,让各小组有确切的探究目标。整讲根据课前设立的问题依次进行,从最初负责导入问题的小组开始,讲明时代背景,之后由黎老师深入剖析郭沫若成为 1920 年代最能代表"中国精神"的诗人的原因;之后分组展示阅读成果,每组挑选自己组内最喜欢的一首诗和大家一起分享,展示完毕后老师再对此进行评价,对《女神》诗风的成因及新的审美视点等问题也都有所交代。

在课堂展示环节,我不仅看到了自己组学习讨论的成果展示在大家面前时的状态,还能得到老师对该成果的反馈以及同学们对这个成果的反应,同时也能从中得出经验,更好地投入到下一次预习中去。听取其他小组的分享也弥补了自己组的不足,以便在下一次预习中做得更充分、更全面。

---

① 谭椿凡,高巍.基于云班课平台的移动交互式教学模式探究 [J].教育信息技术,2021(12):62-65.

（二）学习收获

《女神》这一讲丰富多彩，我从中收获了很多，归纳整理如下：

第一，《女神》的魅力与时代的关系。通过课上学习，我认为《女神》的魅力和"五四"时代之间的关系主要可以概括为以下几个方面：首先是表现了人与自然的和谐关系，具体体现在《女神》诗歌中采用的多种自然意象，如太阳、山河、地球等；其次是天才的想象和创造力，体现了"五四"时代的特点；最后就是它具有浓郁的人道主义，一直在为百姓高声疾呼，批判腐朽势力。

第二，方法的改进。在《女神》这一讲中，黎老师多次强调阅读方法——"三步阅读法"。"三步"分别是：首先，刚开始阅读时不要受理论干扰，直接触摸作品，形成自己的阅读体验，获得最初的整体印象；其次，结合时代背景，设身处地，真正理解和同情人物；最后，与最初印象比较，做出理性的判断，深入挖掘作品蕴含的丰富意蕴。这样的阅读方法适用于绝大多数的文学作品，普适性较高。《女神》这一讲带领我们亲身体验了一回"三步阅读法"，让我们在加深了解《女神》的同时，大大提高了运用"三步阅读法"的熟练度，对日后的阅读学习十分有效。

第三，了解新概念。在文本细读环节里，黎老师通过几首诗歌巧妙地为我们引入了一个新概念——"陌生化"。"陌生化"在这里主要指的是文学语言与我们日常说的白话有很大区别。文学会把我们觉得司空见惯的东西"陌生化"，比如对某一物体的物质形态进行细致的描绘，抽象了我们对日常事物的惯常理解。这一概念的引入让我初步理解了拗口的文学语言的用意。"陌生化"这一概念启迪我在学习和阅读时若遇到晦涩难懂的句子和概念，可以尝试将其代入到日常生活，将抽象的概念和句子与生活常理相结合，便于学习理解、加深印象。

（三）自我反思

当我回顾课堂中的知识点时，应该对自己在课堂中的表现有个基本的判断，以此作为衡量的标准，思考自己是否真正取得了进步。所以回顾与反思往往相伴相生，回顾的同时可以反思自己的不当。反思不应仅仅涉及外在表现，更要触及内在思考。边学边思考，问题就会迎刃而解；当无法想明白问题时，就需要反思，然后折回去思考，思考如何解决，这样的反思才会有价值。

关于知识整理和补充问题，我认为：整理知识点就是在回顾我们上课的过程，在回顾的过程中查漏补缺，对原有的知识进行补充。首先，我们要根据课上归纳的关键词进行整理，当回顾与整理无法完美对接时，就意味着遗漏了一些知识，这时便可寻求周围同学的帮助，询问相应的知识点，进行补充。同时，由于课上的时间不够充足，老师无法做到面面俱到，因此也需要从自身情况出发考虑，课下独立查询相关的资料，然后进行相应的补充。

（四）课堂总结

通过撰写这篇学习案例，我形成了今后学习的大致模式，主要分为课前、课中、课后三个部分，经过总结之后得出了几点结论，如下所述。

课前学习时，若需要学习新的文学作品，可以采用温儒敏的"三步阅读法"，通过初印象的显现、设身处地的理解、挖掘内涵三个步骤深入该作品。除此之外，还可以在课前找准问题，以问题为脉络和导向，展开学习；课堂展示环节，需要发挥自己的积极性，与老师互动，紧跟老师的步伐，以此提高学习效率。与此同时，我们也需要提高思考力，注意学习的深度，拓宽学习的广度，这样有望取得长足进步；某一讲内容结束，学习不应该就此停止，而是需要二次处理，比如整理课上的笔记等。

《女神》这一讲让我印象最深的就是其中蕴含的反抗精神。"五四"时代是一个激烈的时代、一个斗争的时代，同样也是一个青年的时代。青年们的拳拳爱国之情在那个时代体现得淋漓尽致，他们为国而生，为国而战。我们如今没有战乱之忧，但依然面临新的压力。我们在新的压力下总是很容易被规训，最终磨平自己的棱角，熄灭对生活的热情。但是通过这一讲的学习，我对反抗精神有了新的认识，勇才该是青年的本色。"天生我材必有用"，人生在世，本就不是为了卑躬屈膝，逆来顺受，而是为了观看世间美景，感受精彩生活。遇到不公，就要勇于发声，敢于行动，或许在某一个时刻，我们会找到属于自己的"女神"，或者换个说法，每个人都是自己的"神"，那就做自己的"神"吧。

学习案例撰写感言

▶ 郭小兰

时间匆匆如流水，又一个学期转瞬即逝。在经过几个月的持续写作和不断打磨后，我的学习案例终于完成了。

在写作刚开始时，由于是第一次听说"从学生角度出发的学习案例"这一做法，此前并没有接触过任何与之相关的东西，所以我的写作进行得十分艰难，甚至多次感到焦虑。关于学习案例，先不提细节上的处理，单是整体上的脉络框架就让我十分头疼，简直就是黑暗中摸瞎的人，敲下的每一个字符中都带着浓浓的迟疑。对于我交上去的每一份稿件，黎老师都尽心尽力地修改并提出意见，让我看到了自己在学习案例中的不足之处，从而不断地修改和完善，将我的学习案例从框架到细节逐步完善，成为最终呈现出来的样子。同时也让我获得了宝贵的经验，取得了很大的进步。可以说，是黎老师的鼓励和她从不放弃任何人的信念一直激励着我、帮助着我，我对黎老师的帮助始终怀有深深的感激之情和崇敬之意。

我的学习案例围绕郭沫若的《女神》展开。通过梳理课前、课中、课后的学习过程，我对《女神》的丰富内涵有了更深的理解。刚学这一讲时，我并不上心，只想完成基本任务，因此也不会再去仔细探究些什么，学习案例的撰写却促使我不断深入到《女神》中，体会那个时期作者对黑暗腐朽的批判和对国家的赤诚爱意。老师拟定的正标题"做自己的神"也正是《女神》这部诗集潜藏着的强劲呼声和殷切希望。外力的推动引起了我的共情，我感受到了作者的心绪波动，看到了那个时代国人的努力，仿佛也回到了那个年代，与那些人一起努力，彼此的心由绵长的情感纽带共同维系着，灵魂也在身体里嘶吼着，十分震撼。

《女神》学习案例的写作反映了我在现代文学方面的学习情况，最大的收获是温儒敏的"三步阅读法"，这一方法贯穿了我对整门课程的学习。每当学习新一讲内容的时候，我们就会参考这一学法，以便更好地了解并吸收新的内容。"中国现代文学（一）"为我开启了中国现代文学的大门。黎老师的"启蒙教学"也为我们奠定了一个良好的基础，今后的学习在这一坚实基础上，必能更上一层楼。

教师感言 ▶ 黎秀娥

小兰的一句"我的学习案例终于完成了"，潜藏着丰富的情绪：从最初的"不上心"，到能与诗人共情，进而体会到历史深处的震撼，萌生来日"必能更上一层楼"的自信……她像一条林间的小青蛇，经过多次蜕皮之痛，迅速长大。这篇文章标志着她完成了自己新时代青年形象的定位工程，至于建成这工程，则还需要无数个"更上一层楼"的来日。只要她能保持写这篇文章的劲头，那是"必能"实现的。

小兰说她写这篇学习案例旨在还原自己学习这一讲的整个过程。

她为什么会确立一个这样的宗旨？

一个显而易见的原因是——她在这一讲的学习过程中受到了触动，收到了较好的学习效果，写下来就自然成了她大学时代的一项重要"成果"。

　　"有所触动"不仅是进入郭沫若《女神》诗歌世界的必备条件，也是文学专业学生的自然期待；取得较好的学习效果是众多学子的心愿，但不是每节课都能如愿，小兰在这一讲的学习中做到了。为什么她能做到？

　　因为她的学习主动性得到了充分的释放，推动着她克服种种困难，完成扎扎实实的阅读与探究：充分利用老师知识预告中预留的问题，在课前准备中与同小组的同学展开"探究"式学习，取得了很好的效果；课上积极践行温儒敏提出的"三步阅读法"；课后回顾了《女神》的实际贡献，盘点了自己的学习收获，同时反思了自己存在的问题，产生了深入思考的兴趣。

　　愿她能如文中所言，日后更多地运用"设身处地"等方法，找到自己存在的价值和意义，保持对生活的热情，践行新时代的"中国精神"。

第 8 讲
擂鼓声声，共创时代
——1920 年代散文中的"中国情怀"

王金逸

> 1920 年代散文的中国情怀具有极强的凝聚力与爆发力，如利刃般划破黑夜，狠狠地刺入腐朽的木头，从里面抠出思想的病虫，创造出"病树前头万木春"的新中国。

伴随着新文化运动和五四运动的发生，文学革命如火如荼，中国现代文学迅速发展起来。文学创作承载着五四精神的同时，呈现出许多新"景观"：新作品频出，流派纷呈。1920 年代的散文是那时候文学星空中较为耀眼的星群。鲁迅在 1930 年代回顾时说："到五四运动的时候，才又来了一个展开，散文小品的成功，几乎在小说戏曲和诗歌之上。"[①]1920 年代的散文集中体现了近现代中国社会的生活面貌和国民精神状态，从各种风格不同的散文作品中，可以发现作家的审美观念、个性特色及生活态度。朱自清曾这样评价 1920 年代的散文："有种种的样式，种种流派，表现着、批评着、解释着人生的各面，迁流曼衍，日新月异：有中国名士风，有外国绅士风，有隐士，有叛徒，在思想上是如此。或描写，或讽刺，或委曲，或缜密，或劲健，或绮丽，或洗练，或流动，或含蓄，在表现上是如此。"[②]这才有了泼辣幽默的语丝体、清丽柔和的冰心体、个性自由的创造体等不同的散文风格。

现代散文的发展变迁深受时代的影响。在社会急剧转型的时代背景下，1920 年代散文的主要任务就是破旧立新，实现民族独立自由和人民幸福安康。文学在参与谱写时代乐章的过程中，凝聚成一种"中国情怀"。现代散文作家队伍在时代的变迁与发展过程中经历了一次次的分化组合。文学与政治有关，但又不单纯为政治服务。只有把握住文学与革命的内在联系，遵从文学自身的

---

① 鲁迅 . 鲁迅全集 第 4 卷 [M]. 北京：人民文学出版社，2005：592.
② 朱自清 . 背影 • 序 [M]. 北京：人民文学出版社，1998：5.

规律才能真正诠释出 1920 年代散文里的中国情怀。这一时期的主要散文作家
有鲁迅、林语堂、周作人、郁达夫、冰心等，其散文风格虽然各不相同，但
共同的中国情怀却有迹可循，其中鲁迅的散文尤为突出。可以说，鲁迅是中
国现代散文的主要奠基人之一，其《野草》的出版也标志着散文诗正式在中国
"出道"。

　　1920 年代散文里的"中国情怀"不是一个人筑起的高楼大厦，也不是单独
的意志体现。我希望自己能够通过对各个文学社团的研究和黎老师的讲解，真
正领会中国情怀的内涵。我觉得这正是我所缺乏的，或者更恰当地说，是我一
直以来需要的精神力量。何谓中国情怀？中国情怀是怎样产生的？我有中国情
怀吗？这些问题将作为我学习本讲的重要"路标"。

一、课前准备

（一）题目分析——找到确切方向

　　我从本讲的题目"1920 年代散文里的中国情怀"中提取了两个关键词：
"1920 年代散文"和"中国情怀"，并围绕着这两个关键点展开资料搜索与
整理。

　　"1920 年代散文"的学习要结合当时的社会环境。"五四"余热尚未退尽，
整个社会在旧与新之间徘徊。政治上，在军阀割据的局面下中国共产党成立；
经济上，在外国资本主义经济侵略加剧的形势下，中国民族资本主义经济艰难
发展；思想文化方面，民主与科学被植进了"三纲五常"的旧文化土壤；文学
方面，在几千年旧文学的土壤中，语丝社、新月社、创造社等新文学群体纷纷
出场。1920 年代的散文像一束束借时代精神燃烧着的火把，照亮了历史的天空。

　　对"中国情怀"的领会，我印象最深的是鲁迅散文中的爱国精神，那句
"我以我血荐轩辕"[①]的铮铮誓言极大地震动了我。我最喜爱的莫过于《野草》
了，虽然它很难读懂。《野草》所描述的事物非常抽象，带给人无穷的想象，刷
新了人们的看法和理解。有人在《野草》中读出了生死观，有人读出了义利观，
而我认为《野草》既是鲁迅问心之作，也是"中国情怀"的集中体现。《野草》
是战斗冲锋的勇士，它预言着即将到来的光明，摒弃一切，在寂寞中生长，在
绝望里呐喊。"中国情怀"绝对不只是鲁迅式的，在我看来，周作人主张的"人
的文学"、冰心的"爱的哲学"、郁达夫的"自叙传抒情"……都是"中国情怀"
的表现。如果把 1920 年代不同类型的散文比作一颗颗玉珠的话，那么"中国情

---

① 　鲁迅 . 鲁迅全集 第 7 卷 [M]. 北京：人民文学出版社，2005：447.

怀"就好比一条红绳子，把它们贯穿起来，形成一个统一的整体。

（二）疑问探索——实现自我探究

这次延伸课堂（一）中的问题是"了解《新青年》中的青年们"。对于这个问题，最吸引我的是"青年"二字。我仍然对问题进行了划分，分别从《新青年》和"青年们"两方面入手。

我对《新青年》已有基本的认识。《新青年》原名《青年杂志》，1916 年改名为《新青年》，由陈独秀创办，前期宣传民主与科学，即"德先生"和"赛先生"。它通过一些贴近底层劳动人民的白话文进行思想启蒙，它的创刊标志着新文化运动的兴起。我只关注了《新青年》的发端，却疏于探究其结束。至于"青年"，我认为有两种类型：一种是生理上的，身体机能处于巅峰状态；另一种则是精神上的，内心充盈着激情与活力。

我首先从百度上搜索了《新青年》作者们的年龄。《新青年》的主编陈独秀年仅 36 岁，编辑成员和主要撰稿人有 34 岁的鲁迅、26 岁的李大钊、24 岁的胡适、28 岁的钱玄同等。从年龄来看，《新青年》的成员大部分处于精力旺盛的人生阶段。这群年龄相仿、志同道合的人聚集在一起，推动了轰轰烈烈的文学革命运动，为现代文学的发展奠定了基础。

对于文人的精神研究，自然要从他们的文章入手。《新青年》的第一篇文章是陈独秀的《敬告青年》，他劝诫青年们要时刻保持清醒，提出了自由的而非奴隶的、进步的而非保守的、进取的而非退隐的、世界的而非锁国的、实利的而非虚文的、科学的而非想象的六句忠告。[①] 这篇文章，"一石激起千层浪"，瞬间引发了全国上下无数有志青年的热烈回响。青年毛泽东以"二十八画生"为笔名发表了《体育之研究》一文（第三卷第二号）。现代文学先驱们也纷纷在此杂志上发文，其中较为重要的文章有陈独秀的《文学革命论》、李大钊的《庶民的胜利》、鲁迅的《狂人日记》《孔乙己》、胡适的《文学改良刍议》、周作人的《人的文学》、刘半农的《我之文学改良观》等。他们挥洒笔墨，写下自己的期望、憎恶、喜欢与批判，以自己的方式致力于改变国家和民族的现状。

我先查找资料，对各个文学社团的产生、发展、结束以及创作的宗旨有了基本的了解。之后在知网上，根据关键词查找自己感兴趣的话题。一般一个社团我会阅读两三篇相关文章，然后，每个社团选出一名具有代表性的作家，因为准备时间不是很宽裕，只能摘选其一篇文章进行细读。以"随感录"作家群为例，我首先通过百度了解其代表人物有鲁迅、陈独秀等人，从 1918 年开始，

---

① 陈独秀 . 敬告青年 [M]. 青年杂志 . 上海：群益书社，1915.

它的发展与《新青年》息息相关。后来我从知网上查读了《微言大义:〈新青年〉"随感录"栏目编辑与杂志转向》《〈新青年〉脱期与鲁迅随感录"文稿八枚"》等文章，对"随感录"与《新青年》的关系有了进一步了解。接下来我又重点阅读了鲁迅的随感录，如《随感录五十九"圣武"》《随感录三十五》等。

抛出的是"疑问"，找到的是"思想"。敢于质疑是探索的动力，好比接力赛跑，在自己选择的道路上越跑越远，直到抵达自己期待的目的地。发现问题的关键在于抓住细节，有时不经意的一瞥，就能产生影响力巨大的蝴蝶效应。我通过翻阅朱栋霖等人主编的《中国现代文学史 1915—2016（上）》中的文学大事记（1897—1927），发现了 1920 年代的一些散文创作与政治事件相关。各路散文分别由哪些政治事件引发？鲁迅的《野草》创作于帝国主义和北洋军阀相互勾结实行黑暗统治、中国北方民主革命处于低潮的时期；朱自清的《执政府大屠杀记》记录了"三一八"惨案发生的经过，揭露了北洋军阀惨无人道的屠戮行为；陈西滢的《多数与少数》批判帝国主义在五卅惨案中的残忍行为……综上可见，虽然作者之间的阶级立场和价值观念不同，但作为中国人，现代文学先驱们内心对中国美好未来的希冀是一致的。

（三）小组合作——共同解决问题

"中国情怀"是个精神整体，而"1920 年代的散文"却涉及很多精神个体，这些精神个体同时分属于不同的文学社团，持不同的文学选择，有不同的文学风格。如果机械地把所有文学社团整合起来，当作一个集中体，再探索其中的"中国情怀"明显是行不通的。所以，本讲的课前准备是将各个文学社团独立出来，从中找出具有"中国情怀"的散文代表。这是一项非常繁重的任务，需要多人合作。

本学期六个组分别负责不同的模块，各组需要把他们负责的内容的最终讨论结果在课堂上展示出来。我们组的成员分为三类：发言人、归纳人、资料搜集人。首先资料搜集人需要从不同的渠道搜索相关文学知识，把搜集到的资料发到归纳人那里；归纳人认真阅读资料，进行判断和甄选，捋顺思路，找到各种资料里的联系，合成一篇完整的发言稿；发言人需要根据演讲稿的内容制作简单明了的 PPT，把成品放在讨论群里研究，最后在组内讨论，完成内容取舍和 PPT 制作，组员各抒己见，最后确定回答内容。总的来说，我们组的合作模式是"查找资料→整理汇总→PPT 制作→讨论研究→确定回答内容"。这种群策群力的学习不仅节省了时间，还能听到不同的观点，以便打磨加工自己的想法。对我而言，这种合作的学习方式提高了我的主动性，获得了更多参与感。

课堂是大家共同努力、共同收获成长的舞台。

不过我们的组内合作也有值得反思的地方。由于信息技术的不断普及，人们可以在网上轻松找到自己需要的资料。在完成小组任务的过程中，常常会出现组员直接引用搜索到的信息而没有深入思考的问题，从而导致讨论与交流不充分，简单复制知识，草草了事。复制粘贴固然轻松，但复制的只是冰冷的文字，火热的思想却永远禁锢在懒惰的围栏中，这不是小组合作该有的样子。另外，相对于对更宏大广阔的年代的研究，对具体文学作品的讨论更能引起组员的兴趣，更容易有自己的感悟。因此，"复制粘贴"模式的解决方法之一就是把研究的问题细化，每个人都有负责的专题，例如本讲的研究，多名搜集人负责不同的方向，有的负责"随感录"作家群，有的负责"言志派"散文等。不过关键还是需要抱有持之以恒的信念，不然，再好的方法都会沦为空谈。

二、课上参与

课上首先由各个小组进行分享，把小组内的讨论结果通过 PPT 加口述的方式展示出来，然后黎老师逐个点评、补充。我们小组负责的是"随感录"作家群，PPT 分为三个部分，分别是随感录的发展历程、代表作品和创作理念。在听完所有组的展示后，我发现一个普遍的问题：大部分小组缺乏深入的研究，只是简单地把文学社团的概念阐述了一遍，没有读过相关的学术文章或者代表性散文作品，把大家都能在网上一查便知的内容直接照搬过来。除了深入的研究，我认为还需要一些讨论，大家提前共同选定一篇文章进行阅读、剖析，然后把自己对于某一个人物的性格特点或者某一个情节的作用分享出来。当出现矛盾时，可以激烈地辩论，实现思想的碰撞，摩擦出思考的火花。我在学习本讲的过程中不仅深入思考了自己组负责的内容，还对其他的文学社团有了初步了解。

（一）"随感录"作家群

"随感录"作家群是我最了解的一个文学社团，我对它的研究是从它的前身开始的。在朱栋霖等人主编的《中国现代文学史 1915—2016（上）》中并没有"随感录"作家群的内容，所以我的查找范围直接从教材跳到了互联网。黎老师在课上说过："一种事物的出现并不是急促的，而是经历了积累与沉淀。"随感录作为一种文体并不是突然冒出的，它的前身由梁启超的"新文体"逐渐发展而成，《少年中国说》就是"新文体"的代表之一。也就是说，《新青年》并不是随感录文体的摇篮，而是作为一个平台让其大放光芒。通过阅读李辉的

《〈新青年〉"随感录"研究》我发现了自己的一个误区，我一直把研读重心放在"随感录"作家群，忽略了这个栏目本身的意义。李辉在文章中对"准公共空间"的解释非常有意义，"随感录"栏目的设立本身就是一个壮举，它于荒地中建立起思想的园地，人们的思想就像瓜果蔬菜一样在这片园地疯狂生长。这让我想到如今的一些报刊栏目，是不是应该多一些诸如"随感录"栏目般的锐气与果敢，正确发挥社会导向作用呢？

我们小组讨论的结果是：1918 年 4 月《新青年》第 4 卷第 4 号开始设立"随感录"栏目，并逐渐形成了以鲁迅、陈独秀、刘半农、钱玄同、周作人等为代表的"随感录"作家群。"随感录"的杂文大部分批判色彩浓厚，与当时的一些政要息息相关。随感录，顾名思义，是作者随时随地有所感悟并及时记录下来，其特点就是自由、灵活。随感录文风类似梁山好汉的性格，豪爽、直接，对喜爱的赞不绝口，对讨厌的批判起来毫不留情，真正做到了有感而发、有语即出、有理即辩。鲜明的时效性和新闻性使其具有巨大的"杀伤力"。

"随感录"作为《新青年》的主打内容，其重要性不言而喻，涉及的方面也非常广泛，有国学、戏曲、人性等，凡是与自由、民主相悖的皆可作为批判对象，这也与当时的"五四"启蒙精神相契合。随着五四运动的不断发展，新文化运动内部立场发生分裂，随感录的风格也随之发生变化，意识形态和政治色彩越来越浓厚，视角从社会道德转向了民族独立和奋起斗争。

无论随感录形式如何变化，"随感录"作家群一心为国的初衷并没有发生改变：始终贴近时代主题，为中国社会进步贡献自己一份力量的"中国情怀"依旧存在。

（二）"言志派"散文

第一组同学负责分享这个板块。"言志派"散文是美文的集中营，讲究浑然天成的古典文学之美，反对语言辞藻的过度修饰。以周作人为代表的"言志派"散文作家坚守作品本身的自然美和个性自由，高举独抒性灵的旗帜。五四运动后期，中国文坛出现了文学功利性的趋势，更多关注的是文学的社会价值。"言志派"散文反对作品的功利性和阶级性，追求人的独立性。周作人直言："对于这个选择并不后悔，并不惭愧园地的小与出产的薄弱而且似乎无用。依了自己的心的倾向，去种蔷薇地丁，这是尊重个性的正当办法，即使如别人所说各人果真应报社会的恩，我也相信已经报答了，因为社会虽然需要果蔬药材，却也一样迫切地需要蔷薇与地丁，——如有蔑视这些的社会，那便是白痴的，只有形体而没有精神生活的社会，我们没有去顾视他的必要。倘若用了什么名义，强迫人牺牲了个性去侍奉白痴的社会，——美其名曰迎合社会心理，——那简直与借了伦常之名强人忠君，借了国家之名强人战争一样的不合理了。"①"言志派"的价值理念由此可见一斑。周作人有"叛徒"和"隐士"两种性格，作为新文化运动的参与者，他关注现实，反抗黑暗。

对"言志派"散文的研究与"随感录"作家群的研究方式基本一样。我先了解一些基本内容，然后阅读学术文章，主要精力放在周作人"言志"文艺观的阐释上。他的《死法》与《偶感》等谴责了反动军阀政府屠杀进步青年和无辜群众的暴行，《新中国的女子》则认为有思想、有勇气、有责任感的觉醒青年女子是建设新中国的希望。但他又有超脱于外物的淡然，散文选材大多来源于生活的闲情雅趣，如喝茶、饮酒、听雨等，具有"悠然见南山"的士大夫风采。从某种意义上来说，周作人的言志理念过于追求"人"的价值，存在着一种狭隘性，即切断人与社会的联系。

使我受益较大的文章是范永康的《周作人"言志"文艺思想论》和《周作人"言志"文艺观的发展分期和理论形态》。两篇文章都把周作人"言志"文艺观分为五个时期，其中 1920 年代处在准备期（1921—1923）和转型期（1924—1926）。我总结出这样几点：一是 1920 年代周作人的创作放下了"为人生"的理念，把"个人主义的人间本位主义"放在了第一位；二是周作人的"言志"文艺观讲究纯粹，他认为文学创作应该是即兴的，不掺杂任何功利性色彩；三是不拘一格的自由追求，坚守艺术性这一文学底线。

（三）"创造社"散文

创造社是五四时期一个"异军突起"的文学团体。第二组同学的分享内容大部分取自教材。教材里关于创造社的内容并不在"1920 年代散文"这一节，而是在前面的"新文学社团及流派"部分中。教材里关于创造社的总结分为三个部分：一是说明了创造社的始端和代表人物；二是阐述创造社的"浪漫主义"理念，并与文学研究会的"现实主义"进行了比较分析；三是后期创造社的转型。

第二组同学在分享中介绍了创造社相关的基本文学史知识。创造社主要由郭沫若、郁达夫、成仿吾等留日学生在日本东京发起成立，他们大都从事过革命工作。创造社前期尊重天才，注重自我表现，有典型的浪漫唯美主义色彩，后期作品主要转向倡导革命文学。创造社旨在"打破社会因袭，主张艺术独立，

---

① 周作人 . 自己的园地 [M]. 长沙：岳麓书社，1987：5-6.

愿与天下之无名作家，共兴起而造成中国未来之国民文学"①，这种舍我其谁的英雄气概很快引起了广大青年的共鸣，特别是郁达夫，他热情、坦率的自我解剖式文字，毫无保留地把自己的内心轨迹展现出来，是一个书写自己的"怪胎"。郁达夫认为"现代的散文，却更是带有自叙传的色彩"②。于是他通过自身经历抒发对官僚封建社会的不满，"欲以我的身体来做一个证据，证明目下的中国社会的不合理"③。

首先关于"为艺术而艺术"和"为人生而艺术"的争论是非常耐人寻味的。我个人把创造社当作周氏兄弟的结合体。创造社的口号虽然是无功利性的，但他们宣传的宗旨与其作品并不完全相符，这里以郁达夫为例。他在《还乡记》和《还乡后记》中记录了自己归家时和归家后的所见所闻，表达了"白脸长身，一无依靠"④的知识分子对社会贫富差距的不满，以及对苦苦挣扎的底层劳动人民的同情。《给一位文学青年的公开状》更是直言不讳地主张年轻人学会"叛逆"这个残酷的社会，这就不是"为艺术而艺术"那么简单了，而是在文中替弱者发声。

此外，通过阅读魏建的《突破既有樊篱的遮蔽——创造社与文学研究会论争新探》和郑佳苗的《创造社早期留日作家的留学体验与疾病隐喻》，我还有两个意外发现。一是创造社的"异军"身份。为什么称创造社为"异军"呢？文章指出，"异军"其实一开始本身就是"异"于主流，并不是因为与文学研究会的理念相反而被称为"异军"。二是创造社成员早期大部分在日本留学，这段经历对创造社的理念有重大影响。截然不同的生活方式极大地冲击了他们的思想，强烈的民族自尊心和羞耻感让他们急需一种能够抒发自我的文体，浪漫主义的自我表达倾向自然成为了他们的选择。

（四）"语丝派"和"现代评论派"的散文

教材对"语丝派"的介绍很少，只介绍了其发展历程和代表作家，这远远不能满足我的探究。教材上没谈"现代评论派"，我直接把两者联系起来研究。从这一部分的预习标题来看，黎老师的本意就是想让我们综合思考。

第三组同学分享了"语丝派"的基本信息。"语丝派"因期刊《语丝》得名，主要代表人物有周树人、周作人、孙伏园、林语堂、俞平伯等。《语丝》大

---

① 郭沫若，郁达夫，等.创作季刊出版预告，1921.

② 鲁迅等著，刘运峰编.1917—1927中国新文学大系导言集[M].天津：天津人民出版社，2009：132.

③④ 郁达夫.给一位文学青年的公开状.郁达夫文学精品选[M].北京：现代出版社，2017：126.

多发表散文，尽管主张不同，但格式上大都是一些随笔，其主旨都是"要催促新的产生，对于有害于新的旧物，则竭力加以排击"[①]。"语丝派"由周氏兄弟"分割天下"，一支是以周树人为代表的泼辣犀利的杂文，另一支是以周作人为代表的平淡风趣的小品散文。在不断的发展中，"语丝派"逐渐形成了一种新型文体格式，名为"语丝体"。"语丝体"是任意而谈、无所顾忌的，周作人称之为"不伦不类"。

作为补充，我梳理了"语丝派"与"现代评论派"的论争。1924 年，胡适与陈西滢、徐志摩等创办《现代评论》周刊，围绕该刊形成了"现代评论派"，其成员大多是海归青年，受到西方启蒙主义的影响，崇尚自由，以《现代评论》为主要阵地，与"语丝派"经常"擦枪走火"。《闲话》与《并非闲话》的争论打响了"第一枪"。"现代评论派"成员大部分持资产阶级立场，支持北洋军阀和国民党政权，但从对整个中国现代文学史的贡献来看，"现代评论派"还是有积极意义的。

此外，我通过阅读杜鹃的《"闲话"与"并非闲话"之间——重审"语丝派"与"现代评论派"论争的发生》和薛寅寅的《1920 年代中期语丝派与现代评论派论争话语研究》发现了两个价值要点：第一，"语丝派"与"现代评论派"的斗争不仅因为创作理念不合，还有党派势力、个人恩怨和社团归属感等原因。第二，两者的斗争在 1920 年代主要由以下几个事件引起：女师大风潮、五卅惨案、三一八惨案，以及章士钊的一系列措施。

三、课后延伸与反思

作为 1920 年代散文里的"中国情怀"这一讲的自然延伸，黎老师在延伸课堂（二）中留下一个思考题：你认为 1920 年代散文最具"中国情怀"的代表是谁？

在我看来，最具"中国情怀"的代表莫过于鲁迅，他绝对称得上是中国现代文学的开拓者。他的《呐喊》唤醒了无数彷徨中的青年。"横眉冷对千夫指，俯首甘为孺子牛"是对鲁迅形象较好的诠释。他在国人的精神世界里开疆拓土，播种理性和希望。

我对鲁迅的情感是复杂的。我害怕鲁迅，因为他的文章就是一把把锋利的刀，任何肮脏卑鄙的行为都会遭到攻击，他的文章直逼人的灵魂。鲁迅又让我感动而愿意亲近，因为在危险之际，他会像普通人那样勇敢地喊一句"救救孩

[①]　鲁迅．鲁迅全集 第 4 卷 [M]．北京：人民文学出版社，2005：171．

子……"无论内心如何绝望，鲁迅始终保持着前进的初心，为这个国家和民族注入希望，如他所言："此后如竟没有炬火：我便是唯一的光"①。

首先，在知识面前，人类是卑微的，面对真理我们都要低下头去思索，因为思索是我们掌握知识的关键。最具初衷、最具灵魂、最具魅力的事物有洗刷肮脏灵魂的魔力，我蝼蚁般匍匐在用鲜血浇灌的花里，不敢做自己想做的，唯唯诺诺。鲁迅说："叛逆的猛士出于人间；他屹立着，洞见一切已改和现有的废墟和荒坟，记得一切深广和久远的苦痛，正视一切重叠淤积的凝血，深知一切已死，方生，将生和未生。他看透了造化的把戏；他将要起来使人类苏生，或者使人类灭尽，这些造物主的良民们。造物主，怯弱者，羞惭了，于是伏藏。""天地在猛士的眼中于是变色。"② 它让我明白：事情没有非做不可之说，只有你敢不敢做，有些事情注定要有人站出来，如若一个民族没有能说出"我来"二字的人，那么这个民族就不会有所谓"希望"。

其次，遗憾的是，我未能记录自己对一些文章的第一感觉，只是把一些基本的知识体系整理下来。直到现在我也只是把冷却的"剩饭"重新加热一下，其"味道"自然不及当初，"口感"也变得糜烂。此外，由于自己读的书大部分是鲁迅的，所以我对于其他作家在 1920 年代的散文了解得较少。希望自己可以把阅读的领域再拓宽一些，不仅读文学作品，还要阅读一些历史类书籍，以便下次可以节省时间，用来感悟与思考。

最后，我对 1920 年代的中国情怀有了新的理解。1920 年代是复杂的，从时代的波动性来讲，它的出现像极了春秋战国时代的百家争鸣，记录时代之声的奇文，在混乱时代的石缝里钻出来，生根、发芽。混乱的时代造就了"混乱"的文学，它乐观而又消极，极具激情而又柔顺无比，高兴而又伤心……像人一样。时代造就了文学，文学成就了时代。我厌恶那个时代，它使底层人民苦不堪言；我又对那时代充满欢喜，它如麻绳一般，一下子把所有好的坏的捆在了一起，产生一种新的难以描述的事物——"中国精神"。1920 年代散文的"中国情怀"具有极强的凝聚力与爆发力，如利刃般划破黑夜，狠狠地刺入腐朽的木头，从里面抠出思想的病虫，创造出"病树前头万木春"的新中国。

今逢新时代，可爱的中国正越来越繁荣。鲁迅曾在 1932 年赠予高良富子的诗中说过："血沃中原肥劲草，寒凝大地发春华。"如今我们的国家正越来越强大，曾经腐朽的社会也已经分崩瓦解，剥削压迫和侵略欺辱已成过往。我注意

---

① 鲁迅. 鲁迅全集 第 1 卷 [M]. 北京：人民文学出版社，2005：341
② 鲁迅. 鲁迅全集 第 2 卷 [M]. 北京：人民文学出版社，2005：226-227.

到黎老师 PPT 首页注明背景音乐是平安演唱的《我爱你中国》，歌手和歌的名字都有极好的寓意。我反复听了几遍，有些东西真的是不知不觉就出现的，联系"1920 年代散文里的中国情怀"，霎时间一些词汇犹如被风裹住般朝我席卷而来：黑夜里寻求黎明的到来，未来，期盼，新生，新中国，信仰，不屈，读书人的家国情怀，责任，担当，生者无畏……这是我的感受，也是我最具初衷、最具灵魂的感慨。一些东西本来就是存在于人间的，只是人间尘埃太多，容易不留痕迹地轻轻掩盖它们。如此回顾下来，之前简简单单的词汇仿佛突然拉满了特效，熠熠生辉。

总　结

从课本中了解一些基本的文学史知识，其实是最基础也是颇为重要的。我翻阅朱栋霖等人主编的《中国现代文学史（上）》，了解到 1920 年代写散文的大家不只有鲁迅、郁达夫、冰心，还有俞平伯等，对这些优秀作家我知之甚少。我发现自己之前的眼界过于狭窄了，基本没有读过周作人的作品，只是知道有这么一个人，而他在散文史上的作用是不可忽略的。

不断思考与斟酌老师所讲内容，要求我具备基本判断力。如果当时认为老师所讲述的与我的想法相近或基本一致，我会轻轻点头表示赞同；如果我对老师问题的解答不够清楚，这时我脑海里其实已经有了这一问题的影子，课后一定要及时解决。保持思考，是自主学习的关键。

学会切身地体会与感悟，要能投入其中，有时是老师描述的，有时是由老师的话想起的，轻轻闭上眼睛感受、挖掘语言文字背后那层不轻易被人察觉的内涵，并及时把第一印象记下来，那极有可能是最真实的想法。

做笔记同样重要。把自己的所思所悟记录下来，面对同样的文本，即使处于不同的时间段，人的感悟也很不同。过一段时间就来回顾、整理一下并适当做些增删。笔记整理要具有一定的逻辑，从大到小，条理清晰。本节课的笔记，我从"中国情怀"出发，把各个文学社团列出来，在每个社团的后面写出代表人物及其作品。然后摘抄一些我认为符合"中国情怀"内涵的语句，最后综合分析"中国情怀"的内涵和意义。

翻阅 1920 年代的散文，不难发现，思想的轨道上从不缺少驶向远方的列车，虽然快慢有别，但燃烧的生命热情无不奔向国家的未来！

学习案例撰写感言　　　▶ 王金逸

　　时间转瞬即逝，我感慨自己的眼界变得更加宏阔。如果说大学这个平台横向地丰富了我的生活经验，那么中国现代文学课则纵向地充实了我灵魂的厚度。我曾迷恋于唐宋的诗词，格律和意境之美让我下意识地把文学局限于古代文学。学完"中国现代文学（一）"后，我才明白自己之前忽略了文学的本质是人学这一重要特性。很多人认为现代文学的影响力没有古代文学大，那是因为他们忽略了现代文学独特的人文魅力。在思想解放的时代背景下，人们对感情的表达更充分，时代轮廓在现代作家的勾勒下显得更加醒目。

　　若把"中国现代文学（一）"比作一部小说，它的背景应该是以苍凉为底色的，没有发达的经济，也没有开明的政治，整个社会仿佛一个破败的鸟笼。在这样的背景下，每一位作家都是性格鲜明的主角，诉说着一代人的探寻与困惑。我经常对别人说："文学能帮我领会人性的复杂。"人性在痛与苦的淬炼下渐渐变得清晰，"中国现代文学（一）"生动地体现了这一点。那些批判国民性的文章，对当下仍有现实意义，国民性问题依然不同程度地存在着。

　　我认为"中国现代文学（一）"的意义在于把作家们的血肉形象更加生动地表现了出来。我以前阅读文学作品，只是从思想内容、艺术情感的层面了解作家，而"中国现代文学（一）"则把作家的写作过程、创作心态，以及当时的社会背景和时代潮流等交代得非常清楚。历史是一个永不枯竭的物质和精神载体，它悬挂在我们头顶之上，当我们仰望之际，群星便闪耀在灵魂之中。

教师感言　　　▶ 黎秀娥

　　金逸说我的现代文学课让他的眼界变得更宏阔，灵魂也更有厚度，并且激起了他对人性等问题的深入思考，却不知这种顿悟一般的飞跃，是以他古代文学的审美训练为根基的，也与他本人锲而不舍的努力有关。

　　同学们最初水平悬殊，最少的改七八遍，最多的改到二十多遍。他们的文章像刚刚爬出地表的蝉，慢慢蜕去土色的硬壳，抖出美丽的翅膀。在 14 篇学习案例中，金逸的文章定稿实在不算早，改了十多遍，我给他改，他自己改，同学间互改，历时一年半，为了这么一篇文章，大家铆足了劲儿。

　　然而，好饭不怕晚。

　　他的初稿和终稿判若天壤：前者像一块璞玉，粗糙顽劣；后者细腻温润，同时自备一种安安静静的力量与浓厚的家国深情，仿佛在宣告——他是一粒读书的好种子，潜力无穷。读着他一年半来由被动变主动，由浮躁变沉稳的文字，有种说不出的兴奋。

这是他的学习"成果"之一，也是他的"明辨性思维"由无到有，再到慢慢习惯的见证。我从中看到了一个逐渐醒来并奋发图强的灵魂。文风变化的背后是性格和价值观等深层东西的逐步完善，渗透在这篇文章从容的词句中，不时有金光闪闪的想法冒出来，仿佛年轻的生命突然拉满了特效。这不正是我一直在追求的育人效果吗？

文学课就得有春风化雨的魔力，让沐浴其中的生命开枝散叶。

不信，你读吧，定会像个在海滩上拾贝的孩子，目不暇接，喜不自胜。

第 9 讲
"绝望"中的"希望"
——细读鲁迅的《野草》

高懿宣

　　《野草》就是鲁迅刻骨铭心的生命体验与"反抗绝望"的生命哲学的统一体。

　　看到《野草》，首先涌入脑海的是背诵过全篇的《雪》。时间久远，一些细节已经模糊。谁承想，我与《野草》有缘。多年之后，我再次捧起《野草》，对《野草》有了更深的体悟。

　　本讲的主要目标在于：阐释鲁迅如何在生与死的纠结中告别困境，如何在绝望与希望交织的社会中摸索前行，如何在坎坷的前行路上自我剖析，如何为了探寻新的生路向死而生。本文采取学生视角，围绕《野草》，还原我课前准备、课堂参与、课后回顾的过程，是对教法与学法的案例式呈现。

一、课前准备

（一）《野草》初印象

　　在上一讲"1920 年代散文中的'中国情怀'"结束时，老师提出了预留问题：你认为 1920 年代散文最具"中国情怀"的代表是谁？我认为鲁迅当之无愧。鲁迅在黑暗的社会中探出光来，在充满绝望的路上保持初心，坚定探寻的脚步。我认为鲁迅这样的精神是难得的，令人钦佩，堪为"代表"。在前面学习《狂人日记》时，老师曾经提过鲁迅在《希望》一文中写的"绝望之为虚妄，正与希望相同"[①]。我曾认为反抗绝望的过程就是寻找希望的过程，鲁迅却把绝望和希望划为"相同"。绝望是不真实的空虚，希望也和绝望一样，是不真实不长久的。我想：在鲁迅的精神世界中，绝望所代表的不是事物的终点，而反抗绝望也不仅是寻找希望的过程，还意味着脱离虚空，一步一个脚印地走上新

---

① 鲁迅 . 鲁迅全集 第 2 卷 [M]. 北京：人民文学出版社，2005：182.

的生路。带着这样的初步理解,我开始了对《野草》的系统阅读,继续跟随鲁迅寻找"反抗绝望"的可行路径。

带着问题细读老师指定的文本,有明确的针对性,比自己平时随意阅读更需要讲究方法和策略,可以从整体和细节两个方面来把握。对于这一类散文诗,在体会每一篇文章所表达的思想感情的同时,还要纵观全局,找到贯穿整部集子的主线。在阅读《野草》时,我借鉴了温儒敏老师建议的"三步阅读法"——直观感受、设身处地、名理分析。

阅读《野草》带给我的直观感受是懵懂中的震撼。

懵懂在于初读时有许多语言的表达与象征的运用,让我感受到了陌生化的效果,如《秋夜》一文对墙外两株枣树的描写:"一株是枣树,还有一株也是枣树。"① 我初读时难以理解这类表达,通过考察时代背景和参考注解,才得出自己的猜想式观点。我的理解是:两株枣树本就不同,它们也许象征了不同的人,在同一个时代,同为青年,有许多共同点,但也有着各自的闪光点与阴暗面。每个人都是独立的,鲁迅尊重这种差异,所以选用了这样的句式。我认为无论是在 1920 年代的中国,还是在如今新时代的中国,这种尊重个体差异性、强调个性解放的提法都是值得提倡的。

《野草》中许多语言晦涩难懂,却能带给我深深的震撼,对我影响很大。《死后》一文中"然而终于也没有眼泪流下;只看见眼前仿佛有火花一闪,我于是坐了起来。"②"我"为啧啧地议论"我"怎么死在这里的人感到气愤,感受到虫豸在"我"身上招摇却被一片东西吓得一哄而散,无奈于死后却仍然向我推销书的小伙计……不甘就这样死去,于是又在火光中坐起。读到此处,我的心抽动了一下,鲁迅为看客气愤,为懦弱者悲泣,为一心赚钱的人悲哀,直到死去也不能安息,又坐起身来继续持笔奋斗。在《死火》中:"他忽而跃起,如红彗星,并我都出冰谷口外。有大石车突然驰来,我终于碾死在车轮底下,但我还来得及看见那车就坠入冰谷中。"③"我"与死火勇于牺牲、甘于奉献的精神让我也感受到了前行的力量。如今经济发展、生活安定,鲁迅抨击的那类人却依旧在,先生所传递给我们的声音在百年后的今天依旧震耳,但我认为更加宝贵的是文字背后的人的精神。正如鲁迅所说:"此后如竟没有炬火:我便是唯一的光。"④

① 鲁迅. 鲁迅全集 第 2 卷 [M]. 北京:人民文学出版社,2005:166.
② 鲁迅. 鲁迅全集 第 2 卷 [M]. 北京:人民文学出版社,2005:218.
③ 鲁迅. 鲁迅全集 第 2 卷 [M]. 北京:人民文学出版社,2005:201.
④ 鲁迅. 鲁迅全集 第 1 卷 [M]. 北京:人民文学出版社,2005:341.

在获得直观感受的基础上，我再读《野草》，不禁思考一个问题：文中的人物为何如此选择？如果换成我又将如何选择？

在之前的课堂中老师曾提出过这样一个互动问题：如果有机会，你愿意回到五四时代吗？我的回答是"愿意"。现在再回想起这个问题，我的回答仍不会改变。只不过在读完《野草》后，肩上的担子似乎更沉重了一些。没有放之四海而皆准的真理，一个国家、一个民族向前迈出的一小步，背后都有我们想象不到的沉重。无数英雄为了寻找前行之路奋斗终身，一代又一代的先驱者踏着前人的脚印用血与汗推开通往新生路的大门。

《野草》中许多篇文章都提到了生与死。站在历史的岔路口，人该选择怎样生、怎样死？在《求乞者》中，"我"憎恶"不见悲凄"的孩子向"我"求乞，"我"感到无论用什么方法求乞，得到的总是虚无，所以不能选择求乞而生，只好选择与他们的奴性对抗。在《影的告别》中，"黑暗又会吞并我，然而光明又会使我消失。"① 影最终选择了被黑暗沉没，沉没在没有别的影而全属于自己的黑暗中。所谓生与死的选择，本质上也是价值立场的体现。

设身处地，换位思考，处在五四时期的人们很难判断当时的改变是进步还是过激，文化惰性制约着大变革的发生，觉醒的人们对希望的执着追求又势不可挡。鲁迅写《野草》时，"五四"已经落潮。纵观整部《野草》，我在不同的文章中领会作者对绝望与希望的态度。我认为作者在不同人身上看到的希望也不同。在《秋夜》一文中有这样的表达："她在冷的夜气中，瑟缩地做梦，梦见春的到来，梦见秋的到来，梦见瘦的诗人将眼泪擦在她最末的花瓣上，告诉她秋虽然来，冬虽然来，而此后接着还是春，蝴蝶乱飞，蜜蜂都唱起春词来了。"② 小粉红花虽然力量弱小，可能还备受压迫，但是它们心中仍存希望，相信在秋和冬之后，春天总会到来。枣树呢？"有几枝还低亚着，护定他从打枣的竿梢所得的皮伤，而最直最长的几枝，却已默默地铁似的直刺着奇怪而高的天空，使天空闪闪地鬼眰眼；直刺着天空中圆满的月亮，使月亮窘得发白。"③ 纵使已经遍体鳞伤，但是"他知道小粉红花的梦，秋后要有春；他也知道落叶的梦，春后还是秋。"④ 小粉红花和枣树象征着革命者，心中都存有希望，那希望是春天的到来。然而，《希望》一文中，面对消沉的青年，鲁迅说"绝望之为

---

① 鲁迅. 鲁迅全集 第 2 卷 [M]. 北京：人民文学出版社，2005：169.
② 鲁迅. 鲁迅全集 第 2 卷 [M]. 北京：人民文学出版社，2005：166.
③ 鲁迅. 鲁迅全集 第 2 卷 [M]. 北京：人民文学出版社，2005：166-167.
④ 鲁迅. 鲁迅全集 第 2 卷 [M]. 北京：人民文学出版社，2005：166.

虚妄,正与希望相同"①。在这类人的身上,作者认为希望就如同绝望,都是虚妄的。

在直观感受和设身处地的基础上,我尝试展开名理分析。

《野草》意象纷呈,这些意象各自象征着某种感情或者某类人。经过分析,我将《野草》中的散文诗分成两类:一类用真实存在的事物作为意象来表达情感,如《秋夜》中的枣树、《雪》中的雪、《墓碣文》中的碑文。还有一类用虚构的事物作为意象,如《死火》中的死火、《失掉的好地狱》中的魔鬼等。虽然特点各异,却都离不开奇特的想象,既有传统象征主义的特点,又吸收了西方的象征主义元素。1920 年代中期,鲁迅在北京大学等学校讲课时,翻译出版了日本厨川白村的《苦闷的象征》一书,里面就介绍和提倡了广义上的象征主义。

(二)借鉴教材《中国现代文学三十年》中的相关评述

我将钱理群、温儒敏、吴福辉所著,北京大学出版社出版的《中国现代文学三十年》中有关《野草》的讲解分成了三个部分,下面分别介绍归纳。

教材用大段的文字描写了"独语",吸引我的有以下三点:

一是开创"独语"体。独语"是不需要听者(读者)的","能径直逼视自己灵魂的最深处,捕捉自我微妙的难以言传的感觉(包括直觉)、情绪、心理、意识(包括潜意识),进行更高、更深层次的哲理思考";"'独语'是以艺术的精心创造为其存在前提的,它要求彻底摆脱传统的写实的摹写,最大限度地发挥创造者的艺术想象力,借助于联想、象征、变形……以及神话、传说、传统意象……创造出一个全新的艺术世界";"《野草》充满了奇峻的变异,甚至语言也是日常生活用语的变异,集华丽与艰涩于一身;《野草》文体自身也发生了变异;《野草》明显地表现了散文的诗化、小说化、戏剧化的倾向。"②

二是意象的选择。《野草》中文章所选择的意象十分丰富,教材中也写到了这一点,如死火、影子、过客等。我在预习时得出的与意象有关的结论是象征了某种感情或者某类人,而教材中将其归纳为自我形象的象征,对此,我持保留态度。

三是强烈的现实性。教材中写到《野草》中有的篇目是有感于现实而作的,因而具有强烈的现实性,如《淡淡的血痕中》作于段祺瑞政府枪击徒手民众后,《一觉》作于奉天派和直隶派军阀战争之时。《野草》的现实性还体现在鲁迅本

① 鲁迅.鲁迅全集 第 2 卷 [M].北京:人民文学出版社,2005:182.
② 钱理群,温儒敏,吴福辉.中国现代文学三十年 [M].北京:北京大学出版社,1998:52-54.

人的斗争态度上，如《这样的战士》中，面对一式的点头、虚假的旗帜、污蔑、无物之物，战士多次举起投枪。这里战士的遭遇大多能在鲁迅先生本人的身上找到影子，而战士的做法不正是鲁迅对类似事件态度的体现吗？《野草》就是鲁迅刻骨铭心的生命体验与"反抗绝望"的生命哲学的统一体。

（三）细读指定教材

使用与阅读参考资料《中国现代文学三十年》类似的方法，我将朱晓进、吴义勤、朱栋霖所著，北京大学出版社出版的《中国现代文学史 1915—2016（上）》（以下简称《中国现代文学史》）中的相关讲解分成了三个部分。

第一部分，了解《野草》中表现的社会现实性。《中国现代文学史》对《野草》的现实性解释得比较简略，其中提到了鲁迅在《〈野草〉英文译本序》中作出的说明，通过此序可知《野草》中的多篇文章都是有感于现实而作。在上一部分借鉴《中国现代文学三十年》教材的相关评述中，我也总结出了《野草》中所表现的现实性，相关内容可以作为本部分的补充。

第二部分，必要的心灵自剖。《野草》中弥漫着"绝望与希望"和"生与死的抉择"。教材把"希望"与"绝望"这一对矛盾作为诸多矛盾的焦点，在剖析这一矛盾的过程中最终确立了超越矛盾的姿态，这种姿态指导着意象作出自己的选择。如在《过客》中，过客流了许多血，于是只得喝些水来补充血，一路上总有水，但偶有一天却连一个小水洼也遇不到。过客陷入绝望与希望的交织，老翁"料不定可能走完"的说法没有使他退缩，反而使他坚定了"向前走"的信念，这个信念指导着他不顾一切地去探寻新的路。教材在讲解《影的告别》一文时着重分析影"在黑暗里彷徨于无地"的状态，而在预习时，我侧重理解"影"的最后选择，即勇敢地面对。

"独战的战士"就要勇敢地面对绝望。"'独战的战士'是《野草》独创的艺术形象，使《野草》的抒情风格为一种悲剧美所浸润。"[①] 这种战士形象体现在"枣树"中，也体现在"过客"中。

第三部分，一些外来文化的影响也是不容忽视的。尼采、厨川白村等也对《野草》的创作产生了影响，这一部分的内容可以借鉴《中国现代文学史》中的解释：

> 《野草》的苦闷、彷徨情绪间接地反映着厨川白村《苦闷的象征》的
> 影响；其深刻、警策与隐晦，以及一些形象的"尼采气"，多见于《查拉

---

① 朱栋霖，吴义勤，朱晓进. 中国现代文学史 1915—2016（上）[M]. 北京：北京大学出版社，2018：110.

图斯特拉如是说》及尼采的其他箴言体著作。《野草》对现实景象和梦境的交错描写，把一些微妙难言的感觉、直觉、情绪、想象、意识与潜意识准确而生动地表现了出来，有着丰富的心理内涵。这显然吸收了西方象征主义、表现主义艺术手法，也是厨川白村《苦闷的象征》之艺术观念的表现。……①

（四）组内合作研讨

本学期黎老师将班内的同学分成了六个组，我所在的六组共有十名成员。在课前我们会先根据黎老师在学期初发送的课程整体框架确定主要研讨内容。以本讲为例，我们组需要在课上展示的是第四部分"不容回避的路径：自我剖析"。组内成员会发表自己对这个命题的理解。在本次研讨中，我们得出了一致的结论："自我剖析"是鲁迅面对不堪现状，从自身方面寻因的努力。在这个结论的引导下，我们开始了搜集材料的工作。组内十名成员分别从各自的角度搜集资料，有人从文本中寻因，有人从写作背景中寻因……整理好语言后发送至群聊，并由汇总人（即课堂展示的汇报人，由组内成员轮流担任）把文字整合成文档，再由 PPT 制作者（组内成员轮流担任）根据已经汇总好的文档制作 PPT。全部完成后，汇报人和 PPT 制作者将文档和 PPT 发至群聊，供组内成员阅读并提出修改建议，让课上展示更加完善。

参与合作研讨的过程有独立的思考，也有思维的碰撞。组内研讨给同学们提供了表达自己想法的机会，课上展示搭建起学生当众发言的平台。小组合作研讨作为课前预习的重要一环，在学习过程中发挥着不可忽视的作用。经过一个学期的研讨，我也感受到了我们组在此环节一些不够完善的方面：在课前研讨环节，我对于非本组负责展示的其他部分重视程度不够，导致对知识的了解不够全面；学生在根据汇总文档制作 PPT 时，有时只罗列思想观点，重点不够突出；如果 PPT 上仅仅保留重点，就更加考验汇报人和 PPT 制作者的默契，如果汇报者和 PPT 制作人课前交流不到位，在课堂展示环节就会出现差错。

我将以上课前准备内容整理如图 9-1 所示。

---

① 朱栋霖，吴义勤，朱晓进.中国现代文学史 1915—2016（上）[M]. 北京：北京大学出版社，2018：110.

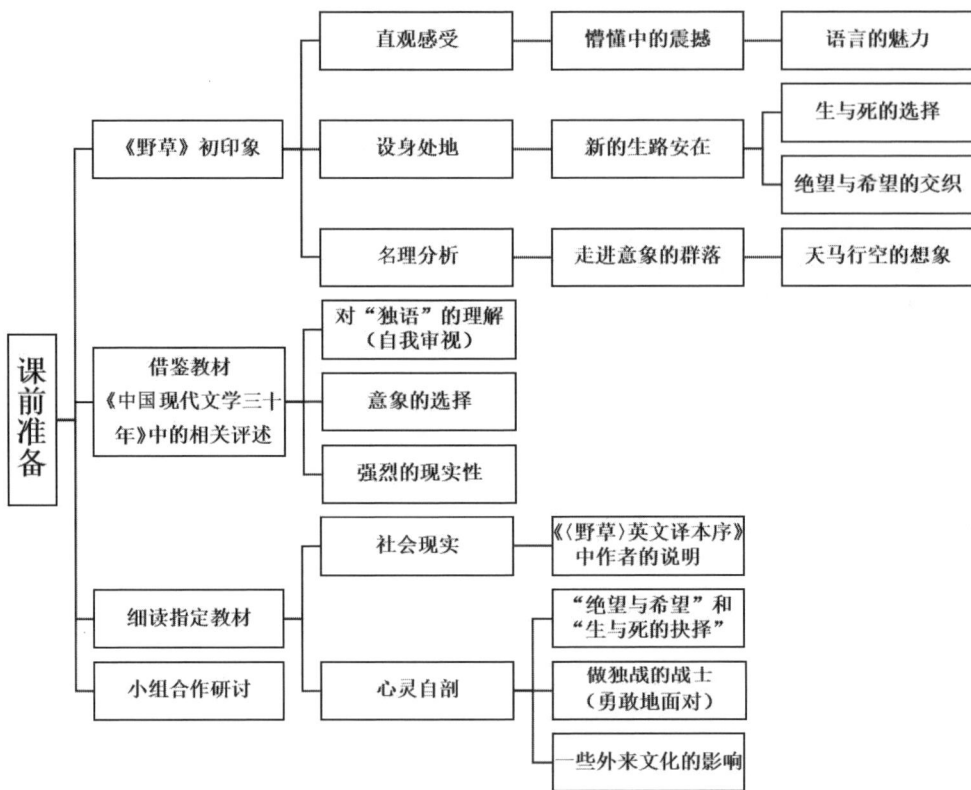

图9-1　本讲课前准备内容整理

二、课堂参与

（一）阅读《野草》的层面

《中国现代文学史》把对《野草》的阅读划分成社会现实和心灵自剖两个层面，老师在此基础上进行了延伸。在老师的讲解中，我看到了斗争着的枣树，看到了为光明而牺牲自己、被大石车碾死的"我"，看到了举起投枪的战士……我看到在他们的选择背后坚定地向新生路前行的决心。我认为作者表现复杂的社会和深刻的自我反省不是为了找出错因，而是为了继续前行。由此我跟随老师找到了阅读《野草》的第三个层面——心路探寻。

（二）困境中的选择：告别"影"

在课堂上，老师讲解了鲁迅在写《野草》前后所经历的"影"，并将其归纳为三件大事。

第一件事，在写《野草》之前，周氏兄弟失和。鲁迅素来厌恶看客，其弟却在吵架时拉来看客围观；鲁迅为人正直，却被污蔑偷看女人洗澡；鲁迅花钱置办房产让周家人再次住进一个院子，最后却被逐出家门。弟弟太了解他，一次次戳中他的最痛处。鲁迅的身体和精神在此期间经历了大震动。

第二件事，在写《野草》期间，鲁迅被章士钊撤职。失去了一大笔经济来源后，鲁迅重新审视自己，在此期间一边撰写文章，一边为打赢官司而努力。

第三件事，同样是在鲁迅写《野草》期间，许广平走进鲁迅的世界，他不再是彻底的孤勇者。两人在通信中感情渐深，直至彼此认定对方是终身伴侣。许广平的出现就像是一束光，照进了鲁迅的生活，给鲁迅带来了希望与美好。

在我看来，这些经历对于鲁迅来说，不仅是困境中的"影"，更是让他走向新生活的催化剂。现实的刺激，多种力的作用，让心中召唤他前行的声音越发清晰坚定。

（三）自我救赎的尝试：只有前行

一组的汇报人在发言时说，《野草》是鲁迅精神世界的文本体现，鲁迅用他并不挺拔的身躯和顽强的意志完成了他对这个绝望世界的独自承担。听到这句话后，我的脑海中浮现了一个抽着烟斗望向窗外沉思的背影。第一小组的汇报人说道：《影的告别》中"影"寻找到在黑暗中绽放生命的方式正代表了鲁迅的生命哲学；冰封的"死火"是鲁迅精神的形象展现；这样的战士和过客是鲁迅精神的化身。这些观点对我启发很大，让我对鲁迅前行的尝试有了新感悟。

在我看来，写《野草》是鲁迅展开自我救赎的尝试，在令人窒息的环境中，他实现了对自己的拯救，让自己在黑夜中的生命得以绽放。我把"只有前行"当作鲁迅对不堪现状的反击，纵使头顶是鬼䀹眼的天空，枣树也会直直地刺；纵使身处冰谷之中，也能寻得死火绝地求生；纵使不知终点是坟还是花，也不会停下脚步，也要做有意义的过客……"只有前行"是"鲁迅的生命哲学"。这些在《影的告别》《过客》《死后》等文章中都有所体现，但我又觉得"只有前行"并不足以概括"鲁迅的生命哲学"。江智利、李玲在《艺术与哲学的完美结合——评鲁迅的〈野草〉》中把"鲁迅的哲学"概括为三点：顽强战斗的哲学、反抗绝望的哲学、向麻木复仇的哲学。[①] 这样的表述充分表现了鲁迅对现实的反击，表达了鲁迅在前行路上坚定奋斗的决心。

---

① 江智利，李玲. 艺术与哲学的完美结合——评鲁迅的《野草》[J]. 重庆科技学院学报（社会科学版），2007(2)：64、75.

（四）不容回避的路径：自我剖析

在课前，我们组查找并分析了一些关于"自我剖析"路径的文本。《墓碣文》中说："有一游魂，化作长蛇，口有毒牙。不以啮人，自啮其身，终于殒颠。"[①] 鲁迅借游魂化作长蛇，用毒牙自啮，最后却落得殒颠的结局，以此表达自己自我剖析的决心。"毒牙"象征黑暗和虚无。"鲁迅向'黑暗'和'虚无'抗战，从未将自己打扮成一个高高在上的'救世主'，或将自己置身于外"，而是"一种真正的心灵反省，一种透彻的灵魂忏悔。将自己置身于'死亡'的境地，在'反抗绝望'的同时，将'反抗'的矛头也对准了自己。"[②] 从《墓碣文》中可以看出鲁迅内心的激烈冲突和矛盾，他看到了长蛇口中的毒牙，看到了长蛇殒颠的结局，但不甘心这种悲剧的结局，在自啮的过程中融入自省，向心灵的更深处寻找走向希望的道路。

在《过客》中，过客永不停息的行走也象征着一种永远的自省。鲁迅曾说："生命的路是进步的，总是沿着无限的精神三角形的斜面向上走，什么都阻止他不得。"[③] 过客在路上遇到的绝望境地并没有打倒他，反而促使他向着前方永不停息地继续前行。过客不向绝望屈服的态度，正是鲁迅的态度：即使绝望，也要抗争，要寻找到一条没有名目，没有地主，没有驱逐，没有牢笼，没有眼泪的希望之路。

综上，我认为六组的同学着重强调《野草》中的意象，也是鲁迅本人的象征。这样的分析是有价值的，但有必要进行些补充，不可忽视被撤职、兄弟失和、遭受重病等种种人生经历对鲁迅重新审视自己的催化剂作用。在生活和生命的红灯开始闪烁的时候，对"聪明人、傻子、奴才"的批判，对"死后"的抨击来得更加痛彻。

（五）千古孤勇：向死而生

《野草》的 23 篇文章中，有 18 篇提到了死亡。

五组在汇报时推荐了一位名为"好书天天伴"的百度博主发表的文章——《天地孤鸿，向死而生——读鲁迅〈野草〉有感》，并分享了文中的相关观点。

> 在《野草》中，鲁迅对死亡与新生、绝望与希望、过去与未来等进行了独特的思索，形成了《野草》独具色彩的死亡意识。死亡意识是生命意

---

① 鲁迅.《墓碣文》.鲁迅全集 第 2 卷 [M]. 北京：人民文学出版社，2005：207.

② 黄健.灵魂的独语:《野草》鲁迅的心路历程 [J]. 名作欣赏，2010(18)：4-10.

③ 鲁迅.《生命的路》.鲁迅全集 第 1 卷 [M]. 北京：人民文学出版社，2005：386.

识的特殊形态，是把死亡作为生命个体存在的最终归宿和最本质的规定。

鲁迅清醒地认识到所有人生的共同归宿只有一个：墓地。此在的生命过程便是走向死亡的过程，此在便是"向死而生"。因此，他拒绝了盲目乐观主义，他选择的是真正的现实主义：从死亡这一将来必然的现实出发，回溯到人现有的存在，从而找到向死而生的存在哲学。在鲁迅看来，对死亡的思考并非出于害怕，而是对生命意义更深刻的思考。在面向死亡的生命思考中，人才能真正领悟到生命的价值。没有思考过死亡，也就缺乏对生命的深刻感悟。人终有一死，死亡使得人觉察到，在天地间人是多么渺小与卑微。野草终将死亡和腐朽，但这恰恰是为了证明生的存在。[1]

我在《死后》中找到了支持五组同学观点的依据。在课上，老师也精讲了此文。"待到我自己知道已经死掉的时候，就已经死在那里了。"[2]悲凄的时代充满绝望，不留一丝余地。人们没有生存的权利，却连死亡的权利也消失了。其实对生活不抱一丝期待的时候，见到点点的光，也会觉得惊喜。鲁迅曾在遗嘱里说：忘掉我。他希望他关注的问题已经解决了，他希望新的思想已经出现了，但是我们如今还在研究他，学习他。"现在又影一般死掉了，连仇敌也不使知道，不肯赠给他们一点惠而不费的欢欣……"[3]向死而生，即使是死，也要快意地死，这种果断与决绝，让人泪目。文章最后写"然而终于也没有眼泪流下；只看见眼前仿佛有火花一闪，我于是坐了起来。"[4]眼前有光出现了，"我"坐起来追光。即使死后，也要向着新的生路奋进，这是千古孤勇者的典范。

（六）一种倔强，两种表达

在第一次看到老师给出的这个标题时，我想到的两种表达是生与死。正如《野草》："为我自己，为友与仇，人与兽，爱者与不爱者，我希望这野草的死亡与朽腐，火速到来。要不然，我先就未曾生存，这实在比死亡与朽腐更其不幸。"[5]"我"对死亡欢喜，因为借此"我"知道它曾存活，"我"对腐朽欢喜，因为借此"我"知道它还并非空虚。因此，比之空虚地活着，"我"更想追求实

[1] 来源于百度博主好书天天伴，与2019年4月发表的文章《天地孤鸿，向死而生——读鲁迅〈野草〉有感》。
[2] 鲁迅.鲁迅全集 第2卷 [M].北京：人民文学出版社，2005：214.
[3] 鲁迅.鲁迅全集 第2卷 [M].北京：人民文学出版社，2005：217-218.
[4] 鲁迅.鲁迅全集 第2卷 [M].北京：人民文学出版社，2005：218.
[5] 鲁迅.鲁迅全集 第2卷 [M].北京：人民文学出版社，2005：164.

实在在的存在，哪怕代价是死亡，是腐朽。

黎老师认为反抗绝望与泛化希望其实都是倔强的表现，绝望把告别推向了极致，而只要活着，希望就依旧在。《野草》的文风与价值追求趋向两极分化，现实与梦想的纠结，意识与下意识，此起彼伏。正是这些不同的极，体现出了《野草》丰富的内涵。

无论是生死的纠结，还是绝望与希望的相撞相击，归根到底都是"一种倔强"的表达，无论怎样表达，都让我从中看到一位好像永远不会疲倦的清醒的启蒙者，一位为了新的希望，永远向前跋涉的战士。

三、课后回顾

（一）《野草》表现社会、心灵自剖、心路探寻的历程

在回顾这一讲时，我的方法是理出《野草》中的感情脉络。《野草》作为鲁迅唯一的一部散文诗集，体现了他在困境中的人生态度。现实世界是悲凄的，但是在悲凄中仍有对理想的追求，从自我审视中找到前行的路，哪怕只有一点光也要拼尽全力向光而行，踏出新的生路来。

一味与现实对抗是不可取的，更重要的是对思想与精神的重建，这重建充满了矛盾。在《影的告别》中，光明与黑暗都会使"我"消失，文中反复提到"我"彷徨于明暗之间，挣脱矛盾的纠缠之后，果断地告别。在这里，表现社会、心灵自剖与心路探寻是三位一体的。

（二）从《题辞》回顾《野草》

学完本讲，我重读《野草》的《题辞》，有了一些新的感悟。

面对冷淡的现实，"我"总觉得要写些什么来表达情绪，可将要写时，却倍感空虚。"我"因为死亡的生命曾经存活而欢喜，也因为腐朽的死亡并非空虚而欢喜。死亡和腐朽都并不可怕，可怕的是连生存和空虚也未曾有。有这样真实存活的、非空虚的战士前仆后继，反抗绝望的进程才得以延续。这样的战士是杀不尽的，即使他们已经死亡，已经腐朽，也会有源源不断的新的力量"举起投枪"。

鲁迅形容野草"根本不深，花叶不美，然而吸取露，吸取水，吸取陈死人的血和肉，各各夺取它的生存"[①]。这像是在自谦自己的文章并非华丽，但也是有感于现实而作。野草经历的践踏暗示反抗过程的艰辛，也体现了《野草》的现实性。

---

① 鲁迅.鲁迅全集 第 2 卷 [M].北京：人民文学出版社，2005：163.

"我自爱我的野草"①，《野草》中有太多的勇士：一腔孤勇的过客、升华的雪、舍己开路的死火、勇毅坚定的战士……"我"爱这些战士，所以爱"野草"，"我憎恶这以野草作装饰的地面"②，但是野草生存的环境太让人绝望：地狱中的魔鬼、冷冻死火的冰川、死后围观的看客……"我"憎恶这令人绝望的社会环境，所以憎恶野草装饰的地面。

"地火在地下运行，奔突；熔岩一旦喷出，将烧尽一切野草"③，新生的力量已经产生，他们一旦成长起来，陈腐的一切将被推翻。"我希望这野草的死亡与腐朽，火速到来。"④鲁迅希望这绝望的一切早日灭亡。我想到《希望》一文中"纵使寻不到身外的青春，也总得自己来一掷我身中的迟暮"⑤。在《题辞》结尾，鲁迅直接表达"去罢，野草，连着我的题辞！"⑥这既是在鼓励新生力量勇敢地反抗绝望，又是在诅咒叫人绝望的社会尽快消亡。

（三）延伸课堂中的思考

这一讲结束时，老师留下了延伸问题：对希望的探寻同样出现在 1920 年代戏剧中，1920 年代戏剧"新"在哪里？

回顾本讲，鲁迅在《野草》中让我们看到了一位精神界的战士对希望的探寻，带着继续探寻希望的想法，我开始了对 1920 年代戏剧的预习。

不同于本讲的文本细读，下一讲是"1920 年代戏剧面面观"，是对十多年的戏剧概况的讲解。我使用的方法是首先掌握发展脉络，再寻找不同阶段"新"的特征，最后整理出共同点。从 1907 年"文明新戏"作为中国现代话剧艺术自觉探讨与创作的开始，到"春柳社"借鉴西方话剧以适应现代文明的需要，到第一个职业性新剧团"进化团"执着于话剧艺术，到"建设西洋式新剧"把戏剧当作传播思想、组织社会、改善人生的工具，到非营业性的"爱美剧"提倡艺术的新剧，再到与"小剧场运动"追求真实生活的感觉，我认为 1920 年代戏剧的"新"表现在教化功能逐渐减弱，取材更加接近生活，更加注重人也就是观众的感受。这样的"新"突出强调了人的重要性和主体地位，把戏剧的发展引领上了一条铺满希望的道路。

① ～④　鲁迅. 鲁迅全集 第 2 卷 [M]. 北京：人民文学出版社，2005：163-164.
⑤　鲁迅. 鲁迅全集 第 2 卷 [M]. 北京：人民文学出版社，2005：182.
⑥　鲁迅. 鲁迅全集 第 2 卷 [M]. 北京：人民文学出版社，2005：164.

总　结

（一）具体本讲

在我看来，《野草》的意义不仅在于发现问题，剖析现实，探寻生路，其更丰富的意义在于引导读者面对问题。看到两人打架你是否会去围观？你是否会把自己的牢骚发泄给自己的晚辈？如果回答是肯定的，那是否需要反思自己也在不知不觉中成为自己讨厌的人了？不仅在 1920 年代的中国，在当今的中国，《野草》中隐喻的一些问题仍然存在：无所作为的看客，仗势欺人的军官，奴性的求乞者……或许人们已经意识到这些行为是不正确的，但还是挡不住好奇心的诱惑或者为了满足自己某种心理，最后成了那样的人。我认为《野草》仿佛在提醒那样的人们：看清问题，鼓起勇气，去探寻新的生路吧。

（二）跳出本讲

在上文本细读课时，我习惯第一步做的是阅读原著。通过阅读获得对作品的初印象。初读感觉懵懂时，通过了解创作背景形成自己的理解和看法，课上再对比老师的解释，做出更合理的解释。在寻找解释的过程中，我常用的方法是设身处地，感受作者的处境，与作者的心灵同频共振。

在阅读教材时，我使用的方法是分析、比较、整合，先提炼出不同版本教材中有关本讲的要点，再在复习时对要点进行扩充、完善。

一个课上记笔记的方法值得借鉴：先掌握老师讲课的整体思路，再在框架里填充笔记细节。如本讲老师提出引言：阅读《野草》的层面。经过学习，我记录的三个层面是：表现社会、心灵自剖、心路探寻。整理好整体框架，再填充细节：从《〈野草〉英文译本序》中找到表现社会的依据，根据社会问题产生了心灵自剖，在心灵自剖下补充相关文本，如《这样的战士》《过客》等，这样可以增强笔记的连贯性。

学习案例撰写感言　　　　　　　　　▶ 高懿宣

时间酿酒，余味成花。距离我和中国现代文学课的第一次相遇已经近一年。回想这一段旅程，现代文学这位朋友带我看过许多风景，这些风景太沉重，常常在一页的篇幅中讲完很多人的一生。

我以前很少思考文学真正的意义，在按照时间顺序走过了现代文学之路后，感觉文学的意义在于缅怀，在于铭记，在于开拓创新，又不止于这些。文学有种指引精神的力量，一代又一代人穷其一生探寻这种力量。作为后来人，我追寻前辈的足迹，凭着站在巨人肩膀上的优势，畅所欲言地表达自己是否愿意回到五四时代，品评历史事件的利弊，甚至对历史走向做出假设。

对我来说，不止于现代文学，我希望文学在我的人生中开辟出一方专属的天地，一个独特的精神世界，这个世界里有我悲情消极的通风口，也有我温暖快乐的小天窗。我会在这个世界里创造美，悲情的美或者圆满的美，相信这世界也会承载我所有的创造。

要之，在学习"中国现代文学（一）"的时光旅程中，我开始思考文学的意义，反思自己的经历。黎老师曾鼓励我们写东西，引导我们传承鲁迅"从来如此，便对吗"的精神，大胆质疑，努力尝试。她说现在的我们与一百年前的"五四青年"年龄相仿，一定也可以作出创造性的贡献。

教师感言 ▶ 黎秀娥

懿宣的文章定稿比较早，属于改的遍数相对较少的，大概也就八九次的样子。这或许与她对汉语言文学专业的热爱及其与《野草》的缘分有关。基于热爱，她转了一次专业，才能进这个班听课；基于她在前两次阶段性评价中的不俗表现，我邀请她写这则学习案例，而且是与她早就接触过的《野草》有关。一切都是最好的安排。

没有充分的主动性，是学不好《野草》的。

最能体现其学习主动性的是课前准备环节。带着上一讲留下的延伸问题，她分三步走：先获取阅读中的直观感受，再沉下心去设身处地地参悟文中的深意，进而名理分析，形成自己的答案。

最能体现其明辨性思维的是课后回顾环节。她从具体的文本阐释中理出鲁迅写《野草》过程中的感情脉络，辨析了其中的重重矛盾，并从《题辞》中解读出《野草》的当下意义。

懿宣能从文学课上感受到精神指引的力量，说明她是真的学进去了，因此她有机会在文学的世界开辟出自己的专属天地，或疏导悲情，或释放快乐，这是永不贬值的财富。

第三次阶段性评价：有种骄傲叫"我能背下来"

黎秀娥

　　　　好的考核不是给学生分出三六九等，而是在考核的过程中让每个学生不知不觉地努力做更好的自己。

　　在新学期第一课上公布的整学期的"中国现代文学（一）"教学日历中，预设第三次阶段性评价的方式是：从《野草》中选出一篇能唤起自己生命体验的散文诗，或背诵，或仿写，当堂完成分享，满分 25 分。这样的设计主要针对当下汉语言文学专业的学生"只搬运知识，不读原著"这一痛点问题。在很多同学连作品都不读的情况下，有人能背诵经典篇目，这无疑是一种骄傲。

　　这是三次阶段性评价中唯一不改变时序和方式的一次，只需要在具体操作上略作调整。

　　由于突发情况拖慢了教学进度，为节省时间，不随堂进行，而由学生提前录制背诵《野草》或自己仿写《野草》的散文诗的视频。结果，学生不约而同地都选择了直接从《野草》中选一篇来背诵，无一例外地在指定时间内完成并上交。

　　具体打分流程，与前两次阶段性评价相仿。照例经过两轮审阅，为避免学生打分时受到老师的影响，先将背诵视频交给组长，由组长评阅，然后再由老师评阅。每个视频有——一个来自同学，一个来自任课老师（组长的同学打分由课代表负责，课代表的同学打分由所在组的组长负责）——两个得分，取平均分，是其本次阶段性评价的最终得分。

　　这次不做专题讲析，只在布置评价方式时略作点拨，引导学生领会背诵的境界差别。

　　一种是现在通行的，跨过作品阅读，死记硬背文学史上别人对作品的言说，做机械的知识搬运工，这样会锻炼记忆能力，能应付考试之用，或者作为闲聊时的谈资。这个过程进入了学以致用的境界，也对学以致知的境界有所触及。

　　还有一种是正在尝试的，引导学生通过背诵经典文本形成自己的观点，经过从识记到思辨的提纯加工，能出色地完成考试任务，知其然，也知其所以然，甚至能调动自己的生命体验。在这个过程中，人的记忆、明辨性思维、语言表达等多方面的能力都会得到锻炼和提升，不止于学以致用和学以致知，而是能达到学以致思的境界。

三个班的学生都属于第二种情况，都出色地完成了本次阶段性评价。

经调查，本次阶段性评价有效地加深了学生对《野草》这一文学经典的理解，还有的学生能进而领会 1920 年代散文诗所达到的高度。这充分证实了一点：好的考核不是给学生分出三六九等，而是在考核的过程中让每个学生不知不觉地努力做更好的自己。

第 10 讲
1920 年代话剧面面观

扫描此码
观看视频

许心怡

我之前从未认真了解过话剧这种文学形式，在读过丁西林的《一只马蜂》后，我对话剧产生了浓厚的兴趣。

第一次在黎老师发给我们的学生版教学日历（即整个"中国现代文学（一）"课程的教学内容框架）中看到第 10 讲的题目时，我就在想，为什么老师会使用"面面观"作为 1920 年代话剧的后缀？为什么之前讲 1920 年代小说、新诗和散文等都没有使用"面面观"作为标题？带着对这两个问题的疑问，我开始了自己的探索。以前偶见用"××面面观"作为文章标题的例子，但从来没有深入地理解过"面面观"究竟是什么意思，这次接触"话剧面面观"给了我一个机会。一个关于"面面观"的很通俗的解释是："对事物进行全面的评估和观察或者是所观察和认识到的事物的各个方面。"

我该如何对 1920 年代的话剧进行全面的评估和观察？如何把握 1920 年代话剧的各个方面？是该从它的时代背景、产生、兴起、发展、代表作家、代表作品切入吗？1920 年代的中国，内忧外患、军阀混战、各种新思想纷至沓来，话剧的产生与兴起必定和现代中国的发展息息相关，而戏剧改良作为近代文学观念变革的产物，对"五四"及以后新文学的整体走向产生了深远的影响。1920 年代的中国现代话剧，是中国现代文学史中不可或缺的重要组成部分。

一、课前准备：浅知

在开始第 10 讲的学习之前，老师提前将要学习的内容分配到六个小组。通过预习，我们能对即将学习的内容有大致的了解，不会在课堂上手足无措，又能在预习的过程中发现问题，以便在正式课堂中重点学习相关知识，正如老师所说"不打没有准备的仗"，《中国现代文学史 1915—2016（上）》作为我们学习现代文学史的教材，是我们课前准备的第一手资料。我从中了解到：中国现代戏剧（话剧）初潮，是在近代民主革命的推动下产生的，与"诗界革命""小说界革命"相呼应。① 中国话剧只有百年的历史。从西方引入中国，20 世纪初到"五四"前称"文明新戏"，这种早期话剧仍具有一些传统戏曲的特点。"五四"以后引进的西方戏剧，其形式是现实主义戏剧，被称为"新剧"，1928年起称"话剧"，沿用至今。中国社会从传统走向现代，戏剧厥功甚伟。英国人说"在上帝之后，莎士比亚决定了我们的一切。"② 话剧对中国人的日常生活也有同样的示范作用。通过话剧的演绎，剧情中的故事会引起观众的共鸣，剧中人物的话会惊醒尚在疑惑中的灵魂，让观众更加纯粹地去领会、思考话剧背后的深意，并逐渐形成自己的观点，辨明黑白对错，催生自我意识。跳脱了文字服务于识字者这一局限，通过演员的语言、肢体动作、情绪变化和对舞台道具的运用，以它独有的画面创造能力，将思想内容压缩为几个小时的剧情，比起单纯的文字，更容易让观众领会和接受。随着 1920 年代文学思潮与运动的发展，话剧这种独特的文学形式也随之兴起。

延伸课堂（一）中预留的预习问题是思考新戏之"新"。当我看到被引出来的"新"字时，就想：新戏之"新"，"新"在何处？为何称之为"新"？这个以"新"为名的问题有点似曾相识，就好像此前老师讲新文化运动时抛出的引子：新文化运动"新"在哪里？我不由产生了疑问：新戏的产生发展时间就在新文化运动开展之际，新戏之"新"和新文化之"新"有相同的表现吗？

我有幸出生在这样一个好的年代，网络和大数据的飞速发展让我可以了解到许多关于 1920 年代话剧的相关内容。近代戏曲改良理论中强调戏曲的通俗性和感染力的文章、言论不胜枚举，但戏曲到晚清已经变得内容陈腐、形式僵化，过于重视曲律而忽视了内容应有的价值。因此，戏曲必须经过改良才能承担起唤醒民心、开启民智的历史重担。和中国本土的京剧、昆曲等艺术形式不同，话剧是舶来的西方戏剧品种，较之源远流长的中国戏曲艺术，它是后起之秀，在中国社会走向现代的过程中"出场"。这种艺术形式不断地经受改造，发生了创造性的改变。"五四"新文化运动中，传统戏曲受到激烈的批判，京剧的形成是清代地方戏发达的结果，而京剧成为全国性的代表剧种后一点儿也没有压抑地方戏的发展。从清代地方戏到京剧，是中国戏曲极度繁盛的时代。③ 新戏之"新"，融合了传统东方戏剧和新兴西方话剧的特点，新的艺术形式在特殊的时代背景（新文化运动、五四运动蓬勃发展）下，承担着特殊的解放思想、批判

① 朱栋霖，吴义勤，朱晓进 . 中国现代文学史 1915—2016（上）[M]. 北京：北京大学出版社，2018：10.

② 丁明拥 . 论早期中国话剧的社会功用与发展逻辑 [J]. 云南艺术学院学报，2021(4)：52-57.

③ 王锐 . 中国旅游文化 [M]. 太原：山西古籍出版社，2006：223.

封建、改良社会的历史任务。

1902 年，梁启超在《论小说与群治之关系》中说："欲新一国之民，不可不先新一国之小说。故欲新道德，必新小说；欲新宗教，必新小说；欲新政治，必新小说；欲新风俗，必新小说；欲新学艺，必新小说；乃至欲新人心，欲新人格，必新小说。"[①]他著名的《少年中国说》《新民说》的中心思想就是启蒙国民，提出批判、改造国民性，制造"中国魂"。"新民"就是呼唤新人，这是对 20 世纪中国社会与人的现代化的呼唤。[②]梁启超关于"小说与群治"的探究同样适用于新戏，与中国本土的京剧、昆曲不同，新戏作为特殊时代背景下（新文化运动、五四运动蓬勃发展）的艺术形式，同样承载着传播新道德、新宗教、新政治、新风俗、新学艺的任务，以求实现新思想、新人心、新人格的社会变革。

二、学习过程：深入

1920 年代是觉醒的年代，五四运动唤醒了一批又一批青年学子，深受新思想感染的他们积极投身于思想解放的大潮。话剧的产生与兴起和当时思想解放的文化潮流相互映衬，这也是它兴起并不断发展的重要原因之一。

在学习本讲前，我对话剧知之甚少，了解的仅是在高中学过的莎士比亚的《哈姆雷特》、曹禺的《雷雨》和老舍的《茶馆》，只观看过由《雷雨》改编的电影作品。因为接触得少，我对话剧的兴趣远低于小说和新诗，所以关于 1920 年代话剧代表作家及其代表作品，我只进行了简单的了解，大概知晓剧作家与其对应的代表作，并没有深入阅读。但通过在课堂上跟随黎老师学习，我对话剧产生了从未有过的兴趣，也发现了之前从未碰触过的"奇点"[③]……

（一）中国现代话剧的萌芽与诞生：文明新戏

中国现代话剧前身被称为"文明新戏"。我认为之前在中国就应该有新戏发展的土壤。这一讲首先做分享的是第四组的同学，他们根据《中国现代文学史 1915—2016（上）》做了简要介绍：据朱双云《新剧史》记载，1899 年上海圣约翰书院的中国学生编演了一出名为《官场丑史》的新戏，演出方式同传统戏曲迥然不同，其中一些情节是从传统戏曲中化用过来，为后来的文人演剧活动奠定了基础。所以，人们把演时事新剧的学生当作中国早期话剧的先驱。话

---

① 梁启超.侯宜杰选注.新民时代 梁启超文选 [M].天津：百花文艺出版社，2002：80.
② 朱栋霖，吴义勤，朱晓进.中国现代文学史 1915—2016（上）[M].北京：北京大学出版社，2018：9.
③ 数学、物理名词，此处仅取其字面意思，即奇妙的点。

剧的前身被称为新剧或文明戏，是西方戏剧启发下的戏曲改良运动的产物，在
19 世纪末经由西方侨民传入中国。当时的人们将话剧称作"舶来品"。当西方
戏剧涌入中国时，中国传统的戏曲也经受着变革思潮的冲击，掀起一股戏曲改
良的热潮，遂有了"时事新戏"，已初现话剧的形式。

经过同学的分享，我想深入了解中国新戏发展的历程。通过翻阅教材，我
获悉：中国现代话剧在新文学革命中展开实践与探索。新戏发展的同时，新文
化的倡导者们以那个时代特有的反叛性思维方式和破旧立新的革新精神，对中
国传统戏曲进行了严厉的审视和批判。[①] "中国话剧有别于中国传统戏曲，它不
以歌舞演故事，而是以对话、形体动作和舞台布景创造真实的舞台视觉。但在
艺术精神上，同中国的传统戏曲乃至中国的文学艺术存在内在而深厚的联系，
已经由一种外来的艺术形式转化成具有现代性和民族特色的中国戏剧样式，是
中华民族文学艺术的组成部分。"黎老师说文明新戏就是中国现代话剧萌芽与诞
生的前身。我认为新兴事物不会凭空产生，话剧在中国出现之前，中国本土的
京剧就已经发展到一个繁荣的阶段，登台演戏在当时并不是什么稀罕的事，京
剧戏台的存在为后来话剧舞台的发展打下了基础。正如张先所言："文明戏是当
时中西文化的激烈碰撞的产物，是中国话剧的一种'不中不西，亦中亦西，不新
不旧，亦新亦旧，杂糅混合的过渡形态'，尚缺乏自己的东西也没有找到自己的
文化定位。尽管它曾兴盛一时，但还没有扎下根来。"[②] 随着辛亥革命的失败，文
明戏也逐渐衰落，出现了一批迎合小市民的庸俗趣味的家庭剧。

我在阅读关于新戏发展历程的学术文章的过程中产生了疑问：新戏发展的
内涵究竟包含了什么？傅斯年认为："真正的戏剧纯是人生动作和精神的表象，
不是各种把戏的集合品。""在西洋戏剧是人类精神的表现，在中国是非人类精
神的表现。"[③] 提炼相关学术论文中关于五四新剧提倡者所持的理论主要集中在
三点：一是艺术进化论；二是人道主义精神的批判；三是写实主义的创作方法。
这是新文学运动对旧剧进行美学批判的武器。在新文化运动提倡新戏的同时，
作为中国传统戏曲的"旧戏"遭到了批判。

（二）"建设西洋式新剧"的选择

随着文明新戏的产生、兴起与发展，中国新戏面临选择，"选择"是我从这

① 朱栋霖，吴义勤，朱晓进．中国现代文学史 1915—2016（上）[M]．北京：北京大学出版社，
2018：228．
② 张先，武亚军．戏剧文学专业考试指南 [M]．北京：中国广播电视出版社，2004：277．
③ 傅斯年．戏剧改良各面观 [J]．新青年，1918，5(4)：20、21．

一部分标题中提取出的关键词。新戏在未来如何发展，如何让新戏更好地服务于解放思想、革新社会？负责这个板块的第五组同学认为：《新青年》作为新文化运动的载体，专门发动了旧剧评议，对传统旧戏猛烈攻击，作出了另起炉灶、"建设西洋式新剧"的战略选择，要求戏剧能用于宣传思想，表现一般人的生活。新青年们的具体行动是翻译改编国外的戏剧，从"易卜生专号"开始，形成了一股译介外国戏剧的浪潮。

在这一时期，对传统戏曲的重新评估和整理也很引人注目。为厘清新戏与旧戏的关系，我经搜索获悉：关于中西戏剧文化相融合的倡议，在"建设西洋式新剧"的浪潮中也有涌现。一个重要的现象是北京大学开设西洋戏剧的同时，开设了中国戏曲的课程，把以前处在边缘位置的戏曲和小说提升至正宗的地位；另一个值得一提的现象是《晨报》副刊以《剧刊》栏目为中心，整理旧剧而建立新剧，以娱乐为戏剧观，受到爱尔兰民族戏剧的影响要求建立糅合东西方的戏剧。

新戏在发展的过程中也需要助力，社团在新戏的传播当中发挥了重要作用。1906 年出现了中国现代话剧社团的最初萌芽——由曾孝谷、李息霜（李叔同）等在日本东京成立的春柳社，最早将现代话剧形式比较完整地搬上历史舞台，这是中国话剧的开端。春柳社 1907 年在日本东京演出了《茶花女》，排演了五幕话剧《黑奴吁天录》。辛亥革命爆发后，发端于学生演剧的新剧演出已在上海形成气候。1907 年陆静若创办春阳社，1910 年任天知在上海成立了中国现代戏剧史上第一个专业话剧团——进化团。此后又有新剧同志会、民众戏剧社、上海戏剧协社、南国社等话剧社团成立，各种话剧类社团的出现为新剧的发展和推广做出了贡献。

（三）"爱美剧"与"小剧场运动"

这部分是 1920 年代话剧中我最为熟悉的内容，因为这是我们第六组负责分享的内容。收到任务后，组长就组织我们收集相关资料，挑选发言人并制作PPT。我和小组成员们对"爱美剧"和"小剧场运动"作了较为充分的了解。每个人搜集的资料虽然大同小异，但"小异"中也有自己未曾了解的新知识。通过"小异"的对比讨论，能扩展"大同"的知识范围，对知识点的记忆也更加深刻。课前的小组合作使我们的信息提取能力、团队合作能力、PPT 制作能力都得到了提升。小组代表总结发言环节又锻炼了我们的语言组织能力和现场讲解能力，为未来走上讲台，成为人民教师打下了坚实的基础。

通过小组成员的共同努力，我厘清了以下内容：爱美剧是继文明戏之后的话剧称谓，由"AMATEUR"音译"爱美的"而来，属于业余戏剧。文明戏于

1914 年前后开始走向衰败，部分戏剧内容复古腐朽，部分演艺人员生活堕落。中国戏剧人在反思之后认为文明戏堕落的根本原因在于文明戏操纵权掌握在资本家手里，营业性和商业化是导致文明戏堕落的主要原因。于是他们提出模仿西方的"AMATEUR"，成立非营业性独立剧团，介绍西方戏剧知识，培养新的戏剧受众，上演艺术价值较高的剧本，以此反对戏剧商业化，追求戏剧艺术价值的实现。爱美剧倡导新型艺术，反对话剧重蹈文明新戏被资本家操纵终致沦为赚钱工具的覆辙，倡导爱美剧弘扬真正的话剧艺术，在当时很快得到广大戏剧工作者的响应，在北京和上海很快掀起了"爱美剧"运动。

"小剧场运动"起源于 19 世纪末的法国"自由剧场"的艺术实验活动，后风行于欧美与日本，是现实主义与自然主义戏剧取代古典主义与浪漫主义戏剧，从而占据剧坛主导地位的一次戏剧革新运动。中国的小剧场运动以"爱美剧"的形式进行艺术实验，建立起不同于文明新戏的话剧体制，以"导演制"取代"明星制"，使中国的话剧走上正规化、专门化与科学化的道路，并且提出与建立了一套新的戏剧美学原则与表演体系和模式。

小剧场运动重视剧本的创作，培养出田汉、丁西林等著名剧作家。胡适模仿易卜生的《傀儡家庭》创作的《终身大事》是现代话剧最早的创作剧本。创造社的郭沫若和田汉都是当时极有影响力的以"诗人写剧"著称的剧作家。与当时现代话剧多以悲剧和多幕剧为主的情况不同，丁西林则创作出了在艺术上十分成熟的独幕喜剧。

黎老师特别强调了一点：丁西林作为 1920 年代著名的剧作家之一，是中国物理专业的领军人物之一，作为文理"两栖"的大家，丁西林对文理两界都做出了极大的贡献。这位跨学科的话剧天才带给我很大感动，至今令我印象深刻。

（四）丁西林的喜剧

在学习这一阶段内容之前，我和大多数同学一样，对剧作家的了解只有曹禺、老舍、郭沫若等人，从未听说过丁西林。丁西林是何许人？为什么他的喜剧需单独作为一块内容来学习？在经过第一组同学的分享和阅读了《一只马蜂》之后，我明白了丁西林的特别之处。

第一组同学这样介绍丁西林：在喜剧创作上出类拔萃，打破了中国传统的喜剧模式，是中国现代喜剧的主要奠基人和开拓者；他早年留学英国，借鉴了英式语言技巧和幽默喜剧风格，从另一个侧面反映了这一时期戏剧文学的成就；他的《一只马蜂》（1923）、《压迫》（1926）、《三块钱国币》（1939）等剧作不乏对不合理现实的讽刺，语言机智幽默，耐人寻味，结构巧妙严谨，剧情生动感人，每部喜剧都是精品，为中国新喜剧的发展提供了最初的范本。创作于

1923 年的《一只马蜂》，以家庭婚恋纠葛暴露和轻讽社会现实，机智幽默含蓄的喜剧风格受到广泛关注和好评。此后丁西林连续发表《亲爱的丈夫》《酒后》《压迫》等。《压迫》是丁西林早期喜剧的压轴戏，思想独特，结构精巧，语言幽默俏皮，人物性格生动，被洪深赞为当时"喜剧中的唯一杰作"①。

同学们的分享激起了我对丁西林及其喜剧的兴趣，通过仔细搜索，我发现：丁西林的喜剧受到近代英国喜剧（主要是世态喜剧、机智喜剧）的影响，擅长描写社会人情世态，揭露世间的虚伪荒唐。语言俏皮，机智谐谑，情节曲折多变，具有轻松幽默的喜剧风格。比如《一只马蜂》里吉老太太和吉先生讨论婚姻时，吉先生选择用"白话诗"来比喻吉老太太口里的"这班小姐们"，而"把旧的说成是八股文"②，在附和余小姐时说"世界上最不讲理的是醉汉，其次就是病人"，还有对"报答社会"的有趣论述③ 等。不过这种有趣的语言，只出现在情趣优雅的男女主人公身上，也就是作者理想中的高级知识分子口中。龙套的存在感基本等于无，这种俏皮话有时是与剧情游离的，是一种自我陶醉的语言趣味和思想情趣。《一只马蜂》不像我们现在看的小品、相声、情景喜剧等那样喧闹，却产生了强烈的喜剧效果，于无声处，尽显匠心的力量。

我之前从未认真了解过话剧这种文学形式，在读过丁西林的《一只马蜂》后，我对话剧产生了浓厚的兴趣。话剧不同于小说、散文、诗歌等文学作品，实景演绎的形式更能拉近作品与受众的距离，增强情绪的感染力。寒假期间，我观看了之前有所耳闻的两部话剧的录像：赖声川的《暗恋桃花源》和《如梦之梦》，现在我期待着能有机会在现场看一场完整的话剧演出，体验临场观看带来的触动。

三、课后总结：浅出

（一）章节小结

中国进入 20 世纪以后，面临内忧外患的危机，促使中国的青年学生积极投身于解放思想、拯救祖国的运动中。生命意识觉醒伊始，人们易因前程未卜而感到茫然，然而，即使生逢乱世，命如蝼蚁，也要心向光明。话剧在 1920 年代中国的产生与发展，是青年一代探索救国救民道路的成果，也是觉醒的人逐光前行的证明。

---

① 洪深 . 中国新文学大系 戏剧集 [M]. 良友图书印刷公司，1935：70.

② 中国话剧艺术研究会 . 中国话剧百年剧作选 第 1 卷（1907—1929 年）[M]. 北京：中国对外翻译出版公司，2007：539.

③ 刘秀丽 . 中外独幕剧选读与赏析 [M]. 昆明：云南大学出版社，2017：13-28.

话剧有独特的艺术感染力，剧中一个个生动的人物形象，高尚的让人见贤思齐，低劣的让人观之自省，平庸的让人看见真实。经由话剧演员的生动演绎，从入眼到入心，带给人强烈的精神冲击，在教育人和感化人方面卓有成效。除了人物，作者的观点在一个个故事中显现，吸引着观众一点点地接受作品中的思想，跟着作者一起凝视舞台上的世界，进而思考真实的世界。1920 年代话剧的发展同新文学革命相映衬，践行人文主义和个人主义，是"人的文学"①的重要组成部分。话剧作为一种特殊的艺术形式，在思想解放的大潮中涌现，对传播新思想做出了特殊的贡献。

（二）学习回顾

在学期开始的第一堂课中，黎老师就向我们提出了"不打无准备的仗"的呼吁。开始我并不懂得为什么要提前查找资料，每次的准备工作都有些烦琐，从仓促地接到预习任务，到小组讨论分配负责板块——搜集资料、制作 PPT、选择发言人等，常感觉猝不及防，直到撰写学习案例，我才深深感受到黎老师的良苦用心：为什么要在"战前"厉兵秣马？没有准备的士兵在战场上可能九死一生。做好课前准备才能避免在课堂上手足无措，没有预习，我无法知道1920 年代话剧作为"新戏"所代表的意义，无法知道"爱美剧"不是字面表达的意思，无法知道物理学家丁西林也是喜剧大师，更无法知道事先做准备对听课的重要性。

（三）感触

正在我着手撰写学习案例时，看到老师发放的调查问卷中有这样一个问题：这门课程给你最大的感受是什么？

我认为文学是苦痛带来的。文学史易让人共情是由于它一页页文字背后的排列既有史学的精简理智又有文学的流丽婉转，无论是古典文学还是现当代文学，都以最为古朴的方式伫立于时代变迁之中。其实文学史不只在诉说文人个人命运的颠簸与顺遂，还讲述了时代风貌及其不断变化的过程，一个又一个普通人的命运颠簸流转及其在历史洪流中经历的起伏悲欢。1920 年代的中国处于内忧外患之中，中国人民经受着水深火热的考验，觉醒的现代剧作家见证或亲历了某些苦痛，用自己的文字塑造出人物，影射现实，引发思考，试图努力唤醒沉睡的人们。

我们为什么要学习现代文学史？为更好地了解当代人的痛苦和困惑，为自

---

① 周作人 . 人的文学 [J]. 新青年，1918(6)，31.

愈乃至自救提供借鉴。剧作家用自己的文字，或冷峻，或深情，或愤慨，或委婉地讲述了一代人的苦痛。

学习案例撰写感言　　　　　　　　　　　　　　　▶ 许心怡

2022年12月25日，我接到了黎老师打来的电话，她希望我能参与撰写中国现代文学的学习案例，我在选题中选择了"1920年代话剧面面观"。

我总希望事情有个圆满的结局：期待通过高中三年的努力考上一个心仪的大学，期待运动减肥成功，期待读过的每一本书能让我有所收获，期待每份付出得到同等的回报，期待花开，期待月圆，期待所有乘风破浪过后都有漫天霞光……期待通过这次写作，为"中国现代文学（一）"这门课程的学习画上圆满的句号。

我很荣幸能有机会参与这样的事，对此充满期待与惶恐。为从记忆深处再挖掘、重现1920年代话剧的学习过程，我翻阅黎老师下发的学生版教学日历开始回忆。查找资料、翻看笔记，从小组群对话中寻找碎片……然而由于积累不足，文笔粗陋，最初心中常有担忧。在撰写过程中，黎老师给了我极大的帮助和鼓励，从语言的凝练到标点符号的使用，逐字逐句地标出错讹处，并写下简明扼要的修改意见。她说要"一生磨一课"，在和黎老师短暂的接触中，我深深感受到黎老师对教育事业的崇高敬仰与无私奉献，真正明白了"腹有诗书气自华"的内涵。

我很爱汉语言文学。有些专业课要求写读后感和论文，虽然课业负担较重，但我还是对汉语言文学喜欢得一塌糊涂。忘了在哪里看到一句评价大学专业的话："理科拯救世界，文科拯救自己。"我非常赞成这个观点，文学常与苦痛密切相关。无论是古代文学乱世中的平静浪漫，还是现代文学百家争鸣的跌宕起伏，都如盏盏琉璃灯，一点一步，照亮我向内探寻自我的小路。新文化运动在危亡中绽放新生的花，在陈旧伤痛中探寻新的疗方。关于文学学习，我始终是被浪花推行的小舟，仰之弥高，钻之弥坚；历之弥久，行之弥远。

教师感言　　　　　　　　　　　　　　　　　　　▶ 黎秀娥

通过参与撰写学习案例，心怡最大的收获是坚定了对汉语言文学的热爱。诚然，文学，尤其是"中国现代文学（一）"，记录了现代人的觉醒和探索，对于现在的青年学子"向内探寻自我"有独特的学科优势。然而，文学却不止于"拯救自己"，文学也可以"拯救世界"，不过，那确实得"仰之弥高，钻之弥坚；历之弥久，行之弥远"，才有可能做到。

在这篇文章中，心怡从"怎么学"的角度勾勒出了 1920 年代话剧的概况，有助于读者在了解文学史知识的同时，感受话剧自身的魅力和学子明辨慎思的风采。

只要认真读过这则学习案例，您就不难体会到一点：

兴趣是可以培养的，不只对话剧是这样。

兴趣是最好的老师，有这个靠谱儿的老师在场，何愁学不好呢？

甚至可以这么说：有这个靠谱儿的老师在场，何愁来日做不好工作呢？

心怡这个"之前从未认真了解过话剧"的姑娘，在经过充分的课前准备、真诚的课上参与和一年多的学习案例打磨之后，会对话剧产生浓厚的兴趣。这个案例启发着我们：

只有在求知的路上大胆地、多方面地尝试，才能有惊喜。

第 11 讲
"永远的诱惑"与"理性的感受"
——《古潭的声音》与《一只马蜂》

扫描此码

观看视频

尚可　吴官洁

> 生命可以平凡，也可以轰轰烈烈，但总有一些东西可以超越生命，它可以是信仰，可以是尊严，也可以是梦想。

在学习了 1920 年代戏剧之后，紧接着有话剧的文本细读课。第 11 讲的主要任务是细读两部 1920 年代具有一定代表性的戏剧作品：一部是田汉的《古潭的声音》，富有浪漫与神秘色彩；另一部是丁西林的《一只马蜂》，着眼于现实中的小事，以幽默风趣的手法展现普通市民的生活。两部作品风格颇为不同。通过对第 11 讲的学习，我加深了对 1920 年代戏剧中悲剧和喜剧的认识，并对"诱惑"与"理性"有了进一步的思考，这一切体现在整讲的学习过程中，大致分三个阶段进行。

一、课前准备

（一）《古潭的声音》和《一只马蜂》初印象

延伸课堂（一）中老师预留的任务是："记下自己感触最深的部分。"在这个任务的推动下，我细读了两部戏剧作品。也许因为平时所读多属散文和小说，初读《古潭的声音》和《一只马蜂》，我很不习惯话剧的表现形式和叙事风格，以及主人公之间的多重对话和不断转换的心理描写。为完成任务，耐着性子一读再读，尽量去了解和感受剧中世界。

初读《古潭的声音》，我接触到一种崭新的艺术表现形式，对剧中的漂泊感和孤独感颇能共情；初读《一只马蜂》，我被戏剧中巧妙的冲突和幽默的语言所吸引，由衷地佩服两位青年在爱情上的果敢。这些最初的阅读体验，不仅让我了解了两部话剧的不同风格，还让我对剧本的写作背景和作者想表达的观点产生了强烈的好奇，有了进一步探寻现代话剧的冲动。

（二）两部戏剧的创作背景及创作风格

我们所在的小组分到了简析创作背景的任务，我们共同查阅资料和相关文献，预习所得的知识主要分为两大块。

一是田汉和创造社。20 世纪初，在五四运动和各种新思潮涌入的影响下，各大社团像雨后春笋般冒出。创造社是名气较大的一个文学社团，前半期受日本和欧美的影响，宣扬艺术至上主义，其作品表现出浪漫主义和唯美主义的倾向。虽然在文学社团中创造社的历史不是最长的，但是它在中国现代文学史上具有难以撼动的重要地位，创造了一系列"第一"：出版了第一本浪漫主义诗集、第一本短篇小说集、第一本长篇小说。后期创造社倡导无产阶级文学运动，讨论文学和阶级斗争的关系，提出社会主义写实主义理念等。

创造社的成就是多方面的，小说与诗歌影响极大，戏剧方面也取得了不俗的成就。最具代表性的创造社剧作家是田汉。作为中国现代话剧的奠基者之一，田汉极具创造活力，仅在 1920 年代就创作了 20 多部话剧（除 5 部多幕剧外，均为独幕剧），为现代话剧文学的建立做出了开拓性的贡献。

二是丁西林和喜剧。丁西林在 1920 年代以至整个中国话剧史上，都是一个独特的存在，他既是出色的剧作家，又是杰出的物理学家。在他身上所体现的科学（物理）与艺术（戏剧）思维的相辅相成，至今仍是饶有兴味的话题。中国现代话剧是以悲剧为"主打"的，他是为数不多的喜剧作家之一，在话剧领域里独创机智与幽默喜剧；中国现代话剧的主要代表作大多是多幕剧，而丁西林却执着于独幕剧创作的艺术实验，并且创作出了堪称典范的作品。

不同于同时期的大多数剧作家，丁西林创作的出发点不是社会、历史、现实中的问题，不以"惩恶扬善"的伦理道德家的眼光看问题，而以一个喜剧家的直觉，去发掘生活中的喜剧因素，创作有喜剧趣味的戏剧。"欺骗"是理解他的戏剧观念和艺术风格的一个关键词。

（三）整理《中国现代文学三十年》中的相关评述

在读完剧本并了解了相关写作背景之后，我又集中研读了《中国现代文学三十年》中的相关内容并做了归纳，加深对两个剧本文学史意义的认识。

一是《古潭的声音》中女性的个人意识。《古潭的声音》是一部神秘的象征诗剧。戏剧开始于一个艺术启蒙故事：诗人把女主人公美瑛"由尘世的诱惑里救出来了，给一个肉的迷醉的人以灵魂的醒觉"①，但后来诗人发现这位被他唤醒的女性又被"古潭的声音"唤去，并且永远不归了。原来分离期间，美瑛的

---

① 田汉，董健 . 田汉全集 第 1 卷 话剧 [M]. 石家庄：花山文艺出版社，2000：386.

思想又发生了新的蜕变，就像她自己向诗人的母亲所表白的那样，"我是一个漂泊惯了的女孩子"①，这才是真正的"精神漂泊（流浪）者"，生命不能有一刻的凝固，灵魂不能有一刻的安宁，"远方（山外的山，水外的水）"有着永远的诱惑。女性内在生命的骚动一旦被唤起，就会走向"彻底"，从而将妥协、中和的男性启蒙老师抛弃，诗人失败了。

二是《古潭的声音》中西方现代主义和浪漫主义的有效结合。田汉注重现实的关怀，"重象征，重哲理，重（主观）抒情的特色"②。于是，在田汉的作品中，引人注目地出现了"艺术家"——《古潭的声音》里的诗人，艺术家在面临灵与肉、精神与物质的冲突时，毫不犹豫地选择了前者，具有浓重的"精神至上""艺术神圣"的色彩。剧中的艺术家是有献身精神的"殉道者"，田汉还特意在男性艺术家周围设置甘愿为艺术家及其所从事的艺术奉献一切的女性形象。

三是《一只马蜂》中理性的喜剧冲突。《一只马蜂》中的男女青年注重婚姻中的爱情，在追求的过程中体验种种曲折有致的美感与乐趣：正是"现实的"与"审美的"两种不同的生活态度（观念），构成了全剧的喜剧冲突。剧作者的目的并不在于一定要将读者的思考引向某个结论性的共识，而在于期待读者（与观众）通过理性（与感性）的复杂品味获取更大的欢娱与满足。闹剧只要有声有色，而喜剧必须有味，闹剧的笑是哄堂、捧腹，喜剧的笑是会心的微笑，他没有将他的喜剧写成闹剧。

四是《一只马蜂》中幽默的戏剧语言。丁西林的喜剧艺术更以语言著称，他的戏剧语言具有幽默俏皮的特点，剧本中常见充满机智、幽默感的警句，以语言自身的喜剧性直接获取喜剧效果。受英国作家萧伯纳的影响，他十分重视对话艺术，多次在剧中运用比喻和反语，从而创造丰富多彩的幽默意境。

（四）预习中产生的疑问

通过课前预习和思考，我基本了解了戏剧创作背景、作品内容和作者生平，但我仍存在以下困惑和疑问。

1. 在《一只马蜂》中，吉先生说："这是最时行的直写式的白话文，有一句，说一句。"这是否在暗讽着什么？与当时的社会背景有什么关系？

2.《一只马蜂》在结尾处采用了反语的强烈对比，这种艺术表现形式有什么优势？

---

① 田汉，董健. 田汉全集 第 1 卷 话剧 [M]. 石家庄：花山文艺出版社，2000：392.
② 钱理群，温儒敏，吴福辉. 中国现代文学三十年 [M]. 北京：北京大学出版社，1998：152.

3.《古潭的声音》中富有哲理性的漂泊母题是如何在文本中表现出来的？

4.《古潭的声音》的艺术价值是什么？

事实证明，带着一些疑问走进课堂能够使课堂上的学习效率更高、效果更佳，也能更深入地了解文本内容和主题立意。

二、课堂参与

在课前仔细阅读话剧文本，并了解写作背景和相关文学史评述后，我带着老师课前预留的问题，带着好奇与期待，也带着想要体会两篇剧作蕴含的深意的决心走进课堂。

（一）延伸课堂问题回顾

老师在本讲一开始就让同学们分享自己初读两部戏印象最深的地方。我初读两部戏，印象最深的地方有两个。

首先，在《古潭的声音》中诗人有这样一段话："啊，我知道了，（出至露台）美瑛，美瑛，我把你从尘世的诱惑里救出来，你又给古潭诱惑了吗？女孩子啊，你们的一生就是从诱惑到诱惑去的路吗？古潭啊，我的敌人啊，我从许多人手里把她夺出来，却一旦给你夺去了吗？你那水晶的宫殿真比象牙的宫殿还要深远吗？万恶的古潭啊，我要对你复仇了。我要听我捶碎你的时候，你会发出种什么声音？"[1]诗人在得知美瑛投身古潭后，将美瑛的死归咎于古潭，认为是古潭诱惑了美瑛。这里的古潭是一种象征，象征着年轻人愿意献身的自由与理想，令我印象深刻。

其次，在《一只马蜂》中以下这段对话。

> 吉先生：因为一个人最宝贵的是美神经，一个人一结了婚，他的美神经就迟钝了。
>
> 余小姐：这样说，还是不结婚的好。
>
> 吉先生：是的，你可以不可以陪我？
>
> 余小姐：陪你做什么？
>
> 吉先生：陪我不结婚（走至余小姐前，伸出两手）陪我不要结婚！
>
> 余小姐：（为他两目的诚意与爱情所动）可以。（以手与之）
>
> 吉先生：给我一个证据。[2]

---

① 田汉，董健. 田汉全集 第 1 卷 话剧 [M]. 石家庄：花山文艺出版社，2000：394.

② 丁西林. 丁西林剧作全集 上 [M]. 北京：中国戏剧出版社，1985：21-22.

我认为结尾处吉先生表达了对余小姐的心意，最终用真诚与爱打动了余小姐。其实余小姐早已打定主意拒绝老太太说的媒，因她心里也早已有了吉先生。这一部分让人出乎意料的同时又心生喜悦。

老师让同学们以发送弹幕的形式发表自己的观点，同学们的选择丰富多样，都有自己喜欢的理由和看法。通过整理，我发现在《古潭的声音》中，同学们喜欢的点较为分散；在《一只马蜂》中，较多同学的选择在结尾部分。这引起了我的好奇，为什么会有这样的差异？那些被选中的部分又有什么吸引力呢？

（二）山外有山：田汉《古潭的声音》文本细读

在大体梳理了戏剧的情节和人物后，老师带着我们具体分析戏剧的语言。《古潭的声音》中有奇瑰的意象铺排："埃及模样的围巾啊，黑色的印度绸啊，南海的绸鞋啊，红帽子啊，丝袜子啊，克里姆啊，天才的乐谱啊，南国奇花制成的香水啊，杨玉环爱吃的荔枝啊，鲛女哭出来的珠子啊，我把你们辛辛苦苦弄到这里来，她走了，你们也没有生命了。"[1]《古潭的声音》中也有诡奇的比喻与联想："鞋，和踏在你上面的脚和腿是怎样的一朵罪恶的花，啊！怎样把人引诱向美的地狱里去啊！"[2]营造这些意象与比喻世界的语言有鲜明的唯美倾向，大大增强了田汉剧作的文学性，对丰富现代戏剧的语言做出了独特的贡献。

在分析语言的基础上，我们聚焦"古潭"这个意象。"古潭"这一意象取自日本古代诗人松尾芭蕉的俳句："古潭蛙跃入，止水起清音"。据日本学者的分析，这古潭的清音乃"具足了人生之真谛与美的福音"。在剧的结尾处，诗人高喊着"万恶的古潭啊，我要对你复仇了！"[3]坠入了潭中。田汉的"古潭的声音"，让我联想起鲁迅《过客》中"前面的声音"，都是带着"生命的永远的诱惑"，只是在田汉的话剧世界中，增加了几分神秘、感伤的色彩，充分体现了剧作家在思想与艺术上的个性。

最后是对母题的探讨。同样，在课上黎老师引领下的文本细读中，我感觉《古潭的声音》表达了"漂泊"的母题。这一富有哲理性的母题，是如何通过戏剧具体表现出来的？对这一问题，我也仿佛找到了答案。当时很多人崇尚艺术，是人的自我表现的具体写照，《古潭的声音》便是一个不错的例证，田汉把戏剧创作看作生命的表白、灵魂的呼唤、苦闷的象征、自由的流露。他用象征主义、浪漫的情怀、海涛般的语言和奇异的象征将自己对现实的不满、对爱情的执着、对自由的渴望、对美好未来的追求和盘托出。

---

① 田汉，董健. 田汉全集 第 1 卷 话剧 [M]. 石家庄：花山文艺出版社，2000：391.
② 田汉，董健. 田汉全集 第 1 卷 话剧 [M]. 石家庄：花山文艺出版社，2000：386.
③ 田汉，董健. 田汉全集 第 1 卷 话剧 [M]. 石家庄：花山文艺出版社，2000：394.

这让我对老师课前提出的预留问题有了更深刻的体会。我选择的部分不仅是对诗人呼唤美瑛的震撼，也渐渐对戏剧中诗人为复仇而将古潭捶碎这一情节有所理解。这两处细节充分展示了诗人为捍卫自身而复仇，诗人的复仇在某种意义上也是田汉的复仇。

（三）多重意蕴：丁西林的《一只马蜂》文本细读

比较容易掌握的是《一只马蜂》的"二元三人"结构模式。作为一个独幕剧艺术家，丁西林特别讲究戏剧的结构。他的喜剧通常采用"二元三人"模式，即将剧中人物压缩到最大限度，通常由三人构成，但不是三足鼎立，第三者则起着结构性的作用，或引发矛盾，或提供解决矛盾的某种契机。也就是说，构成戏剧冲突的双方，并不存在"正反好坏、高下优劣"的价值等级，而仅仅是观念、态度、对事物认识角度的不同所形成的差异。他们是二元对比、映照，而非二元对立，双方皆有可爱之处，也都有可笑之点，既是笑者，也是被笑者。《一只马蜂》中的吉先生与吉老太太，都深刻体现了这一点。

为进一步理解丁西林特殊的喜剧表现形式，在老师推荐下，我读了丁西林的另一部戏剧《压迫》。"故事"中的房东老太太为了安全，只愿租房给有家眷的客人，女儿却只愿意接受单身的男租客。男主人公在女儿在家的那天，付了房租，搬来这一日，又碰着老太太在家；于是，房东老太太根据"房子是我们的，我们定下的租客一定要有家眷"的"规矩"，非要男租客搬走不可，男租客则根据"我们交了定钱，你应该遵守契约"的"道理"，非租房不可。双方都认自己的死理，不肯妥协，形成僵局。这时第三个人物女房客登场，作者安排两人假扮夫妻，成功骗过巡警和房东太太，租下了房子，打开了死结。这个巧妙的剧情安排让我对丁西林戏剧结构和人物塑造的特别之处有了深刻的体会。

我在课上还体会到《一只马蜂》的第二大亮点，即结尾的独特喜剧效果。梅瑞狄斯曾经认为喜剧的生命在于思想之中，优秀的喜剧应该用笑来点燃头脑，激活人们的思想是喜剧的任务。在《一只马蜂》的结尾处，吉先生突然双手拥抱余小姐，第一次打破谎言的遮掩，公开表示爱意，余小姐惊得失声大喊，引来了老太太与仆人，吉先生立刻作"戏"，他问余小姐："什么地方？刺了你没有？"余小姐随即答以"喔，一只马蜂！"这里产生了强烈的喜剧效果。当余小姐用"一只马蜂"来回答吉老太太的诘问时，我们能感受到她的这一句话包含的潜台词是多么丰富，感情是多么复杂。戏剧到此收场了，结尾的处理耐人寻味。余小姐悔恨自己不该喊出声音惊动了老太太，但又不习惯新式的爱情表达方式，结果"从来不喜欢说谎"的她说了一个大谎话。这就表明，她已经接受了吉先生的爱，已经升华到了和吉先生同气相求，两个人成了"天生说谎的一对"。所以，《一只马蜂》的结局，不仅给读者留下了深长的回味，还丰富了余小姐这个人物的性格。以上是我喜欢结尾部分的原因。

听黎老师在课堂上分析了丁西林的喜剧效果后，我联想到了最近读的黎老师写的《直面杨绛》，她在书中也评价过丁西林的喜剧特征，认为幽默是一种态度，对别人的态度，也是自己的一种人生态度，杨绛的喜剧表达了这种态度，"不局限于社会生活中的喜剧现象，是建立在喜剧人生观或喜剧意识的基础之上的情感表达，有一种感情的力量，让人在微笑之际得到身心修养，从而省察自我，避免成为荒唐者。此外，人的自省还能带动整个社会的改善"[1]。是的，喜剧常常暗含着剧作家对人生的理性批评。我在《一只马蜂》中深刻地体会到了丁西林喜剧的艺术魅力，不仅能引人发笑，也能带领人去探寻更深刻的生活智慧和情感真谛。

经过老师的阐释，我体会到《一只马蜂》的第三大亮点是意味深长的比喻和反语表达。但在文本细读之后，我的课前疑惑慢慢获得解答。《一只马蜂》中的吉先生说："这是最时行的直写式的白话文，有一句，说一句。"这是否在暗讽着什么？与当时的社会背景有什么关系？鉴于该作品创作于新文化运动后，我认为该篇的创作具有一定的时代性。剧中幽默意境的营造，刻着鲜明的时代印记。吉先生对新旧女性的看法，巧妙地用了两个比喻：把旧式女性比喻成"八股文"，而把经过新文化运动洗礼的新女性比喻成"白话诗"。以文喻人，一方面让人感到俏皮幽默，不由得莞尔；另一方面又因彼此内涵实质上有相近或相通处，让人感到比喻贴切巧妙，趣味盎然。反语在剧中也运用得很巧妙，如吉先生第一次表达爱意，双手拥抱余小姐，致使余小姐失声大喊，引来了老太太，两人以"一只马蜂"糊弄了老太太，写出了渗透在人物性格中的喜剧韵味。

此外，《一只马蜂》对恋爱价值意义的反思给我留下了深刻的印象。《一只马蜂》否定了"婚姻大于恋爱"。吉先生要求余小姐陪他不要结婚，与《诗经·卫风·氓》中"氓之蚩蚩，抱布贸丝。匪来贸丝，来即我谋"的描述不谋而合，买丝是假，接近女子是真，这正是年轻人乐于接受的开启恋爱的方式。

为呵护心爱的人而说谎，是年轻人之间表达暧昧的一种方式。《一只马蜂》肯定了恋爱至上的新思想，颠覆了"婚姻比恋爱重要"的看法。这让我联想到了前面讲过的小说《伤逝》，同为男女爱情题材，《伤逝》传递的是另一种婚恋

---

[1] 黎秀娥. 直面杨绛 一场跨界的对话 [M]. 太原：北岳文艺出版社，2018：82.

观，让涓生和子君以走进婚姻为目标，而吉先生和余小姐却相约不结婚，不重婚姻重感情，这与当下年轻人的观念有契合点，也引发了我对恋爱和婚姻的深入思考。

"恋爱与婚姻"各有侧重："恋爱"不受契约的约束，不用承担社会责任和义务；"婚姻"在受法律保护的同时，要求承担相应的责任与义务。丁西林在写于 1920 年代的喜剧中已经对婚姻提出质疑，要余小姐陪吉先生不结婚，这不仅是喜剧的幽默使然，或许更有深意在。

（四）贯穿现代文学的永恒主题

在本讲即将结束时，黎老师做了总结：丁西林的《一只马蜂》体现了人与人的沟通，相互之间的理解、同情和爱，以严谨的结构展示了新旧交替的社会大势，以轻松幽默的方式寓教于乐，充分体现了喜剧价值，这些特点普遍地存在于他前期创作的喜剧中；田汉的《古潭的声音》中的"古潭"，象征着生命的归宿，是漂泊者的母胎、漂泊者的坟墓，象征意义深刻而隽永。黎老师认为这两部话剧的主题同时也是贯穿现代文学的永恒主题。

通过本讲的学习，我对戏剧和相关创作手法有了更深层次的理解。我曾认为话剧不过是文学艺术的一种表现形式，通过舞台上人物的对话来讲述故事。但认真学习了《古潭的声音》和《一只马蜂》后，我才意识到戏剧也是作者表达内心的一种方式，而且，只有调用丰富的戏剧冲突和表达手法，细致的语言和人物心理刻画，才更能塑造出令人印象深刻的人物，写出动人心魄的剧作。

在本讲的最后环节，老师提出了一个互动问题：请同学们说说现场看过哪些令自己印象深刻的戏剧。大家纷纷发弹幕回应，有的看过《雷雨》，也有的看过《霸王别姬》……有的同学还进一步分享了自己的感受。我说自己曾现场看过《网子》，那是一部含有浓厚京剧风味的戏剧，通过强烈的戏剧冲突和人物纠葛，展示了"角儿"们成长道路的漫长曲折。针对我的发言，老师半是点评半是发挥地说："京剧作为久经淘沙的国粹，演尽了多少前尘往事！同样，戏剧的艺术价值也值得我们整个民族去坚守。"灵活轻松的课堂互动不仅可以使课堂气氛更加活跃，也让我对戏剧有了更深的认识，产生了以后有机会看更多优秀话剧的想法……这次互动在调动我的上课积极性的同时，也加深了我对话剧知识的理解，收到了意想不到的好效果。

（五）课堂小结

学完《古潭的声音》《一只马蜂》两部话剧之后，我对于两部戏剧的内涵和艺术手法等有了更清晰的认识，了解了戏剧的写作手法，拓宽了眼界，增长了见识，也加深了对剧作主题的理解和对话剧的喜爱。

本讲的学习也有不足之处，比如，记笔记与互动未能兼顾，课堂上偶有走神现象，错过了老师拓展的个别知识点，等等。但总体而言，收获大于不足，我将在下一讲的学习中扬长避短。

三、课后回顾

（一）戏剧是承载现实的艺术品

在上大学之前，我学习和接触戏剧较少，现在的年轻人喜欢看话剧的也属于小众。在课堂上，老师说："走进一个话剧家的内心是种神圣的事，引人入胜的事。"学完这两部话剧后，整体的感受就是一个字：雅。

《古潭的声音》中，无论是一心求爱的诗人，还是追求灵魂安宁的美瑛，他们都带有浓厚的艺术气息，比如诗人给美瑛带来香水时说："尤其是在远方的游子，一闻了这种香味便要想起家乡来，所以他又叫它作怀乡水。"[1]人物谈话做事的风格独特，举手投足之间都带有神秘浪漫的色彩。无独有偶，《一只马蜂》的艺术魅力也与现实结合得天衣无缝。剧中的两位年轻人面对长辈包办婚姻的意图，巧妙婉拒，言语幽默风趣，比如吉先生在给老太太读信时，三言两语点破了老太太催婚的心思，却又不使老太太丢面子，艺术地处理了现实难题。

（二）语言的魅力

在学习《古潭的声音》和《一只马蜂》的过程中，我最大的感受是剧作家的语言功夫。

《古潭的声音》的整体叙述有一层朦胧的美感，场景的布置、话语的修辞，都给人以神秘梦幻的美感，而最后美瑛的结局更加让人感到伤悲却莫名的震撼。《一只马蜂》取材于都市家常生活中的一件小事，通过三位普通市民演绎出来，虽然情节单纯易懂，幽默个性的语言却将这种普通的小事叙述得十分灵动，以"一只马蜂"结尾，让人浮想联翩，回味无穷。高超的语言技巧赋予两部戏剧迷人的魅力，给当时和后来的观众打开了无限的遐想空间。

（三）现代文学中永恒的主题

"贯穿现代文学的永恒主题是生命永远的诱惑和理性的感受"，这是黎老师在讲解过程中说的一句令我们印象颇深的话。在学习本讲后，我对"永恒"这一概念有了新的理解。在过去学到的作品中，"永恒"通常指为了革命与自由献

---

[1]　田汉，董健．田汉全集 第 1 卷 话剧 [M]. 石家庄：花山文艺出版社，2000：387.

身的人永垂不朽，或者指名垂青史的人永远存在。这两部话剧让我看到了普通人的"永恒"。人们会为了自己的信仰，为了自己的追求，放弃一些东西，或是名利，或是爱情，抑或是生命，不论我们放弃了什么，人们在那一瞬间所保留的，也可称之为"永恒"。

"永远的诱惑和理性的感受"是现代文学中永恒的主题。每个人面临的诱惑不同，所以追求也不尽相同。无一例外的是，人们通过理性的感受会知道自己的追求可能产生的结果。比如，我们选择了一些物质的东西，可能就会失去部分自由。对于现代文学而言，"永远的诱惑与理性的感受"不仅意味着作家们要把自己的所感所思表达出来，更要思考如何贴近现实，即让文学这一艺术形式更好地启蒙大众、改造社会。

（四）一点反思

这一讲也暴露了我在个人学习和团队合作中存在的一系列问题。

一是对于文本细节把握不清。在学习中，我首先进行的是文本细读，因为之前对话剧的涉猎不多，初读文本后，对于整体内容有所把握，但对于一些细节，如剧本中的场景或者事物描写并没有太多的注意，直至老师讲解时才能更好地理解剧本中情景设置的意义。

二是思考深度不够。学习的整个过程在线上，我的预习做得不够充分，尽管分别阅读了文本，但没有对两篇作品进行对比，所以欠缺深度思考。经老师讲解才明白，这两部话剧虽属同一时代，在语言风格、表达方式上却存在较大差异，各自代表不同的风格。

三是小组展示中存在问题。课上我们采用了小组合作分享，因为每个组的任务不同，使我们对于其他组的问题只是简单了解，并未深究，加之我们展示的都是 PPT，对于他们讨论的内容，我简直一头雾水，这使我对于这些内容把握得不够精准。虽然小组合作可以集思广益，但对于其他组的问题理解并不十分透彻，这是我在学习中存在的问题与不足。

四是跟不上老师的节奏。在课后整理笔记时，我感觉有点思维混乱，因为上课时无法详细记笔记。老师的讲解远比 PPT 上展示的多得多，我在整理的时候有一些细节也记不清，而且课堂笔记缺乏条理。另外，我学习的是两部风格不同的话剧，所以在记笔记时，我先分开记，然后再进行总结，这导致最后的笔记有重复。由于本讲学习内容多，临近期末，老师讲得较快，我从课上得到的材料相对较少，笔记也就记得较为粗浅，所以在撰写本篇学习案例前半部分时有种闭门造车的感觉，但剧作内容触发了我较多思考，写到后半部分时渐入佳境，行文因有的放矢而言之有物了。

（五）其他

话剧这一体裁对于 1920 年代的人们而言，俨然同当今的电视剧和电影一般，既能娱乐大众，又能启迪人心。通过仔细阅读剧本，可以了解剧作家对社会问题的感受与思考。1920 年代话剧对"永远的诱惑与理性的感受"的思考不仅在当时有重要意义，对当下的娱乐艺术和人们的精神追求也不无启发。

四、延伸课堂（二）中的问题

在本讲即将结束时，老师留下了延伸课堂（二）中的预习问题：1920 年代戏剧中的生命体验与理性思考是推动 1930 年代文学思潮运动的一股重要力量，1930 年代文学思潮与运动的主要论争有哪些？

我对这个问题的思考如下所陈：受新文化运动和五四运动的影响，1920 年代话剧的主题主要是追求自由与个性。1930 年代，中国陷入战争，文人对于中国未来的走向与思考影响了 1930 年代文学的发展方向。话剧大众化的特点很好地满足了左联提出的文学为政治服务的要求，同时，话剧表现的生命体验与思考也影响了当时文学创作的发展。戏剧大众化、群众化的特点以及戏剧对于生命的思考与感悟联系着 1930 年代的文学论争。1930 年代的文学论争涉及文艺自由、文学与人性、大众文学，其中重要的论争有"文学基于普遍人性的论争""文艺自由的论争""大众文学的论争"等。

总　结

我在本讲最大的收获是对于"永恒的生命"的理解和感悟。生命可以平凡，也可以轰轰烈烈，但总有一些东西可以超越生命，它可以是信仰，可以是尊严，也可以是梦想。在进入大学之前，我对于这些东西的思考和接触较少，对文学作品的学习也仅停留在写作手法和思想情感上，不认为有什么东西可以超越生死。学习完本讲后，我觉得每个人都有值得自己为之付出一生的东西，尽管目前还很难说究竟什么值得我付出一生，但这正是我在今后的阅读与生活中需要不断思考的。

没有人能永远活着。人终有一死，并且什么也带不走。多数平凡人甚至也留不下什么，没有影响世界的思想理论，没有拯救众生的丰功伟绩，只有亲人朋友的点滴回忆。所以我认为，如果我们能够找到自己真正热爱的东西，并愿意为之奋斗终身，哪怕最后没有留下任何痕迹，也足以称之为"永恒"了。

本堂课也是有遗憾的。我的学习常常受到兴趣的左右，不同风格的作品对我的影响程度也不一样。这两部话剧风格迥异，我的学习效果也有很大的差异。相较于《一只马蜂》，我更喜欢《古潭的声音》的风格，所以对《古潭的声音》理解和把握得更好一些。在课前准备中，遗憾的是对于文本的阅读不够细致，也没有注意到一些细节，以至于在听课中有些地方跟不上节奏。在小组分工中，我集中关注本组的问题，忽略了其他组的问题，在听其他同学讲解时会有些许迷茫。另外，在课堂老师讲解时，也有不专心的时候，也许隔着屏幕不方便互动……在以后的学习中会格外注意并加以改正。

基于前述所得与遗憾，我努力调整学习方法，争取在以后的学习中做到如下几点：

一是学习前认真阅读文本，了解作品大致内容和作者思路。在阅读过程中思考总结存疑的地方，课上特别注意听这一部分的内容，解决疑惑。

二是查找资料，了解作者生平、经历以及作品的时代背景，结合作者自身经历理解作品，了解作品在当时所占的地位及产生的影响，思考这种影响产生的原因。了解学术前沿、最新的相关研究成果，广泛涉猎观点，激活自己的思考。

三是提高团队合作意识，尤其在小组合作时，充分和组员交流看法和观点，发挥团队协作的优势。课后借其他同学的笔记，与其他同学互学共进。

四是认真听老师讲课，在听课过程中弄懂疑点，认真思考老师提出的问题。课上积极参加课堂互动，紧跟老师思路，提高课堂效率。如果老师在课上提出问题，可以进行整理，了解大家对于不同问题的态度，求同存异。

五是整理学习内容，总结课上所学，思考作品带来的最大感触，可以是作品自身的独特风格，也可以是对整篇文本的理解。进行必要的课外拓展，联系实际，思考一些文学现象和作品内涵对当今的启示。

最后，若时间和精力允许，阅读作者同时期或风格相近的作品，在比较中加深思考。

学习案例撰写感言　　　　　　　　　　　　　　▶ 尚　可

席慕蓉说："记忆是无花的蔷薇，永远不会败落。"将时间拉回到一年前，依稀记得黎老师给我们上第一堂现代文学课时，曾问我们："你们觉得文学是什么？你们认为文学能带来什么？"带着问题我们走进了"中国现代文学（一）"

的课堂。我们了解了破旧立新的五四文学革命，解读了《阿Q正传》背后的隐喻意义，了解了鲁迅先生改造国民性的迫切心理，感受了《女神》开创的前所未有的新诗境界。当然，黎老师不仅注重课堂的师生积极互动和课下的小组合作学习，更值得一提的是，她创建了"学习案例小组"，尝试学法研究。她引导我们分工回忆特定章节，每位同学负责学习案例的一部分，内容包括课前预习整理、课堂互动和课后反思，帮助我们深刻理解每一讲内容，消化课上学习的拓展内容。对我而言，和同学共同完成学习案例，是一件非常有意义的事情，一个宝贵的提升自我的机会。

在撰写学习案例之前，黎老师曾对我们说："无论做什么事，都要竭尽全力，倾其所有。"她是这样教育我们的，也是这么实践的。我刚写学习案例时，问题百出，把握不住内容，找不好角度，形式和结构选择困难，甚至字词、句段、符号、标点也都错乱不堪……黎老师一遍遍地帮助我润色、修改，不厌其烦地陪我丰富、提升，她认真的态度感染了我，她专业的精神激励了我。通过回顾课前预习、再现小组讨论、回忆课上师生互动、课后反思与总结，我对那部分学习内容印象深刻，这次写作经历，让我更有耐心和信心去学习文学专业。

想起那个下午，阳光明媚，微风轻拂，我的心情异常舒坦，感慨于完成一项有挑战性的任务，也惊讶于自己的耐力和坚持。结课那天与黎老师说的一句话再次涌上心头："一个卷帙浩繁的世界，最初都有良师开卷。文学的路很长很长，甚至需要一生浸淫其中。"

有这样的开端，非常幸运，我将把在本次学习案例中总结的方法触类旁通地运用到其他课程的学习中，做爱学习、会学习的新时代青年。

▶ 吴官洁

很荣幸能参加本次学习案例的撰写。"中国现代文学（一）"是大学期间的必修课，那时因特殊情况，导论过后的所有课程都在网上进行。学习案例自然构成了对线上教与学的回顾与补充。

感谢黎老师给我这次参与学习案例撰写的机会。在这次写作过程中，我发现了自己的许多不足之处，也提升了写作能力。初稿过后，是反复的修改，每改完一稿，黎老师都要求打印出来面批。这个过程更加磨炼了我的耐心和细心。

我在黎老师的现代文学课中积累了丰富的文学知识，不仅如此，小组合作为每一位同学准备了展示的机会，我可以更好地参与互动，感受文学的魅力。对我而言，学习文学是件很幸运的事情。黎老师曾建议我们读一位作家的全集，客观地了解作家，通过文学作品丰富自己的人生，加深对社会的了解，从而不断地提升自己。

这次撰写学习案例只是一个开始，我会在以后的学习中，继续突破传统课堂的局限，向文学的深层内涵挺进，争取成为更好的自己。

教师感言　　　　　　　　　　　　　　　　　　　　▶ 黎秀娥

我不知道尚可与官洁具体是怎么合作完成此文的，只知道她们很好地践行了"学习案例小组"的精神，用实际行动阐释了合作学习，体现出可贵的"专业精神"。然而，要想继续向文学的深层内涵挺进，还需要更丰富的知识与更坚强的毅力，靠自己的力量，突破传统课堂和传统学法的局限。

由尚可与官洁合作完成的这则学习案例经过了十多次修改，几乎把师生双方的主动性推向了极致。这个过程有多考验人，成果就有多鼓舞人。

从最初只是为了完成老师交给的任务，到耐着性子一读再读相关文本，再到能与剧中人物共情，进而产生进一步探寻现代话剧的冲动，并在课后严格地反省自己学习中的失误，这个过程中，明辨性思维的作用越来越明显。

没有触及思维方式的根本改变，很难取得质的飞跃。其实，教育最紧要的事就是不断地完善思维成长的过程。这则学习案例至少有两个亮点值得一提：

一是带着疑问走进课堂能提高学习效率，改善学习效果；

二是课后整理笔记时多参考几个同学的笔记，互学共进。

它们告诉我们：

勤于阅读，敏于思考，敢于质疑，不懈探寻，才是文科生成长的正道。

第 12 讲
1930 年代文学思潮与运动

扫描此码

观看视频

张卓然

> 时代的一粒灰，落在个人头上，就是一座山，社会的大环境终究会影响到每一个人，任何人都无法置身其外。
>
> ……
>
> 辩证思维一直是我极为重视的学习方法，在本讲的学习中表现尤为突出。我认为对于任何问题都不应带有偏见，倾向于多角度看待问题。

从 1928 年到 1937 年抗日战争全面爆发这段时间，是现代文学的第二个十年，即通常所说的"1930 年代文学"。在此期间，先前新文学革命期间倡导的"人的文学"精神继续发展，人文主义文学思潮延续人学思想的流脉，体现了文学与政治潮流、时代洪流的疏离感。受社会主义运动及阶级斗争思想影响，左翼组织及左翼文学创作兴起，成为 1930 年代文学思潮中一支强大的力量。这是左翼文学和自由主义及其他多种倾向文学并存的文学时代，体现了"人"与"阶级"理念的对话、冲突、交流与交融。

本讲系统地讲述了长达十年的文学史，与文本细读相比，属于比较概括、笼统的部分，所以存在内容多且杂的情况，如果理不清脉络，极易出现知识杂糅的问题。面对这样的挑战，我采用了"预习→听讲→整理→新课准备"的学习策略，并将个人思考始终贯穿其中，取得了不错的学习效果。

一、有备而读，预习新知

在课前进行预习和思考便于形成整体认知，对于类似本讲的大文学史章节，更有利于学生把握文学史脉络，以便在正式上课时跟上节奏。课上对黎老师讲课的内容进行思考，积极参与课堂互动，从而提升课上学习效率。

（一）厉兵秣马

在课前准备方面，黎老师采用构建延伸课堂的方式，提前发布预留思考问题及小组任务，引导学生自主预习，具体到本讲的课前预习分工，如图 12-1 所示。

第12讲 1930年代文学思潮与运动

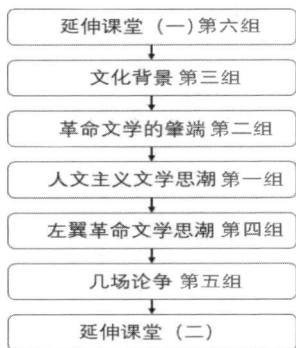

```
延伸课堂（一）第六组
        ↓
  文化背景 第三组
        ↓
革命文学的肇端 第二组
        ↓
人文主义文学思潮 第一组
        ↓
左翼革命文学思潮 第四组
        ↓
  几场论争 第五组
        ↓
   延伸课堂（二）
```

图12-1　第12讲课前预习分工

这种教学设计对于学生的自我提升有很大帮助，能引导学生自觉主动地通过各种方式搜集资料，在不知不觉中群策群力地拓展专业知识。我们组为完善和优化预习效果，每次都实施分工合作，分别有人负责资料收集、PPT 制作、课堂发言等任务。

第 11 讲中"《古潭的声音》与《一只马蜂》"，为 1920 年代中国现代文学中相关知识的学习画上了句号。临下课时，黎老师提前以小组为单位布置了相关的预习任务，首先是延伸课堂（一）中的启动问题：1920 年代戏剧中的生命体验与理性思考，是推动 1930 年代文学思潮与运动的一股重要力量，1930 年代文学思潮与运动中的主要论争有哪些？虽然这个问题并不是我所在小组的任务，但作为听课人，应该关注授课老师设置的每个预留问题，不在责任范围内并不代表可以忽视。

针对这个问题，我首先仔细阅读教材，寻求启发。朱栋霖等主编的《中国现代文学史 1915—2016（上）》这本书在引言部分就对本讲的启动问题做了一定阐释。但是此书仅给出了对中国现代文学第二个十年的时代特征和文学思潮总体特征的概括，所以只知教材是不够的。于是，我去查阅另一本参考书，即钱理群等著的《中国现代文学三十年》，该书第九章第一部分对 1930 年代文艺运动发展的基本脉络做了清晰的阐述："无产阶级文学与民主主义、自由主义文学的各自发展、演变，构成了 30 年代现代文学两条基本历史线索，他们之间文艺思想上的斗争、文学创作上的互相竞争，共同活跃着 30 年代的文坛。"[1] 一句

---

[1]　钱理群，温儒敏，吴福辉 . 中国现代文学三十年 [M]. 北京：北京大学出版社，1998：193.

话囊括了 1930 年代文学派别、论争焦点和历史线索等多方面的信息。第二部分
阐述了太阳社、创造社对鲁迅、茅盾等人的批判和鲁迅的反驳，左联对"文艺
自由论"及"第三种文学"论的批判等。第三部分更加细致地叙述了无产阶级
文艺与自由主义文艺在思想理论上的斗争。把两个版本的文学史结合起来，就
能更清楚地回答延伸课堂（一）中的问题。

在就本讲进行课前准备时，我在搜集资料时选用知网研学、超星发现等平
台，通过搜索关键词等方式检索文献，开阔眼界，了解学术前沿，从而丰富自
己的知识储备。准备本讲的启动问题时，我通过检索"1930 年代文学思潮"这
一关键词条，不仅搜索到了梳理时间线及主要作家作品的概括性文献，还找到
了许多针对这一年代某个细节的相关文章，如关于左翼文学、文学论争等内容。

在准备延伸课堂（一）的过程中，我也有一些遗憾，有些想要做到的事情
没有完成。

首先，希望能有自己的思路，尽量少罗列他人的成果。上网搜索资料是必
不可少的，但是资料看多了，会对自己的独立思考产生影响乃至干扰，就像被
人牵着鼻子走，不容易形成具有个性的独到见解。

其次，没能积极地参与小组讨论。在黎老师发布课前预习任务之后，组内
经常出现长时间无人响应的情况，我也经常纠结要不要第一个在组内群聊发
言提醒。这种情况无疑会拖慢小组任务完成进度，给组内成员带来困扰。如
果以后再有小组讨论的机会，我一定会首先进行组内发言，提出自己的见解，
发挥积极作用，带动组内讨论的节奏，活跃组内气氛，达到改善小组学习效
果的目标。

最后，没找到更契合主题的资料。在本次课前筹备过程中，我所在小组负
责讨论 1930 年代文学思潮和运动的文化背景，但自己找到的资料仅有小部分与
文化有关，而且经常和历史背景掺杂在一起，这方面的提炼还有待提高。

（二）通读教材相关章节

在课前通读教材相关章节的过程中，我首先勾画批注重点内容，然后扫描
文末的二维码，查看研读教材附带的相关资料与本讲有关的部分，包括 1930 年
代知识分子所著的作品以及左联的纲领性文件，还有诸如《左翼文学与历史背
景》《被遮掩的 1930 年代文学思潮》等拓展资料，对于理解 1930 年代文学思潮
与运动有很大的帮助。在《被遮掩的 1930 年代文学思潮》一文中，朱栋霖、徐
德明阐明："历史的真实是永恒的存在，呈现的历史总是一半是裸露、一半是遮
蔽。今人看到的是被遮蔽与重写的 30 年代文学思想，30 年代中国文坛思潮的

主流被遮蔽了。"[①] 这一观点看到了主流思想的局限性，也对学术界有关知识进行了补充。随后，作者通过大量举例，涉及文学作品、书报刊物、大学教材，佐证了人文主义文学思想在 1930 年代仍然享有很高的地位。对我而言，围绕预留问题，多方查找资料，对于拓宽思考的边界大有裨益。

二、实事求是，行成于思

作为学生，我的任务不仅是单纯地听课，更重要的是与老师共同完成一堂好课。黎老师采用"翻转课堂"模式，做学生学习的促进者和指导者——"这意味着教师不再是知识交互和应用的中心，但他们仍然是学生进行学习的主要推动者。当学生需要指导的时候，教师便会向他们提供必要的支持。自此教师成了学生便捷地获取资源、利用资源、处理信息、应用知识到真实情境中的脚手架。"[②] 这种有别于传统课堂的教学模式，要求学生更多地投入课堂，而不是做一味衔着漏斗等着"喂食"的填鸭。

（一）厘清思路，把握线索

1930 年代是中国现代文学史上的第二个十年，这个时段的文学思潮与运动，在无产阶级文学史乃至整个中国现代文学史上，都非常重要。本讲是讲述十年历史脉络的大文学史课，与以文本细读为主的其他几讲大不相同——文本细读类重视对文本细节及作家情怀的深入理解感悟，大文学史类则重视对广泛史实的整体把握，内容较多且较复杂，更需要对教材内容进行系统的梳理和必要的拓展。

我始终认为，合作学习是一种高效且实用的学习方法，所以在学习类似本讲的大文学史课之前，我会和小组成员一起进行基本线索的梳理。特殊情况下我们不能面对面交流，我们就通过微信群聊进行必要的沟通。在讨论过程中，我发现本讲整体的逻辑结构十分清晰，基本围绕着民主主义文学与无产阶级文学之间的对立与交织展开，对两者分别进行系统介绍之后讲述了这一时期的几场重要论争。

在 1930 年代，无产阶级队伍不断壮大，阶级问题突出，社会解放潮流涌动。民族、阶级斗争、美学、艺术探索等问题层出不穷，文学创作出现政治化趋向。

---

① 朱栋霖，徐德明. 被遮蔽的 1930 年代文学思潮."历史与记忆"：中国现代文学国际研讨会 [D]. 香港中文大学，2006：4.

② 张金磊，王颖，张宝辉. 翻转课堂教学模式研究 [J]. 远程教育杂志，2012，30(4)：46-51.

为维护思想文化统治的稳定性、排除国内危机，国民党政府公开宣扬建立"三民主义新文学"，抨击革命文学和无产阶级文学。针对国民党政府的思想统治，1930 年左联成立。国民党当局打造了一批政治宣传品，以削弱无产阶级力量。无产阶级文学、民主主义、自由主义文学主导着 1930 年代文坛，权力与思想的不平衡现象出现："尽管掌握着政权的国民党在政治、经济、军事上占有绝对优势，但在思想文艺领域却未能形成具有影响力与号召力的独立力量。"① 左翼文学运动是 1930 年代文坛上"声势浩大"的存在，在左联的领导下，左翼文学刊物众多，文学活动蓬勃发展。

左联之外的作家没有鲜明的组织性，政治立场不尽相同，很少掀起社会运动。他们有的受无产阶级运动和革命文学影响，倾向于左联、倾向于无产阶级革命文学；有的与无产阶级文学相对立，信奉自由主义，政治上倾向于支持国民党。

无产阶级文学与民主主义、自由主义文学相互纠缠的藤蔓，在 1930 年代文学中既互相交织，又各自发展、演变，在思想和创作上互相激荡，构成了中国现代文学第二个十年的两条重要线索。

思路和线索明晰之后，我通常会在教材上做出相应的勾画批注，记录黎老师预告的重点内容和关键词句。比如，本课就记录了 1930 年代的关键词"社会解放"，这一时代的民族、阶级斗争、美学、艺术探索等突出问题，以及人文主义文学思潮"延续人学思想的流脉"等重点内容，以便正式上课时能够集中注意力认真学习，更好地参与课堂互动。

（二）认真听讲，积极参与

进入大学阶段，我不再只把精力用于记录老师说了什么或是 PPT 上写了什么，而是开始注意老师上课的深刻思想内涵。比如，在每个小组发言完毕之后，黎老师都会对小组发言内容及 PPT 内容进行点评和补充，这是查漏补缺的好时候。在接下来听老师讲授具体内容时，我带着每一部分开始之前小组发言中存在的问题听课，取得了更大的收获。

1930 年代的文学思潮是多元的，人文主义文学思潮"更深刻、更淋漓尽致地阐扬了新文学的人学思想的学理流脉"②。作为 1920 年代新文学人文思想的传承和延续，自由主义文学家的文艺思想是历史的选择，也是社会现实与文艺实

---

① 钱理群，温儒敏，吴福辉 . 中国现代文学三十年 [M]. 北京：北京大学出版社，1998：192.
② 朱栋霖，吴义勤，朱晓进 . 中国现代文学史 1915—2016（上）[M]. 北京：北京大学出版社，2018：123.

践相结合的产物。在相关小组完成内容分享之后，黎老师进而对这一年代的人文主义文学思潮的背景、内容进行了详细的拓展、补充和总结。

在此前了解历史时，我知道 1930 年代是当之无愧的"大变革时代"，然而在如此动荡不安的变革时期，中国却出现了众多成绩斐然的文学作品。但是在学习本讲之前，我一直存在着疑问：为什么政治的动荡、时代的变革反而促进了文学创作的繁荣？带着问题，我走进了本讲关于"人文主义文学思潮"的学习。

1930 年代社会环境复杂，政治斗争尖锐，社会不稳定因素比比皆是，即便如此，民主主义、自由主义文学还是在创作实绩与理论研究方面都取得了辉煌的成就。用黎老师的话来说，1930 年代人文主义文学思潮"延续人学思想的流脉"，体现了"文学与时代、政治的'距离'"。至此，我的问题基本得到了解决。

综合课前梳理、小组发言和老师的讲解，1930 年代的人文主义文学思潮可以概括为两个方面。第一，了解世界文艺，贯通民族传统文化。第二，传承新文学的人文主义思想。对柏拉图、托尔斯泰、康德、厨川白村等人的外国文艺美学理论的引入极大丰富了人文主义的美学内涵。同时，朱光潜、梁实秋等人也出版了一系列表现学理性探索的论著，结合西方近现代人文主义美学文艺思想与本土学者的探索，在艺术与美学领域表达了个人的观点与理由。内容大体可以归纳为"在艺术表现论的主导性观念下，对艺术本质、艺术特性、艺术传达与内容、艺术功能的探讨"[①]。

老师讲到这里，我想起了新文化运动时期对于文学的定义以及种种与"人"这个关键词息息相关的新思想，比如"文学发于人性，基于人性，亦止于人性"[②]。到 1930 年代，"文学即人学"的观念依然存在。这体现了 1930 年代人文主义文学思潮既与 1920 年代现代中国的文学思潮一脉相承，又受西方人文主义传统影响的特点。很多文学史知识都是融会贯通、一脉相承的，所以我始终觉得，找到前后知识的关联十分重要。

自由主义作家在艺术与人生及美学领域贡献很大。在学习 1930 年代的思想时，我发现了一个很有趣的现象——在那个波诡云谲、风云动荡的时代，以朱光潜为代表的自由主义作家坚信中国社会问题的原因"不完全是制度的问题，

---

① 朱栋霖，吴义勤，朱晓进 . 中国现代文学史 1915—2016（上）[M]. 北京：北京大学出版社，2018：124.

② 黎照编 . 鲁迅梁实秋论战实录 [M]. 北京：华龄出版社，1997：149.

是大半由于人心太坏"[①]。这种观点体现了思想启蒙，也体现了唯物唯心之辩。但是在以政治斗争和变革社会制度为主旋律的1930年代，把导致社会问题的原因归结于人心太坏，局限性很明显。面对政治斗争及党派纷争，自由主义作家们采取不介入的态度。这激发了我关于个人与时代关系的思考：时代的一粒灰，落在个人头上，就是一座山，社会的大环境终究会影响到每一个人，任何人都无法置身其外。将艺术超脱于现实的文艺观与强调社会作用的文学流派形成对立，不可避免地引发自由主义文学与无产阶级文学的论争。所以在这一部分的学习中，我尤其注意辩证地看待问题，避免一味地肯定人文主义文学思潮的积极作用，理性地辨识它所具有的局限性，即有些人文主义思想对社会问题的成因阐释得不合理，不利于人们正确认识社会变革。

接下来，我顺着思路，跟随黎老师的讲授，进入了有关左翼文学思潮的学习。应政治形势和社会环境巨变之需，1923年前后，邓中夏、蒋光慈等共产党人大力倡导革命文学、无产阶级文学。1928年，无产阶级革命文学崛起并迅速成为文坛主流。

左翼文学思潮在中国政治阵营与阶级阵营产生分化的背景下形成，有鲜明的激进性和革命性——否定了无产阶级革命文学与新文学的继承关系，否定了"五四"以来小资产阶级知识分子的思想倾向。这种破旧立新的文学思潮以左联为中心，以马克思主义文艺理论为指导思想，以阶级论为基础，投身于反对反动派统治的具体社会实践中。

在讲解左翼文学和左联时，黎老师专门设置了一次师生之间、生生之间的课堂互动。在互动方面，我尽可能积极地参与到每一次互动问题的思考和回答中去。黎老师会逐个阅读点评学生发在聊天区的想法，这样的做法不仅体现了老师认真严谨以及平等对待每一位学生的态度，也能让每一位参与其中的学生意识到自己存在的问题并加以改正。虽然本讲并没有现场互动的便利条件，我们只能发弹幕回答有关课本内容的问题（文学研究会和左联），但我仍能在一年后的今天，清楚地记得在整个学期的现代文学课中老师提出的一些有代表性的问题。比如，"你愿意回到五四时期吗？""你觉得最能代表1920年代中国精神的作家是谁？"等，都让我收获颇丰——无论是在学识累积方面，还是在精神成长方面。

左翼文学思潮的内容具有一定的复杂性。在理论上，左翼文学思潮将左翼文学理论主张与马克思主义文艺理论相结合、与中国文艺实践相结合，创作实

---

① 《朱光潜全集》编辑委员会 . 朱光潜全集 第 2 卷 [M]. 合肥：安徽教育出版社，1989：6.

践上，鲁迅、茅盾、华汉等文学大家取得了令人瞩目的艺术成就。

但是，在课前预先阅读左翼文学相关作品时，除了几部有代表性的作品，如茅盾的《子夜》《蚀》三部曲，以及萧红的《生死场》等，我发现一些左翼文学作品因过度强调作品的政治性而忽略了艺术性，成为政治的"传声筒"。作家塑造的人物形象和设置的故事情节变得越来越相似，作品传达出的思想越来越倾向于宣扬某种政治观念。然而在学习本部分内容之前，信息来源渠道较窄，加之受主流观点影响，我所了解的左翼文学大多是完全具有正义性和积极意义的，并且很少有义务教育及高中阶段的教材会讲述它存在的问题。在学完本讲之后，我明白了左翼文学也有它的局限，呈现出公式化、概念化的倾向，就是其客观存在的问题。

1928 年开始的轰轰烈烈的无产阶级革命运动形成的原因是多方面的。在探究某个历史事件形成的原因时，我倾向于在充分了解背景的前提下，多角度展开分析，而后再根据老师课堂上的讲授进一步进行逻辑优化和内容提炼。在听完本讲后，我认为无产阶级革命运动形成的原因如下：首先是早期共产党人对革命文学的倡导。这一文学思潮是"五四"时期文学思想的进一步发展，与早期共产党人的文学思想一脉相承，从关注"人"转向关注阶级解放。其次是受1927 年后现实政治斗争形势的影响。"四一二"反革命政变后，国共合作关系破裂，一批参加过大革命的作家以及从日本等国归来的青年相聚上海，共同倡导革命文学运动，壮大了革命文学的队伍。最后是国际无产阶级文学运动也对1930 年代无产阶级革命文学运动产生了极大影响。苏联和日本的无产阶级革命文学运动、左翼文学，以及马克思主义文艺理论的进一步发展，都为中国左翼文学运动提供了重要的理论支撑。

辩证思维一直是我极为重视的学习方法，在本讲的学习中表现尤为突出。我认为对于任何问题都不应带有偏见，倾向于多角度看待问题。经过黎老师的讲授以及查找相关资料和阅读参考文献，我发现苏联和日本等国际左翼文学虽然积极推动了中国左翼文学运动的发展，但也产生了不少负面影响，主要表现为苏联拉普、日本纳普和福本主义本身的"左"倾问题，这一倾向忽视文学本身的文艺特征，盲目夸大文学的政治作用，也造成了某些左翼文学作品公式化、脸谱化的局限性。

在经历了对"五四"时期新文学的全盘否定、左联的成立与发展、进一步研究马克思主义文艺理论、加强与世界文学特别是无产阶级文学运动的联系、积极推动文艺大众化运动、反对曾经提倡的"革命的罗曼蒂克"等历史进程之后，以左联为核心的无产阶级文学运动又倡导来自苏联的"社会主义现实主义"

创作方法，要求"文艺家从现实的革命出发，真实、具体地描写现实，这种艺术描写的真实性与历史具体性还必须与用社会主义精神从思想上改造和教育劳动人民的任务相结合"[①]。这一创作方法有利于简化左翼文学复杂的意识形态问题，反思其忽略艺术本身的错误倾向。在学习这部分内容时，我认为，以时间线的形式进行内容梳理十分有效。通过梳理时间节点和对应的事件，可以发现，从最初左翼文学阵营的形成，到对苏联、日本的学习以及文学政治化，再到最后对已走路线进行反思，左翼文学一直都在不断试错，并进行辩证否定，呈现一种螺旋式上升、波浪式前进的发展趋势。

在听讲和互动中，左翼革命文学思潮的影响在我的脑海中渐趋清晰。在理论方面，经过鲁迅、瞿秋白、茅盾、冯雪峰等人的努力，建立起了系统的马克思主义文艺理论体系，对后来也产生了深远影响。创作方面，茅盾的小说，萧红、丁玲等作家的优秀作品相继出现，对中国乃至世界左翼文坛贡献了璀璨辉煌的文学成果。学完本讲相关内容后，我再次阅读了鲁迅写于这一时期的杂文（《二心集》《华盖集》《而已集》等），了解到鲁迅对当局的讽刺和批判，及其对社会运动和变革的关注，刷新了我对左翼文学的理解。

1930 年代，无产阶级文学与民主主义、自由主义文学的矛盾与斗争一直贯穿始终，其中有几场论争影响深远。在学习这一部分内容时，我使用了"结晶"的方法，即将原本零散的知识点重新汇聚整理，使它们变成结构坚实、状态稳定的知识晶体。第一步先对这几场论争的内容进行简要的梳理。

首先，是 1928 年革命文学派对鲁迅、茅盾等五四作家的批判。后期创造社和太阳社为了倡导革命文学，以拉普派革命文学理论、日本纳普和藏原惟人、美国辛克莱等的观念[②]作为理论依据，全盘否定和批判"五四"新文学及那个年代的作家。《死去了的阿 Q 时代》等论文大肆攻击鲁迅、茅盾等新文学先驱。对此，鲁迅、茅盾各自做出了回应。论争在左联成立前就结束了，但"革命文学的理论问题其实并未分清是非"[③]。

其次，是关于"文艺自由"的论辩。这场论争发生在胡秋原、苏汶和左翼作家之间。这场左联成立初期的论争，焦点是文艺与政治的关系。苏汶强调艺术是独立的，政治不应该干涉文学，对此，瞿秋白以"文艺也永远是、到处是

---

① 钱理群，温儒敏，吴福辉.中国现代文学三十年 [M]. 北京：北京大学出版社，1998：200-201.
② "一切的艺术是宣传"冯乃超译，辛克莱.拜金艺术（艺术之经济学的研究）[J]. 文化批判（上海），1928(2)：84-91.
③ 朱栋霖，吴义勤，朱晓进.中国现代文学史 1915—2016（上）[M]. 北京：北京大学出版社，2018：134.

政治的 '留声机'"① 作为回击。

最后，还有左翼作家对林语堂、周作人等提倡的幽默与闲适文学的批判，对朱光潜、沈从文等的人文主义文学思想的批判，以及大众语文论争等多场论争，都对 1930 年代文学思潮与运动的发展有一定影响。

马克思主义与自由主义两大文艺思潮之间的激烈论争也对马克思主义文艺思想本身产生了积极影响。这样的论争有利于左翼文学借鉴对方的优秀理论，充实自身，适当克服"左"的倾向，最终成为无产阶级文学运动的指导思想。

生成知识"晶体"的方式有很多，比如使用关联性分析形成关联结构图，或使用树状结构制作思维导图，以及构成序列关系的知识流程图。我习惯于使用思维导图的方式进行梳理整合，如图 12-2 所示。

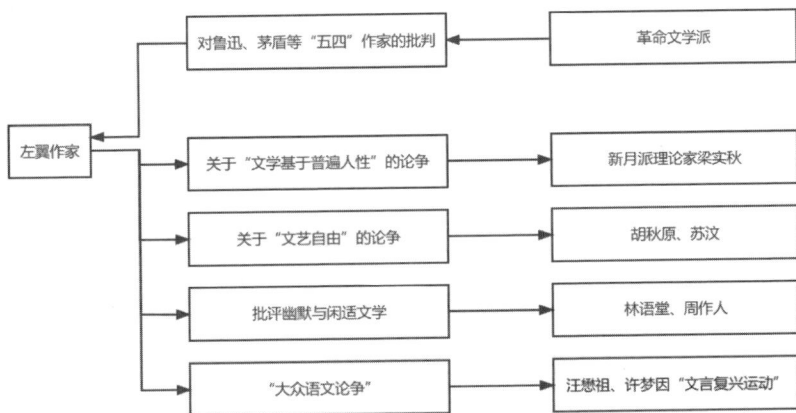

图12-2　用思维导图梳理1930年代文学论争

在黎老师的课堂上，我常常叹服于思想的力量——包括那段历史上的先驱者的思想，还有黎老师自身向我们传达的思想。在课堂参与方面，个人思考非常重要。我是一个思想发散性较强的人，长时间关注某一个问题的时候常常伴随着跳跃性的思考，在听课方面有些地方做得不到位，常常因为想得太远而错过了老师接下来的授课内容。比如在讲到左翼文学公式化的相关内容时，我就想到了革命样板戏，这不也是艺术程式化的另一种表现形式吗？随后，我又联想到了如今文娱市场愈加贫乏单一的问题。等我经过长时间的思考之后回过神来，黎老师已经在讲下一部分的内容了。常常如此，在天马行空的思考中，我错过了许多值得认真聆听的重要内容。我将在今后的课堂上不断改进，驾驭好

---

① 易嘉 . 文艺的自由和文学家的不自由 [J]. 现代 (上海 1932)，1932(6)：780-792.

自己的思考，确保自己的思维在上课期间不再像一匹脱缰的野马一样狂奔不止。

三、温故知新，继往开来

（一）整理补充

对我而言，课上的主要任务是听讲，课后要整理课上记录的内容，为日后温习做准备。在这一讲中，面对大体量的大文学史内容，我参考《中国现代文学三十年》每章节后附录中的"本章年表"梳理了时间脉络，了解 1930 年代重大的文学史事件的时间位置。比如 1928 年 3 月，鲁迅在《语丝》第 4 卷第 11 期发表《"醉眼"中的朦胧》，是无产阶级革命文学论争开始的标志；1930 年 2 月左联召开成立大会等重要时间节点，都有助于我理清 1930 年代文学思潮与运动的时序。

我还在网络平台上搜索本讲相关信息，以作补充。在课后整理期间，我搜索并阅读了鲁迅的《"醉眼"中的朦胧》[1]、胡秋原的《阿狗文艺论》[2]、李初梨的《怎样地建设革命文学》[3]等文章，了解到 1930 年代左翼文学的建设历程和几场论争的焦点问题，收获颇丰。

（二）思维深化

为了深入思考，我常登录知网或使用超星搜索，通过关键词或主题查找来检索阅读与本课相关的文献资料，通过《1930—1937：新文学中民族主义话语的建构》，我了解到"30 年代中国共产党领导下的左翼文学由阶级意识向民族意识转轨的过程"[4]，还通过文献搜索查阅了"苏联文学对中国文学思潮的影响"等学术著作，在补充知识的同时触摸到了学术前沿。

（三）新课准备——延伸课堂（二）

本讲的内容是"1930 年代文学思潮与运动"，临下课，黎老师留下延伸课堂（二）中的思考题：小说是 1930 年代文学的重镇，1930 年代小说有几个板块？这是连接第 12 讲与第 13 讲的桥梁。第 13 讲的题目是"1930 年代中国小说版图"，与本讲有很大关联。小说创作是文学思潮中的一部分，前者包含后者，后者是对前者的体现。所以对于类似这种关联性较强、逻辑思路明显的两

---

[1] 鲁迅."醉眼"中的朦胧.鲁迅全集 第 4 卷 [M].北京：人民文学出版社，2005：72.
[2] 李春雨，杨志.中国现代文学资料与研究 上 [M].北京：北京师范大学出版社，2008：343-346.
[3] 李初梨.怎样地建设革命文学 [J].文化批判，1928(2)：3-20.
[4] 房芳.1930—1937：新文学中民族主义话语的建构 [D].南开大学，2010.

讲，总结回顾前一讲对下一讲的学习很有益。

我仔细复习了本讲内容，并格外重视其中有关小说的内容，然后寻找关联点，完成内容衔接，水到渠成地进入新一讲，查找京派、海派与左翼三个流派的代表性小说作品，并有选择地展开阅读。在这一方面，我的失误在于精力分配不当，以新课的预习代替延伸课堂的思考，没做到在补充旧课内容的同时，有针对性地查找新课的文献资料。我将在今后的新课准备上多用些时间和心思。

总　结

（一）本讲总结

本讲结束后，我以撰写学习案例为契机，概括总结了自己在本讲学习中的收获，反思了本讲学习中的遗憾。

收获体现在三个方面。首先，在知识方面，通过熟读教材内容、仔细研究黎老师的授课内容，我对 1930 年代文学思潮与运动有了较全面的了解，并且通过搜索文献资料，提升了自己的知识水平。其次，在思想方面，在听完黎老师的讲授之后，我对左翼文学和人文主义文学的内涵，以及文学作品中表达的思想有了更深的认识，并通过思考和回答互动问题提升了自己的思维水平。最后，在能力方面，本讲的学习极大地锻炼了我，在课前准备环节，增强了文献检索能力，了解到了学术新动向；在小组合作过程中，提升了合作沟通能力；课中互动锻炼了思想能力；在课后整理中锻炼了归纳总结能力。

关于本讲的学习也有值得反思之处，其中存在的不足和遗憾十分明显。第一，小组任务筹备参与不积极，总是迟迟不想发言，也不想充当第一个发言的"出头鸟"。然而，一旦开始讨论，我对于发言的顾虑也就消失了。第二，上课时存在注意力不集中的问题。我的思维较为跳跃发散，经常因为一个问题拓展到了与本课内容毫不相干的方向，耽误了对后续内容的接收和理解。第三，没做到积极向老师发问。

在本讲结束后，我产生了关于"人文主义文学思潮对左翼文学思潮是否具有补充作用"的问题，起初想着能自己通过查阅资料解决问题，因此迟迟没有向老师进行询问，结果发现自己的能力不足以完全解决这个问题，最后不了了之。此外，对延伸课堂的思考内容重视不够。我原以为完成规定的预习任务就等于为新课做好了准备，后来发现很多地方做得不够深入。预习的目的是梳理下一讲的宏观内容，延伸课堂则更加关注某一较为具体的内容。预习内容可以作为延伸课堂的补充，但前者绝不能替代后者，这两者的地位是同等重要的。

（二）学法提炼

在本讲结束后总结出适合本讲的学习方法固然重要，但是如果能够通过具体的内容提炼出抽象的、具有普适性的学习方法，就会极大地提升本讲学习案例的意义和价值。我通过图表的方式呈现，如图 12-3 所示。

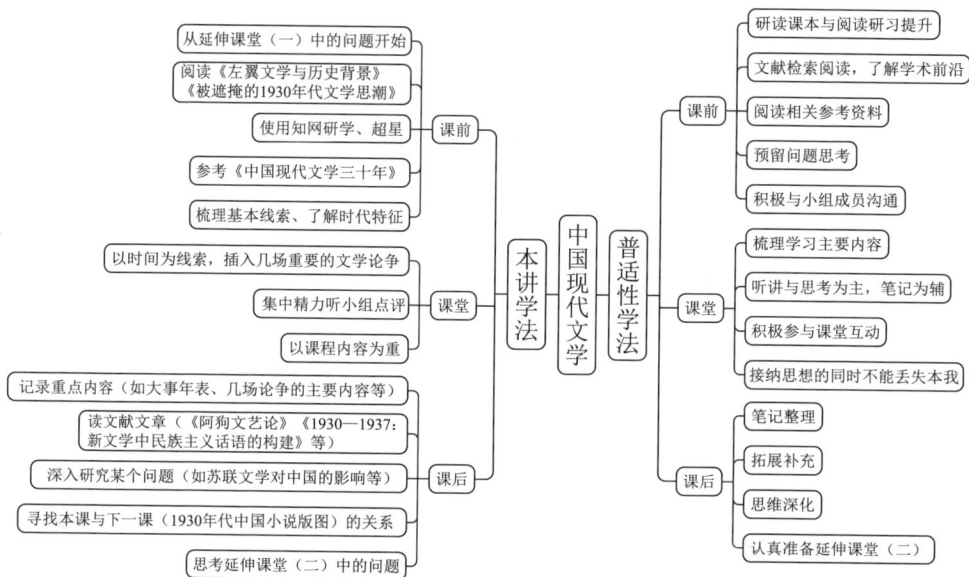

图12-3　普适性学法的提炼

上图所示的树状图呈现的是我对本讲及本课程学法的思考和总结。对于文本细读类内容，也与上述方法有相通之处，只是需要在课前细读相关作品，再结合作家经历、教材内容进行补充完善。

以上是我的个人见解，仅供读者诸君参考，希望这些内容能帮助同学们更好地参与中国现代文学课，为教师调动学生积极性提供参考，期待由此促成更多教学相长的佳话。

学习案例撰写感言　　　　　　　　　　　　　▶ 张卓然

一学期的中国现代文学课让我感触颇深。文学就是人学，它与我们的现实生活、与我们的灵魂和心灵都息息相关。接触了那个年代活跃在文坛的作家作品之后，我真正认识了现代文学这片辽阔的星空。

作为汉语言文学专业的学生，"中国现代文学（一）"是需要深入学习的必修课，但它的意义却不仅仅局限于此。经过一学期的学习，我能在了解现代文艺生态环境、文学史背景的基础上，宏观把握中国现代文学的发展历史；深入了解现代文坛上重要的文学思潮、文学流派及创作现象；掌握现代文学史上的重点作家作品。老师的思想往往能够对学生产生很大的启发，黎老师就将自己的独到见解和具有启发意义的思想融入课程教学之中，让我在学习知识的同时不断提高自己的思想水平和独立思考能力。

在本次学习案例的撰写过程中，我负责的是第 12 讲"1930 年代文学思潮与运动"。作为"中国现代文学（一）"中大文学史的章节，需要采取独特的学习方法，比如用思维导图理清思路，在整理笔记时使用多种颜色的字迹进行区分等。在最初学习这部分内容时，我感觉繁琐复杂。与文本细读不同，本讲在短短两节课内浓缩长达十余年的文学史内容，其中还掺杂着不少重要的文学史事件，各种脉络互相纠缠着，难以在短时间内厘清。在不断的探索学法、总结归纳以及黎老师的耐心引导下，我对大文学史的学习也慢慢得心应手，也能在配合小组学习、课堂认真听讲、课后积极总结的过程中厘清思路。

总之，单就"1930 年代文学思潮与运动"这一讲而言，在从生疏到熟练的过程中，我不仅积累了丰富的文学史知识，还提炼出了普适性学法，收获颇丰。

对于整个"中国现代文学（一）"课程来说，它带给我整体的感受是心灵的震撼。学习这门课，就是在同那些活跃在中国现代文坛上的璀璨群星对话。在以往中小学阶段的学习中，我对那些作家、那些事件的了解仅仅停留在表层，觉得这些人和事只是书本上的文字，或者能在考试中获取分数的一个个知识点而已。然而到了大学阶段，在黎老师精彩的讲授之下，这些人物仿佛有了生命，在了解他们为人生、为自由的思想之后，我不禁叹服其深刻的意义。他们有的以文字或思想流芳百世，有的为了心中正道不惜牺牲自己的生命，这些都足以震颤我的心灵。

从理性角度来说，探索学好这门课的方法也是重中之重。仍记得刚接触中国现代文学时，我经常苦恼于如何在上课认真听讲的同时做好笔记，如何厘清大文学史章节的脉络，如何在文本细读课前高效地读完老师布置的阅读任务。然而在课程向前推进的过程中，我不断调整学习方法使其符合自身情况，曾经存在的问题也都迎刃而解。

总而言之，在黎老师的带领下，通过学习"中国现代文学（一）"，我知道了一个个耳熟能详的名字背后的故事，其中蕴含的思想也给我的学习生活产生了深刻的影响。我在学习过程中提炼出一些学习方法，这些为我后续的学习带来了许多便利，提高了学习效率。

唯有脚踏实地才能仰望星空，衷心感谢黎老师以及"中国现代文学（一）"这门课程，让我有机会抬头看看繁星，并朝着更高远的星辰大海继续前行。

教师感言 ▶ 黎秀娥

见证卓然最近一年多的变化，我也油然而生一种心灵的震撼：她的文章可以作为她受"中国现代文学（一）"课程影响的纪念，记录了她思想水平和思考能力与时俱增的过程。至于向着更高远的星辰大海前行，那确实需要一如既往的脚踏实地才行。

她的这篇学习案例在这14篇中改的遍数最少，写得最自然，谈得论失，从容地讲述自己如何在课前"有备而读，预习新知"，如何在课上"实事求是，行成于思"，如何在课后"温故知新，继往开来"。

她不局限于小组分工，而是把老师分配给各小组的任务都当成自己思考的对象。这么强的学习主动性和学习能力，在当下大学生中并不多见。即便如此，她仍能在概括总结学习收获的同时，发现并反思学习中的遗憾，那是她新的进步生长点。

同样难得的还有她自觉的明辨性思维意识。她明确表示，进入大学阶段后，不能只知道课上讲了什么，还得把握知识中蕴含的深刻思想内涵。然而，明辨性思维并不容易学到手。首先，得有思维的自觉，她十分重视思想的力量，行文中常见她有意识地审视自己的思维特点。其次，管理运用好自己的思维，她发挥自己跳跃发散思维的优势，广泛涉猎相关研究文献，触摸学术前沿，并适时补充文本阅读，所以她能在知识的王国里开疆拓土，文章也写得舒展大气；她规避跳跃发散思维的劣势，有意识地通过积极参与小组讨论等方式，让自己的精力在关键时候能集中得起来。

最能体现其思维潜力的是，她能从这一讲的具体学习中抽象出普适性学法，如"结晶"法，即重构知识，使之变成结实、稳定的知识晶体，具体做法因内容而异，比如思维导图。

一个人的思维一旦获得解放会收到怎样的回馈？

卓然用行动给出了自己的回答，加上她对"中国现代文学"持有经得起考验的热爱和无愧于这热爱的灵气，我们有理由期待她来日有更大进步。

第 13 讲
1930 年代中国小说版图

杨阳　包欣欣

　　我探索着跨越时空的精神与文明，感受先人的光芒，在学习中逐渐知理明事，感知生活、勇敢表达、保有赤诚与良知。无论所处何时，无论处于怎样的环境，我都需要主动学习，做学习和命运的主人。

　　……

　　通过"课前→课中→课后"学习模式的规训，我的学习方式有了很大变化：真正做到了认真参与"教"与"学"的整个过程，不再是被动接受知识的受众，而是站在知识舞台上的发言人。知识在我的脑海中不再是洒在白纸上零零星星的墨点，而是心中憧憬的宏图。

　　我在"现代文学（一）"课程的学习中，多数分三步走：课前预习、课堂参与、课后复习。具体到第 13 讲，主要从延伸课堂（一）的预留问题入手，将多方引擎的搜索成果在小组内分享并进行课堂展示，在黎老师"教"的引导与"育"的熏陶中将知识内化于心，并在延伸课堂（二）中复盘回顾，延伸拓展。

　　这一讲的内容上承 1930 年代文学思潮与运动，下启左翼作家茅盾专题，有助于我疏通知识的脉络，达到融会贯通的效果。本学习案例以学习与探究、收获与效果、反思与发展为中心，具体从课前、课堂、课后三环节再现这一讲的学习过程，并在梳理的过程中着力体现以我为主的学习精神。

一、延伸课堂（一）中的课前准备

（一）研读教材，夯实基础

　　为能更有效地做好课前准备工作，黎老师通常会在每一节课前布置好课前思考问题和各小组任务。延伸课堂（一）中的问题是：1930 年代中国小说由几大板块组成？首先，我通过阅读教材《中国现代文学史 1915—2016（上）》及《中国现代文学三十年》，整合了 1930 年代小说的发展情况并用思维导图进行了梳理，将 1930 年代文学思潮与运动分成了发展背景和整体格局两大模块，在后续的填充中，删繁就简，将教材中的知识点浓缩，形成一个完整的对教材知识的简单盘点。这一时期的创作流派纷呈，通过对当时文学概况、典型作家的分析，可以对小说的发展有一个整体的认知。1930 年代作为中国现代文学的"第二个十年"，是小说发展的成熟期与繁荣期。通过思维导图可以直观地看到，这一时期的小说板块大致分为左翼、京派、海派。结合之前的学习经验，个人认为，思维导图是整理知识的重要方式：通过关键词将长串的枯燥信息整合成具有高度组织性的便于理解和记忆的图像。在整理过程中我自己的脑海中也有了对这一部分知识的整体脉络。思维导图直观形象的呈现和表达，有效地改善了我的学习效果，如图 13-1 所示。

（二）多方采集，拓展思维

在熟知教材的同时，通过讲座等多种途径，"尽可能多地接触学科前沿，并在学术交流和学术碰撞中拓展视野，产生灵感，碰撞出智慧火花"[1]，有助于拓宽我的思考维度，强化我的专业技能和知识储备。我研读了罗琭昕的《用统计的方法看"京派"与"海派"小说语言风格差异》[2]和谢昭新的《20 世纪 30 年代小说艺术形式理论的时代性演进》[3]等论文，以便自己从更独特、新颖的视角去认识 1930 年代的小说。在触摸学术前沿的过程中，面对一些晦涩的学术词汇和难以洞达的文化背景，我通过网上检索的方式增进理解，避免在探究中出现自行其是和一知半解的情况。在综合考察多方资料后，我将自己对延伸课堂（一）中问题的回答总结成文，为上课做好准备。在这个从查阅到整合的过程中，通过自主学习，我对理论知识的理解和运用也有了很大的提升。延伸课堂（一）的问题使我对课程内容一目了然，目标明确地展开预习，还自然导出以六个问题为纲的本讲主要内容。

（三）博采众长，聚沙成塔

在对这一讲的知识有了宏观的把握后，我继续预习导学问题中的六个模块，分别是理论的深化和创作的活跃、左翼新人及其小说、东北作家群的创作、现实主义作家群、现代派小说三大家（新感觉派小说）及结语，每个模块都由对应的小组主要负责。我所在的小组负责"东北作家群的创作"部分，组内成员

---

① 谭赛璐.关注研究生学术成长 [J].学位与研究生教育，2001(10)：46.

② 罗琭昕.用统计的方法看"京派"与"海派"小说语言风格差异 [J].现代语文（学术综合版），2012(4)：137-141.

③ 谢昭新.20 世纪 30 年代小说艺术形式理论的时代性演进 [J].安徽师范大学学报（人文社会科学版），2010(3)：347-353.

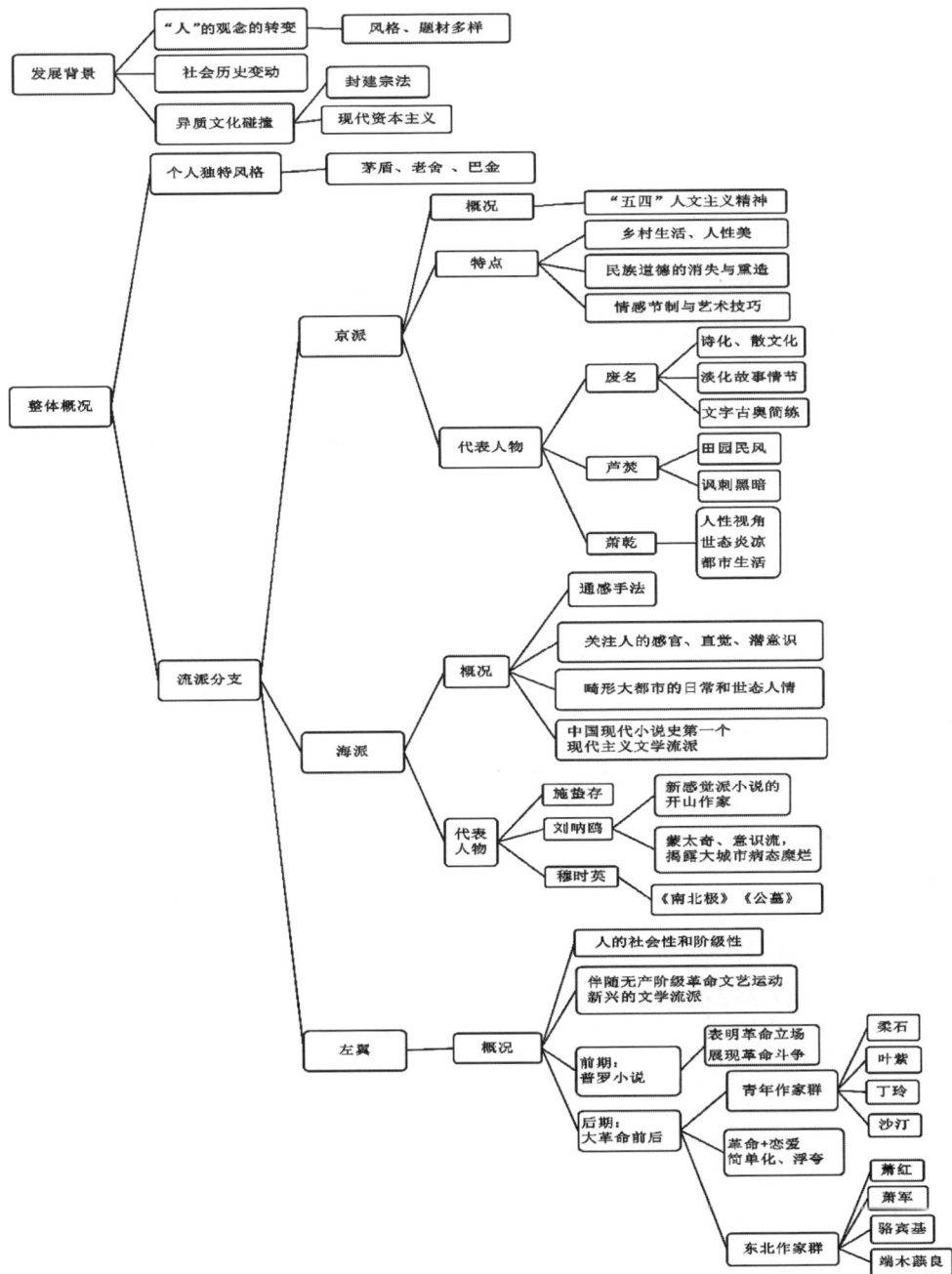

图13-1 用思维导图梳理本讲的脉络

首先分享各自的预习成果，每个人都多方搜集资料并经过辨别、归纳、整合，
在确保材料的准确性后形成自己的答案，然后发送到学习小组中。我主要关注

东北作家群小说的写作特征、主要代表人物的生平简介以及作家们自觉的创作意识，即在所处的特殊时代背景下不约而同地感觉到了中华民族到了最危险的时候，呼吁团结起来，以笔为武器，共同战斗。本组按小组名单实行轮流制，选出上课时代表本组做分享的同学，由其甄录组内成员提供的资料，找到其中的内部逻辑，提炼形成各级标题，制作成 PPT 文件并发送到小组群中。每名同学再对 PPT 提出建议和对策，确定最终的课堂展示效果。

　　在完成本组的预习任务后，我结合其他小组的任务对自己先前的预习工作进行查漏补缺。在前面预习的基础上，发现自己有些内容准备得不够充分，如"现实主义作家群"这一部分，因为参考教材很少将这一部分作为独立的板块提出来，所以自己没有对这部分做充分的预习准备。这也暴露了我在预习中整合知识的能力有待提高：即使已经能通过多种途径搜索、获取知识，可并没有跳出教材的圈套，依旧围绕着已有的认知展开学习，没有打破教材和固定思维的束缚，自然在信息获取上也难有实质性突破。意识到这一点后，我按照先前的预习方法，重新整合了之前疏漏的部分。如果可以重新再来的话，我一定会在熟悉教材的基础上，全面、系统地概括好自己对问题的回答，然后再从具体细节上进行准备，避免盲从教材造成知识的缺失。当时在网课的特殊环境下，我通常将已预习好的资料准备成电子文档，以方便快速回答老师的问题，这是网课的一大优势：可以节约时间，高效地参与课堂互动。恢复线下课以后，我认为也可以采用这样的方法，将文档整理在手机或者电脑上，在课堂分享时也更加便捷。

（四）预习环节的回顾与启发

　　回顾整个课前准备的流程，自身需要改进的地方还有很多。

　　首先，在整个课前准备中并没有提出自身认为有价值的疑问，这从侧面暴露出我的思考缺乏深度。要解决这个问题需提升自己的思维能力，在参考教材逻辑的同时又跳出其框架，从不同的角度展开思考、深化自己的感知，比如假设自己就是那个时代背景下的人，又会如何应对当时的形势呢？

　　其次，在小组合作的过程中也存在一些疏漏。一方面，在老师发放任务之后，大家并没有及时查看老师的预习任务而导致学习群中的讨论时间不够。可以通过提醒每个成员将老师的消息设置为特别关注，以便大家第一时间接收到老师的任务并快速进入准备状态。另一方面，小组内采用轮流制，按成员名单顺序依次进行课堂分享。这样的设计保证了公平，却疏忽了万一有人因紧急情况而无法参与，就会导致小组无法按时进行课上展示。思考良久后我认为可以在小组中设置"保险机制"，即需要展示的成员将做好的 PPT 文件和文字资料发送给下一位成员，双重准备会给各小组的课上分享多一层保障。

要创造性地完成课前准备，首先必不可少的是对学习抱有积极主动的态度：在听课前，按照老师的引导，完成延伸课堂（一）中的任务，创造性地做好课前功课。必要时回顾旧知识，因为新知识的学习通常建立在旧知识之上，大脑理解新知识时往往需要旧知识的支撑。在新旧知识的勾连中扩大知识体系，把新知识纳入已有的知识体系中。我认为预习的作用原理在于：在学习新知识之前，先储备相关的旧知识，从而更快捷、高效地理解新知识，预览新知识，为主动听课做准备。黎老师所提到的"不上无准备的课"对我的启发在于：一方面，要对下一步所学的内容有整体的把握以及清晰的条理；另一方面，提前预览知识，准确找出自己的盲点，在听课中能有选择地吸收，有侧重地解决自己的疑点。

二、课堂参与

（一）听课与笔记记录的平衡

充分的课前准备，为我更好地参与课堂做好了铺垫。参与课堂互动的自信和热情上来了，课堂效果也更好。在网络课堂中，我会先在电脑上准备好之前预习的文稿和资料，帮助自己快速输入回答，也能将老师的思路和强调的要点记录在自己设置好的笔记板块，并开启录音功能，防止遗漏重要的知识，方便课后整理和补充。更重要的是，录音的方式可以有效避免一个常见的学习误区：一味盲目地记笔记而没有突出重点，只做表面工作而忽视了听课质量。录音可以解决自己担心的笔记遗漏问题，腾出精力专注听讲，深入思考，积极互动。无论写什么笔记，都应该是经过自己头脑思考加工后凝练成的文字，我不想成为搬运知识的机器，一味地誊抄和背诵而忽视了学科思维的培养，那样会得不偿失！但由于用电脑记录笔记的过程中难免受电子设备使用的局限性的影响，自己在上课中突然想到的闪光点和心得难以快速记录，一些珍贵的神思也悄然流逝，使我感到十分遗憾。待到未来线下课恢复时，我将电脑与数位板连接，这样既可以更好地发挥电子笔记的优势，又能保证不耽误记录要点。

（二）分享点评，各取所长

在课堂展示后，黎老师进行点评和讲解，我们小组成员可查漏补缺，规避之前的不足，为后面的课堂参与做好准备。"一个具有自觉能动性、自主性和独立性的人，是一个对事物有自己独创的思维与见解、敢于发表自己的意见、具有社会交往能力的开放型人才。"①

在成员相互探讨、相互补充的过程中，每个人都可以发表自己的独到见解，一定程度上规避了一些千篇一律的回答。这样，思维的广度和深度得到了突破，学习自主性得到了激发，同时也提高了任务回答的准确性和全面性。

在知识传授的同时，黎老师十分注重对学生人格的塑造和学习能力的培养。在黎老师的课堂中，我从不担心是否能够学好这门课程，而是坦然地把考试等顾虑甩在身后，全身心地投入到课堂中，探索和体会其中的深味，这让我能更有效地提升自己，更轻松而热情地迎接崭新的自己。在本讲中，黎老师采用学生展示，老师随后点评和补充的模式。每一组同学的分享都是组内成员各自思想的结晶，老师再对同学的分享做纠正和补充，这样实现了知识学习的多元化，有助于发现并解决大家共同存在的盲点和疑点。老师的点评并不局限于知识层面，还涉及我们的思维习惯和学习能力等方面。如在第二组同学分享了"左翼新人及其小说"这个板块后，老师结合个人经验，对大家以后的分享提出建议：展示的内容要尽可能清晰化、条理化，用最少的文字将要点提炼出来。这样的方式不仅能够减少知识接受者记录笔记的疲劳，还能突出重点，便于吸收。

（三）重点讲解，厘清思路

黎老师着重讲了左翼阵营中一些易混淆的作家，并对他们的写作风格进行归类。有的作家擅长心理刻画，有的作家擅长讽喻，有的作家以血与泪的现实写作揭露社会矛盾。接着老师抛出了本节课令我印象最深的一个问题：1930年代最能体现社会矛盾的作家是谁？对于这个问题，我下意识地想到了"茅盾"，但没有明确而充分的理由。

在黎老师后续的讲解中我才认识到刚才想法的粗疏。老师在揭晓"茅盾"的答案后并没有直接讲述大量的理论知识，而是以问题推进：如果在鲁迅、郁达夫、茅盾三人之中选一个人做朋友，你会选择谁？老师用对比的方法突出了茅盾，她说："若能读懂茅盾，便能读懂中国百年文坛的巨变。"因为茅盾是少有的既懂文学又懂政治的作家，也是一位创作、翻译、理论都精通的全能型人才。

通过老师的阐释，我终于明白：茅盾反对公式化、概念化的文学，讲究谋篇布局和语言运用，注重借鉴世界文学营养推动中国文学的现代化进程，开创了新的文学范式，即以《子夜》为代表的社会剖析小说。《子夜》开创了以文学

---

① 弓利英，李琳，李学慧. 小组合作学习法在高职教学中的应用 [J]. 河南农业，2012(18)：17-18.

实现社会学抱负的先河，体现了作者对当时社会的深刻认识，将 1930 年代革命深入发展、星火燎原的中国社会全貌清晰地勾勒了出来。也正是因为茅盾过硬的社会科学素养，使其对社会矛盾能进行更深入而全面的剖析。因此，茅盾被评为最能揭露社会矛盾的人。

（四）思维训练，知理明事

在现实主义作家群模块分享后，老师提出一个新颖而形象的观点：在舞台中常常将背景处理成黑色，只保留一个光圈来追踪主角。而我们正是那个主角，无论是做分享还是展示，我们都不应该脱离光圈。对于重要的文学史实节点更要有强烈的"边界感"。这也给了我很大启示：面对纷繁复杂的资料更要甄别，记准关键的时间节点，才能分清 1930 年代小说家的流派归属。

在整个听课的过程中，我一直思索老师所讲的内容："这个事件的发生有什么契机？""如果我是他，我会做出怎样的决定？"真正设身处地、用心感受老师话语背后的魅力，往往会得到不同的感悟和认知。这也正是黎老师在授课中很重视的一个方面。她会在讲课中穿插多个问题并邀请大家思考互动，点评我们的回答并提供自己独到的见解。正如教育家怀特海所言："忘记了课堂上所学的一切，剩下的才是教育。"所谓"剩下的"指的是"完全渗透你身心的原理，一种智力活动的习惯，一种充满学问和想象力的生活方式"。黎老师真正将教育渗透进了我的身心。在小组展示中，老师指出我们 PPT 制作和语言表达上的问题，强调我们作为师范生更应多研习、多磨课；在讲到茅盾虽一生才华出众却也难以避免在矛盾中辗转颠簸的命运时，警示我们"人生就是一场取舍，无法兼顾"……我唯一觉得遗憾的是，没有完全将黎老师的此类言谈逐字记录下来以供日后回顾和品味。但总体上收获良多，不仅在课前预习、小组分享、老师讲授中汲取了多方的精华，还在思维训练和人生哲理上受益匪浅。

黎老师的课堂，第一次让我真正感受到了学文学的骄傲，我为文学的浪漫而热泪盈眶。我探索着跨越时空的精神与文明，感受先人的光芒，在学习中逐渐知理明事，感知生活、勇敢表达、保有赤诚与良知，无论身处何时，无论处于怎样的环境，我都需要主动学习，做学习和命运的主人。

三、课后总结

（一）笔记梳理

补充、删改笔记，并且对这一讲的内容进行梳理，是我在每一讲现代文学课结束后必做的事。1930 年代开拓了小说题材及其表现角度。首先，是表现个人走向社会的艰难和痛苦。时代中心主题是中国社会各个阶层的历史命运及心理、道德、情感的变迁。其次，是民族和命运问题。1931 年的"九一八"事变后，关注焦点转向民族命运。最后，是历史题材的选用。以"历史的亡灵"曲折地反映现实。

左翼作家的精神领袖——鲁迅重视心理刻画，或以讽喻见长，或以血与泪的现实描写揭示现实社会的深刻矛盾，表现了突出的政治敏感和社会觉醒意识；沙汀的小说具有严峻的现实主义精神与象征性的文化意蕴，经鲁迅、茅盾点拨，笔触转向熟悉的四川农村；艾芜 1930 年代的中篇小说有浓厚的浪漫主义色彩。

东北作家群是左翼文学的重镇，他们的作品充满粗犷的关东气息。亡国之苦，家破之恨，共同化为他们笔下的反抗精神。萧红的《商市街》《马伯乐》《呼兰河传》有着永久的艺术生命力，其中的《呼兰河传》作为回忆性、自传性小说，持续挑战以人物为中心的传统小说模式。

现实主义作家群中，巴金、王统照、叶绍钧、许地山、李劼人……大多是早期"为人生而艺术"的成员，到 1930 年代经艺术磨炼，深化了现实主义精神；王统照关注军阀统治下的北方广大农村，其现实主义小说抒写革命反抗情绪，有着深刻的社会意义。

现代派小说在 1930 年代主要指"新感觉派"，与"京派"有过论争，深受法国都市主义文学和日本新感觉派的影响。该派最重要的阵地是由施蛰存主编、创刊于 1932 年的大型文学期刊《现代》，代表作家有刘呐鸥、穆时英和施蛰存等。该派有明显的流派特征：在表现对象上，擅长写性心理或变态心理；在美学追求上，重视现代情绪的抒写，排斥理性干预；在题材上，多写男女情爱。

总体来说，1920 年代的小说流派以文学社团为主，有具体的组织、鲜明的口号、旗帜或固定的刊物，自觉以流派之名聚合，整体上小说创作处于尝试阶段；1930 年代的小说流派有的自然形成，有的服从政党领导，集中表现某类题材，风格相近，成就卓越。

在这一讲的最后，老师预留了延伸课堂（二）中的问题：左翼小说是 1930 年代小说的重镇，其中最杰出的代表作家是哪位？ 1930 年代社会历史发生巨大变动，文艺思潮迭起，文学派别纷呈。在众多小说中，茅盾的小说注重时代性，多描写典型环境中的典型人物。茅盾高度敏感于社会运动的发展方向，他的《子夜》代表了 1930 年代左翼小说的高度。茅盾是一个紧跟时代步伐，有政治信仰的人，积极探索中国文学与社会现实之间的关联，因此他在动荡的 1930 年代能够成为杰出作家的代表。

在课后拓展中，我探寻茅盾的足迹，品读其作品，启迪心智，如茅盾的短篇历史题材小说《石碣》等。有人说："茅盾的历史小说描写过去，的确是在'向现代发言'的：或者是掘发了历史的高尚精神，给人们以鼓舞的、向上的力量；或者是鞭笞了历史和传说中的'坏种'，给现实恶势力以无情的揭露与诅咒。"[①] 在新时代背景下读这样的历史题材小说，在刚刚所说的"向现代发言"的基础上，我努力在品读过程中发现更多的价值……刘俐俐所著的《中国现代经典小说文本分析（第二版）》里对于《石碣》的理解分析："阅读《石碣》的实质是，我们读者、叙事者还有石刻匠金大坚和圣手书生萧让共同拥有一个秘密。"[②]《石碣》是依据《水浒传》第 71 回的故事线索和原有人物，节外生枝地设计出一段交代石碣从何而来的情节。因为《水浒传》的故事广为人知，《石碣》易于被理解和接受。所以说"《石碣》的理想读者，是忠实遵循叙述者的叙述轨迹、不断分享秘密的人"[③]。在拓展延伸过程中，我尝试了不同的思维方式，加深了自己的思考。

（二）整理反思

很多时候我会有灵光一闪的想法，如果不能及时记录，很容易遗忘掉。所以在做笔记的过程中，及时补录那些一晃而过的念头十分必要，比如什么是"革命的罗曼蒂克"的问题。我课后翻阅资料寻找答案，读了洪灵菲的自传小说《流亡》[④]，从中体会到革命青年的悲愤，仿佛置身于奋起抵抗的精神世界。蒋光慈的作品常为革命题材注入浪漫柔情，形成"革命加恋爱"模式的小说。1933 年茅盾在一篇总结性文章中曾将革命与恋爱的关系归纳为"为革命而牺牲恋爱""革命决定恋爱""革命产生恋爱"三种。就革命对恋爱的催生作用来说，我发现与前面所学五四时期争取恋爱自由的启蒙小说有相关性。

经过认真检查总结，探索适合自己的专业课学习模式，为更好地学习后面的新知识做准备，也会让以后的温习更加轻松。这一讲结束之后，我看着整理完的笔记陷入了深思：是否有遗漏的内容？一节课的内容怎样才能掌握得更多、更深刻些呢？文学史课的知识内容较多，知识点琐碎，我认为有目标地听课很重要。新学期开始时，黎老师与我们约定："不上无准备的课……"课前充分预习，课中以思促听，由被动地听转为主动思考，课后及时认真巩固，同时开启下一课的准备，这样便会形成一个良性循环。

① 王嘉良 . 茅盾小说论 [M]. 上海：上海文艺出版社，1989：73.
②③ 刘俐俐 . 中国现代经典小说文本分析（第二版）[M]. 北京：北京大学出版社，2006：148、149.
④ 洪灵菲 . 流亡 [M]. 呼和浩特：远方出版社，2007.

总　结

（一）学法归纳

通过梳理这一讲的学习过程，回顾学习内容，盘点自己的得与失，我的学习主体性得到了很好的发挥。课前准备时，预习教材并借助其他材料做出本讲知识的思维导图，翻阅研究资料来拓宽视野，汲取灵感；课堂参与时，积极参与小组合作学习，在组内进行思想交流，并且与其他组相互借鉴，正确运用电子设备做笔记，记录重点；课后查找资料解决课堂中留下的疑点，并围绕延伸课堂（二）中的问题进行拓展、丰富。

（二）要点总结

我对本讲的知识要点进行了简要的归纳。1930 年代的中国小说有三大主要流派：左翼文学、京派文学及海派文学。这一时期革命萌芽产生，推动"左联"成立，逐渐掀起带有强烈的阶级意识和革命观念的左翼革命文学思潮。左翼文学倾向于无产阶级革命文学的创作，对中国现代文学有极其深远的影响；海派文学聚焦于市民的猎奇心理和商业、世俗化的都市文化，获得了很大的消费市场；京派文学以京城文化为依托，主张远离政治，追求"纯正的文学趣味"，呈现出从容、含蓄、超脱的艺术风格。

（三）心得感悟

通过"课前→课中→课后"学习模式的规训，我有了很大变化：真正做到了认真参与"教"与"学"的整个过程，不再是被动接受知识的受众，而是站在知识舞台上的发言人。知识在我的脑海中不再是洒在白纸上零零星星的墨点，而是心中憧憬的宏图。通过这一讲的学习，盘点自己的得与失，我的学习主体性得到了很好的发挥，这在学科学习乃至个人思维方式等方面都有体现。"以我为主"的研习策略已经深入我心，探索"学"的学问成了我的自觉行为。作为一名汉语言文学专业的学生，剖析当时文学史的脉络走向，不仅有助于我把握现代文学史丰富而复杂的面貌，理解特定时代背景下各个社会主体的心理与行止，尤为重要的是培养我的修养和能力，提高主体性，做德才兼备的新时代青年。

学习案例撰写感言　　　　　　　　　　　▶ 杨　阳

时光知味，岁月沉香。文毕而情出，笔罢而谢至。

一年前，18 岁的我初入大学，还未得窥见文学一隅，一节黎老师的现代文学课钩织了我关于大学的梦网。后来的现代文学课则成了我在大学中迷茫时的避风港，在我慌乱浮躁之时，帮我涤心灵、洞天地、知古今，助我平静且通透。我虽然步履不停，仍有愚钝之时，被黎老师选中，分享学习过程和心得，无疑是件幸事。我对本课程的认知十分有限，甚至在排版格式上都略显粗拙，黎老师总是不厌其烦地帮我慢慢突破思维的瓶颈，直至顺利完成写作任务。即使是一些很简单的写作技能，有些同学直到毕业都掌握不好，而我在大一上学期就在黎老师的帮助下掌握了基本写作规范。"师者如光，微以致远"，我有幸成为她的学生，追光而遇，沐光而行。回头看，匆匆一年之间，无论是黎老师指导我写作时的认真严谨，还是她课堂上的谈笑风生，都体现出治学态度和哲理意趣，令我心驰神往。

人生有一程一程的山水。撰写学习案例是我大一上学期独特的山水，在黎老师的陪伴下，我用文字记录了自己的思想成长。"中国现代文学（一）"的学习有得有失，借这次写作机会，我完成了对自己学习生活的总结归纳，为后续大学学习所用，感受到了现代文学课在线上与线下的不同风貌，得到了同龄人少有的收获、成长和机遇。

夏天的风送走了我与黎老师相处的短暂一年，希望我们会再次相遇。

▶ 包欣欣

中国现代文学史上很多作家的作品至今仍有旺盛的艺术生命力。通过一学期的学习，我了解了作品产生的背景，体会到作品中的况味。穿梭在时光堆积而成的文学历史中，我的记忆好像一塘春水，时常会被微风轻轻吹起波纹。回顾现代文学史的学习，不为在辉煌中寻求慰藉，更不为在功劳战绩上寻找逃避今日所面临问题的借口，只为开拓前进的信心与勇气。

这次学习过程的梳理以及与同伴们进行学习方法和思想上的交流，让我受益良多。当同学的观点与我的想法一致时，就会加深我对作品的印象和理解。同学之间学习方式方法上的互相借鉴，激发了我对于学习方法的探索，有利于我创造性地学习。还记得老师课上的教诲，大学里的学习学的是术，是学问，更是方法。读书不当死读，讲究合用，锻炼脑力与思想的运用。这次撰写学习案例，加深了我对学习的理解和对文学奥秘的领悟。

古时圣人以诗教荡涤世人之心，纠正疲沓不思进取的作风；现代新青年从荆棘出发，敢当燎原的星火。在中国现代文学的学习过程中，同样身为青年的我，对当时的残酷环境、复杂社会感同身受，继而备受鼓舞，时常想起鲁迅的呼唤："……愿中国青年都摆脱冷气，只是向上走，不必听自暴自弃者流的话。"① 我们是初春，是朝日，虽没有人会永远年轻，但永远有人正年轻。虽然总不免会有人在迷茫中沉沦，在欲望中堕落，不敢直面不公平秩序，终究会有越来越多的青年独立思考，在迷雾中坚定寻求真理的决心，具备抵抗物欲侵蚀的能力。

教师感言　　　　　　　　　　　　　　　▶ 黎秀娥

杨阳把写这篇文章的经历视为"大一上学期独特的山水"，因为她借此突破了自己思维的瓶颈，收获了明显的思想成长，变得自信自强，从容坚定。不约而同，欣欣坦言她学习文学史的重要预期是培养"前进的信心与勇气"，并在撰写学习案例的过程中期待更多的青年能独立思考，不受物欲侵蚀。这样的"育人"效果很鼓舞人，预示着一代青年的崛起。

杨阳与欣欣的学习案例是她们自觉、主动地探索"学"的学问的结晶。

像这样的大文学史课，内容多而杂，容易挫伤人的学习热情。她们采用"以我为主"的研习策略，通过精诚合作，不仅接住了来自本讲内容自身的挑战，还迎来了根本性变化：由被动的知识受众变成了"知识舞台上的发言人"。

这是一个"课前→课中→课后"学习模式规训的成功案例。说它成功的理由有两个。

一是知识层面。她们创造性地完成了课前准备，在小组合作中博采众长，聚沙成塔，把学习的主动性发挥到了极致，打开了本讲知识的任督二脉；在课上运用课前预习所得的知识参与互动，在同学分享与老师讲解中进一步厘清思路，加深对知识的理解。

二是在思维层面。她们有明确的学科思维意识，拒绝做知识的搬运工，把围绕知识的分享当作思维训练的过程，所以能在汲取知识的同时为文学感到骄傲，在思维训练和人生哲理上受益匪浅。于是，在课后提炼心得时，她们为文学的浪漫而热泪盈眶，从而知理明事，想做学习和命运的主人。至此，书本上抽象的方块字在她们心中筑起了憧憬的宏图。

要之，这是一则有感、有思、有情的学习案例，讲述的是她们学习"中国现代文学（一）"第 13 讲的过程，折射出的却是文学与人生、现实与梦想的光辉前景。不信，您细读此文，必能被文中升腾着的思绪吸引。

---

① 鲁迅 . 鲁迅全集 第 1 卷 [M]. 北京：人民文学出版社，2005：341.

第 14 讲
探寻"中国道路"
——左翼作家茅盾

孙明丽

> 《子夜》的出现，不单单为我提供了一个了解茅盾的契机，更带我走进了那个有些混沌的年代。那个时代的光影穿透荫翳的百年，在我的眼前变作横竖撇捺，纵是无声也惊心。

"中国现代文学（一）"课程的课堂给我留下了深刻的印象，是我所接触到的大学课程中最具创新性的。创新型的课堂要求创新型的学习与之相配。

"中国现代文学（一）"课程的第 14 讲主要讲左翼作家茅盾。左翼小说在1930 年代小说中举足轻重，茅盾则是左翼小说非常杰出的代表作家，他怀着"大规模地描写中国社会现象的企图"创作了《子夜》。他以小说的形式展现了中国社会的现状，在帝国主义经济侵略加之世界经济恐慌的大环境下，剖析中国民族工业的曲折发展。他的长篇小说《子夜》有明显的政治意识形态倾向，通过在经济社会关系和阶级矛盾冲突中刻画人物的复杂性格和丰富的心理活动来展示人物命运，探寻"中国道路"。

下面从课前准备、课堂参与、课后总结三个方面，还原我学习第 14 讲的始末，以期从中总结出经验与教训。

一、课前预习：必要的延伸

课前要做准备是"中国现代文学（一）"课程的一大特色，老师与我们有个约定——不上没有准备的课。在这　讲的学习中，我首先根据老师在延伸课堂（一）中公布的预留问题以及本堂课的任务流程，明确知识内容和上课环节。其次，在明确问题和任务的基础上有选择地阅读文学史上的相关内容，带着问题重读教材，争取在阅读后找到答案。最后，对教材内容进行清晰的划分，将划分的内容与老师所给的本讲内容梗概相对应。

本讲延伸课堂（一）中的问题是：鲁迅、郁达夫与茅盾，如果从中选一位做朋友，你会选谁？我对此感到很亲切。鲁迅和郁达夫是我们的老朋友。提起鲁迅，总让人联想到许多……他是中国的思想先锋和现代小说形式的最早探索者，是中国现代文学的奠基人。再说郁达夫，他的小说突出的特点是自叙传。正如他所说："至于我的对于创作的态度，说出来，或者人家要笑我，我觉得'文学作品，都是作家的自叙传'这一句话，是千真万真的。"[①] 然而，对于茅盾，我能回想起来与他有关的便只有初中学习过的《白杨礼赞》。为回答问题，我一边回想着鲁迅和郁达夫，一边在与鲁迅和郁达夫的对比中走近茅盾。

通过阅读《中国现代文学史 1915—2016（上）》[②] 中的相关内容，我了解了茅盾的生平经历、作品特色、理论主张。茅盾比鲁迅小十五岁，与郁达夫同岁，但彼此的性格、人生阅历、作品风格等都有很大差异。想要回答延伸课堂（一）中的问题，就要对这三位作家都有所了解，才能根据自己的想法选择其中一位做朋友。我回顾了此前学习过的知识，简单对比了三位作家的小说风格。鲁迅和茅盾的小说倾向于现实主义，而郁达夫以浪漫抒情为主。茅盾和鲁迅的现实主义又有不同之处，鲁迅更侧重国民精神层面，更重视人物灵魂的刻画，茅盾则更侧重理性叙述，在小说创作中探寻社会走向。

如果选择三位之中的一位做朋友，我会选择鲁迅。我想到了之前上课时，黎老师提出的两个互动问题。第一个问题是：如果有机会，大家愿不愿意回到"五四"时代？有很多同学表示愿意，因为他们希望能用自己的青春年华为国家做出贡献，与时代同频；当然也有人不愿意。我的回答是愿意，之所以这么回答，很大一部分原因是鲁迅"弃医从文""以笔为刃"的战士风姿深深吸引了我。第二个问题是：什么样的人最幸福？有同学回答梦想成真的人、宽容大度的人、热爱生活的人，等等。我认为坚持做自己的人最幸福。关于坚持，我同样想到了鲁迅，想到他坚持自我、绝不低头的模样，想到他如何直面惨淡的人生，正视淋漓的鲜血。

延伸课堂（一）中的问题设计，不仅可以自然地引出本讲，还能通过这个问题刺激大家回顾学过的知识。这两个问题带有一定的导向性，可引出本讲的主要内容。以看似简单的小问题，启动大思考。但由于时间关系，老师在此处只做简单介绍，对比了鲁迅、郁达夫和茅盾，并没有放开让同学自由地互动。如果先让大家进行交流再做选择，我认为效果会更好，更能调动大家的兴趣。

---

① 郁达夫.五六年来创作生活的回顾.郁达夫全集 第十卷 [M]. 杭州：浙江大学出版社，2007：312.

② 朱栋霖，吴义勤，朱晓进.中国现代文学史 1915—2016（上）[M]. 北京：北京大学出版社，2018.

同学们可以充分表达选择的理由，这有利于课前掌握和加深印象，突出问题的价值。

二、课堂参与：我的课堂我做主

我习惯将听课与记笔记相结合。跟着老师的讲课内容学习，对自己感兴趣的和重要的知识点进行重点梳理、记录。如茅盾的"矛盾"人生，我会在听课时一边听黎老师讲解介绍，一边简洁地记录茅盾的经历，下课后再依据教材和自己记录的笔记进行较为详细的补充。网课具有一定便利性，可以截屏，但不能以给 PPT 截屏为止，一定要及时进行整理。对于这个学习步骤，我认为最重要的是自主性、创造性、自律性。除此之外，我还借助中国知网查找资料，了解到关于茅盾的笔名与文学成就以及社会影响等多方面的知识。这样一来，补充了很多内容，便于我更全面地了解茅盾、学习茅盾的小说。

（一）茅盾的"矛盾"

进入本讲主要内容，我会打起十二分的精神跟着老师的节奏展开学习。关于第一部分的内容"茅盾的'矛盾'"，简单来说就是茅盾的生平，他的"矛盾"人生。在预习时我就已经了解到茅盾原名为沈德鸿，浙江省乌镇人，字雁冰。他有很多笔名，郎损、玄珠等。"茅盾"作为几十个笔名之中最出名的一个，在文学史上也有一段曲折的故事。他在《小说月报》连载自己的第一篇小说《幻灭》时，最初投稿用的笔名是"矛盾"。由于蒋介石政府正在通缉他，当时的主编叶圣陶认为"矛盾"一名太暴露，为了作品能够顺利发表，便加了个草字头即"茅盾"，而"矛盾"却是他个人的写照，也隐喻着他后来小说的基调与风格。

课前准备时，我已经感觉到茅盾是真的很矛盾。课堂上黎老师的介绍加深了我对茅盾的矛盾人生的了解。茅盾的童年、少年正处于社会大转型时期，受其父亲（医生、维新派人物）的影响，接触了"新学"。不幸的是茅盾早年丧父，幸运的是母亲可以亲自指导他学习新学。茅盾的创作道路也并非一帆风顺，他的《蚀》三部曲（《幻灭》《动摇》《追求》）当年曾受到左翼文人的大力批判，致使他情绪很低落。后来在赴日的途中，他认识了秦德君，向秦诉说创作上的困境和母亲包办婚姻带来的痛苦，在秦的安慰、鼓励下，他慢慢走出低谷，创作出了《从牯岭到东京》《虹》。他与秦德君有过一段有爱无情的相识，最终一直维持着母亲为他定的那桩旧式婚姻，与妻子度过了一生，一生深陷矛盾之苦。

（二）茅盾的文学成就

谈完茅盾的"矛盾"，黎老师为我们介绍了茅盾的文学成就。在不同时期，在多变的社会条件下，茅盾的立场与角色都有所不同，所取得的成就也各有侧重。经过思考后，我认为要想明确茅盾的文学成就，就要了解他主要的文学活动。

在文学活动这一方面，我通过查阅《中国现代文学史1915—2016（上）》，得知："新文学革命时期，茅盾文学活动的一个重要内容是外国文学的翻译和介绍。他把译介的重点放在文艺复兴以来的近代文学，尤其是写实派、自然派的作家与作品上，同时又密切关注同时代外国文学的新走向。"[1]"茅盾文学活动的另一个重要内容是文学批评，其中一以贯之的主题，是对文学社会功用的重视。他的文学评论，特别关注作家及其作品与社会、时代的关系，同时也注意从文学表现的'进化'脉络考察其艺术进境。茅盾对叙事文学抱有特别的兴趣，他的分析评断都表现出特殊的艺术敏感。"[2]在第二个十年，也就是1930年代，他由于参加了国民革命运动，在"四一二"反革命事变后遭到蒋介石政府的通缉，潜回上海后开始了小说创作。我印象很深的是，他曾说："我是真实地去生活，经验了动乱中国的最复杂的人生的一幕，终于感得了幻灭的悲哀，人生的矛盾，在消沉的心情下，孤寂的生活中，而尚受生活执着的支配，想要以我生命力的余烬从别方面在这迷乱灰色的人生内发一星微光，于是我就开始创作了。"[3]这可以说是对他人生恰到好处的解读，而后《蚀》三部曲发表，奠定了他在小说界的地位。1930年茅盾从日本归国，参加了左联，担任左联执行书记。

关于茅盾的文学成就，我主要是通过课堂上老师的讲解了解到的。在预习时，我朦胧地感觉到文学活动和文学成就息息相关。老师讲完本讲之后，我对茅盾的文学成就有了更清晰的认识。在新文学初期，他的身份是文学组织家和文学评论家。在新文学的第二、第三个十年，他的主要身份是小说家和文学评论家。在第三个十年，茅盾创作了长篇小说《腐蚀》《霜叶红似二月花》，中篇小说《走上岗位》，短篇小说《耶稣之死》。经过黎老师的拓展介绍，我知道了《白杨礼赞》便创作于这一时期。茅盾还尝试过剧本创作，1945年发表了剧本《清明前后》，只是有些概念化，艺术性较为粗糙。在当代文学史上，茅盾的主

① 朱栋霖，吴义勤，朱晓进.中国现代文学史1915—2016（上）[M].北京：北京大学出版社，2018：156-157.
② 朱栋霖，吴义勤，朱晓进.中国现代文学史1915—2016（上）[M].北京：北京大学出版社，2018：157.
③ 茅盾.从牯岭到东京.茅盾全集第19卷[M].北京：人民文学出版社，1991：176-177.

要身份是文学评论家和领导人。新中国成立后，他担任文化部部长一职，很少再创作。

（三）茅盾的理论主张与批评成就

盘点完茅盾的文学成就，老师又带我们学习了茅盾的理论主张与批评成就。文学批评和理论的建树，是茅盾文学成就的重要组成部分。这一部分的学习让我感到有些困惑和迷茫。知识性较强的内容相对枯燥，我学习的积极性也会比较低。在预习时我想到了一个比较适合自己的方法，但临近期末考试忙于复习并没有实施。我想把茅盾的理论主张、批评成就和他本人的文学创作结合起来，尽可能地多读他的作品，从中了解当时的文学潮流。在写学习案例时，我看了《子夜》《蚀》的部分内容，也深入了解了当时的背景，虽然还有很多不懂的地方，比起刚学习时还是有很大进步的。关于这部分内容，我主要通过一些例子来讲述学习过程。

在理论主张方面，我了解到茅盾在"五四"时期提出"为人生"，1925 年之后向前推进，逐渐演变为革命现实主义。坚持革命现实主义与中国革命同步，向革命方向发展也符合茅盾左翼作家的身份。茅盾是"五四"时期"为人生的文学"的主要倡导者之一，他反对"文以载道""游戏人生"的文学观，强调文艺推动社会改革的思想启蒙作用，认为文学的目的不是高兴时的游戏与失意时的消遣，"文学是为表现人生而作的"。[①]他还提倡现实主义艺术精神和现实主义创作方法，注重艺术形式和艺术技巧的探索，反对公式化、概念化的创作倾向，在选材构思、谋篇布局、人物塑造、语言运用多方面下功夫。我想到了他的长篇小说《子夜》，无论是事件的选取还是人物身份的设定，都立足现实生活，在当时具有极强的现实指涉意义。《子夜》的成功还与汲取世界文学的有益营养有很大关系。左翼文学阵营中的茅盾仍保持兼收并蓄的姿态，十分重视艺术规律，并以创作实践促进了现代文学内容与形式的不断完善，也推动了中国文学的现代化进程。

在文艺批评方面，茅盾是中国现代批评的开创者之一，为中国马克思主义文艺批评的建立，以及影响之扩大，做出了杰出的贡献。通过阅读教材和作品，我发现茅盾对各个时期的新文学都做过批评。从"五四"时期到"左联"时期再到抗战时期、新中国成立以后，茅盾的文学批评不同程度地促进了我国现代文学理论和文学批判的发展。他较早认识并积极评价鲁迅的意义，认识到鲁迅的深刻伟大，肯定《狂人日记》的价值和意义，对现代文学中"鲁迅方向"的

---

① 茅盾 . 现在文学家的责任是什么 . 茅盾全集第 18 卷 [M]. 北京：人民文学出版社，1989：9.

确立，起到十分重要的作用。

作家论是茅盾文学批评中最具特色的，这些都可以在教材中找到佐证："他及时评点刚刚崭露头角的小说家叶绍钧、冰心的新作，也对一个阶段的小说倾向进行概观式述评。其中《读〈呐喊〉》是五四时期少见的关于鲁迅小说的精彩评论。"[①]《读〈呐喊〉》中谈道："久处黑暗的人们骤然看见了绚丽的阳光。这奇文中冷隽的句子，挺峭的文调，对照着那含蓄半吐的意义，和淡淡的象征主义的色彩，便构成了异样的风格，使人一见就感着不可言喻的悲哀的愉快。"[②]在阐发鲁迅小说所表现的人性深度的同时，茅盾特别指出了《呐喊》创造新形式的先锋意义，认为"十几篇小说几乎一篇有一篇新形式"[③]。

通过同组同学的分享，我了解到在《彷徨》出版的当年，茅盾就已经指出了"老中国的儿女"的思想和生活"正是中国现在百分之九十九的人们的思想和生活，这正是围绕在我们'小世界'外的大中国的人生！"[④]综上所述，茅盾的文学批评理论既包括时代内容，也蕴含着思想深度、社会温度，无疑是一股助推中国文学现代化的力量。

（四）茅盾小说的艺术成就

本讲的第四部分主要介绍茅盾小说的艺术成就（特色）。在这一部分，我们小组群策群力，将茅盾小说的艺术成就分为整体风格、思想深度、人物塑造、小说结构、艺术表现几个小部分，分别查找相关资料，在组内进行简单的交流分享。通过老师的课堂讲解，我了解到茅盾小说的以下几个特色：

首先，便是开创了新的文学范式，将鲜明的政治倾向与描写真实人情紧密结合起来。在上一部分中，黎老师就讲解了他提出的"为人生"的文学观。茅盾将"五四"时期文学研究会"人生派"的现实主义精神加以发展，建立起新的革命现实主义文学模式。通过本讲的学习，我又加深了对茅盾的了解。作为社会剖析小说的开创者，茅盾注重表现时代斗争，塑造时代人物形象，体现出鲜明的理性精神。在题材选择与主题的发掘方面，茅盾的小说与重大历史事件同步，通过"巨大的思想深度"与"广阔的历史内容"反映时代全貌及其发展的史诗性。黎老师在此处为我们举出了很多实例，如《子夜》和《蚀》三部曲

---

① 朱栋霖，吴义勤，朱晓进.中国现代文学史 1915—2016（上）[M].北京：北京大学出版社，2018：157.

② 茅盾.读《呐喊》.茅盾全集第 18 卷 [M].北京：人民文学出版社，1989：394-395.

③ 朱栋霖，吴义勤，朱晓进.中国现代文学史 1915—2016（上）[M].北京：北京大学出版社，2018：157.

④ 茅盾.鲁迅论.茅盾全集第 19 卷 [M].北京：人民文学出版社，1991：151.

等作品的题材具有很强的政治性,反映了中国革命的全新面貌,具有恢宏的气势。老师将鲁迅写平凡生活中的悲喜与茅盾写社会编年体作对比,更加有力地验证了这一点。

其次,从"巨大的思想深度"这一层面看,《蚀》通过中国革命过程中小资产阶级知识分子心路历程这一独特视角反映大革命,揭示了深刻的历史教训,凸显了茅盾对中国社会与中国革命的深刻认识和把握,展现了清醒的现实主义精神。从"广阔的历史内容"这一方面看,我在《蚀》和《子夜》这两部作品中都有较深的体会。《蚀》以广阔的场面、宏大的气势,真实地反映了大革命的历史和大革命失败后的社会心理;《子夜》反映了 1930 年代社会各阶级、各阶层的人的性格、思想、心理、命运及其历史纠葛和波动,力求完整地反映出整个大时代的丰富性与复杂性,成为革命现实主义的里程碑式作品。

在人物形象塑造方面,通过同学们的介绍,我知道了:茅盾擅长从复杂的社会关系中突出人物的性格,注重表现人物的复杂性与多面性,追求立体化的油画效果。此处黎老师依旧以鲁迅写平凡生活中的悲喜与茅盾写社会编年体进行对比。前者主要运用白描手法,通过精神特点展现性格命运,后者则是从行为、情感、心理、个性等多方面来展现。茅盾主要创造了民族资本家和新时代女性两大类人物形象:吴荪甫等民族企业家,东方型女性方太太和静女士,受欧美新思想影响较多的西方型女性张秋柳,骄横奸诈、荒淫腐朽、凶狠残酷的买办资产阶级赵伯韬,趋炎附势的资本家"走狗"屠维岳,等等。令我印象深刻的是黎老师谈到《子夜》中的张素素,听课时我还未接触过《子夜》这本书,因而当老师说张素素精神与资本英雄相通,体现了人物性格的多面性、复杂性时,我感触不深。现在回过头来细读作品,写学习案例才发现张素素确实生动地体现了茅盾在人物塑造方面的特色。

人物形象塑造这部分由我和另一名同学负责,我们在组内主要交流了茅盾小说中的人物,从他们身上挖掘茅盾在人物形象塑造方面的特色。我印象最深的是《幻灭》中静女士和《子夜》中吴荪甫的复杂性格。静女士起初认为爱情是庄严的、神圣的,对爱情充满了幻想与希望。她同时也是一个敏感的女性,在经历了失败的恋爱后,对爱情感到失望、沮丧,变得没有思想,不愿回望过去,也不敢展望未来,后来经过了一个漫长的过程,终于变得强大起来,成长为一位自信、勇敢、乐观、热情、敢为革命牺牲的战士。她渴望爱情,又不敢轻易触碰,生活使她处于无所适从的苦难之中,但她没有放弃自己,不断反抗命运,追求光明。诸如此类,静女士这样复杂多变的形象,活灵活现,体现出了茅盾对人物的理解之深。

再说吴荪甫，吴荪甫是茅盾小说中人物复杂性、多面性的典型代表之一。作为中国民族资本家，他的性格兼有二重性、矛盾性。在我看来，他有雄心、敢冒险，在发展民族工业、摆脱帝国主义及买办阶级束缚方面有果敢、自信的一面，体现了民族资本家的反抗性；在镇压工人罢工中有残忍冷漠、自私无情的一面；在与赵伯韬进行商业斗争中，显示出沉着干练、刚愎自用。吴荪甫是一个丰满的人物形象。作者把他放到 1930 年代中国错综复杂的阶级斗争和社会关系中，在典型的社会环境中塑造，使之成了一个典型的民族资本家形象，既有榨取工人血汗、漠视农民运动的一面，又有抵抗帝国主义、买办阶级、发展民族工业愿望的积极的一面，是一个具有双重性格的复杂人物。

从小说结构方面看，与鲁迅单纯而严整的布局相比，茅盾更加注重宏大严谨的布局结构。这里我同样通过具体作品与教材相对照的方法展开学习。由于课程进度的原因，本讲的课上并没有进行小组展示，这让我深感遗憾。茅盾的小说通常人物众多、情节复杂、线索纷繁交错而又严密完整，其结构方式主要有两种：一是"三部曲"的形式，如《蚀》三部曲；二是蛛网式的密集结构，如《子夜》。

在小说的艺术表现方面，茅盾注重细腻的心理刻画。通过老师的介绍，我得知茅盾小说追求对社会历史剖析与社会人的心理剖析的统一，不仅注意把人物置于广阔的社会历史中，展现人物心理发展的历史，还注意调动一切心理描写的手段，加以综合地运用，以表现人物心理活动的丰富性与复杂性。茅盾还注重描写声音与色彩，以此映衬小说中的人物心理，如《子夜》在描写思想僵化的吴老太爷初见上海新景象时，作者描写了吴老太爷的怪叫、额角的淡红转为深朱等，声音与色彩的结合有效地突出了人物的个性。

（五）因时代而神圣的《子夜》，有无超越时代之处？

最后一部分是与《子夜》联系密切的内容，更是引发我深入思考的重要部分。对此处的设计可以看出老师的良苦用心，老师没有停留在简单的知识传授，而是进一步推动学生的思考。上课时看到这个问题，我感到有点迷茫，毕竟那时还没有认真读过《子夜》。幸而后来读了，才赢得了在此分享体会的机会。茅盾在《子夜》中写到了，在天亮之前有一个时间是非常黑暗的，没有月亮，也没有星星。最难以忍受的，往往不是漫漫长夜，而是微露朝意却遥遥无期的子夜。谈到超越时代之处，我感受最深的，不是《子夜》的艺术手法，也不是其语言魅力，而是这样一份勇于坚守、敢于开拓的精神。子夜，在黑夜与黎明的交界处。《子夜》站在黑暗与光明交替的路口，诞生在处于无尽迷惘中的中华大地上，于 1933 年出版，至此"五四"新文学终于在长篇小说领域可以与晚清文学对话。实际上，《子夜》是茅盾有意栽花的结果，为了展现那个充满矛盾的社会，也为践行自己的文学主张，展现了宏大的叙事，多条线索交叉，从复杂中见重点，从纷杂中见主次。无意栽花也好，有心插柳也罢，《子夜》作为左翼小说的代表作，具有深远的时代价值和影响。对我而言，《子夜》的出现，不单单为我提供了一个了解茅盾的契机，更是带我走进了那个有些混沌的年代。那个时代的光影穿透荫翳的百年，在我的眼前化作横竖撇捺，纵是无声也惊心。

说回《子夜》这部作品，作为茅盾的代表作，这部小说主要讲述了这样一个故事：在 1930 年代的上海，民族资本家、丝厂老板吴荪甫怀抱振兴民族工业的远大梦想和扩张自己事业的野心，打算构建自己的"双桥王国"。他想利用战争的时机投机于公债市场赚取更多的资本，与孙吉人等人共同组建了益中信托投资公司，却受到多重打击。与官僚和美国资本势力勾结的买办金融资本家赵伯韬扬言要让吴荪甫的益中公司倒闭。赵伯韬在公债市场上巧施圈套、处处打压，令吴荪甫越陷越深。加之双桥镇的农民暴动与工人罢工，"双桥王国"的梦想破灭。苦心经营的丝厂工潮迭起，他众叛亲离。种种困境令吴荪甫应接不暇，焦头烂额终至彻底破产，吴荪甫仓促外出避暑，故事到此处便结束了。这是一个悲剧故事，但悲剧中不缺乏希望。其中女性的觉醒、无产阶级领导工农群众的中国道路等都有希望之光在闪烁。

《子夜》将民族资本家代表吴荪甫置于一个复杂的社会环境中，描述他在振兴民族工业过程中的一系列遭遇，生动地体现了民族工业发展在当时社会背景中的艰难。尽管民族资本家吴荪甫在多方阻挠下极力挣扎，其振兴民族工业的梦想依旧破灭了。1930 年代的中国还处于半殖民地半封建社会的深渊之中，要想真正振兴民族工业，一个民族企业家吴荪甫是远远不够的。要想振兴民族工业，工人、农民都应该成为主力军，这就要从中国自身的强大做起。吴荪甫的悲剧说明一点：在帝国主义的经济侵略之下，发展中国民族资本是十分困难的；中国带着半殖民地半封建的社会性质，无法走上资本主义道路。我认为这也是《子夜》的创作主旨之一。因时代而生的《子夜》，无论是创作初衷、作品内容，还是人物形象、作品主旨、时代影响，方方面面都表现出开辟新路的尝试，因而具有超越时代之处。

黎老师说创作和生活一样，充满矛盾，得失总是在两难间。这一点给我很大的启发：矛盾的社会、矛盾的生活、矛盾的人生，正如矛盾的茅盾。茅盾曾说他严格地按照生活的真实来写作。黎老师又发问吴荪甫何以众叛亲离？虽然他身上随处可见民族资产阶级的软弱性和反动性，但他也确确实实是一个有能力、有野心的人。我想除了他本人的缺点之外，更多的原因还是特殊的社会历史条件导致其失败。在当时的社会背景下，民族工业发展所受到的牵制是多方面的，以吴荪甫为代表的民族资产阶级的失败不是偶然的。话到此处，随着一句"不能再说'我们下节课见'"，本学期的"中国现代文学（一）"课就全部结束了。

三、课后反思：在结束的地方开始

一堂课不能随着简单地合上书本而结束，我需要在仔细回顾总结中收获新知，在结束的地方开始。在课后，基于本讲的学习内容，我会首先进行整体上的梳理。将在课堂上简单记录的笔记或 PPT 截屏，结合老师讲课的思路，做必要的补充。在这个过程中，进行总的梳理复习。复习结束后，思考本节课的得失，反思自己的学习状态。

我认为本讲的优点可圈可点。黎老师打乱教材内容的顺序进行重新划分再讲解，并不是完全照着教材的顺序，而是分模块讲解学习，划分清晰明了，围绕五个大板块进行学习，更方便我进行知识的梳理、记忆和问题的思考。当然也有不足，由于时间原因，本讲没有进行课堂互动，我的专注力有所下降，讲课速度较快，一些知识并没有很好地记录和掌握，听得多思考得少。遗憾的是我并未在本讲上课前读完《子夜》，如果在上这次课前读了《子夜》，我会更好地领会茅盾的艺术特色，更清晰、更深刻地理解《子夜》在探索中国道路方面的重要价值。

跳出本讲，关于预习、复习，我另有一些自己的方法和见解。在预习方面：我分为学期预习、阶段预习、课前预习三个部分。首先是学期预习。这个得益于黎老师在开学之初给的知识框架，可以先了解本学期课程内容，做好准备。我认为，预习是为了更好地听课，而不是代替听课。其次是阶段预习。对于阶段性的预习，我会采取宏观预习的方法，建立在通读教材的基础上，主要梳理框架，将细小知识与大的框架结合。最后是课前预习。我会有意识地做到主动预习，改变只接"砖"的困境。无论学哪一讲，我习惯先通读一遍教材，在第一遍阅读中有意识地解决部分简单的问题，适当批注，同时标注疑难点，在课上解决疑难问题。然后再带着问题细读一遍教材，尝试查找资料解决标注的疑难，边读边思考老师留在延伸课堂中的问题，以及对课堂内容的整合规划预告。

我认为在课上记笔记很有必要，但不需要完全复制 PPT，记录大的框架即可，重要的是思维和学习思路，课后整理时再进行补充。我也会在笔记上记录自己对于某些问题的个人看法，并结合同学的想法做必要的调整。课后的复盘我会比较精简，一般不去细看具体的知识点，还是偏向框架和思路。同时，我对延伸课堂和课堂互动的问题会再思考一下，很多时候会有不一样的想法。

总 结

通过本讲的学习，我学到了关于茅盾的很多知识。茅盾是中国现代文学史上极具代表性的作家，尤其他的社会剖析小说独树一帜，有独特的文学史价值与意义。《子夜》标志着茅盾创作的一个高峰，也显示了左翼文学的实绩。当然除了茅盾小说的艺术、价值影响等这些书本上显而易见的知识，我还在了解作品时开拓了自己的阅读面，在组内合作时增强了合作能力和交流能力。

黎老师总是说不能只停留在做知识的搬运工这个角色上，在我看来，自主预习、组内合作等学习方式有助于我去批判、质疑、创造，但我深知自己距离做好批判、质疑、创造还有很大距离，希望自己坚持不懈地向这种学习境界靠近。

学习案例撰写感言

▶ 孙明丽

我与"中国现代文学（一）"相识于一段不平凡的日子，从大一开始的新奇到静默、返乡隔离中的陪伴，我们似乎是很有默契的老朋友了。我很庆幸这门专业课陪我度过了大一最迷茫的日子。一年过去了，但那段日子好像一直与我同在。

"中国现代文学（一）"有很多值得回味的地方，印象最深的是黎老师让我们课前读《呐喊》自序和《狂人日记》，那时真的倍感压力。"中国现代文学（一）"的课程慢慢步入正轨，从导论"现代文学教育的三重境界"和"文学思潮与运动"到鲁迅的《狂人日记》……生活中总会有突如其来的变动打破宁静，我们开始静默封寝，从线下转为线上。幸运的是，即便面对冰冷的手机屏幕，我依旧能感受到这门课和线下授课一样充满厚度和温度，学到了很多文学史知识，了解了一些作家作品：1920 年代的新诗，1930 年代的小说，鲁迅和他笔下的阿 Q、子君、涓生，郭沫若和他的"女神"等，我好像真的听见了沉痛的呐喊、目睹了子君与涓生的爱情在现实面前破碎不堪、领略到了 1930 年代小说版图之宏大……百年前的文学故事对今天仍有启发意义，彼方尚有荣光在，我们探寻新的生路需要借鉴以前的智慧。

黎老师和学生有个约定：不上没有准备的课。这让我感受到了主动学习的好处，学习效果有很大改善。我会在上课前认真预习，和同学们共同讨论、精心准备展示内容，在课后定期复盘和反思。在"中国现代文学（一）"的课堂上，我不仅学到了文学知识，还感受到了属于那个时代的独特风貌，认识到了人性的复杂。所有这些都潜移默化地影响着我的成长，很多曾经一知半解的问题在学完这门课程后有了答案。

从第一学期结束开始，我参与了学习案例的撰写，深入回忆并反思了整个一学期对现代文学的学习。我负责的是"探寻'中国道路'——左翼作家茅盾"这一讲。如果不是通过这种方式进行回顾，我对茅盾的了解肯定没有现在充分，也不会如此真切地意识到好的学习方法有多重要。写学习案例这件事于我而言并非易事。从寒假开始写初稿、二稿……到和同学互相修改，到开学后黎老师一遍又一遍地帮我细致修改，再到最后定稿，这是一个很难而又幸福的过程。

有一种陪伴是无言的，就像"中国现代文学（一）"一样，这门课带给我很多知识，课程结束后我依然深受影响。它让我发现文学史知识有自己的生命，它用自己独特的方式传递温暖与能量。我将珍藏这份美好，永葆对文学的热爱，不断提升自己。

教师感言   ▶ 黎秀娥

明丽通过一个学期对"中国现代文学（一）"课程的学习，切身体会到了"主动学习的好处"。为了写好这则学习案例，她更是在回顾的基础上，追加了很多新的阅读与思考。为了传递"温暖与能量"，让更多青年学子能进入主动学习状态，她慷慨地分享了自己"艰难而又幸福"的学习过程，以平淡的文字传达出坚硬的思考之声。

她把课前预习当成"必要的延伸"，所以能对老师预留的问题反复揣摩，把预习环节细分成学期预习、阶段预习、课前预习；她理解的课堂参与是"我的课堂我做主"，所以小到考察笔名，大到对文学成就和理论批评成就的盘点，她都能牢牢地把握学习的主动权，听讲、记笔记、查资料三不误，所以能对"因时代而神圣的《子夜》有无超越时代之处"这样有挑战度的问题应付自如；她把课后反思当作起点，在结束的地方开启新的求知历程，结合自己的接受情况，补读作品，预习新知，形成了自觉的明辨性思维和学习思路。

她还能有意识地思考学习的境界，并实实在在地学出了境界，以自己的方式打破了传统课堂的时空壁垒。事实上，延伸课堂的魅力不能全靠老师预留的问题来维系，要真正落到实处，必然要求学生像明丽那样创造性地完成课前功课。

真正主动学习的人会很率真，受世俗的影响会少一些，明丽就是如此。她一旦发现了"教"的层面的问题，就大胆地指出来，坦然地说"如果先让大家进行交流再做选择，我认为效果会更好"，并一再指出这一讲由于进度原因省掉了课堂互动是很遗憾的事。

质疑与批判是一种品质，也是一种能力，正是我一直着力培养的。从这个角度来说，明丽让我引以为傲。教育要想变好，必过的第一关是欢迎学生把不满意说出来。

附录 1　学习案例撰写准备会

扫描此码　　深度学习

附录 2 现代文学教学创新中学生主体性考察报告

2022—2023 学年第 1 学期，我负责三个班的"中国现代文学（一）"课。

课代表们在寒假中，组织所有听课人，以教学班为单位，就"中国现代文学（一）"课程的教学效果做了全面的调查研究。在此基础上，完成了三份考察报告，分别构成了附录 2 的第一部分、第二部分与第三部分，都是对一学期教与学的真实反馈。

设若没有这个环节，我对学情的把握定会大打折扣。

特此分享，为广大同行了解教情与学情提供参考。

第一部分 以 2022 级汉 1 班为考察对象

- 授课方式：线下 + 线上
- 参 评 人：内蒙古师范大学文学院 2022 级汉文 1 班
- 任课教师：黎秀娥
- 报 告 人：**韩盈盈、尚可、张卓然**
- 时　　间：2022 年 12 月 20 日—2023 年 1 月 17 日

摘　要

本次考察报告旨在提高"中国现代文学（一）"课程的教学质量，明确"教与学"的关系，提升整体教学效果，通过问卷调查法收集数据，分析研究了"课程整体设计的得与失""互动问题的得与失""授课人与听课人状态""听课人受益度"四个主要方面的内容。现有数据显示，同学们对本课程及授课教师总体较满意，尤其对黎老师独特的授课方式、自由的课堂氛围、深刻的思想传达、深入的延伸思考等方面评价颇高。黎老师重教书亦重育人的教育理念给了我们很大启发，也为我们未来从事教育事业提供了参考和指引。当然，本课程也有不完美之处，如上课声音较小、课程进度前松后紧、不方便整理笔记等，希望此报告可以给听课人以鞭策，给讲课人提供参考，以便完善教学方式，取得更好的教学效果，进入学以致思的境界。

关键词：考察报告；课程设计；课程教学；课堂互动

引　言

　　大学不是一味追求符合社会需求的学术超市，而应该是坚持追求真理的社会中心和引导社会向前发展的重要力量，因为教育的对象是活生生的、会思考的人，只有从个体需要出发，尊重个体发展的差异，充分发挥主观能动性，才能切实促进学生身心全面发展。从以上几点来看，本课程做得不错。黎老师不局限于课本上固定的知识，在授课过程中积极进行延伸拓展，拓宽了学生的视野。同时，她通过设置互动问题的方式培养学生的明辨性思维能力，在深刻的思想渗透中培育学生健全的人生观。在"中国现代文学（一）"一学期课程结束后，笔者通过调查研究，发现了一些值得记录的东西。

一、考察方法

　　主要采用问卷调查法。所发放的调查问卷包含单选题、多选题和填空题三部分，内容包括课程设计、课程学习、教学情况、受益度调查及改进建议等，共设置 9 道单选、1 道多选和 4 道填空，共计 14 个问题。本次调查问卷在组内三人完成各自的初步设计后，通过召开线上会议的方式进行讨论，经过精选和谨慎修改之后，形成了最终的定稿，然后在群内预调研，进行准确调试，确保被调查者能够顺利完成问卷填写。

　　正式调查使用"群报数"小程序在线发放限时问卷方式开展，调查对象为本班学生，由笔者发放在班级微信群中，邀请全班学生参与调查填写，采取匿名方式自愿参与。问卷投放 24 小时后，共收到 30 份有效问卷，后经过详细的数据统计和整理分析，完成考察报告所需的核心数据。

二、"中国现代文学（一）"课程整体设计的得与失

　　数据作为现实问题的客观真实反映，对于讨论课程设计得失有重要参考价值。笔者通过问卷调查结果生成数据，并进一步分析数据，得出最终结论。

（一）调查问题及结果分析

　　1. 关于总体设计

　　对下图所显示的调研结果进行分析，参与调查的同学全部认为课程总体设计合理，其中七成学生认为很合理，其余三成认为比较合理。分析得出，"中国现代文学（一）"课程设计整体上较为合理，学生的满意度较高。

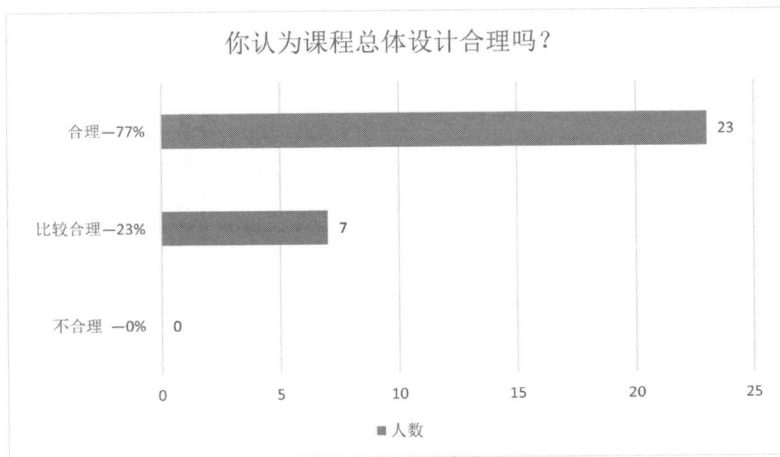

你认为课程总体设计合理吗？

附录2 图1　关于课程总体设计的调研

具体来说，黎老师在课程开始之前就在微信群中向全体同学公布了本课程整学期的教学日历，以便学生在课前对本课程形成整体认知，做好课前预习。在教学实践中，黎老师采用翻转课堂的创新模式，真正以学生为主体，并通过设置多样的互动问题来激发学生思想活力，让师生在课堂上真正实现对话交流，让师生关系活了起来。

课堂教学方面，黎老师不拘泥于课本上固有的知识，积极在课堂上进行拓展延伸，让学生在掌握大文学史知识的同时，意识到自身内在的丰富性；课堂上，如果课程内容合适，黎老师会通过小组展示的方式让学生更多地参与到课堂教学中，不仅让学生在小组合作中学会分工、在资料搜集中丰富知识，还给学生提供了学习展示的锻炼机会，更有利于学生未来的职业发展。文本细读课是本课程教学创新的重头戏，也是同学们热议的话题。在文学史教学中插入文本细读，既可以帮助学生细致地体会贯穿作品中的历史脉络，也能让课堂焕发活力，更富有"文学味"。

2. 关于课前延伸

对上图所显示的调研结果进行分析，超过九成的学生会根据进度和内容预告预习下次课的内容，并思考老师布置的问题。其中，简要思考和深入思考的学生基本各占一半。但是也有一位参与调查的学生只做预习，并个思考课前预留的问题，这是一个占比小却不该忽视的问题。

具体分析，在课前准备方面，黎老师采用提前发布预留思考问题及小组任务的方式，引导学生自主预习。为了完善自己的思考内容，学生会选择通过各种方式搜集资料，从侧面丰富专业知识。但是，部分同学为了完成任务，直接上网抄袭他人的看法，这是极不可取的。

在课前，你是否会按照教师布置的学习任务进行预习
并思考问题？

预习并简要思考—50%　　　　　　　　　　　　　　　　　15
认真预习并查阅资料，深入思考—47%　　　　　　　　　　14
只预习，但不思考问题—3%　　1
不预习，也不思考问题—0%　　0

　　0　2　4　6　8　10　12　14　16
　　　　　　　■ 人数

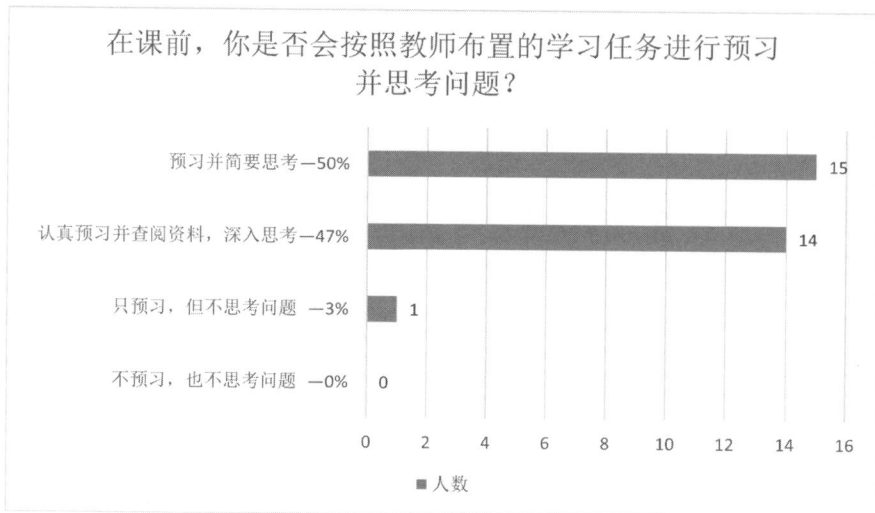

附录2 图2　关于课前延伸任务的调研

　　上述数据表明，有个别同学不思考老师课前的预留问题，也有同学反映老师的预习内容和预留问题发布时间较晚，没有充分的思考和准备时间，导致答案内容质量不高。建议黎老师尽早发布要求，以便学生做充分准备。

3. 关于课堂互动

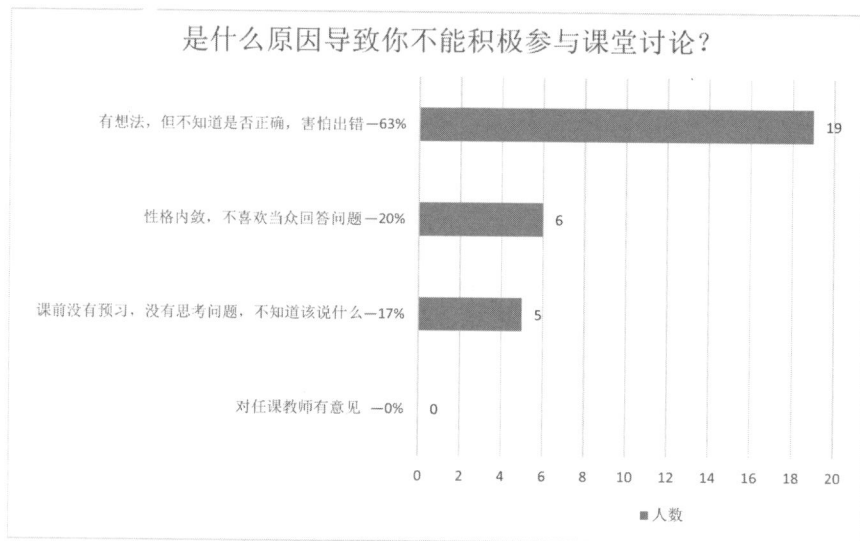

是什么原因导致你不能积极参与课堂讨论？

有想法，但不知道是否正确，害怕出错—63%　　　　　　　　19
性格内敛，不喜欢当众回答问题—20%　　6
课前没有预习，没有思考问题，不知道该说什么—17%　　5
对任课教师有意见—0%　　0

　　0　2　4　6　8　10　12　14　16　18　20
　　　　　　　■ 人数

附录2 图3　关于课堂讨论的调研

　　如上图的统计数据显示，总有部分同学不参与课堂互动，原因是多方面的：有的因为害怕出错而不敢进行互动，建议黎老师根据学生整体水平调整互动问题的难易度，提升学生思考并回答问题的信心；有的因为性格原因不积极互动，

建议黎老师延续之前的互动方式，引导、帮助学生克服心理障碍，培养有想法就分享的意识；有的因为在课前预习和思考上依旧存在惰性，可能与长时间的居家网课教学不无关系。

4. 关于课堂内外的几个细节

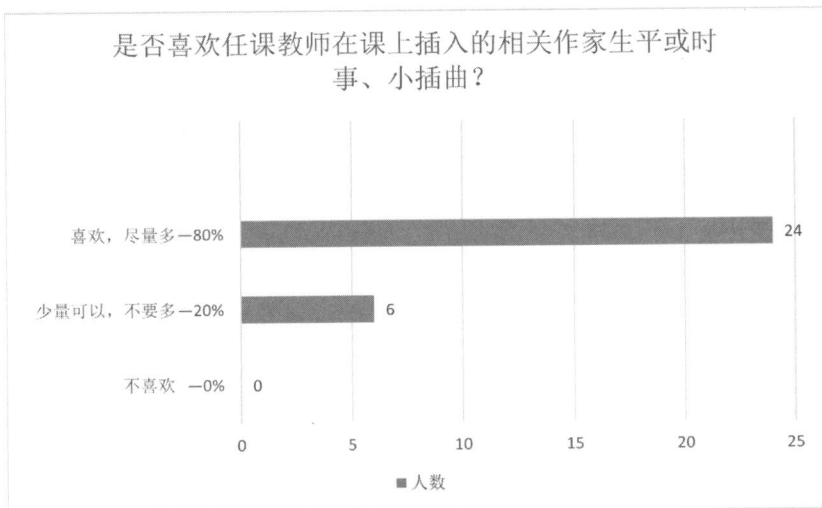

是否喜欢任课教师在课上插入的相关作家生平或时事、小插曲？

喜欢，尽量多—80%　24
少量可以，不要多—20%　6
不喜欢—0%　0

■人数

附录2 图4　关于课堂细节的调研

参考上图所示的数据，参与调查的学生大多比较喜欢老师在平时的授课中加入拓展内容，八成学生希望多加拓展，二成学生则希望可以兼顾课本内容与拓展内容的平衡。

总体来看，在常规课程中进行拓展延伸，除了可以引起学生学习兴趣、拓宽学生的视野外，还可以培养学生的文化思维，更符合文学专业发展趋势。部分同学对过多插入拓展内容是否影响课程进度有一些顾虑。针对这一问题，他们建议黎老师优化课程结构，协调教材内容与拓展延伸内容，在完成基本教学任务的同时实现多维度的全面发展。

5. 最喜欢的教学方式

选项	小计	比例
老师布置问题，学生分组讨论，各组推荐代表回答问题	17	56.7%
以老师为中心，老师在讲课过程中对一些重点问题进行提问	13	43.3%

附录2 图5　关于教学方式的调研

分析上图的数据可以看出，大部分学生偏向于老师目前使用的教学方式，

即"以学生为中心"的个性化教学方式；小部分学生更希望以教师讲授为中心，
而学生只充当倾听者的角色。

大学课堂作为高等教育培养一流人才的重镇，理应注重学生独立思考能力
及自主意识的培养。黎老师在上学期授课过程中构建的对话式课堂，营造的轻
松自由的课堂氛围，都符合高等教育的真正目的，促进了学生从依赖型学习向
自主型学习的转变，在启发学生独立思考、实现深入学习等方面收效明显。

6. 文本细读对文学史学习的帮助

选项	小计	比例
有	30	100.0%
一般	0	0%
没有	0	0%

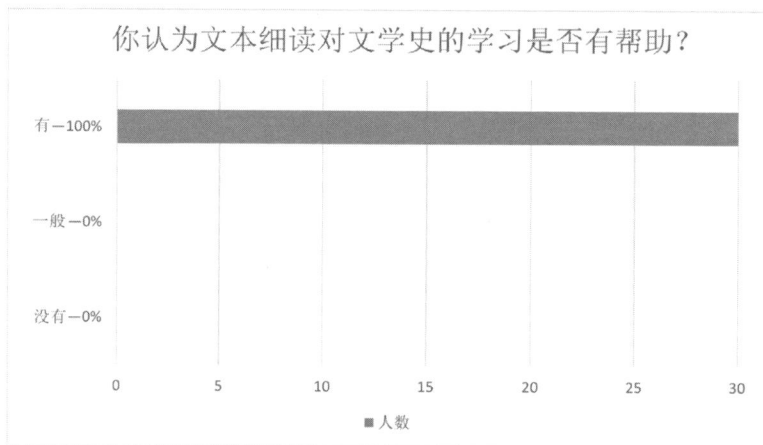

附录2 图6　关于文本细读学习法的调研

上图所示的数据表明，参与调查的学生一致认为文本细读对于了解文章和
自己的学习有助益。

黎老师采用的"文本细读 + 文学史梳理"模式，实现了中国现代文学教学
设计上的创新，在系统讲授大文学史的同时，适当插入文本细读，使学生更能
领会文学史中贯穿的人文情怀与文学精神，也加深了学生对于史实的理解，充
分证明了一点：让教学回归文本，是现实所需，也是人心所向。

从下表参与调查学生的留言中可以看出，大家对于本课程及黎老师的情感，
有感激、有怀念，也有遗憾。这些留言可以从侧面反映出，本课程在总体上非
常成功，尤其在塑造学生的健全人格和培养学生的人文素养方面收效显著。参
与调查的学生还对任课教师如何做得更好提出了建议，如以下 4 个表所示。

附录 2 表 1　学习"中国现代文学（一）"课程的感受

你认为这门课程给你最大的感受是什么？
丰富自己的知识
学习到很多知识
文学素养的提升
感受到了一种学习的新模式
感受到了文学存在的意义
了解了大学上课跟高中很不一样，需要我继续努力学习
很轻松，很愉悦，同时也很需要深入思考
深度思考
让我对文学有更多了解，学习到很多作家及作品
可以更好地了解文学人物，对历史也有许多补充
意识到自己的思考和认知很重要，对以后的学习和阅读也有很大帮助
让我感受到文学的魅力，明白上大学的意义
震撼、感动，带给我惊喜
成长很多，学会很多，让我的大学生活有了大概的路线
文豪不只是文豪，他们的作品不单是足以被供奉的名篇
哲理性
不只有知识方面的提升，还教会了我们怎么做人
增长了见识，加深了对现代文学的了解
文学也可以很容易理解并产生共鸣
原来自己的人生态度真的可以从很多小问题中反映出来，原来很多我认为不会改变的东西都会改变，原来我还有那么多书没有读过
溯源中国现代文学，从尘封的文字中感悟鲜活的精神
就目前学习的内容来看，我感觉文学是苦痛带来的。在文学史上能够崭露头角的、有名有姓的作家只是万分之一。那万分之一之所以能够写在文学史上，是因为他们用自己的笔或冷峻或深情或愤慨或委婉地道出了一代人的痛苦。文学永生，背后的文人却大多不得善终
可以锻炼自主学习讨论的能力，享受合作的过程

（续表）

你认为这门课程给你最大的感受是什么？
不打无准备的仗，如果事先没看过文本，听的时候会感到云里雾里
感受文学独有的魅力，每个人都要像黎老师一样勇敢地探寻自己的人生、自己的梦想
文学的力量
对自己负责

附录 2 表 2　与任课教师的交流

你想对本任课教师说什么？
您很好
您辛苦了
加油
感谢您的教导，让我对文学有了更深的理解
很喜欢您的课，学到了很多
您很好哦
谢谢
感谢您的付出，您辛苦了
您声音很温柔，很开心成为您的学生
教书育人，除了教书还会育人，精神上的引导也很重要，谢谢您
您真的对我学习这门课提供了很大的帮助，很感谢您的辛苦付出，也真诚祝愿您事业顺利，天天开心
谢谢您的谆谆教诲，我好想再次回到现代文学的课堂
庆幸自己有机会上您的课，受益匪浅，您让我明白了真正学习文学的人应该是什么样子的，会继续保持热爱，坚定向前
首先是谢谢您为我们辛苦备课、讲课，希望还有机会听您的课
今朝梦醒与君别，遥盼清风寄相思
上课时，我的思维总是会被一句又一句话拉入深海，没等我思考完，又会有一个炸弹把我整个思维都拉入那句话的思考之中
谢谢您让我懂得了文学情怀和大学精神
课程很有趣，您很亲切

（续表）

你想对本任课教师说什么？
黎老师，小年快乐呀！这一路走来，仿佛一切的选择还都在昨天，选择学文、选择内师大、选择转专业……做选择时考虑得太多了，这些选择好像都变得不纯粹了。很庆幸遇到了您，我似乎看到了一种全新的生活方式，毫不犹豫地"断舍离"一切不必要的人和物，在喜欢的领域中工作，专心地研究学问。心无杂念地努力做好一件事。生活中有小动物陪伴，有菜园和书度过休闲的时光，即使生活被琐碎砌成了密不透风的墙，也能从墙上凿出缝隙，透进光来。我喜欢这样的生活，也想为了这样的乃至更好的生活而努力
真的很喜欢您
感谢您教会我明辨性思维，带领我走进中国现代文学的世界
有幸和您在大学的第一学期相遇，感谢您别开生面的现代文学史课
真的很喜欢您的上课方式
真的很不一样，您上课注重的不只是知识的输入，还有思想的影响、多方面教导，特别强调预习与守正创新
希望您身体健康，实现自己的理想，愿您桃李满天下
感谢
您对工作的认真态度让我钦佩，我也会向您学习的

附录 2 表 3　印象最深的一句话

在半个学期的学习中，任课老师的哪句话令你印象深刻？
我们要做自己
注意休息
自由且热爱
不上无准备的课
一切都是最好的安排
说你自己的话
一切都是最好的安排；我不知道风是在哪一个方向吹
十二年一怒狂人梦，赢得文坛鲁迅名
学习需要定力
黎某人认为
要成为像我们的 DNA 一样独特的人

227

（续表）

在半个学期的学习中，任课老师的哪句话令你印象深刻？
生命中的轻盈反而是难以承受的，转回现实我们就会珍惜负重
课堂不是烹饪鸡汤的厨房，也不是兜售知识的跳蚤市场，课堂是对话的地方
读不成器的涓生，就像读我们自己，难道我们没有把最亲近的人当负担的时候吗？哪怕只是那么一闪念，并未对亲人造成实质性伤害，但那种想弃重的颓唐会不定时地侵袭我们
我们也可以改变世界，机会也许就在下一秒
历史是潜在的现在，现在是形成中的未来
只要有安静的心态，置身多乱的环境都可以心静如水
五四时期的青年也不过我们这般大，他们救亡图存改革创新，我们也可以做出有创造性的东西来。所以，想做什么就去做吧
随遇而安。然而，此安不是苟且
致用，致知，致思
世界是荒诞的
还我头来
不上没准备的课
每一节课都是新的开始
我选择我负责，不上没有准备的课

附录 2 表 4　对任课教师的改进建议

你认为本课程的任课教师有哪些地方需要改进？
多给我们自己展示的机会
讲得更系统一些可能会更好
有时候布置课后作业太晚了，没时间好好思考，第二天就要上课
适当减少同学的展示，同学展示浪费时间较多
老师布置问题的时间可以稍稍提前
老师可以再多布置一些学生需认真思考且开放性的问题
1. 课程前松后紧，后面有点仓促；2. 可以更突出一些重难点
老师的声音有点儿小，线上授课有时会听不清
讲课速度稍微慢一点儿

你认为本课程的任课教师有哪些地方需要改进？
希望黎老师可以在课后把 PPT 发到群里，方便整理笔记
在聊天区互动时，有时候老师的解读并不是我想表达的意思，所以我觉得是不是可以开麦发言和聊天区发言结合
老师讲得很好
有部分课前小组合作通知来得晚，准备时间不够
老师声音很好听，很温柔，但线下听课会觉得声音有点儿小
课堂内容与课本顺序的结合
互动多一些

（二）结论

1. 优点与创新

（1）总体设计较为合理，提前发布整门课程的知识框架，有利于培养学生的整体思维。

（2）课堂上积极进行拓展延伸，推进个性化教学，促进学生全面发展。

（3）提前设置预留问题及预习任务，培养学生独立思考及自主学习的能力，引导学生在查找资料的过程中拓宽学科视野。

（4）基于课上小组发言和问答互动，构建对话式课堂，营造轻松自由平等的课堂氛围，引导学生进行深入思考，训练了学生的明辨性思维，激活了学生的主体性，突出了学生的"中心"地位。

（5）互动问题设置较为深刻，有助于学生进行探究式学习，培养学生的创造力。

（6）大文学史讲授与文本细读穿插进行，厘清文学史脉络，传递人文情怀，又便于调节授课节奏和气氛。

（7）分组学习方式有利于培养学生分工合作及互相沟通的能力。

（8）有思想深度，着眼于人的发展，重视思想火花的碰撞，让"死"的文学史知识焕发新的活力。

（9）阶段性评价的考核方式灵活多样，更注重学生的综合能力，激发学生学习热情，提升学习质量。

（10）课前播放与教学内容相关的音乐，造势效果明显。

（11）PPT 制作简洁清晰，便于教师讲解和学生理解。

（12）黎老师声音柔和动听，更能吸引学生注意力。

2. 不足之处

（1）预留问题和预习任务发布时间较晚，思考准备时间不足。

（2）聊天区回答问题的形式不利于清楚表达看法，希望老师能将发言和聊天回复结合起来。

（3）整体进度前松后紧，快结课时进度较快，导致最后一讲的讲授不够详细。

（4）老师讲课声音有点儿小，个别字词听不清楚。

（5）受限于网课，上课时师生均未打开摄像头，使师生交流受到极大影响，彼此都无法看到对方的真实状态，容易导致学生听课注意力不集中。

三、"中国现代文学（一）"课堂互动问题设置的得与失

（一）优势

1. 增进师生的联系

黎老师在运用过程中，根据教学目的反向推论，提前公布问题，并且在课程开始前发给学生整门课程的知识框架，真正以学生为中心设置互动问题，提升了课堂的引导性和针对性。

2. 确保知识输出渠道的适配性

互动问题的设置加深了学生的理解和记忆，提升了学生独立思考的能力，使学生能更好地运用知识解决不同场景的实际问题。

3. 利于培养明辨性思维能力

互动问题的设置主要以小组提问的方式，吸引更多的同学参与到问题讨论中，促使学生运用明辨性思维，主动思考、大胆质疑。

4. 及时纠错

选项	小计	比例
老师布置问题，学生分组讨论，各组推荐代表回答问题	17	56.7%
以老师为中心，老师在讲课过程中对一些重点问题进行提问	13	43.3%

附录2 图7　学生对课堂互动问题设置方法的看法

黎老师通过互动问题的设置发现学生存在的问题，及时通过讲解的方式进行指导、纠正，使得提问、回答与反馈三个环节之间连接更为紧密，避免因时间延迟而导致问题堆积。

（二）不足

一是互动形式单一。线上教学主要通过网络直播的形式进行授课，受授课形式的影响，在体态语言的表达与传递上存在不足，互动形式较为单一。学生发言时不能充分表达自己的意思，可以采用开麦发言和聊天区发言相结合的方式。如果下学期恢复线下授课，就可以避免这个问题。

二是互动问题发布较晚。在调查问卷中，有部分同学认为课堂互动问题通知得较晚，准备时间不足，因此老师可以将公布互动问题的时间提前一些。

四、"中国现代文学（一）"授课人与听课人状态

调查问卷中涉及授课人的状态时，同学们一致评价：认真负责、状态饱满、充满激情、课堂氛围轻松活泼，尤其黎老师的声音具有亲和力。

调查问卷中涉及听课人的状态时，对于是否存在注意力不集中的现象，大多数同学选择了一般或偶尔，如下图所示。经过详细了解，一部分同学刚开学时兴致高昂，随着时间的推移逐渐松懈，偶尔出现状态不佳的现象。另外还有受线上课形式的影响，网络状态也会直接影响学生的上课状态。

选项	小计	比例
偶尔	15	50.0%
一般	7	23.3%
没有	6	20.0%
经常出现	2	6.7%

附录2 图8　关于听课人状态的调查结果

五、"中国现代文学（一）"听课人受益度

首先，通过"中国现代文学（一）"这门课程的学习，同学们不仅收获了专业知识，还听到了许多作家故事和奇闻逸事，如 1920 年代戏剧的发展，郭沫若《女神》的创作思维，在绝望中蕴含希望的《野草》……在黎老师的带领下，我们走近了 20 世纪的文学大师，走进了风云激荡的 20 世纪初，掌握了大量的现代文学史知识。尤其是黎老师在课程中插入的"文本细读"，引导学生深入全面地理解作品内容，深受喜爱。在"整门课程中对哪几讲印象最深"的问卷中，17.9% 的同学选择了《伤逝》文本细读，15.1% 的同学选择《狂人日记》文本细读、《野草》文本细读……这说明文本细读课对学生的影响较大，详细调查结

果如下表所示。

附录 2 表 5　课程受益度调查结果

探寻"新的生路"——《伤逝》	19	17.9%
为精神界之战士者安在？——细读《狂人日记》	16	15.1%
"绝望"中的"希望"——细读《野草》	16	15.1%
直面惨淡的人生——细读《阿Q正传》	15	14.2%
"永远的诱惑"与"理性的感受"——《古潭的声音》与《一只马蜂》	10	9.4%
导论 现代文学教育的三重境界	9	8.5%
做自己的神——《女神》	9	8.5%
1920年代文学思潮与运动	4	3.8%
1920年代新诗中的"中国精神"	4	3.8%
1930年代文学思潮与运动	3	2.8%
1920年代散文中的"中国精神"	1	0.9%
1920年代小说中的"中国人生"	0	0%
1920年代戏剧面面观	0	0%
1930年代中国小说版图	0	0%
探寻"中国道路"——《子夜》	0	0%

其次，通过学生自主分配给"中国现代文学（一）"课程的有效学习时间，可以侧面看到学生主体意识和学习能力的提升。围绕"每次课前或课后，平均用多少时间学习本课程"这个问题，同学们的回答如下图所示。

选项	小计	比例
30分钟至1小时	20	66.6%
30分钟以内	5	16.7%
1小时至2小时	5	16.7%
2小时以上	0	0%

附录2 图9　关于课程学习时间的调研

黎老师注重培养学生的明辨性思维，激发学生的思考欲；调动学生的积极性，锻炼学生的自主能力。无论是课前延伸的思考问题，还是课上的即兴互动，都尽量把自主权交给学生。基于黎老师这种独特的教学设置，66.6% 的学生会花费 30～60 分钟时间在课前或者课后做整理归纳。黎老师还通过设置分组，让同学们习惯于分组讨论合作，最后共同呈现展示内容，提高了学生主动思考和同学之间相互探讨合作的能力。

再次，课上黎老师葆有热情和专注，课后对同学们的作业文本的批阅也认真至极。她逐字批改，通篇斧正，弥补了同学们基础写作的缺失，亦为更高层次的写作指出了方向。她还将每篇学生文章的精彩之处给予夸赞和褒扬，激发了同学们的写作热情……以上种种超乎寻常的负责和执着，令同学们感动，更让同学们受益。

围绕"如何对待老师批改过的作业"这个问题，同学们的回答如下图所示。

选项	小计	比例
会立刻改错	13	43.3%
看情况，有时间会进行改错	11	36.7%
会看是否有错误，不会立即改错	6	20.0%
不看	0	0%

附录2 图10　关于作业反馈的调研

最后，黎老师克服了时代的浮躁，她对教育的这种热爱和痴迷感染着每一位同学。尤其让同学们喜欢的是，课上那些带有力量的唤醒和期盼的话语，唤醒了很多同学，同学们会自觉不自觉地去思考：大学时代该如何度过？作为文学院的学生该怎样充实自身？黎老师曾说："教育是深不见底的海，海把我浮起来。"但这又何尝不是在渡人？《让思维自由》强调教育的真正作用，并不是仅仅教给人具体的知识，而是让人发现自己的可能性，拥有更多的选择。黎老师还说："我认为哪怕你能在很多年后记住一句我的话，我的教育就是成功的。"在"对任课教师哪句话印象最深刻"一题中，许多同学写出不同的话，有"不上无准备的课"，有"一切都是最好的安排"，还有"说自己的话"等，可以看出同学们不仅在黎老师的课上收获了知识，还收获了积极的思想和生活态度。黎老师在讲解《伤逝》一文时，正值同学们被遣返回家，她在课上说："生命中的轻盈反而是难以承受的，转回现实我们就会珍惜负重。"在动荡的时刻，黎老师的课带给了同学们心灵的安慰和力量。黎老师一直对课堂保持超常的激情和热爱，带领着同学们不断探索、丰富、积累、充实，让现代文学课生机盎然，活力四射。黎老师的课让同学们真正感受到自己是一个个活脱脱的生命，在生长和延续，在绽放和萌动，这正是"中国现代文学（一）"课程最大的成功。

考 察 结 论

本次考察报告主要采用问卷调查法，重点研究课程整体设计的得与失、课堂互动问题设置的得与失、授课人与听课人状态、听课人总体受益四个方面的内容。同学们认同课程整体设计和文本细读以及小组展示的学习方式，从中收获很多。100%的同学认为文本细读课对了解作品有很大帮助，50%以上的同学在课堂上几乎没有注意力涣散现象，课堂互动参与度较高。调查问卷还显示，"这门课带给同学们最大的感受"是"学到很多""被文学的力量深深震撼""热爱上了文学"……总之，同学们对黎老师的现代文学课整体评价颇高。

黎老师对文学有深沉的热爱，在教育上也一直坚持吸收新思想，尝试新方法，从而更好地育人。从通过过程性评价为学生打分这个细节更可以看出，黎老师注重对学生内在品质和自主性的塑造，更侧重对人才的培养。黎老师活跃的思想和温柔的话语，令同学们对每次现代文学课都心心念念，异常喜爱。更为重要的是，同学们深受黎老师价值观和深邃思想的熏陶，逐渐提高了自主意识，走上了觉醒之路。

当然，本课程也存在一些不足之处，如课后布置问题时间过晚，留给同学们思考和查阅资料的时间太短；课程前松后紧；线上授课声音时大时小，影响听课效果；课堂上PPT停留时间短，来不及记笔记；受线上授课影响，互动发言有时不能充分表达同学们的观点等。相信黎老师可以进一步改进教学，完善教学设计，更好地把自己的想法付诸实践，使现代文学课堂更加异彩纷呈、生机盎然，培养出更多的优秀人才，实现自己的教育梦想。

第二部分　以 2022 年汉 2 班为考察对象

扫描此码　第二　深度学习

第三部分　以 2022 级优师班为考察对象

扫描此码　第三　深度学习

附录 3 "中国现代文学（一）"课程思政教学设计

黎秀娥

一、专业类别

汉语言文学

二、课程名称

中国现代文学（一）

三、课程内容

"中国现代文学（一）"共 14 讲，从中国文学现代化的萌生讲到蓬勃发展的 1930 年代小说，再现中国现代文学前二十年跋山涉水的史诗历程，囊括文学革命的发生与发展、外国文艺思潮的涌入、现代文学初期的理论建设、文学创作潮流的涌动、阶级革命与社会主义理想。这个时段的中国作家是有民国范儿的"新青年"，鲁迅的"国民性"、周作人的"人的文学"、郭沫若的"抒情"、茅盾的"矛盾"、郁达夫的"苦闷"、冰心的"问题"等，都具有鲜明的精英文学品格，他们的文学承担着民族与国家的寓言：从新文学的开端讲起，一直讲到中国共产党领导的左翼作家联盟成立。前者是新文学革命"人的文学"的开端，后者是以阶级斗争为导向的左翼革命文学（无产阶级革命文学），但都关注人的社会性，为改变被压迫者、被侮辱者的命运呐喊。中国传统文化一贯看重人的社会性，无产阶级革命文学是中国传统文化的重要组成部分，对于处在价值观形成、思想成长关键期的大一学生至关重要。

四、学情分析

"中国现代文学（一）"在大一上学期开设。这个阶段学生的认知特点是"场依存性"弱，排斥社会性内容，针对这一点，专设导论课，体现独创性与前沿性，重视身教，坚持探究式教学，在教学创新中引导学生合作式学习、主动学习、个性化学习；大一上学期学生的起点水平是高中基础，学生阅读原著量普遍较小，增设作品细读课，通过阅读分享，增强互动性，突破阅读瓶颈。这两个方面充分体现创新性。

大一学生习惯于做知识的搬运工，针对这一点，设置问题链，重结知识网，突出重点、难点，注重知识、能力、素养有机融合，培养问题意识，突破习惯性认知模式，具备高阶性。

学习能力方面强于识记而弱于思辨，针对学生学习能力的特点，对接学术前沿，融入文史互证，以此加强代入感，激活学生的个体生命体验，并且将教学过程与过程性评价无缝对接，培养学生的批判性思维，在切实提高学生受益度的基础上，增强学生学习过程中的成就感，这一点是有挑战性的。

前述体现"两性一度"的教学策略，取决于学情而又有助于学情的改善，以"育人"为中轴，全面渗透课程思政。这个阶段学生的主要学习期待仍是得一个好分数，缺乏自觉的文化承担意识。这个结解不开，很难有学习习惯和学习能力方面的明显改变，学习效果也难免受影响。课程思政是灯塔，决定着人才的培养方向，是人才质量的根本保障，还与学生的学习状态关系很大。找到学生学习的动力之源，用职业能力和职业精神培养学生的职业情感，把"心系家国天下，学高为师"的信念植入到学生灵魂深处，才是"中国现代文学（一）"课程思政建设的关键所在。

五、课程思政目标

"中国现代文学（一）"的教学目标由知识目标、能力目标和情感目标三部分构成。其中，情感目标涉及为什么学的问题，与我们通常所说的课程思政目标内涵基本一致。情感目标一旦跑偏，知识目标和能力目标的达成也会受影响。

本课程的总体课程思政目标是结合作品阐释、作家介绍、时代背景分析和文学史梳理，在培养学生审美能力、思辨能力和创造性学习能力的过程中，帮助学生调适自己的学习期待，提高价值塑造完成度。"中国现代文学（一）"的课程思政目标有四个维度。

（一）形塑价值，培养学生的文化传承意识

"中国现代文学（一）"对应的是 20 世纪中国前两个十年急剧的社会转型。结合"中国现代文学（一）"包含丰富时代文化密码的课程特点，用思想价值引领贯穿"中国现代文学（一）"教学全过程，形塑价值，引导学生从历史与现实、理论与实践等维度，领会民族国家的道路选择，增强文化认同和文化自信，深刻理解社会主义核心价值观，确立助力富强、民主、文明、和谐的国家价值

目标，明确自由、平等、公正、法治的社会价值取向，确定遵守爱国、敬业、诚信、友善的公民价值准则，自觉传承"中国现代文学（一）"中的革命文化，凝聚起实现中华民族伟大复兴的中国力量，积极应对新时代大变局，为党育人，为国育才。

（二）训练思维，引导学生辩证地看待历史和现实

结合"中国现代文学（一）"文学思潮中的诸多论争，传授学生以思维方法，帮助学生领会辩证唯物主义与历史唯物主义的精髓，培养学生质疑的勇气和批判性思维能力，引导学生在对话式、分享式、辩论式课堂上，以与作家对话、与老师同学探讨的姿态，在发现问题、解决问题的学习过程中，掌握马克思主义世界观和方法论，形成科学的思维方法。

一是历史的方法（实证的方法），从历史事实中抽象、概括出一般概念；二是逻辑的方法，从抽象的概念出发，按逻辑层次逐步整合历史事实，使抽象概念渐渐落实到具体。通过有系统的、针对性的思维训练，帮助学生客观地、辩证地审视作家作品，并以之为镜，同样客观地、辩证地面对新时代的新挑战，从而理性面对个人成长中的各种考验。

（三）调适理念，在互学共进中释放个体的创造性

结合"中国现代文学（一）"中"人的文学"理论，帮助学生坚定人本主义的价值理念。坚持全员全过程全方位育人，启用"网状"过程性评价，通过师生互评和生生互评，营造健康的教育生态，形成师生互动、生生互动的教育新常态。教学场中的每个人既接受别人的评价，同时又负责评价别人，在互评的过程中学会认识人、理解人、尊重人。马克思认为人在其现实性上"是一切社会关系的总和""人是人的最高本质"。引导学生深入领会马克思主义哲学中的人本主义思想及其"历史中有一种发展、有一种内在联系的人"的历史观，挺进到专业课程学习的深处，以学习为感性的自由自觉的生命活动，最终培养学生正确的历史观，即历史是潜在的现在，现在是形成中的未来，从而意识到自己是文化的延续，注定会成为历史的一分子。让马克思主义哲学的基本精神和思维方法成为学生的理念之光，在每个学生感性个体自由自发的创造性学习中体现出巨大的现实意义，在师生互学共进中彰显高等教育的新时代之光。

通过调适价值理念，帮助学生跳出为"分数"而学的期待误区，重新审视自己的价值选择，思考职业规划，让个人梦想落地生根，树立志趣，关注能力进阶，为"志"铸"智"，主动选择挑战性作业和对抗性练习，为中华民族伟大复兴而读书，让青春梦与中国梦同向同行。

（四）创新课程思政，开通"育人"专线

课程思政创新层面的"育人"专线与思政课有本质不同，后者立意在系统、纯粹的思想教育，前者在方式方法上必须以专业课程为依托。课程思政在发挥育人作用方面，不强调系统性，而以针对性见长。不同课程的思政元素融入的共性特点是基于学情、立足专业、因势利导，具体的教学设计则因专业课程而异。

目前文科类课程的一大共性痛点在于价值塑造的完成度不高，单纯的专业课堂很难有效地将这个痛点问题化解于无形之中。发挥"中国现代文学（一）"课程"育人"方面的优势，可以从打通现代文学作品与当下现实生活的关联入手，而这将意味着打破课堂的时空壁垒，构建延伸课堂，让课前、课上与课后都成为有效的育人时段，让线下、线上都成为可行的育人空间，让文学史（人的历史）与现实（人的处境）的关联更加自然、密切，像一篇散文，形散而神聚，这个"神"就是"育人"。为了在突出这条线的同时做到既不破坏专业课程的连贯性又能与之遥相呼应，本课程这方面的创新思路是开通云端"育人"专线作为辅助课堂，这条"神"之"线"，从特殊时期的线上课时代开始一直持续到解封后的线下课时代，至今已经有五年之久，还会向着未来延伸下去。

过去五年中，"中国现代文学（一）"课程相关的"育人"专线，有两个可圈可点的地方。

一是在特殊时期开启线上课模式的时代开通的微信公众号"现当代文学与教育微课堂"，吸引了海内外不同专业的 32 位教师和 2 位医生加入，形成了天高地阔的育人大格局，在仍然是"一对多"的本科教育时代，率先实现了"一对一"因材施教，来自文科、理科、工科、医科的师友们在叩问"教育的目的"这个共性问题上深度相遇，生动体现了新文科的精髓——"创新"与"融合"。师友们身体力行，在跨校乃至跨国"育人"上表现出的无私与热忱本身构成了感人的"育人"素材，影响了学生们年轻的人生观和世界观。

二是"中国现当代文学教学创新与生活超话"自 2022 年 11 月 16 日开始落户新浪微博，取得了很好的反响。该超话下展开的"生活中的文学课""把学习过成一种生活""向学生学习"等话题，在为课堂教学蓄势扩容方面发挥着越来越出人意料的作用。线下课的现场感自然是线上课没法比的，同时也带来了新的挑战。丰富多彩的校园生活，让师生们不可能像封控时代那样专心地投入思考与互动，时间再次被剪碎。然而，打破课堂时空壁垒的可行路径不会消失，它像一条线，穿起每一块时间碎片，积少成多，构建起新的思想建筑。新的"育人"专线就这样水到渠成。

要之，文学知识的传授是"中国现代文学（一）"教学中的显性教育，相关课程思政元素的融入属于隐性教育，二者唇齿相依，不分轻重。成功的课程思政犹如灯塔，为专业课发挥育人作用导航，引导学生鉴往知来，提高觉悟，深入领会习近平新时代中国特色社会主义思想，领会中国现代文学与中国社会发展同向同行的关系，激励学生根据时代需要做好读书规划，争取成长为新时代需要的一流人才，让显性的文学教育效果更显著；反过来，效果显著的文学教育会让隐性的课程思政在从根本上直击痛点问题、分解痛点问题时，能"以柔克刚"，在立德树人方面有更加隽永的深层意蕴。

六、教学日历、知识点与对应的思政要素

附录 3 表 1　中国现代文学（一）教学日历

周次	教学内容	教学目标维度及要点		
		教学内容方面的思政元素以及与之对应的教学方法方面的创新训练	知识目标	能力目标
1	**导论　现代文学教育的三重境界** **阶段性评价（一）（25分）** 现场抽签分组辩论：文学有用吗？ 课后延伸思考讨论： 中国现代文学是如何发生的？	**思政元素：形塑价值** 1. 现代文学教育有"致用""致知""致思"三重境界 2. 对标价值塑造，调整学生的学习期待，明确价值选择 **创新训练：** 1. 创新导论课，发挥身教的重要作用，用探究式教学引领探究式学习 2. 改革评价模式，设置兼顾老师主导性和学生主体性的阶段性评价	传授有深度的知识	深度思考
2	**第 1 讲　文学思潮与运动** **延伸课堂（一）** 中国现代文学的发生 一、新文化运动与文学革命 二、文学思潮涌入与文学社团兴起 三、文学创作潮流与趋向 **延伸课堂（二）** 鲁迅曾经东渡日本学医，后来为什么弃医从文？	**思政元素：形塑价值＋训练思维** 1. 结合对中国现代文学思潮的此消彼长的分析，确立马克思主义的历史观，即"历史中有一种发展、有一种内在联系的人" 2. 坚定一种价值理念，即个人梦想与中华民族伟大复兴的中国梦同向同行	传授有广度的知识	明确并坚守价值立场 兼收并蓄

（续表）

周次	教学内容	教学目标维度及要点		
		教学内容方面的思政元素以及与之对应的教学方法方面的创新训练	知识目标	能力目标
2		**创新训练：** 1. 引导学生以小组为单位展开合作式学习、主动学习、个性化学习 2. 带着预留的问题做好课前延伸		
3	**第 2 讲** **鲁迅（一）：为精神界之战士者安在?** ——细读《狂人日记》 **延伸课堂（一）** 鲁迅弃医从文 引言："要推文艺" 一、赢得文坛鲁迅名 二、"序"中的微言大义 三、"狂人"的感性与理性（一至六） 四、"狂人"的温度与硬度（七至十三） 总结：中国文化的"清道夫" **延伸课堂（二）** 细读《阿Q正传》 总结：是谁"吃"掉了阿Q? 被枪毙是阿Q坏的证据吗? **第 3 讲　鲁迅（二）：直面惨淡的人生** ——细读《阿Q正传》 **延伸课堂（一）** 阿Q的死因及定评 引言：由搞笑到悲哀 一、可怜与"精神胜利法" 二、阿Q命运的转折点 三、经受未庄的淘洗 四、从"投降革命"到枪决 总结：阿Q究竟是个怎样的人?	**思政元素：形塑价值＋调适理念** 1. 如何理解鲁迅的文学选择、传承他誓为"精神界之战士"的精神 2. 学生跳出为"分数"而学的期待误区，重新审视自己的价值选择，同时思考个人的职业规划，让个人梦想落地生根 3. 树立志趣，关注能力进阶，切实做到为"志"铸"智"，以"志"启"智"，充分发挥人的本质力量，即感性个体自由自发的创造性 4. 鲁迅文学中批判性思维方式在当下中国的巨大现实意义 5. 客观、辩证地面对时代和个人命运的挑战 **创新训练：** 1. 采用"素读"法，文本细读，进得去，出得来，结合周边文本，更全面、更客观地审读作品，形成自己的感悟 2. 分享式学习，各抒己见 3. 要有"史"的高度 阐明《狂人日记》和《阿Q正传》的文学史意义，对接学术前沿，和接受史中的经典评论	传授有温度的知识 传授体现"两性一度"的知识	受教与施教 做社会需要的人 兼顾守成与创新

周次	教学内容	教学目标维度及要点		
		教学内容方面的思政元素以及与之对应的教学方法方面的创新训练	知识目标	能力目标
3	**延伸课堂（二）** 细读《伤逝》 思考： 若你是涓生，会否说"我已经不爱你了"？			
4	**第4讲　鲁迅（三）：探寻"新的生路"** ——细读《伤逝》 **延伸课堂（一）：说真话的难度** 引言：生存的窘境与真诚的代价 一、子君："娜拉"走后怎样 二、涓生：进退由心 三、"新的生路"安在 总结："一要生存，二要温饱，三要发展" **延伸课堂（二）：1920年代小说中关注"人的发展"的小说有哪些？**	思政元素：形塑价值＋调适理念 1. 历史的方法：从具体抽象出一般 2. 从子君的悲剧认识到生存能力的重要性，青年需知勤学早 3. 客观地、辩证地面对新时代的新挑战，从而理性地面对成长中的各种考验 创新训练： 换位思考——若你是涓生，会不会说出那句致子君死命的"我已经不爱你了"？	传授有广度的知识 传授有温度的知识	理论与实践相结合
5	**第5讲　1920年代小说中的中国人生** **延伸课堂（一）：1920年代小说中的"人"** 一、"问题小说"中"人"的发展 二、"人生派写实"小说中人的思考 三、"自叙传"抒情小说中人的感悟 四、通俗小说中的"中国故事" **阶段性评价（二）（25分）** 从1920年代小说家中选出你最喜欢的一位，细读他的一篇小说并写出鉴赏稿，在课上分享	思政元素：训练思维 1. 辩证地看历史与现实 2. 厘清中国现代文学史与中国社会现实同向同行的关系 3. 辩证地看文学史中的人生与现实中的人生 创新训练： 1. 对比思考："问题小说"中的问题，有多少一直延续到当下？ 2. "三全"育人之一："全员"每个学生接受别人的评价，同时并参与评价别人	传授有广度的知识 传授体现"两性一度"的知识	受教与施教 全面学习 深度思考 兼收并蓄

（续表）

周次	教学内容	教学目标维度及要点		
		教学内容方面的思政元素以及与之对应的教学方法方面的创新训练	知识目标	能力目标
5	具体要求如下： 一组从"问题小说"中选，二组从"人生派写实"小说中选，三组从"自叙传"抒情小说中选，四组从通俗小说中选 延伸课堂（二）： 新诗"新"在哪里？			
6	第6讲　1920年代新诗中的"中国精神" 延伸课堂（一）：新诗之"新" 一、新诗的尝试 二、新诗的"规范化" 三、新诗的几大流派 延伸课堂（二）：你认为最能代表1920年代"中国精神"的诗人是谁？	思政元素：形塑价值 1. 触摸1920年代新诗的"中国精神" 2. 传承1920年代新诗中的文化自信 创新训练： 辩证思考： 阐释1920年代新诗如何演绎了"国家不幸诗家幸"	传授有广度的知识	兼收并蓄
7	第7讲　做自己的"神" ——细读《女神》 延伸课堂（一）：郭沫若的诗风 一、《女神》中的抒情主人公形象 二、《女神》的艺术想象力 三、《女神》的时代特征与创新启示 延伸课堂（二）： 创新是1920年代中国文学的灵魂，不独体现在新诗中，1920年代散文"新"在哪里？	思政元素：调适理念 1. 发挥个体的想象力 2. 释放个体的创造性 创新训练： 思考《女神》的艺术风格及其文学史意义	体现"两性一度"的知识	受教与施教 深度思考
8	第8讲　1920年代散文中的"中国情怀" 延伸课堂（一）：《新青年》中的青年们	思政元素：形塑价值+调适理念 1. 品味1920年代散文的"中国情怀"，加强文化认同	传授体现"两性一度"的知识	明确并坚守价值立场

周次	教学内容	教学目标维度及要点		
		教学内容方面的思政元素以及与之对应的教学方法方面的创新训练	知识目标	能力目标
8	一、"随感录"作家群 二、"言志派"散文 三、"创造社"作家散文 四、"语丝"派和"现代评论"派的散文 **延伸课堂（二）**：你认为1920年代散文最具"中国情怀"的代表是谁？	2. 调适价值理念，让个人梦想与中华民族伟大复兴的梦想同向同行 **创新训练：** 1. 分析并概括《女神》的艺术风格 2. 讨论《女神》的文学史意义		
9	**第9讲 "绝望"中的"希望"** ——细读鲁迅的《野草》 **延伸课堂（一）**："反抗绝望" 引言：走进意象的群落 一、困境中的选择：告别"影" 二、在"他人的地狱"中熔铸成的鲁迅诗 三、在陌生世界与现实世界之间 **阶段性评价（三）（25分）** 从《野草》中选出一篇能唤起你生命体验的散文诗，或背诵，或仿写，当堂完成分享 **延伸课堂（二）**： 对"希望"的探寻同样体现在1920年代戏剧中，1920年代戏剧"新"在哪里？	**思政元素：训练思维** 1. 结合《野草》中鲁迅对绝望的反抗和对前进的执着，辩证地看绝望与希望 2. 用历史的方法，在《野草》文本中抽象出鲁迅的生命哲学 **创新训练：** 1. 用"素读"法，深度进入《野草》文本，并以之为镜，照出自身的希望与绝望，调适自己的存在状态 2. 分享自己能与《野草》共情的生命体验	传授有深度的知识	明辨性思维能力
10	**第10讲 1920年代戏剧面面观** **延伸课堂（一）**： 新戏之"新" 一、"建设西洋式新剧" 二、"爱美剧" 三、"小剧场运动"	**思政元素：训练思维** 1. 传统与现代的辩证统一 2. 守成与创新的辩证统一 **创新训练：** 1. 从1920年代的中国现代话剧，看传统与现代的辩证关系、守成与创新的关系	传授有广度的知识	理论与实践相结合

（续表）

周次	教学内容	教学目标维度及要点		
		教学内容方面的思政元素以及与之对应的教学方法方面的创新训练	知识目标	能力目标
10	**延伸课堂（二）：**话剧作为一种西方戏剧形式，传入中国以后迅速成长为中国现代话剧。细读田汉的《古潭的声音》与丁西林的《一只马蜂》，记下自己感触最深的一个点	2. 汲取生命的智慧		
11	**第 11 讲　"永远的诱惑"与"理性的感受"**——细读《古潭的声音》与《一只马蜂》**延伸课堂（一）：**现代话剧的感性与理性一、山外有山：田汉的《古潭的声音》二、多重意蕴：丁西林的《一只马蜂》三、贯穿现代文学的永恒主题："生命的永远的诱惑"与"理性的感受"**延伸课堂（二）：**1920 年代戏剧中的生命体验与理性思考，是推动 1930 年代文学思潮与运动的一股重要力量。1930 年代文学思潮与运动的主要论争有哪些？	**思政元素：训练思维**感性与理性的辩证统一**创新训练：**1. 分析中国现代话剧中的小世界2. 在世界这个大"话剧"中审视中国的现代化进程	传授有温度的知识传授体现"两性一度"的知识	全面学习平衡"感性"与"理性"
12	**第 12 讲　1930 年代文学思潮与运动****延伸课堂（一）：**1930 年代文学思潮的基本线索一、人文主义文学思潮二、革命文学论争三、左翼革命文学思潮	**思政元素：调适理念 + 形塑价值**1. 如何在 1930 年代特定的中国国情中认识马克思的人本主义思想？2. 革命文学中的革命文化	传授有广度的知识	分析偶然中的必然

（续表）

周次	教学内容	教学目标维度及要点		
		教学内容方面的思政元素以及与之对应的教学方法方面的创新训练	知识目标	能力目标
12	四、文学创作潮流与趋向 延伸课堂（二）： 小说是 1930 年代文学的重镇，1930 年代小说有哪几个板块？	创新训练： 1. 分析左翼文学产生的必然性 2. 理解文学创作与社会思潮的互动		
13	第 13 讲　1930 年代中国小说版图 延伸课堂（一）：1930 年代小说的三座大山 一、京派 二、海派 三、左翼 延伸课堂（二）： 左翼小说是 1930 年代小说的重镇，其最杰出的代表是哪位作家？	思政元素：训练思维 三大文学流派之间的抗衡与统一 创新训练： 1. 分析三大小说流派各自的主打风格 2. 思考文学流派与作家政治立场的关系	传授有广度的知识	兼收并蓄 透过风格把握立场
14（半）	第 14 讲　探寻"中国道路" ——细读《子夜》 延伸课堂（一）：矛盾重重的"茅盾" 一、开创新的小说范式：社会剖析小说 二、《子夜》中的"中国道路" 三、《子夜》的文学史意义 延伸课堂（二）：期末复习备考 注意事项： 各组小组长核算组员（包括课代表）的阶段性评价和课堂参与得分，课代表汇总各组的得分情况	思政元素：调适理念 1. 个体的发展与社会的整体性改变 2. 像写《子夜》的茅盾那样，根据社会需要规划自己的职业和梦想，完成价值塑造 创新训练： 1. 课前细读文本，课上分享阅读体验 2. 结合《子夜》的接受史，思考《子夜》的文学史意义	传授体现"两性一度"的知识	明确并坚守价值立场

七、教学反思

　　大一上学期是学生从高中时代挺进大学时代的过渡期，也是青年学子价值观形成的黄金时段。然而，经常有学生临毕业时还在问："我很困惑，不知道本科毕业后应该工作当老师还是继续读书？如果继续读书，读专业型硕士还是学术型硕士？"这个现象说明学生在价值观形成关键期的大学时代没有完成价值塑造的基本任务。作为大一上学期的专业必修课，"中国现代文学（一）"是有责任的，课程教学的价值塑造完成度不高。要解决这个主问题，就得直面传统课堂中存在的一系列子问题，如下图所示。

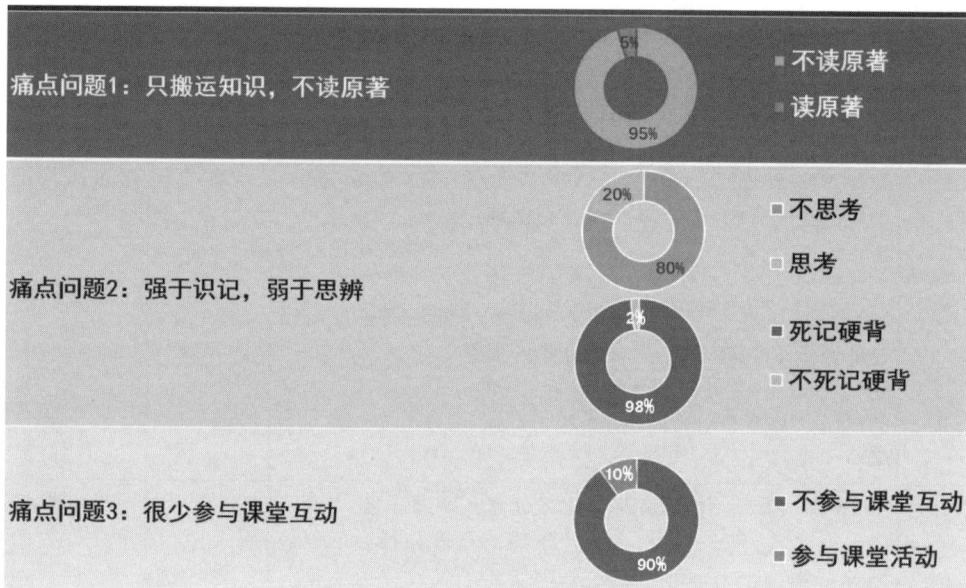

附录3 图1　本课程的痛点问题

为突破教学瓶颈，需触摸痛点，分析难点。对标"不读原著"，采用合作教学法，构建延伸课堂，引导学生互学共进；对标"弱于思辨"，采用探究教学法，构建探索式课堂，引导学生鉴往知来；对标"很少参与课堂互动"，用好技术之"器"，助力教学之"事"，引导学生坚定信念——讲好中国故事，人人有责；保持文化自信，人人受益。

学情是课程教学设计（包括课程思政元素融入）的重要依据。优化课程体系需要紧扣学情展开：一是在充分考虑学生起点水平和认知特点的前提下，补充导论课和作品细读课，体现创新性；二是针对学生学习能力层面强于识记、弱于思辨的问题，对接学术前沿，培养学生的思辨能力和创造性学习能力，体现高阶性；三是直面学生被动接受和搬运知识的学习习惯，设置问题链，重新搭建本课程的知识体系，培养学生质疑和探索的习惯，体现挑战度。在落实"两性一度"的过程中优化课程体系，培养学生"心系家国天下，学高为师"的意识和决心。

前述方案有待在更深广的实践中不断完善，课程思政融入专业课的最佳契机需到日新月异的学情中寻找。具体到"中国现代文学（一）"，如何在讲述文学史知识的同时完成价值观、历史观、人生观的塑造，如何在分析作家作品的同时唤醒新一代青年的家国情怀和担当意识，是一系列常想常新的问题，也是深入挖掘"中国现代文学（一）"中的思政元素、润物无声地将之融进课程教学的动力之源。另外，课堂延伸的方式、育人成效的跟踪分析等都有待深入。

课程思政忌讳生硬的标签式讲法，以如盐入水为佳境，同理，与之相配的课程思政效果的检验——具体到"中国现代文学（一）"课是价值塑造完成度的考核——同样应在学生不知不觉中完成，于浑然天成中见真效果。目前价值塑造完成度的考核方式有两个：一是在过程中动态考核，有些课堂互动问题与价值塑造有关，整理汇总学生的回答情况，对价值塑造的完成度是个有意义的参考；二是在期末答卷中穿插一两道题，填空、判断、简答不等，总结分析学生在相关题目中的答卷情况，做出数据，形成价值塑造完成度的数据性说明。比如 2023 年 7 月的期末考试卷子上有这样一道填空题：

张爱玲说"我生来是个写小说的人"，请根据个人的职业期许完成填空：

"我生来是个＿＿＿＿的人。"

参加考试的是内蒙古师范大学文学院 2022 级优师班的学生，"培养有教书能力和育人情怀的人"是"中国现代文学（一）"课程思政的重要目标之一。学生的全部回答如下：

杨忠平：为教育奋斗

诺特奇：向命运自首

阿斯娜：教书育人

刘　璐：从事教育

包欣欣：为教育事业奋斗

刘　念：去教书

郭子祎：当老师

杜拉干：教书育人

谭晓玉：要站讲台

萨日盖：从事教育事业

吴官洁：想学好文学

张曼迪：做教育

宋愿晨：当语文老师

王　妍：站讲台

刘　宁：教书育人

刘泽璇：育人子弟

刘笑冰：传授知识

韩高优罕：培育祖国花朵

苏日娜：上讲台教书育人

蒋云飞：不甘平凡

韩玮琦：执教鞭

焦港璐：当老师

杨　阳：站讲台

郭　卿：站讲台

张晓阳：搞教育

李娅璇：塑造"人"

薄思雨：教书育人

孙明丽：坚定自我

商思淼：引导他人去寻找自我的人

刘国荣：当心理咨询师

刘雅妮：做一名好老师

贾　娇：站在讲台上

蔺珍妮：当老师

马宇涵：当教师

李晓辉：当教师

全书玉：教书

吴　霖：站讲台

张嘉钰：教书育人

宋抒璇：教书育人

郭姝君：培育学生

闫思盈：上讲台

索如霞：教书育人

王佳宁：接受启迪然后启迪他人

王乐源：搞语言文学研究

对学生试卷上的答案进行文本细读，经分析发现：参加考试共 44 人，每人都完成了答题，可视为价值塑造完成度达 100%，具体完成的境界则存在高低差别，培养以教育为志者完成度为 86%（称职），其中有明显育人情怀者，占32%（优秀），如下图所示。

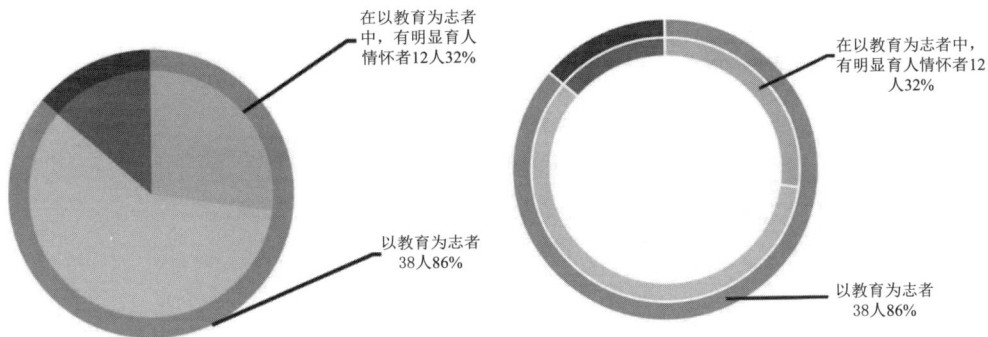

附录3 图2　课程价值塑造完成度

八、一节课程思政教学设计案例

（一）本节课的教学内容

《狂人日记》

（二）本节课的课程思政目标

引导学生理解鲁迅的文学选择、传承他誓为"精神界之战士"的精神，从而跳出为"分数"而学的期待误区，重新审视自己的价值选择，在此基础上进一步思考个人的职业规划，让个人梦想落地生根。与此同时，树立志趣，关注能力进阶，切实做到为"志"铸"智"，以"志"启"智"，充分发挥人的本质力量，即感性个体的自由自发的创造性，让个人梦想与中华民族伟大复兴的中国梦同向同行。

充分认识鲁迅文学中批判性思维方式在当下中国的巨大现实意义，提高价值塑造的完成度，并在形塑价值的过程中调适理念，客观、辩证地应对时代和个人命运的挑战。

（三）课程思政元素融入教学过程

1. 导入

上课前一周陪学生带着同样的问题在云端共读同一篇小说，以此解决学生"不读原著，做知识的搬运工"这一痛点问题。用课前预留的问题启动课堂，同时融入本节课的思政元素，引导学生以鲁迅的文学选择为镜，调适自己的价值理念，反观自己的人生目标和实际选择。

问题一：鲁迅曾东渡日本学医，后来为什么弃医从文？

问题二：鲁迅何时下定了从文决心？

让各组分享对启动问题的回答，在此基础上播放一段街头实录的与职业有关的视频（见下图）。

附录3 图3　上课状态实录

视频中，卖烤地瓜的人反复用喇叭播放着提前录好的内容："你考清华，他考北大，我烤地瓜，又香又甜的烤地瓜。"鲁迅已成历史中人，而卖烤地瓜的大叔和我们共处于同一时代，历史和现实在这里碰撞，思想巨人和普通劳动者不同的职业之光同时照进一堂课内，以不同的方式指向同一个问题——无论以何为业，都应该慎重选择，认真地面对，刻苦地坚守。

2. 课程思政与每个教学环节无缝对接

（1）融入价值理念的调适，让每个学生充分释放个体创造性。在点评学生发言的基础上，讲"引言"，补充周边文本，梳理鲁迅"要推文艺"的始末。让学生结合鲁迅的选择和"烤地瓜"的街头视频，谈自己的职业规划，引导学生打通文学与现实的畛域，体现创新性。"烤地瓜"好实现，但影响小；用文学拯救愚弱国民难实现，但影响大。鲁迅弃医从文，把个人梦想纳入国民觉醒、国家崛起的轨道，从立志弃医从文到发表第一篇小说赢得文坛鲁迅名，用了12年的时间，成了民族的骄傲。引导学生思考：梦想的实现往往好事多磨，然而只要做好充分准备，好饭不怕晚。鼓励学生在筑梦和实现梦想的路上，保持信念坚定，脚步坚定，日积月累，就会实现能力与岁月同长，现实与梦想齐飞。

（2）融入思维训练，运用历史的方法，由具体的人物形象得出抽象的概括性评价。基于对鲁迅第一篇小说《狂人日记》的文本细读，让学生分析"狂人"的形象，分组讨论两个问题："狂人"身上有没有鲁迅的影子？文中的"医家"指的是什么人？以问题为抓手，具备高阶性的特点，引导学生辩证地看待小说中人物形象和作家本人之间的关系，逐步突破习惯性认知模式。在分解"强于识记、弱于思辨"和"很少参与课堂互动"诸问题的过程中强化思政目标的引导，即"以鲁迅为镜，反思自己的价值选择，做有家国情怀的人"。

（3）文史互证，将思维训练引向文本深处。补充鲁迅"官史"相关资料，用这些有挑战性的知识佐证鲁迅与"狂人"的关系，并阐释"狂人"的温度与硬度，从而加强代入感，激活学生的生命体验，帮助学生更好地领会"精神界之战士"的精神实质，培养学生的批判性思维，提高学生的受益度和成就感。

（4）引出新问题，将思维训练从课上延伸到课后。临下课留下开启下一讲的问题，课后一周，师生带着同样的问题隔空共读《阿Q正传》。

问题一：是谁"吃"掉了阿Q？

问题二：阿Q是可怜的，可爱的，可恨的，还是兼而有之？

这两个问题是启动下一讲的引擎，以此类推，形成一个环环相扣的问题链。

3. 本节课，学生在价值塑造方面的总体受益度

在本节课结尾处，有个随堂互动问题，让学生在两三分钟之内作出选择：

假如有一天，你突然面对命运的放逐，即将被迫流落荒岛，只许带"中国文学"中一位作家的全集作为精神伙伴，你会选谁？

学生回答情况如下图所示。

组别	所选作家	互动人数比例
第一组	老舍、杨绛、鲁迅（2）、巴金	5:8
第二组	老舍、余秋雨、鲁迅（2）、姬昌	5:8
第三组	老舍、史铁生	2:8
第四组	老舍、鲁迅、杨绛、巴金	4:8
第五组	余秋雨、许地山	2:8
第六组	沈从文、巴金（3）、鲁迅、史铁生	6:8

选择作家人数情况

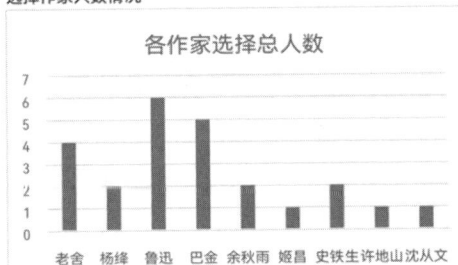

附录3 图4　学生最想选择同行的作家

得票最多的作家是鲁迅。经过这节文本细读课，鲁迅"为精神界之战士"的批判精神和"救救孩子"的大爱之心得到了更多同学的认可，有些同学甚至愿意把他当成一位可以共克时艰的精神伙伴。思政元素融入的"育人"成效由

此可见一斑。

九、"中国现代文学（一）"整体课程思政融入的成效

在学期末的学生受益度考察报告中，学生的反馈信息如下图所示。

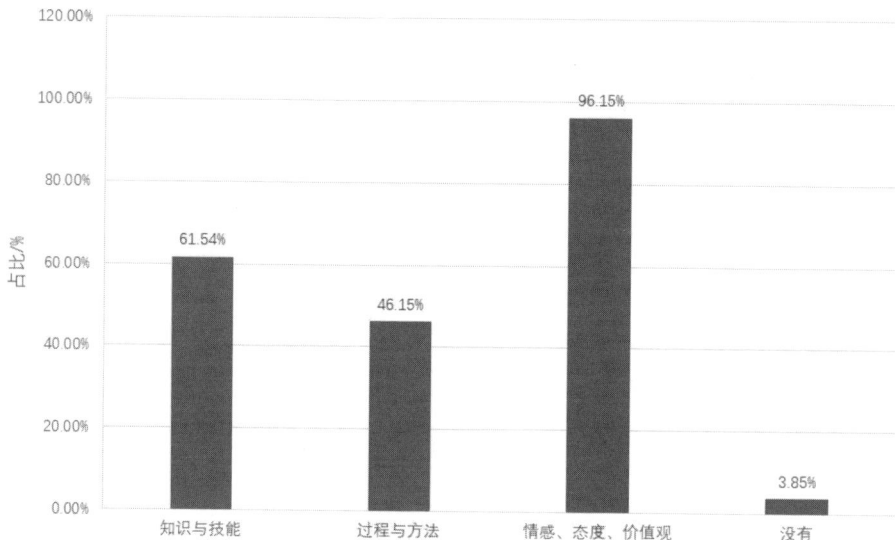

附录3 图5

高达 96.15% 的学生表示最大的收获体现在情感、态度、价值观三方面，61.54% 的学生感觉自己最大的收获在知识与技能两方面，46.15% 的学生在过程与方法方面收获最大，3.85% 的学生表示受触动不大。从学生的反馈来看，"中国现代文学（一）"在形塑价值、训练思维、调适理念三个维度实施的课程思政融入有效地完成了课程思政目标，刷新了 96.15% 的学生的情感态度和价值观念。

更让人动容的是，有学生在期末的考察报告中这样写道（见附录 3 图 6）："我们现在就是生活着，很少有人愿意呕心沥血地再去给我们讲道理听……"

事实证明，搞好课程思政建设与学生的生命呼唤相契合，讲有温度、有硬度的专业课，用生命体验去激活学生的生命体验，从而激活学生的思维，刷新学生的情感立场和价值理念，培育有家国情怀的新时代青年……这一切，深得学生之心，不仅可能，还有很长的路要走。

附录3 图6　考察报告摘录

参考文献

[1] Whitehead A N 怀特海 . 教育的目的 [M]. 靳玉乐，刘富利，译 . 北京：中国轻工业出版社，2016.

[2] 郭建鹏 . 翻转课堂与高校教学创新 [M]. 厦门：厦门大学出版社，2018.

[3] 夏征农主编，辞海编辑委员会编 . 辞海 1999 年版缩印本：音序 [M]. 上海：上海辞书出版社，2002.

[4] 陈平原 . 六说文学教育 [M]. 北京：东方出版社，2016.

[5] 亚里士多德 . 形而上学 [M]. 苗力田，译 . 北京：中国人民大学出版社，2003.

[6] 陈平原 . 作为学科的文学史：文学教育的方法、途径及境界 增订本 [M]. 北京：北京大学出版社，2016.

[7] 胡适 . 胡适谈教育 [M]. 沈阳：辽宁人民出版社，2015.

[8] 德彼德·昆兹曼，法兰 - 彼得·布卡特，法兰兹·魏德曼 . 哲学百科 [M]. 德阿克瑟·维斯，绘 . 黄添盛，译 . 南宁：广西人民出版社，2011.

[9] 文静 . 大学生学习满意度的提升路径及优化方略 [J]. 国家教育行政学院学报，2019(8)：58-65.

[10] 老子 . 老子 [M]. 太原：山西古籍出版社，1999.

[11]（奥）里尔克 . 给青年诗人的信 [M]. 冯至，译 . 昆明：云南人民出版社，2016.

[12] 周作人 . 中国新文学大系 建设理论集·人的文学 [M]. 上海：上海良友图书印刷公司，1935.

[13] 傅斯年 . 傅斯年谈教育 [M]. 沈阳：辽宁人民出版社，2015.

[14] 任鸿隽 . 任鸿隽谈教育 [M]. 沈阳：辽宁人民出版社，2015.

[15] 陈独秀 . 敬告青年 [J]. 青年杂志 . 上海：群益书社，1919.

[16] 钱理群，温儒敏，吴福辉 . 中国现代文学三十年 [M]. 北京：北京大学出版社，1998.

[17] 朱栋霖，吴义勤，朱晓进，主编 . 中国现代文学史 1915—2016（上）[M]. 北京：北京大学出版社，2018.

[18] 黄子平，陈平原，钱理群 . 论"二十世纪中国文学"[J]. 文学评论，1985(5)：3-14.

[19] 孔庆东 . 中国现代文学的发生 [J]. 郑州：中原文化研究，2015，3(3)：78-85.

[20]《文学理论》编写组编 . 文学理论 第 2 版 [M]. 北京：高等教育出版社，2020.

[21] 赵一凡，张中载 . 李德恩，主编 . 李铁，编辑 . 西方文论关键词 [M]. 北京：外语教学与研究出版社，2006.

[22] 杨春时 . 论中国现代性 [J]. 厦门大学学报 (哲学社会科学版)，2009(2)：5-11，19.

[23] 胡适 . 胡适演讲集 1 中国文艺复兴 [M]. 北京：北京大学出版社，2013.

[24] 陈独秀 . 新文化运动是什么 [J]. 新青年，1920：7.

[25] 鲁迅. 鲁迅全集 第 2 卷 [M]. 北京：人民文学出版社，2005.

[26] 陈慧忠. 文学研究会和创造社的文学主张再认识 [J]. 社会科学，1984(3)：76-79.

[27] 朱栋霖，吴秀明主编. 中国现代文学作品选 1915—2018 四卷本 第 3 卷 [M]. 北京：高等教育出版社，2020.

[28] 鲁迅. 鲁迅全集 第 1 卷 [M]. 北京：人民文学出版社，2005.

[29] 鲁迅. 鲁迅全集 第 4 卷 [M]. 北京：人民文学出版社，2005.

[30] 焦丽梅. 五四文学的现代性内核 [J]. 边疆经济与文化，2007(12)：81-82.

[31] 习近平. 习近平谈治国理政 第 2 卷 [M]. 北京：外文出版社，2017.

[32] 张娟.《伤逝》：五四"新人"与民族国家想象 [J]. 鲁迅研究月刊，2019(9)：12-22.

[33] 钱中文主编. 巴赫金全集 第 4 卷 [M]. 石家庄：河北教育出版社，2009.

[34] 西蒙娜·德·波伏娃. 第二性 [M]. 郑克鲁，译. 上海：上海译文出版社，2014.

[35] 苏轼. 刘乃昌，高洪奎编撰. 苏轼散文选集·记游松风亭 [M]. 上海：上海古籍出版社.

[36] 米兰·昆德拉. 不能承受的生命之轻 [M]. 许均，译. 上海：上海译文出版社，2003.

[37] 温儒敏.《伤逝》为"五四"式爱情唱挽歌 [J]. 名作欣赏，2022(28)：107.

[38] 周作人. 知堂回想录 [M]. 南京：江苏人民出版社，2018.

[39] 卡图卢斯. 伤逝 [M]. 周作人，译. 京报副刊，1925：10.

[40] 吴涵. 编织的"他者"——对话理论与他者理论视域下《伤逝》的爱情悲剧 [J]. 名作欣赏，2021(35)：124-127.

[41] 鲁迅. 鲁迅全集 第 6 卷 [M]. 北京：人民文学出版社，2015.

[42] ［挪威］易卜生. 潘家洵，译. 玩偶之家 [M]. 北京：人民文学出版社，1978.

[43] 鲁迅. 鲁迅全集 第 3 卷 [M]. 北京：人民文学出版社，2005.

[44] 鲁迅. 鲁迅全集 第 5 卷 [M]. 北京：人民文学出版社，2005.

[45] 张颖. 论五四小说中的日常生活书写 [D]. 南京师范大学，2020.

[46] 桂尽贤. 1920 年代中国乡土小说话语体系研究 [D]. 兰州大学，2019.

[47] 黄子平. 文本细读的生机——张业松《鲁迅文学的内面》序 [J]. 书城，2022(3)：5-8.

[48] 荷尔德林. 诗意地栖居在大地上：写给友人 [M]. 王佐良，译. 沈阳：辽宁人民出版社，2022.

[49] 叶圣陶. 隔膜 [M]. 西安：西北大学出版社，2019.

[50] 周作人. 钟叔河，编. 周作人文类编 3 本色 文学·文章·文化 [M]. 长沙：湖南文艺出版社，1998.

[51] 胡适. 司徒浩荡，编. 黄色蝴蝶 [M]. 兰州：兰州大学山版社，1993.

[52] 胡适. 姜义华，主编. 胡适学术文集 新文学运动 [M]. 北京：中华书局，1993.

[53] 朱自清. 我们的六月 [M]. 上海：上海科学技术文献出版社，2013.

[54] 张立群. 论 1920 年代新诗的国家主题 [J]. 人文杂志，2013(1)：51-60.

[55] 朱栋霖主编. 中国现代文学作品选 1915—2018 四卷本 第 2 卷 [M]. 北京：高等教育出版社，2020.

[56] 方雪梅. 论刘半农新诗中民间立场的价值坚守 [J]. 连云港职业技术学院学报，2022，

35(2)：23-27.

[57] 解承平 . 思维自惊奇和疑问开始——浅谈如何在历史教学中培养学生提出问题的能力 [J].
中学政史地（教学指导版），2014(8)：7-8.

[58] 唐弢，主编 . 中国现代文学史 第 1 册 [M]. 北京：人民文学出版社，1979：153.

[59] 咸立强 . 建国后《女神》的文学史阐释与现代新诗发展脉络的重构 [J]. 海南师范大学学
报（社会科学版），2018，31(6)：21-28.

[60] 薄景昕 . 试论中学鲁迅作品的选编与政治文化的关系 [J]. 鲁迅研究月刊，2008(7)：69-
76，12.

[61] 温儒敏 . 温儒敏讲现代文学名篇 [M]. 北京：商务印书馆，2022.

[62] 李乐平，姚皓华 . 闻一多对孔子及儒家思想认识的前后差异探析 [J]. 山东社会科学，
2013 (12)：49-53.

[63] 姜艳 . 关注细节描写，提升习作能力 [J]. 师道 • 教研，2022：1.

[64] 郭沫若 . 郭沫若全集 第 1 卷 文学编 [M]. 北京：人民出版社，1982.

[65] 张振涛，赵霞 . 浅谈小学数学课后延伸 [J]. 延边教育学院学报，2009，23(2)：92-93，96.

[66] 谭椿凡，高巍 . 基于云班课平台的移动交互式教学模式探究 [J]. 教育信息技术，
2021(12)：62-65.

[67] 朱自清 . 论现代中国的小品散文 [J]. 文学周报，1928：345.

[68] 鲁迅 . 鲁迅全集 第 7 卷 [M]. 北京：人民文学出版社，2005.

[69] 周作人 . 自己的园地 [M]. 长沙：岳麓书社，1987.

[70] 郭沫若，郁达夫等 . 创作季刊出版预告，1921.

[71] 郁达夫 . 刘运峰编 . 1917—1927 中国新文学大系导言集（散文二集）[M]. 天津：天津人
民出版社，2009.

[72] 郁达夫 . 给一位文学青年的公开状 . 郁达夫文学精品选 [M]. 北京：现代出版社，2017：
126.

[73] 江智利，李玲 . 艺术与哲学的完美结合——评鲁迅的《野草》[J]. 重庆科技学院学报（社
会科学版），2007(2)：64-75.

[74] 黄健 . 灵魂的独语：《野草》鲁迅的心路历程 [J]. 名作欣赏，2010(18)：4-10.

[75] 丁明拥 . 论早期中国话剧的社会功用与发展逻辑 [J]. 云南艺术学院学报，2021(4)：52-57.

[76] 王锐 . 中国旅游文化 [M]. 太原：山西古籍出版社，2006.

[77] 梁启超 . 侯宜杰选注 . 新民时代 梁启超文选 [M]. 天津：百花文艺出版社，2002.

[78] 张先，武亚军 . 戏剧文学专业考试指南 [M]. 北京：中国广播电视出版社，2004.

[79] 傅斯年 . 戏剧改良各面观 [J]. 新青年，1918，5(4)：18-37.

[80] 洪深 . 中国新文学大系 戏剧集 [M]. 良友图书印刷公司，1935.

[81] 刘厚生，胡可，徐晓钟主编 . 王永德卷主编 . 中国话剧艺术研究会编 . 中国话剧百年剧作
选 第 1 卷 1907—1929 年 [M]. 北京：中国对外翻译出版公司，2007.

[82] 刘秀丽 . 中外独幕剧选读与赏析 [M]. 昆明：云南大学出版社，2017.

[83] 周作人 . 人的文学 [J]. 中国新文学大系，1935(1)：193-233.

[84] 田汉.董健，编.田汉全集 第 1 卷 话剧 [M].石家庄：花山文艺出版社，2000.

[85] 丁西林.丁西林剧作全集 上 [M].北京：中国戏剧出版社，1985.

[86] 黎秀娥.直面杨绛 一场跨界的对话 [M].太原：北岳文艺出版社，2018.

[87] 朱栋霖，徐德明.被遮蔽的 1930 年代文学思潮."历史与记忆"：中国现代文学国际研讨会 [D].香港中文大学，2006：4.

[88] 张金磊，王颖，张宝辉.翻转课堂教学模式研究 [J].远程教育杂志，2012，30(4)：46-51.

[89] 梁实秋.文学的纪律 [J].新月，1928(1)：11-96.

[90]《朱光潜全集》编辑委员会.朱光潜全集 第 2 卷 [M].合肥：安徽教育出版社，1989.

[91] 冯乃超，Sinclair U.拜金艺术 (艺术之经济学的研究)[J].文化批判 (上海)，1928(2)：84-91.

[92] 易嘉.文艺的自由和文学家的不自由 [J].现代 (上海 1932)，1932(6)：780-792.

[93] 李春雨，杨志编著.中国现代文学资料与研究 上 [M].北京：北京师范大学出版社，2008.

[94] 李初梨.怎样地建设革命文学 [J].文化批判，1928(2)：3-136.

[95] 房芳.1930—1937：新文学中民族主义话语的建构 [D].南开大学，2010.

[96] 蒋凯.前沿讲座在研究生学术成长中的作用 [J].学位与研究生教育，2011(3)：36-40.

[97] 罗琭昕.用统计的方法看"京派"与"海派"小说语言风格差异 [J].现代语文 (学术综合版)，2012(4)：137-141.

[98] 谢昭新.20 世纪 30 年代小说艺术形式理论的时代性演进 [J].安徽师范大学学报（人文社会科学版），2010(3)：347-353.

[99] 弓利英，李琳，李学慧.小组合作学习法在高职教学中的应用 [J].河南农业，2012(18)：17-18.

[100] 王嘉良.茅盾小说论 [M].上海：上海文艺出版社，1989.

[101] 刘俐俐.中国现代经典小说文本分析（第二版）[M].北京：北京大学出版社，2021.

[102] 洪灵菲.新华先锋出品.百部红色经典 在洪流中 [M].北京：北京联合出版公司，2021.

[103] 茅盾.《子夜》•后记（初版）.子夜 [M].开明书店，1933：577.

[104] 郁达夫.五六年来创作生活的回顾.郁达夫全集 第十卷 [M].杭州：浙江大学出版社，2007：312.

[105] 茅盾.茅盾全集第 18 卷 [M].北京：人民文学出版社，1989.

[106] 茅盾.茅盾全集第 19 卷 [M].北京：人民文学出版社，1991.

[107] 郭佳芯.杜威的教育目的与兴趣理论：评论与反思 [J].当代教育与文化，2023，15(2)：54-60.

[108] 赵鹏.论作为现代诗歌观念的顾随"人生诗学" [J].中国现代文学研究丛刊，2023(4)：194-215.

[109] 陈平原.文学如何教育：人文视野下的文学教育 [M].北京：东方出版社，2021.

[110] 叶嘉莹.迦陵讲演集：人间词话七讲 [M].北京：北京大学出版社，2014.

后记

黎秀娥

　　终于完成一项浩繁的任务，要为这本书写"后记"了，这是件极幸福的事，它像学生经过一学期的刻苦学习坐进期末考试的考场，像老师在一学期的最后一次课上百感交集地说出寄语，又像老农经过一个季度的忙碌迎来麦穗遍地金黄。

　　由我来完成这篇"后记"主要因为我是本书的"始作俑者"和"定盘的星"，还因为我在这桩事上付出的时间最多，在本质上充当着每个参与案例撰写的学生的指导者兼陪跑人。一个基本的事实是：这16位同学的水平是参差不齐的，写完初稿后，少的改了七八遍，多的改了二十多遍。

　　这么快，一年半的长跑结束了，经过雪花飘飘的严冬，姹紫嫣红开遍的盛夏，备受考验的过敏季，身体报警又恢复，像野草春风吹又生……这个过程本身就是一个巨大的隐喻，其中的内涵难以言表。这本书就产生于这样一个过渡期，记录了师生们在困境中探寻前景的足迹，以及这个探索过程中的心灵悸动和思想成长，客观上构成了对前述巨大隐喻的生动阐释。

　　最初决定编写这样一本学习案例集是一时兴起，也是教学创新需要突破的一个瓶颈，仅围绕"现代文学"展开，聪明的读者自会触类旁通。创新动因有两个：一则深感于大一上学期至关重要，好的开始是整个大学时代成功的一半，学生需要转换思维，完成从高中学习模式到大学学习模式的转变，需要尽快从观念层面解决"怎么学"的问题；二则深感于专业课需要注重"育人"与"育才"相统一，必得让学生的"主体性"充分释放出来，才能在守正中创新，在创新中逼近"正"的新境界，要做到这一点离不开对学情的精准把握。

　　未曾开工，我就知道这件事的难度很不小，毕竟此前没人做过，只能摸着石头过河。从来就有的未必会一直存在下去，从来没有的未必明天不会产生。这样的想法是促使我开工的一大动力。长期的ISEC教学模式探索和明辨性思维训练也为我提供了底气和分享的欲望。

　　然而，真正着手做时，我才发现，自己还是低估了这件事的难度。

　　刚开始参与学习案例撰写的共有来自3个班的17位同学。进行到一半时，有一位同学受不住反复修改的高强度写作挑战，申请退出了；还有一位同学虽然始终不放弃，但最终也没改完。理性的放弃和理性的坚持都有各自的合理性与必要性。在此，我想首先感谢这两位同学，他们尽力了，从这个角度讲，他们都是好样的。

我也没想到自己能坚持到底，当时只想尽力而为，抱着尝试的心态。最初每改一篇学生的稿子至少需要半天光景，个别同学的稿子改一遍甚至需要两三天。有些稿子很难改，曾让我感到希望渺茫，甚至怪自己不该刨坑埋自己。然而，就在这些难改的稿子中，有的表现出惊人的进步，让我兴奋不已，感动于自己的创意。

失望与希望的反复交织，充满了过去的一年半。那段时间，没有一天不在给学生改稿子，就连年三十和发烧期间也不例外，除了讲课，给学生改稿子在我的生活中一直处于置顶状态，就连五一劳动节回山东老家坐动车的五六个小时也被规划了进去。

学生们的写作是在正常的听课、复习考试之余完成的；我的所有批阅是在正常的讲课、听课、毕业论文指导、教学技能训练、实习指导等一系列本职工作之外完成的。坦白说，这件事极大地挑战了我们每一个参与者的极限。大一学生还没有脱尽应试教育的壳，没有受过严格的学术写作训练，连基本的注释规范都要反复修改；长达一年半的通宵达旦，对于不再年轻的我而言，劳动强度远远超过了年轻时写博士毕业论文所花费的精力。我不知此情始自何始，只知至今一往而情深。

2023 年 6 月 3 日，应 ISEC 项目办之邀，在南昌做有关教学创新的分享，我谈到给学生改作业的经历，受到一位理科老师的当场反驳。他说大学老师不必亲自为学生批改作业，并且分享了自己利用学习通 APP 引导学生互评的成功案例，引起不少在场和在线听课人的共鸣。我第一时间坦陈了自己的保留态度。或许，对理科来说，那种做法是福音吧？我不懂。至少有一点，我深有体会，对于文科，尤其文学类学科来说，全部推给学生自查，无疑是一场灾难。文学、哲学等学科，从来没有标准答案，不能照搬理工科培养学生、管理学生的模式，也不适合启用纯量化考核，文学类课程的考评需要一定的弹性，很适合过程性评价，这导致学生难以独当一面地为同学判作业，更具挑战度的问题是：大多数同学在规范使用汉语言文字工具表达所思所想方面还有很长的路要走。

鲁迅说："当我沉默着的时候，我觉得充实；我将开口，同时感到空虚。"[1]沉浸在备课、讲课、编写学生学习案例集中的时候，有说不完的话，却常因为

---

[1] 鲁迅.鲁迅全集 第 2 卷 [M]. 北京：人民文学出版社，2005：163.